ELIZABETH URIAN es el seudónimo tras el cual se ocultan dos hermanas cuya andadura en el mundo de las letras comenzó en 2012 tras
publicar su primera novela *Los hermanos Broderick*.

Algunas de sus obras son *Nunca dejes de esperarme*, la presente *Las feas también los enamoran* y *Un auténtico espectáculo*, que
vieron la luz gracias al sello B de Books para Selección RNR. También
han participado, de forma conjunta y por separado, en las antolo-
gías *Ese amor que nos lleva*, *Epidermis* y *152 Rosas Blancas*.

Amantes de la literatura, decidieron aventurarse en el universo
de la romántica, un género que las fascina y que les permite crear
sus propias historias. Todo eso mientras combinan su apasionante
trabajo relacionado con los más pequeños, familia y aficiones.

elizabethurian.blogspot.com.es

1.ª edición: abril, 2017

© Elizabeth Urian, 2015, 2016
© Ediciones B, S. A., 2017
  para el sello B de Bolsillo
  Consell de Cent, 425-427 - 08009 Barcelona (España)
  www.edicionesb.com
Publicado originalmente por B de Books para Selección RNR

Printed in Spain
ISBN: 978-84-9070-354-0
DL B 4524-2017

Impreso por NOVOPRINT
          Energía, 53
          08740 Sant Andreu de la Barca - Barcelona

Las feas también los enamoran

ELIZABETH URIAN

Agradecimientos

Las tres primeras historias nacieron en el foro del Rincón de la Novela Romántica fruto de nuestro propio entretenimiento. Unas historias tiernas que nos dejaron con ganas de más.

Por ello, siempre tendremos presente a todas las foreras y visitantes que siguieron con entusiasmo su desarrollo y a aquellas que también nos ofrecieron su aportación en forma de comentario.

Tampoco queremos olvidar a las administradoras y colaboradoras que están detrás de este gran proyecto; las chicas del Rincón y quienes hicieron posible, junto con la editorial B de Books, la Selección RNR.

A todos aquellos que habéis hecho que *las feas también los enamoren* estén hoy aquí... nuestro más sincero agradecimiento.

CAMILE

1

Surrey, 1869

Querida Camile:

Permíteme que empiece este escrito disculpándome por no haberte enviado ninguna carta en los últimos tiempos y aún más cuando tú las mandas religiosamente cada semana. Sé por mi hermana que has estado muy preocupada por mí, pero las cosas han estado algo revueltas en el *Down*.

También me excuso de antemano por el dolor y la aflicción que sé que voy a causarte: en mi mente, he repasado millones de veces lo que quería decirte, pero no es fácil para mí plasmarlo en palabras. Sabes de sobra que no soy bueno en este tipo de cosas y, aunque siempre has sido muy comprensiva en estos temas, desearía poder hacerlo con un poco más de elegancia, pero me temo que eso no será posible; al fin y al cabo, una mala noticia sigue siendo mala por mucho que se disfrace. He de admitir con culpabilidad que debería haber hablado claro hace mucho, pero la cobardía es una enfermedad que ataca por sorpresa: hace tiempo te hice una promesa que en estos momentos soy incapaz de honrar. Reconozco que era sincero cuando la hice, pero algo en mí ha ido cambiando y, por fin, soy capaz de ser franco, aunque te parta el alma: no puedo seguir adelante con nuestro compromiso, no puedo casarme contigo.

Como he dicho con anterioridad, y aunque ahora te cueste creerlo, en aquel momento te lo pedí de corazón, comprometido en cuerpo y alma. Sin embargo, mis sentimientos han ido cambiando, pues ahora la idea del matrimonio me oprime, me asfixia. Me considero un hombre honorable, por lo menos hasta ahora, por lo que debería seguir adelante con los planes, pero pienso que eso te causaría más dolor y haría de nosotros un matrimonio desgraciado. No te lo mereces, no quiero arrastrarte a eso y, aunque no lo creas, profeso por ti un franco aprecio.

Siento destruir tus planes de futuro, tus sueños, pero sé que con el tiempo comprenderás que fue la decisión más acertada. Es por eso que pongo fin a cualquier tipo de contacto entre nosotros. Te lo ruego, demos esto por acabado y no me escribas más.

Esto no lo hago solo por mí, lo hago por los dos.

GARRETT BISHOP

—¡Bah! —murmuró Camile con cierta aprensión en el pecho, mientras estrujaba la carta entre sus manos. La había leído docenas de veces, pero, aun así, no podía evitar sentir un doloroso pinchazo en el corazón cada vez que releía esas mezquinas palabras.

¿Cómo podía no ser así? Había perdido al que creía estar destinado a ser su compañero para toda la vida, el hombre que amaba, el hombre que había conseguido despertar su corazón.

Y ni siquiera había tenido la decencia de decírselo de frente.

Camile se enjugó las lágrimas con el dorso de la mano y trató de alisar el papel. No iba a deshacerse de él, no todavía. En especial, cuando el dolor era tan agudo y persistente. Aquella era la prueba de una traición y la guardaría hasta que pudiera retomar su vida.

«¿Será eso posible?», se preguntó entonces con angustia. ¿Habría un día en que pudiera mirar atrás y no sentir que su mundo se desmoronaba? Un día en que ya no se lamentaría por la injusticia que significaba arrebatarle la única posibilidad decente de ser feliz y que ya no pensaría que sus sueños se habían hecho añicos.

Daría lo que fuera porque aquello se hiciera realidad.

Miró la carta con aire crítico. Por mucho empeño que pusiera era imposible quitar las arrugas, así que decidió guardarla en el cajón del pequeño escritorio de su habitación y tratar de olvidarla aunque fuera por un instante.

Camile intentó contener otra oleada de lágrimas.

Garrett Bishop no lo merecía. Para nada. Solo era el hombre más desalmado que había tenido la desgracia de conocer. Si lo pensaba con detenimiento había resultado ser peor que Ralph, pues al menos este último había sido transparente. En cambio, su antiguo prometido había jugado con ella de un modo inimaginable: entusiasmándola, cortejándola y haciendo que se enamorara de él para terminar robándole cualquier esperanza de futuro.

¿Acaso era necesario ser tan cruel e insidioso? Camile no sabía si era parte de su carácter —uno que no había descubierto hasta entonces— o lo había hecho para regodearse con alguno de sus amigos.

«¡Y qué más da!» El daño ya era profundo.

Desechando los pensamientos negativos que cruzaban por su mente —con asiduidad— y haciendo un esfuerzo por recuperar la serenidad, Camile se recompuso. Se alisó la falda del vestido marrón y se echó un chal por encima al sentir un repentino ataque de frío.

Lo mejor era dejar el dolor atrás. Lástima que fuera más sencillo pensarlo que hacerlo.

Luego bajó las escaleras de madera y se reunió en el salón con sus padres, sentados junto a la chimenea. Ambos hacían una buena pareja con sus más de treinta años de matrimonio. Su vida tal vez resultaba monótona, a la vez que apacible, pero había sido su elección.

Su madre, serena y bondadosa, levantó la vista del bordado y vio la expresión de su hija.

Por mucho que tratara de fingir, no podía engañarla.

—¿Has estado leyendo la carta otra vez? —le preguntó con preocupación—. Eso te hace daño.

Su padre dejó a un lado el libro que leía y la miró con un aire inquisidor.

—¿Es cierto?

Camile suspiró con cierto cansancio.

—Sí —susurró, al tiempo que se sentaba en una butaca—, pero ya no lo voy a hacer más.

Vio a su madre fruncir los labios, nada convencida.

—¿Qué quieres decir?

—Es hora de cerrar este capítulo de mi vida —aseguró con más calma de la que sentía. Sabía que sus padres sufrían por la situación, por ella, pero Garrett la había engañado y no había nada que pudiera hacerse para remediarlo.

Cuando su padre, Brandon Fullerton, se enteró de la desagradable noticia, partió de inmediato rumbo a Londres para hablar con la hermana y el cuñado, pues no podía costearse un viaje a Malta. Había dejado atrás su habitual calma y se mostró ansioso y receloso en todo momento. Era normal que exigiera explicaciones: su hija era lo más importante de su vida.

Suzanne y Frederick Anderson fueron bastante comprensivos dada la situación y se mostraron dialogantes en todo momento. No buscaron excusas ni defendieron el comportamiento de Garrett. Tampoco es que apoyaran su decisión. Sin embargo, no había nada que pudieran hacer para remediarlo. Garrett era un adulto, libre de tomar aquella resolución y solo intervendrían si la virtud de la muchacha había sido tomada.

Como eso nunca ocurrió y solo habían disfrutado de unos apasionados besos, el destino de Camile quedó marcado.

—Seamos realistas —continuó ella—. Tengo veintiséis años, sigo siendo soltera y las posibilidades de que algún día me case son cada vez más escasas. No me hago ilusiones en ese sentido, por lo que no puedo permitirme el lujo de sentarme a llorar por mis desgracias. Es obvio que Garrett no es lo que creíamos, pero no voy a permitir que eso me arruine la vida. A partir de hoy voy a intentar ser feliz con lo que tengo. Doy gracias por ello.

La señorita Camile Fullerton no fue nunca una muchacha hermosa. Ni siquiera podía considerársela bonita, por lo que desde su discreta presentación en sociedad había pasado inadvertida para los solteros, incluso para los más despreciables cazafortunas, pues su dote era más bien... limitada. Los más allegados afirmaban que su rostro poseía «personalidad», aunque ella sabía bien que aquello era un eufemismo para no llamarla fea. Su rostro era demasiado pequeño y sus ojos demasiado saltones para el arquetipo de belleza que la sociedad victoriana consideraba hermoso. Por consiguiente, a nadie parecía importarle un bledo que fuera una muchacha cariñosa y de buen corazón. Eso lo dejaban para los pobres. Con bastante bochorno por su inexistente éxito, empezó a odiar las cenas y los bailes que se ofrecían hasta que conoció a Deirdre. Desde entonces, su mejor amiga. Ambas eran de edades similares y también carecía de belleza alguna, por lo que desde un principio sintieron que eran almas gemelas.

Sin embargo, Camile, a la edad de veintiún años, ya había recibido su primera oferta de matrimonio de la mano del heredero de su padre. Como Benjamin Fullerton, un barón rural, no tenía más que una hija, a su muerte, el título pasaría al hijo de un primo suyo, Ralph Sloan, con el que apenas mantenían contacto. Camile lo encontró desde un primer momento de lo más odioso e insoportable, por lo que, cuando le pidió que se casara con él para que todo quedara entre familia, lo tuvo muy claro: lo rechazó.

Sus padres pudieron haberse enfadado con ella por haber perdido, según se mirase, una buena oportunidad, pero eran de la misma opinión, por lo que el presunto caballero fue rechazado por partida doble. Desde entonces, no se le había acercado ningún hombre más... Hasta que llegó Garrett Bishop.

—Me alegro de que tomes esta sabia decisión. —Su padre pareció satisfecho.

—Es por eso que he decidido volver a Londres.

—¿Por qué? —quiso saber su madre—. ¿Es que no te tratamos bien?

—Mamá, sabes que no es eso. Aquí en el campo la vida es más sosegada y todo parece funcionar con más lentitud, justo lo que ahora no necesito.

—Entonces ¿volverás con Deirdre?

—Sí, es lo mejor que puedo hacer.

Desde hacía muchos años pasaba largas temporadas en casa de su amiga. Era como una más en aquella gran familia y también la consideraba su hogar. Intentaba repartir su tiempo entre Londres y Surrey, porque, aunque quería a sus padres, la vida junto a ellos le parecía, debía admitirlo, un tanto aburrida. Había poco que hacer aparte de dar largos paseos y relacionarse con los vecinos y, aunque en la ciudad las cosas tampoco eran tan diferentes, en la casa de la familia Doyle siempre había actividad debido a las frecuentes visitas de los hermanos y cuñadas de Deirdre.

—¿Y cuándo volveremos a verte?

—En poco tiempo, lo prometo.

—Podrías traer contigo a Deirdre —sugirió su madre un poco más animada—. Nos vendría bien organizar alguna cena con los amigos.

La familia Fullerton, aunque descendía de un gran linaje, se asentaba en la parte baja del escalafón por su modesto poder económico. Entre sus amistades se encontraban personas de otra clase distinta: los burgueses, entre los que había abogados, comerciantes y algún que otro terrateniente con su misma situación. A Camile no le importaba en absoluto, se sentía cómoda en su papel. Eran lo que eran y no necesitaba un conde o un marqués para sentirse más a gusto. Que el padre de Deirdre fuera conde no era más que una casualidad, pues la querría lo mismo aunque fuera la hija de un lechero.

Vivir con ellos le había hecho conocer gente y experimentar situaciones que, con toda probabilidad, le hubiera sido imposible disfrutar si nunca hubiese salido de Surrey. Les estaba muy agradecida por esas vivencias, pero ella era una persona sencilla y no necesitaba lujos para vivir. Eso lo demostraba el hecho de haberse enamorado de Garrett y soñar para ellos una vida tan idílica como la de sus padres, en la que el dinero no era lo más importante. Gracias a ello, su infancia había sido maravillosa.

—Te prometo que en mi próxima visita Deirdre vendrá conmigo. —Y acto seguido la señora Fullerton empezó a enumerar todo lo que había que preparar para la visita de la muchacha—. Le escribiré una carta y le informaré de mis planes —murmuró Camile, pero nadie pareció escucharle. Su padre volvía a estar inmerso en la lectura y su madre se levantó para hablar con la cocinera sobre nuevos platos con los que agasajar a la futura invitada.

2

—¡Camile! No sabes cuánto te he echado de menos.

Deirdre Doyle la abrazó con fuerza y le besó las mejillas con entusiasmo aun cuando Camile todavía no había tenido tiempo ni de quitarse el sombrero. Había estado esperando la llegada del carruaje desde hacía más de dos horas, impaciente por reencontrarse con su mejor amiga.

En este tiempo que habían estado separadas la había echado mucho de menos. Además, seguía preocupada por ella. ¿Cómo se hallaría su estado de ánimo?

—¡Deirdre!

—Deberías haberme dejado ir a hacerte compañía a casa de tus padres, habría podido ayudarte en tu desconsuelo —afirmó sin perder la alegría por el reencuentro—. A veces eres tan tozuda...

Camile sonrió. ¡Deirdre lo era mucho más que ella!

Iba a contestar, pero antes miró a su alrededor. El mayordomo ordenaba a los lacayos que se ocuparan del equipaje que había traído desde Surrey y Camile pensó que no quería hablar de su desdicha en medio del vestíbulo.

Bajó la voz hasta casi convertirla en un susurro.

—Lo siento, pero no creo que hubieras podido hacer nada.

Su semblante se entristeció durante unos segundos, antes de decirse a sí misma que no iba a dejarse vencer con tanta facilidad.

—Por lo menos habría estado a tu lado haciéndote compañía en vez de atormentarme en solitario —insistió la otra—. He sufrido mucho por ti.

Camile sabía que su amiga lo decía de verdad. Ambas estaban muy unidas y la consideraba casi como una hermana.

—Te lo agradezco, de verdad —le aseguró—, pero ahora no quiero hablar de eso. —Hizo un gesto con la mano para acompañar sus palabras.

Deirdre se arrepintió de haber sacado aquel tema tan espinoso. Y eso que se había prometido no hacerlo.

—Oh, lo siento. No lo había pensado.

—No pasa nada —musitó Camile, al tiempo que cogía una de las manos de Deirdre y se la estrechaba. Fue un gesto reconfortante para ambas—. Ahora he vuelto y eso es lo que importa.

—¿Se puede saber qué hacéis las dos ahí paradas? —protestó Sharon, la madrastra de Deirdre, con una sonrisa pintada en sus labios—. Lo más seguro es que Camile quiera refrescarse un poco.

Su aparición fue recibida con agrado, pues no había nadie en esa familia a la que no quisiera. Los Doyle eran muy especiales para ella y la habían acogido como si se tratara de un miembro más.

—Lo que me vendría bien —dijo con todo el buen humor del que fue capaz— es una buena taza de té.

—Quería hacer ver a todos que un compromiso roto no era el fin. Si se lo creían los demás, a lo mejor conseguía hacerlo ella.

Se quitó el *dolman* y el sombrero con cintas rojas que hasta entonces llevaba puesto y se los entregó a la doncella que esperaba paciente en un rincón.

—Pasemos al salón.

Deirdre se colgó de su brazo y no la soltó hasta que las tres estuvieron instaladas cómodamente en los sofás de aquella acogedora estancia.

—¿Nos contarás cómo te encuentras o prefieres que charlemos de temas más mundanos? —preguntó, entonces, con tiento—. Si quieres puedo relatarte el bochornoso incidente de Anne Bersk en Hyde Park.

Camile pareció interesada. No era cruel ni una persona que disfrutara de la vergüenza de los demás, pero aquella joven en particular había sido muy grosera con Deirdre y ella misma por su aspecto. La había pillado mofándose de su falta de belleza en un par de ocasiones, en el pasado. Y la dama había procurado no ser demasiado discreta.

Así que cualquier incidente que hubiera sufrido era demasiado jugoso como para pasarlo por alto.

—Cuenta —dijo intrigada.

—Tampoco es que sea gran cosa —le advirtió al ver el brillo en sus ojos.

—Si ha bastado para bajarle esos humos, para mí es suficiente.

Sharon prefirió no regañarlas porque sabía que aquella mujer se lo tenía merecido. No encontraba que fuera decente burlarse de alguien por su aspecto. Camile o su hijastra no serían agraciadas, pero tenían otras virtudes.

—Estábamos paseando por el parque — comenzó diciendo—. A poca distancia estaba Anne Bersk caminando con su flamante marido y con aquella pose tan soberbia que suele lucir.

—Sé lo que quieres decir —añadió Camile, cabeceando.

—Pues bien, apareció un perro salido de la nada y nadie le hizo mucho caso... hasta que pareció interesado en el dobladillo del vestido de Anne. Deberías haber estado ahí. Era como si lo encontrara de lo más apetitoso y comenzó a tirar de la tela. —Deirdre hizo una breve pausa y continuó por donde lo había dejado—. Ella empezó a chillar y a revolverse a un lado y al otro mientras su esposo trataba de deshacerse como podía de aquel perro con pinta de vagabundo. Otros caballeros se acercaron a ayudar. No sé. —Se encogió de hombros—. Supongo que el perro debió de asustarse al ver tanta gente, porque de repente la soltó y Anne perdió el equilibrio y terminó cayendo de bruces al suelo.

—¡No puede ser!

—Te lo aseguro.

—¿Tú lo presenciaste?

—Ajá —sonrió con picardía—. Y procuré hacerle saber, en nuestro siguiente encuentro, lo graciosa que aquella escena había sido y lo mucho que me había reído.

—¡Deirdre! —exclamó Camile con fingido horror—. Ese comportamiento no es propio de una dama.

Parecía que quería amonestarla, pero de pronto empezó a reír sonoramente.

Era la primera vez que lo hacía, tras lo acontecido con la carta de Garrett, así que se permitió disfrutar de aquella liberadora sensación. Por desgracia, el alivio que le causó la distracción no fue duradero y en su estómago volvió a instalarse aquel malestar que parecía decidido a seguirla a todas partes.

Deirdre, que la conocía bastante bien, se dio cuenta del cambio producido en su amiga.

—¿Garrett? —preguntó con franca preocupación, porque sabía que el silencio se debía a que Camile estaba pensando en él.

Esta asintió, aunque tardó unos segundos en contestar.

—No voy a engañaros, me siento tan dolida que a veces creo que el corazón se me romperá en mil pedazos. Pasará mucho tiempo antes de que me recupere... —dudó—, o quizá no lo haga nunca, pero ahora lo que necesito es no pensar más en ello.

Deirdre y su madrastra estuvieron de acuerdo.

—No había tenido la oportunidad de decirte cuánto siento lo sucedido —dijo esta última—. Solo quiero decirte que la familia entera te apoyamos y nos tienes aquí por si nos necesitas.

Y Camile estaba muy agradecida por esas palabras. Tener el respaldo de la familia Doyle y saber que podía contar con ellos, al igual que con sus padres, era significativo. Por lo menos poseía otro tipo de amor; un amor realmente importante.

—Entonces no vas a querer saber que Garrett... —Deirdre se interrumpió abruptamente al ver la expresión severa de su madrastra.

«Ups», se dijo. Acababa de meter la pata. Su amiga les pedía que no hablaran más del asunto y a ella se le ocurría mencionar al hombre causante de su desgracia.

Deirdre estaba pensando cómo cambiar de tercio cuando Camile se le adelantó.

—¿Garrett? ¿Qué ocurre con él?

La joven suspiró.

—Eh... no, nada —intentó disimular—. No me hagas caso. ¿Quieres que te cuente otra cosa divertida?

—Deirdre... —le advirtió con expresión severa.

Esta miró a Sharon y esperó ansiosa su beneplácito. Había hablado de más, aunque en realidad no quería esconderle nada a su amiga.

—No creo que quieras saberlo —le aseguró la mujer, tratando de que Camile no sufriera más de lo que ya hacía.

Aquella información no podía hacerle bien.

—Por supuesto que sí —afirmó rotunda mirando a una y a la otra.

—Adelante, Deirdre —cedió con reticencia—. Cuéntaselo.

—Yo... —Se mordió el labio inferior—. Me enteré por unos amigos comunes que Garrett está en Londres.

—¿Qué? —preguntó Camile anonadada—. ¿Qué? ¿Desde cuándo? ¿Dónde? —quiso saber de inmediato.

—Fue hace una semana, en casa de los Mallory.

—¿Te encontraste con él? —Deirdre lo negó—. ¿Entonces?

—Ellos me preguntaron por ti, suponían que estarías muy contenta. Al parecer, su hermana comentó fugazmente que estaba de regreso al país.

—¿Estás segura?

—Eso fue lo que dijeron. Yo, por mi parte, me hice la tonta y cambié de tema. No pensaba contarles que el compromiso estaba roto, porque parece que él no ha dicho nada.

—¡El muy cretino! —exclamó de repente, sulfurada—. Me deja mediante una miserable carta y todavía espera que sea yo la que lo haga público. ¡No tiene ni una pizca de vergüenza!

—¡Es verdad, no la tiene! —se solidarizó con su amiga.

—Chicas, un poco de calma. —Sharon decidió que si no intervenía, ellas solas eran capaces de empezar una guerra, sobre todo si Deirdre azuzaba; esa chica era un verdadero peligro.

—Tiene razón —respondió Camile—. No vale la pena dedicarle un solo pensamiento más.

A pesar de ello, tuvo un instante de reflexión y no pudo evitar evocar el momento exacto en que vio a Garrett por primera vez. Siempre había aceptado con resignación el hecho de ser fea, y más con el paso de los años, pero nunca perdió la pequeña esperanza de que alguien la valorara por lo que era, no por su aspecto. Solo debían molestarse en conocerla. En el momento en que sus ojos coincidieron deseó con todas sus fuerzas ser un poco más agraciada, porque aunque tampoco era desagradable a la vista, distaba mucho de ser bella. Cuando rechazó a Ralph, le dijo que era una mujer sin encanto alguno, feota y que ningún hombre en su sano juicio pensaría en ella seriamente para ser la madre de sus hijos, y aunque sabía que esas palabras eran expresadas desde el resentimiento y el orgullo herido, le habían calado hondo, por lo que no tenía la autoestima muy alta cuando conoció a Garrett. Pero lejos de lo que se podía esperar, se comportó como todo un caballero.

Aquella noche habían asistido a una concurrida velada musical y coincidieron con Suzanne Anderson, que les presentó a su hermano, el comandante segundo de la Royal Navy.

Camile todavía podía recordar lo que había sentido en esos momentos, la emoción, la euforia. Tenía la piel de gallina. Era tan guapo, tan encantador... y su sonrisa casi había conseguido que se fundiera. Todos se sentaron juntos y al final la casualidad hizo que Camile y Garrett quedaran uno al lado del otro. Para ella fue como una señal del destino y dejó a un lado la timidez para enfocar su atención en él. Ahora o nunca. Aquello pareció funcionar y entablaron una animada conversación con un fondo de sonatas, pues era obvio que ninguno de los dos estaba atento a la música.

Le contó que desde los catorce años estaba en la marina y, después de ir escalando puestos, ahora era comandante segundo del acorazado *HMS Down*, aunque creía que en dos o tres años ascendería a comandante y le darían su propio barco. Se notaba que amaba su trabajo en la forma de narrar su día a día o aventuras pasadas, en las descripciones e incluso en sus gestos. Sus palabras desprendían entusiasmo y pasión, por lo cual Camile comprendió que era un hombre que se entregaba en cuerpo y alma. Si en ese momento no se enamoró de él, fue poco después, pero la alegría no le duró demasiado: estaba de permiso y ya no le quedaban más de diez días. En esa época Garrett no dio muestra de sentir nada más que amistad. Mantuvieron largas y profundas conversaciones y dieron paseos con carabina. Dado su historial amoroso, ella se daba por satisfecha. Su partida fue un trago amargo porque, aunque había intentado no hacerse ilusiones, su corazón lo anhelaba y no dejaba de latir por él; sin embargo, por un segundo dejó de hacerlo cuando le pidió permiso para escribirle. Si no hubiese sido toda una dama, en ese momento habría brincado de alegría como si fuera una niña de diez años. No volvió a verlo hasta ocho meses después.

Durante ese período, no dejaron de enviarse cartas donde él le contaba cosas sobre sus compañeros de barco, sobre Malta o sobre el mar, y en las que ella solo podía corresponder con insulsas crónicas de sus quehaceres diarios, ya que su vida no era tan estimulante. Sin embargo, él decía sentirse muy a gusto con ello, pues añoraba estar en casa.

Verlo de nuevo fue lo mejor que le había pasado en la vida, porque durante esos meses su amor se había vuelto más fuerte. Según le dijo, ella había sido la primera persona a la que visitó después de desembarcar y eso la llenó de orgullo. No obstante, volvió a recordarse que aquello podía no significar nada; por si acaso. Por suerte, esta vez pudieron disfrutar de dos maravillosos meses juntos y antes de partir se le declaró. Aunque Camile lo quería con todas sus fuerzas y deseaba casarse con él, la pregunta la pilló desprevenida.

—¿Por qué? —fue lo único que se le ocurrió decir en aquel momento.

—¿Me preguntas por qué quiero casarme contigo? —Él parecía atónito—. ¿Acaso no es obvio? —Camile negó con la cabeza—. Todo el mundo parece darse cuenta menos tú. —Entonces, la joven se permitió sonreír—. Mi hermana no deja de burlarse de mí y hasta Robert Doyle ha sentido la necesidad de hablar, según sus palabras, «de hombre a hombre».

—¿Que Robert ha hecho qué? No tiene sentido... Además yo... ¿Por qué? —volvió a repetir—. Mi dote es muy escasa y apenas poseo cualidades, eso sin contar con esto. —Señaló su cuerpo—. Soy baja, mi pelo es oscuro... de lo más vulgar y yo... soy fea. —No había nada en su rostro que fuera digno de admirar: ni su boca, ni su nariz o sus pómulos. El conjunto era bastante decepcionante y ella lo sabía.

En ese instante, él le cogió las manos y le lanzó una mirada adorable.

—Camile... —susurró—, yo te encuentro de lo más cautivadora.

Ella se soltó de golpe.

—¿Te estás burlando?

—¡Por supuesto que no! —De repente, su rostro se ensombreció—. Si te soy sincero, me gusta lo que veo, pero sobre todo me gusta lo que eres y solo sé que me encanta estar a tu lado. ¿Crees que yo soy perfecto? —Ella pensó que sí—. Además, en estos momentos no tengo ni un penique. Mi sueldo no es muy alto y lo que tenía lo invertí en unos negocios con mi cuñado. Deberemos esperar a que me nombren comandante para casarnos, solo así podré comprarte una casita con la que empezar nuestra vida juntos. —Hizo una pausa—. Ya ves —levantó las palmas de las manos en un gesto de impotencia—, si me aceptas, yo seré el afortunado, el que saldrá ganando, porque te quiero.

Así la convenció y así la engañó, porque dos años después sus promesas se las había llevado el viento.

3

Garrett Bishop estaba sentado frente el escritorio en el despacho de su cuñado revisando unos contratos de los que Frederick le había pedido que se ocupara. Ahora poco más podía hacer salvo ayudar en lo que estuviera en su mano, y al menos eso le distraía.

Cualquier cosa para mantener su mente despejada de cualquier sentimiento autodestructivo.

Su situación actual distaba mucho de ser ideal, pero por el momento permanecería una temporada en la casa de Chester Square y luego ya vería. No quería convertirse en una carga para la familia. Una cosa era quedarse durante sus visitas al país, y la otra, afincarse allí para siempre.

Aunque Suzanne le había asegurado una y otra vez que su presencia siempre era bienvenida, él se sentía incómodo por la situación, pero reconocía que todo estaba dentro de su cabeza. Se notaba que su hermana, los niños e incluso su cuñado se sentían contentos por tenerlo ahí. Si no fuera por ese condenado incidente, su vida sería muy diferente y tendría unas metas por las que luchar. Sin embargo, ahora...

De repente, sus pensamientos se vieron interrumpidos por unas voces procedentes de la parte delantera de la casa.

Garrett arrugó el entrecejo. ¿Suzanne tendría visita? Porque si se trataba de algún amigo o conocido de la familia prefería no salir y encontrárselo. Es más, en aquellos pocos días que llevaba en Inglaterra había tratado de evitar el contacto con cualquier persona que no fuera su familia o los sirvientes de la mansión. Quería apartarse de los cotilleos, pero, sobre todo, no quería tener que dar explicaciones. Su estado de ánimo seguía siendo bajo, por no decir pésimo, y lo último que necesitaba para su recuperación era estar en boca de todos.

Oyendo las voces cada vez más cerca, Garrett se levantó apoyándose en el respaldo de la silla. No había tenido tiempo de enderezarse del todo cuando la puerta del despacho se abrió de golpe.

A punto estuvo de perder el equilibrio.

Tuvo que agarrarse con fuerza a la silla y al escritorio de madera. Alzó el rostro con expresión irritada por aquella brusca interrupción y se enfrentó a la persona que lo había apartado de sus tareas.

Fue entonces cuando el corazón se le detuvo.

Camile. Su adorada Camile. La única mujer que le robaba el sueño; la única en la que no deseaba pensar.

A pesar de la ira que reflejaba su rostro, Garrett se dio cuenta de que su aspecto seguía exactamente igual de como él lo recordaba. Era como si su separación no hubiera hecho mella en ella. Él, por el contrario, lucía más demacrado y con evidentes muestras de fatiga.

Se quedaron, durante unos instantes, observándose el uno al otro.

Camile era una mujer imperfecta: menuda, sencilla en su manera de vestir y nada bella. Hasta un ciego podía darse cuenta. No poseía unos pómulos altos dignos de admirar ni unos labios seductores. Todo lo contrario. Su aspecto era vulgar, por lo que muchos caballeros habían decidido no prestarle atención. Pero a Garrett nunca llegó a importarle aquella fachada, ya que le impresionó más su valiente carácter y su noble alma desde el primer momento en que la conoció.

No hubiera podido amarla más ni aunque ella fuera la mujer más hermosa de todos los tiempos.

Sin embargo, ahora las cosas eran distintas.

Al igual que él, Camile pareció haberse petrificado bajo el marco de la puerta. No obstante, fue la primera en recuperarse de la impresión y hablar.

—Es cierto... —murmuró para sí misma con una voz cargada de reproches—. Estás en Londres.

Garrett no supo qué contestar a aquello, ya que no se había preparado para volver a verla. Creía que su carta había sido lo suficiente explícita y dañina como para mantenerla alejada de él para siempre.

Era lo que esperaba en su fuero interno, ¿no?

Tragó saliva. Su peor pesadilla acababa de cobrar vida. Si se empeñaba en que le diera explicaciones por su pésimo comportamiento estaría en dificultades.

Detrás de la joven apareció su hermana con el rostro desencajado, dispuesta a intervenir si fuera necesario, pero se lo pensó mejor y optó por llevar a cabo una retirada estratégica.

—Será mejor que os deje solos. —Hizo un gesto para intentar cerrar la puerta, pero Camile no se había movido ni una pulgada del marco, por lo que desapareció sin más, echando a los sirvientes que se habían congregado en el corredor.

—No creí que tuvieras la vergüenza de volver —logró decir Camile irguiéndose con toda la dignidad que pudo y mirándolo a los ojos sin ni siquiera parpadear—. Por lo menos no por un tiempo. —Esperó su respuesta durante unos segundos, pero esta nunca llegó—. ¿Es que no vas a decir nada? —preguntó—. ¿De repente te ha entrado timidez? No creí que alguien tan miserable como tú pudiera sentirla.

—¿Qué haces aquí? —le espetó Garrett con dureza a sabiendas.

Ella abrió los ojos de par en par, desconcertada.

—¿Que qué...? ¡Dios, eres abominable! ¿Por qué crees?

—Te lo dejé muy claro en la carta que te envié, no quería... —prosiguió él, tratando de no dejarse dominar por los sentimientos. Era muy bajo, rastrero, tener que tratarla de ese modo; la culpabilidad le acompañaría hasta el fin de sus días. No obstante, sabía que era el único modo de deshacerse de ella.

—¡Me importa un rábano lo que tú quieras! —lo interrumpió furiosa y con las mejillas encendidas—. ¿De verdad crees que me conformaría con un «lo siento» después de romper nuestro compromiso de un modo tan mezquino?

—Comportémonos de forma civilizada. —Garrett trató de apaciguarla, aunque sabía que eso no serviría de mucho. Había hecho lo que creía que era mejor para ambos de la forma menos traumática, si bien era normal que ella estuviera despechada. ¿Quién no lo estaría en su lugar? Garrett le había prometido una vida llena de amor y se había desdicho sin que Camile lo esperara.

Tenía suerte que fuera ella y no su padre con un arma en la mano.

—Por supuesto, sobre todo no perdamos los modales —le respondió de forma irónica. Luego su rostro se endureció—. ¿No crees que por lo menos merezco una explicación? ¿O acaso todo eso ha sido alguna especie de espeluznante experimento? ¿Es que te gusta jugar con las mujeres y luego desecharlas?

Él se horrorizó.

—¡Cielo Santo, eso no es así para nada! Deberías conocerme mejor.

—¡Ah, sí! —Camile soltó una risita sarcástica—. Esperas demasiado de mí. ¿Es que me crees una santa para hacer como si nada?

—No, de verdad entiendo que estés molesta...

—Eso es quedarse muy corto —le avisó. En ese momento sus emociones estaban entremezcladas y, aunque una parte de ella quería abofetearlo, otra se debatía por lanzarse a sus brazos.

A pesar de lo que le había hecho, de la frustración y de la rabia, sus sentimientos por él apenas habían cambiado. Lo amaba y daría lo que fuera por que todo volviera a ser como antes.

—Mira, Camile, yo no planeé que las cosas sucedieran así —le aclaró Garrett con total sinceridad.

—¿No crees que por lo menos merecía que me hubieras dejado de frente, como lo haría cualquier hombre decente?

—Supongo que sí —le concedió. Estaba convencido de ello, pero entonces Camile se hubiera dado cuenta de muchas cosas y romper el compromiso sería del todo imposible. Así que había preferido usar una carta a sabiendas de que le odiaría por ello y le resultaría más fácil retomar su vida. Sin embargo, no le dijo nada de aquello—. Hice lo que hice porque no deseaba alargar la situación de forma innecesaria. No llevo en Londres ni diez días. ¿No crees que hubiese sido más cruel hacerte esperar hasta mi regreso?

—Pues al final lo que has conseguido es que me sienta humillada —declaró con total sinceridad. Para ella aquella carta significaba que le importaba bien poco.

—Lo siento. Siento lo que te he hecho. Siento que sufras por mí. —Era lo último que quería, pensó con una emoción que no dejó traslucir. Prefería que pensara que era frío a dejarle descubrir la verdad.

—¿Me has querido alguna vez? —le preguntó, arrepintiéndose al momento de mostrar su vulnerabilidad. Si decía que no, se moriría.

Garrett apretó la mandíbula. Vaya, Camile sabía ser directa.

—Eso ahora carece de importancia. —No era el motivo por el que se alejaba de ella.

Camile se dio cuenta de que su antiguo prometido

no quiso decirle ni que sí ni que no y se descompuso. Sintió unas repentinas náuseas y las piernas se le aflojaron. Ni siquiera la ira era suficiente para mantenerla fría y serena.

Fue desgarrador evidenciar lo poco que significaba para el hombre que era todo para ella, así que sus ojos se humedecieron, cargados de dolor.

Viéndola en aquel estado, Garrett se compadeció. Comprobar cuánto la había herido era peor de lo que había imaginado. Verla de esa forma le producía un dolor casi físico, porque el sufrimiento de Camile también era de él.

A punto estuvo de echarse atrás en su resolución, pues sus fuerzas flaqueaban.

—Sí, te quería —murmuró con un hilo de voz, rezando por que se conformara con lo poco que tenía y se marchara. Cuanto antes se diera cuenta de que lo suyo estaba muerto, antes lo superaría—. Me enamoré de ti la noche en que nos conocimos.

Ella ahogó una exclamación ante la noticia y su corazón empezó a latir de un modo descontrolado. Era la primera vez que se lo decía.

—¿Entonces? —logró pronunciar con voz lastimera.

Garrett desvió la mirada hacia el suelo. No quiso hacer hincapié en ello, ya que su intención consistía en dejarlo en el pasado, por el bien de ella.

—De verdad quería empezar una vida contigo. —Levantó la vista y la miró fijamente a los ojos sin rehuir su mirada. Ella por lo menos merecía aquello—. Sin embargo, las cosas ahora son diferentes.

—¿En qué sentido? —quiso saber, todavía afectada por sus palabras. Sin poder tomar el control de sus propios sentimientos, una pequeña esperanza comenzó a nacer dentro de ella—. Porque podemos recuperar lo que teníamos. —Si de verdad la había amado como le decía, todavía estaban a tiempo de solucionarlo. Su rabia inicial había disminuido y ahora estaba segura de que su compromiso no había sido una farsa—. Comprendo que lo que sentías por mí haya ido decayendo a causa del tiempo y la distancia, pero ahora que ya estás aquí...

Garrett se dio cuenta de que Camile no le había comprendido bien. Lo último que le faltaba era ilusionarla de nuevo.

¿Cómo podría entonces olvidarlo?

Soltó una maldición por lo bajo. Su plan inicial —romper el compromiso por carta y no volver a verla jamás— se desmoronaba por momentos y él era un maldito tonto por pensar que se saldría con la suya con tanta facilidad. ¿Cómo podía decir a aquellos ojos suplicantes que su vida sería mejor si no estaba a su lado?

—No creo que eso sea posible —aseguró tajante, aunque le estaba costando bastante combinar la fantasía con la realidad, dibujar la línea divisoria. Temía acabar confesándole que nunca había dejado de amarla—. No es algo que se arregle con un par de paseos.

—El amor no desaparece con tanta facilidad —aseguró Camile con cabezonería. Garrett estaba de acuerdo, pero no iba a discutirlo con ella—. Confías en mí, lo sé.

Él negó con la cabeza para no darle alas.

—Camile, mis sentimientos por ti murieron hace tiempo y no hay nada que pueda hacerse para remediarlo. No quiero dar más vueltas al asunto.

Ella, que había permanecido quieta en el mismo sitio desde el primer instante que entró en el despacho, se fue acercando hasta que solo el escritorio los separó y puso las palmas de las manos sobre la pulida superficie.

Garrett, por su parte, se aferró a aquella barrera a modo de escudo

—¿Por qué? No lo entiendo. Me dices que me querías, ahora parece que ya no y yo solo intento que tengamos una segunda oportunidad. Te amo, Garrett —confesó—. Nunca he dejado de hacerlo y estoy dispuesta a intentarlo de nuevo. ¿Por qué te empeñas en negarnos la oportunidad de ser felices?

Garrett no se dejó conmover. Su voz sonó fría a propósito.

—Porque sé con seguridad que nunca volveremos a recuperar lo que tuvimos.

—Por favor, Garrett. Por favor —le pidió suplicante.

Estaba en dificultades, cualquier maldito idiota, tarado y testarudo podía darse cuenta. Camile lo tenía contra las cuerdas y no sabía cómo salir del embrollo en el que él mismo se había metido.

Deseaba que la joven fuera feliz. Era lo que más deseaba, dadas las circunstancias. Y sabía con seguridad que la felicidad de ella le causaría aflicción a él, pero Camile lo merecía todo. Y Garrett no era el hombre adecuado para proporcionárselo. No estaba en condiciones de hacerlo. Así que pensó un modo rápido de solucionarlo. Lo malo era que no había tenido tiempo de meditarlo.

—Yo... —por un momento las palabras se le atragantaron— he conocido a otra —soltó de improviso.

Tan pronto como terminó de decirlo se arrepintió al contemplar el cambio en el semblante de la joven.

Estaba lívida.

Camile sintió un intenso dolor en la boca del estómago y en su mente se agolparon mil preguntas que era incapaz de pronunciar en voz alta. Durante las últimas semanas había imaginado mil y un motivos a los que achacar el abandono de Garrett. Y sí, debía reconocer que la idea se le había pasado por la cabeza, pero que aquello se convirtiera en una realidad era demoledor. Imaginar a su amado en brazos de otra mujer, que pudiera reír con ella, incluso besarla, era más de lo que podía soportar.

—Nunca debí haber venido —logró decir sin apenas inflexión en su voz.

¿Cómo sería ella? Se preguntó al instante. Lo más seguro es que se tratara de una mujer mucho más hermosa, más educada, más rica. Quizás alguien a quien admirar. Una mujer con la que Garrett se sintiera orgulloso de estar y contemplar. No como ella, que era fea.

¿Quién querría estar con alguien como ella pudiendo elegir a alguien mejor?

En aquel momento se sintió como un despojo. Ya no le quedaban fuerzas para saber, ya todo le daba igual. Contuvo un sollozo y se dijo a sí misma que aquello era el final. Ya no importaba quién era la mujer que lo había conquistado, dónde la había conocido o lo que fuera. Allí ya no había nada para ella.

Lo miró con lágrimas en los ojos y ni siquiera se despidió, dio media vuelta y se marchó aprisa por donde había venido.

Garrett, sujeto a la emoción que lo embargaba, estuvo a punto de gritar su nombre y detenerla. Era atroz lo que acababa de hacer con ella y la palabra «canalla» se le quedaba muy corta. Sin embargo, su voz interior y al parecer la más cruel le advirtió que no lo hiciera. Así que dejó que se alejara, se sentó y se masajeó la pierna para aliviar el dolor que había estado sintiendo.

Estuvo sumido en sus propios sentimientos durante unos minutos.

—¿Tenías que ser tan cruel? — La voz de Suzanne flotó en la biblioteca, haciendo una aparición lenta y pausada.

Su hermana, con los brazos en jarras y usando un tono acusatorio, frunció los labios a modo de disgusto. Había tratado de correr tras Camile para tranquilizarla, pero la joven se había marchado hecha un mar de lágrimas y rechazando cualquier consuelo.

Lo que le había hecho Garrett era abominable.

—Es evidente que has estado escuchando la conversación —le dijo molesto. Últimamente no hacía más que meterse en sus asuntos.

—No se merece ese trato —continuó sin hacerle el menor caso—. ¡Por Dios, Garrett, ni siquiera has sabido manejar la situación! Lo has enredado todo más y mira que dudaba que eso fuera posible.

—Hago lo que creo que es mejor para ella.

—Eso lo has dicho miles de veces, pero sigo sin encontrarle sentido alguno al asunto.

—Será porque no quieres —masculló frustrado. Estaba harto. ¿Por qué no podía aceptar su decisión?

—¿Qué sentido tiene que los dos sufráis tanto? ¿Acaso es una especie de martirio? —Se situó frente a él—. Es ridículo.

—Es mi vida y soy lo suficientemente maduro para saber manejarla —le espetó—. Y un poco de apoyo por tu parte no me iría mal.

Suzanne volvió a fruncir los labios. No iba a compadecerse de su hermano así como así.

Había pasado muchas semanas a su lado tras el accidente, cuidándolo y animándolo. Y ahora estaba viendo un Garrett cambiado: mucho más huraño y negativo. Era cierto que sobre él había recaído la desgracia, pero era un hombre joven y capaz. Podía recuperarse. En el aspecto físico lo estaba haciendo. Y aunque no estaría ligado a la Royal Navy nunca más —en ese sentido sus sueños habían muerto—, por lo menos todavía tenía ante él un futuro prometedor.

Eso no sería posible si seguía empeñado en continuar sin Camilé.

—¿Y cómo he de hacerlo cuando creo que estás cometiendo el mayor error de tu vida? ¿Otra mujer? —Negó con la cabeza en un gesto de incomprensión y se sentó en una de las sillas vacías—. ¿En serio? ¿De verdad era necesario llegar a tal extremo?

Garrett no quiso confesarle sus dudas.

—Lo era —se limitó a contestar.

—¿De verdad? —Ella no estaba tan segura.

Desde que supo de su decisión, se mostró contraria y trató de hacerle desistir porque sabía cuánto amaba a la muchacha. También sabía que su felicidad estaba junto a ella, pues lo que tenían era especial. Suzanne conocía bien a su hermano y era consciente de la pasión que sentía por el mar. Su sueño era tener un barco propio, pero renunciaría sin pensárselo si Camile se lo pedía, cosa que la joven nunca hizo. Siempre se amoldó a la vida de Garrett. Era por eso que no podía aceptar que la apartara de él.

—Déjame recordarte mi situación: tengo una lesión en la pierna que me impedirá andar con normalidad. Para siempre —sentenció con una mueca de dolor.

—Eso no lo sabes. Los doctores han dicho...

—¡Al diablo con los médicos! —le gritó rabioso y tirando los libros que había sobre el escritorio de un manotazo. Su hermana dejó que se desahogara—. Soy un maldito lisiado y hasta la Royal Navy lo ha reconocido. Nunca más podré volver a subirme a un barco. Estoy incapacitado para ello. ¿De verdad crees que no me gustaría casarme con Camile y tener una familia con ella? Pero no puedo hacerle eso. Si miramos la parte económica, estoy sin un centavo. —Su hermana fue a protestar, abrió la boca, pero la cerró sin llegar a decir nada—. Sí, lo sé, me queda la paga de invalidez, pero apenas alcanzaría para mantener a Camile como ella se merece.

—No es una muchacha avariciosa, lo sabes —intervino finalmente—. Además, Frederick y yo os ayudaríamos. Sabes que quería regalaros una casa para vuestra boda.

—Y se lo agradezco, pero es mi responsabilidad. No puedo permitir que mis parientes vengan al rescate cada vez que lo necesite.

—¿Por qué no? Deja de ser tan orgulloso —soltó enfadada—. Eres un terco; demasiado obstinado, a mi parecer. Además, los negocios con Frederick van bien y en poco tiempo empezarás a recoger dividendos. Así que no me digas que es por el dinero —lo amonestó.

Garrett negó con la cabeza.

—¿Y qué te parece mi lesión? Muchas veces no puedo dormir a causa del dolor en la pierna y mi andar se ha vuelto torpe. Necesito la ayuda de un bastón. Me he vuelto un inútil.

—No creo que eso le importe a Camile. Ella te ama, idiota. Por lo menos deberías dejarla decidir.

—¡No! —fue tajante—. No voy a ponerla en semejante tesitura. No quiero que se quede a mi lado por lástima.

Suzanne resopló sin contenerse. Habían tenido aquella discusión docenas de veces.

—Me desesperas hasta el punto de desear abofetearte. —Se levantó con resolución y lo miró, advirtiéndole con el dedo índice—. Aquí lo único importante es que la amas y si la dejas escapar te convertirás en un ser... —por un momento dudó— triste.

Su hermano necesitaba una fuerza como la del amor que le ayudara a recuperarse.

—Pues que así sea —sentenció él, tozudo.

Cogió el bastón que descansaba a su lado y en el que por suerte Camile no había reparado y se enderezó con cuidado, dando por finalizada la conversación. Sin embargo, su hermana podía ser mucho más terca que él y no se lo permitió.

—¿Has pensado en su futuro?

Garrett arrugó la frente.

—¿Qué quieres decir?

—Me refiero a que con el tiempo puede conocer a otro.

Se lo comentó para hacerlo reaccionar.

Suzanne no creía que eso llegara a suceder; no porque minusvalorara a Camile, sino porque como su hermano, era una persona fiel. Estaba segura de que el paso de los años no haría que su corazón lo olvidara, ni siquiera con la presunta traición. Pero podía ocurrir que se lanzara en brazos de otro por despecho. Conocía muchos casos así.

—No me importa —dijo Garrett avanzando un poco y dándole la espalda.

—Mientes —lo provocó—. ¿Por qué no me lo dices mirándome a los ojos?

Garrett se giró y se enfrentó a ella. Su rostro no mostraba ninguna emoción, era como el granito.

—No me importa —repitió, aunque los dos sabían que la engañaba. Ella le sostuvo la mirada y al final se dio por vencido—. ¿Qué quieres de mí? —pareció suplicar—. Es un riesgo que estoy dispuesto a correr. Todo lo que he hecho ha sido pensando en ella. Quizás el método no sea el más adecuado, lo reconozco, pero tenía que hacer que se desvinculara de mí porque quiero que sea feliz y si lo consigue con otro hombre... —Cerró los ojos sin querer imaginárselo y no pudo terminar la frase.

—Está bien —aceptó ella finalmente—. Veo que no hay forma de hacerte cambiar de opinión. Solo espero que todo esto no termine en tragedia.

Garrett tragó saliva y se batió en retirada. Las emociones se acumulaban y no era capaz de procesarlas. Había sido muy duro reencontrarse con Camile, enfrentarse a ella, negarle su amor.

Lo que ahora necesitaba era pasar un poco de tiempo solo.

4

Garrett

Permite que empiece esta carta disculpándome por mi última escena. Es ahora cuando comprendo que debí haberme ahorrado el bochorno y que eso era precisamente lo que pretendías cuando me escribiste desde Malta para poner fin a nuestro compromiso.

Actué con precipitación.

He de admitir con culpabilidad que me dejé llevar por el rencor; no recapacité. Sin embargo, algo en mí ha ido cambiando con el paso de los días y ahora soy capaz de confesar que sin lugar a dudas no me comporté de forma civilizada, tal como señalaste.

No debí habérmelo tomado tan a pecho. Debí haber visto que me estabas haciendo un gran favor, pero no fue fácil para mí dominarme en esos momentos. Por suerte, y como he dicho antes, todos esos sentimientos han ido cambiando y puedo mirar al futuro con optimismo.

He conocido a un hombre maravilloso: Jeremy Gibson, duque de Dunham. Él es todo lo que podría desear, comprensivo, atento, delicado... Doy gracias a Dios por ponerlo en mi camino en estos momentos de mi vida y, aunque no quiero adelantarme a los acontecimientos, tengo un buen presentimiento.

Y esta vez no esperaré tanto.

Por otro lado, no sería propio de una dama dar por hecho algo que todavía está por confirmar. Es por eso que te pido que disculpes mi indiscreción y no comentes con nadie el asunto.

Atentamente,

CAMILE FULLERTON

Garrett se removió nervioso sobre el asiento tapizado del carruaje. Guardó la carta en el bolsillo interior de la chaqueta e hizo un intento por contener las arcadas que lo amenazaban. Después cerró los ojos, buscando que el dolor remitiera.

Fue una lástima que eso no llegara a suceder.

Se tenía merecido aquellas desgarradoras líneas. Eso sucedía por haberla tratado así. Esa había sido su venganza: en sus palabras podía reconocer la ironía e incluso había copiado algunas frases suyas con tal de herirlo, de burlarse, de hacerle ver que lo había superado.

El problema residía en que no sabía a ciencia cierta si era verdad o una invención de Camile para mantener su orgullo intacto. Y, aunque no la tenía por mentirosa, tenía sus dudas. Fuera como fuese, le hacía daño.

Garrett se preguntó entonces si Camile podía dejar de amarle en tan poco tiempo y con tanta facilidad. ¿Sería posible? Apenas había pasado un mes desde la escena ocurrida en la biblioteca de su cuñado. En aquel momento había asegurado amarlo, incluso le rogó que volvieran a estar juntos. ¿Entonces? No podía entender que la mujer fuera tan voluble; no su Camile.

Le escribió tan solo unos días atrás y no se lo había contado a nadie, tal como ella le pedía, pero había conseguido echar por tierra el poco ánimo que le quedaba desde el accidente. Esas noticias le carcomían y a veces incluso se negaba a levantarse de la cama aduciendo malestar.

Se sentía hundido.

Suzanne no comprendía la profundidad de su dolor, sus ganas de estar solo, de compadecerse. La había dejado marchar, libre, y ella había conocido a otro. Maldito duque y su título.

«Tengo un buen presentimiento y esta vez no esperaré tanto.» Esas palabras se le clavaron como un puñal y por un momento necesitó aire. Siguió con los ojos cerrados y centró toda su atención en su respiración hasta que esta se normalizó.

Maldita fuera Camile por no querer arrancarse de su corazón y maldita Suzanne por obligarlo a salir de casa con tal de que le diera el aire. Había insistido e insistido para que lo acompañara a comprar y por fin accedió. Sin embargo, una vez en la calle se negó a salir del vehículo.

Llevaba esperando a su hermana más de una hora y

ya desde el comienzo se había arrepentido de su salida. No deseaba exponerse a los demás. Sus fuerzas flaqueaban y no había nada que pudiera hacer para remediarlo.

El carruaje se movió ligeramente hacia los lados, signo inequívoco de que el cochero había dejado su posición para apearse. Así que supuso que aquella salida tocaba a su fin. ¡Menos mal! Pero cuando la puerta se abrió no se encontró con el rostro de su hermana, sino de Camile.

De repente, la sonrisa se le congeló en los labios.

Garrett todavía podía sentir el efecto que le causaban las afiladas palabras que Camile había escrito. La carta descansaba cerca de su corazón y ya casi se la sabía de memoria. La amargura había hecho acto de presencia y el rencor iba a la zaga. Por lo tanto, no podía decirse que fuera el mejor momento para aquel reencuentro.

Deseaba que ella fuera feliz. Por supuesto. ¿Pero significaba que tenía permiso para restregárselo en la cara? Y, además, ¿tan pronto?

Después de mirarse unos segundos con estupor, Camile se dio la vuelta para enfrentarse a Suzanne que la empujaba desde atrás para que se metiera en el carruaje.

—Rápido, que ya ha empezado a llover —murmuró esta, apremiándola y no dando otra opción a la muchacha que ir a sentarse frente a Garrett.

Trató de maniobrar con cierta elegancia, pero la falda del vestido se le enredó por las prisas y a punto estuvo de caer. Por suerte, él reaccionó ante la emergencia y terminó agarrándola de la cintura. Tuvo que levantarse al vuelo, sin ningún apoyo y su pierna se resintió al instante.

Garrett a punto estuvo de emitir un aullido de dolor. Por suerte logró disimularlo apretando los dientes para no echar por tierra todo el plan que había construido.

Mientras tanto, Camile recuperó la compostura y apenas pudo mascullar un escueto «gracias».

—¡Dios, cómo llueve! —exclamó su hermana quitándose el sombrero y acomodándose. Les lanzó una sonrisita algo forzada—. Un poco más y terminamos empapadas.

—Eh... cierto. —Camile todavía no se había recuperado de la impresión—. No me habías dicho que te acompañaba tu hermano —murmuró con una naturalidad fingida, pues sabía que había sido una emboscada en toda regla. Además, de pronto recordó la carta que le había enviado y al instante enrojeció de vergüenza.

Garrett miró a su hermana con el ceño fruncido haciéndole saber que estaba al tanto de su jugarreta. En esos momentos se arrepentía de no haberle contado cómo estaban las cosas. Solo así lo dejaría en paz.

Era obvio, dadas las circunstancias, que no esperaba volver a estar tan cerca de Camile. No después de lo sucedido en el despacho y mucho menos después de su carta. Garrett convino que el destino se burlaba de él, porque todo parecía estar en su contra. Y aunque no era demasiado creyente, parecía como si Dios quisiera castigarlo por su pecado. Y ahora la tenía allí, por unos instantes entre sus brazos. Esa era su penitencia: desearla y no tenerla.

Pudo aspirar su embriagador perfume de rosas, siempre tan característico en ella, que le llenó los sentidos y lo excitó al mismo tiempo. Hacía tanto que no estaba con una mujer... pero solo la deseaba a ella. Aunque habían estado prometidos bastante tiempo, nunca consideró la posibilidad de tomar su virginidad. Quería hacerlo bien, quería esperarse al matrimonio y, aunque en su interior sabía que tomó la mejor decisión, se arrepentía de no haber compartido esa intimidad con ella.

Lo añoraba.

«¿Se puede extrañar lo que no has tenido?», se preguntó con tristeza.

Esa pregunta quedó sin respuesta.

—¿Ah, no? —respondió Suzanne haciéndose la inocente. Para ella no parecía tener importancia saber que ambos ya no estaban comprometidos—. He arrastrado al pobre Garrett de compras, pero al parecer es mucho más interesante quedarse aquí encerrado que acompañarme.

Miró a ambos. Sin embargo, parecieron ajenos a su broma.

Suzanne había aprovechado el tiempo para ir al joyero en Regent Street, ya que quería encargar un reloj de bolsillo grabado para el cumpleaños de su esposo, que estaba cerca. El tiempo estaba empeorando y ya regresaba cuando vio a lo lejos a Camile Fullerton. Como parecía ir sola decidió aprovechar la oportunidad. No quería hacer de casamentera ni nada por el estilo, pero había estado convencida de que su hermano se alegraría. No obstante, y fijándose bien, ahora no estaba tan segura.

Sentada al lado de Suzanne, Camile se sentía tan

incómoda que no sabía dónde mirar, pero no era tanto debido a su compañía como a la situación. Si le hubiera advertido de la presencia de su hermano, nunca hubiese aceptado. Lo de vengarse de Garrett no fue algo premeditado, le salió de ese modo. Y, aunque ya la había cambiado por otra, supo que heriría su orgullo. Los hombres eran así. El problema residía en que tan pronto como envió la carta se arrepintió de ello al instante, haciendo lo imposible para que esta no llegara a su destino.

El esfuerzo fue del todo inútil. Desde luego, no fue la mejor decisión que había tomado y solo podía justificarlo de una forma: la locura la había invadido.

Al contárselo a Deirdre la cosa empeoró y vio cómo su rostro se desencajaba.

—¿Estás loca? —le preguntó.

Justo lo que ella pensaba.

—Bueno —se justificó—, no todo lo que he escrito es mentira.

—No, pero lo has modificado a tu conveniencia —la sermoneó. Camile le había relatado palabra por palabra.

—Pero es cierto que Jeremy y yo hemos hablado de matrimonio —protestó.

—Solo porque ambos estáis despechados. ¿Acaso has considerado la posibilidad?

—Lo he pensado, sí.

—¿Por qué no me has comentado nada? —Camile notó que su amiga estaba molesta—. Creía que lo considerabas un amigo.

—Y lo hago. Aunque nos conocemos desde hace

mucho, en este último mes hemos intimado un poco más. —Eso era muy cierto y ambas lo sabían.

Lord Jeremy Gibson, duque de Dunham, poseía una extensa finca familiar en Surrey, a no más de diez millas de la casa de sus padres y, aunque lo conocía desde pequeña, nunca habían mantenido una estrecha amistad... hasta hacía bien poco. Se saludaban y hablaban brevemente cuando coincidían en Londres e incluso había asistido a alguna cena en su casa, pero nada más. Como había dicho su amiga, les había unido el despecho.

—A eso se le llama compartir penas.

—Lo sé, lo sé. Oh, Deirdre —se quejó—, quiero casarme y formar una familia.

—¿Y no quieres estar enamorada para hacerlo? Porque si yo algún día me caso, lo haré enamorada de la cabeza a los pies.

—Pues no nos llueven oportunidades precisamente —se quejó con amargura—. ¿Entiendes por qué estoy considerándolo?

—Sí —admitió—, y no quiero que pienses que te juzgo; no es eso, pero no quiero que cometas un error.

—Otro error —la corrigió.

Después de eso intentó olvidarse de aquel bochornoso asunto, pero los remordimientos podían con ella. Ya no sabía si llorar de rabia, maldecir a Garrett o intentar mirar a Jeremy de otra forma. Y, para colmo, ahora debía enfrentarse a él... de nuevo.

Un silencio incómodo se instaló entre ellos. Garrett carraspeó para aliviar la tensión y fue cuando sus ojos se posaron en ella.

Camile se dio cuenta y se mordió los labios, alterada. Esperaba no enrojecer bajo su escrutinio, pero es que él la ponía nerviosa.

Fue un alivio que Suzanne la rescatara.

—Me he ofrecido a llevar a Camile hasta su casa —se explicó—. Por el tiempo. Aunque no imaginaba que empezara a llover tan pronto.

—Por supuesto —murmuró su hermano tragándose la irritación—. Aunque no comprendo qué hacía usted sola por estas calles. Podría haber sufrido cualquier percance.

Camile sintió que la estaba riñendo y se encogió en el asiento. Le había pedido al cochero que no la esperara y el comentario de Garrett la hacía parecer estúpida.

Era cierto que había salido sin ningún tipo de compañía o protección, pero ella no era una damisela en apuros.

Además de todo aquello, y para empeorarlo más, se dio cuenta de que ya no la tuteaba.

Le irritó el comportamiento de su antiguo prometido. ¡Ella no era ninguna desconocida! ¿Acaso creía que mostrándose tan distante evitaría que se le lanzara a sus brazos?

¡Por favor, no estaba tan desesperada! Por lo menos ya no.

El orgullo pudo con ella. Se dijo que no iba a tolerar que la hiciera sentir peor de lo que ya se sentía.

—Regent Street es una buena calle —hizo notar mientras le lanzaba una mirada furibunda a Garrett—. Su hermana también parece habérselas arreglado sola.

Y no por ello había cometido un crimen.

—Por supuesto que sí —corroboró Suzanne.

Garrett no tardó en darle réplica.

—Pero al contrario que usted, ella es una mujer casada y eso le otorga cierto grado de autonomía. A usted, en cambio, la pone en riesgo.

Camile torció el gesto, disconforme.

—¿Está diciendo, señor Bishop, que un ladrón discriminará a su víctima según si es casada o soltera? ¡Vaya estupidez! El valor de una joya sigue siendo el mismo.

—No me refería a ese tipo de peligros. Y usted lo sabe.

Camile ya no sabía nada. Estaba manteniendo una riña dialéctica sin sentido, solo con el fin de llevarle la contraria a Garrett. Y aquello no parecía querer terminar, porque estaba empeñada en decir la última palabra.

—¿De verdad? Porque de sus palabras se desprende que no tengo dos dedos de frente...

Él abrió la boca y la volvió a cerrar. Pareció pensarse la respuesta.

—Me gustaría saber cómo ha llegado a semejante conclusión. Solo he expresado que una mujer de su condición debería tomar precauciones para evitar riesgos.

Ya, por supuesto. Es que en la calle había docenas de hombres que se arremolinaban por comprometer su virtud, pensó con ironía.

Suzanne, que ya había escuchado demasiado, pensó en intervenir.

—Debes disculpar a mi hermano, Camile. A veces peca de sobreprotector.

—Seguro —murmuró por lo bajo, pues su intención no era que la escucharan.

¿Sobreprotector? ¡Y un cuerno! Garrett no era más que un cerdo narcisista que disfrutaba haciéndola sentir miserable. ¿Cómo podía haber vivido tan engañada?

Después la mujer decidió cambiar de tema para relajar el ambiente. No obstante, siguió sin acertar.

—Y bien, Camile, ¿cómo te encuentras?

Era una pregunta sencilla. Solo debía decir que bien, pero él la miraba con los labios apretados, juzgándola, y al final no respondió.

—Sí, Camile, ¿cómo? —le preguntó con tono burlón, haciendo referencia a la carta que ella le había mandado y en donde le relataba sus progresos en el tema amoroso.

La joven sabía que aquel asunto, si no inventado, era una exageración de los hechos. Llegados a ese punto, qué más daba. Seguía con ganas de pelea. No tenía por qué disculparse por haber conocido a otro hombre y pensar en la posibilidad de rehacer su vida a su lado.

Garrett se iba a enterar, pensó con resolución.

—No puede ir mejor —declaró eufórica, acomodándose en el asiento con la misma elegancia y seguridad que lo haría una reina en su trono.

Suzanne pestañeó, confundida. No es que esperase que la muchacha les contase lo apenada que se sentía, pero tampoco eso.

Supo que se estaba perdiendo algo.

—Magnífico —contraatacó él con una euforia que

en realidad no sentía—. Que sea un día triste, por el tiempo —aclaró—, no significa que nuestros ánimos deban decaer. ¿Verdad, hermana?

Camile no le dejó contestar.

—Estoy de acuerdo. ¡Dejaría el tiempo inmutable si eso significara que mi felicidad se mantuviera intacta!

—Vaya, las cosas deben irle francamente bien para eso —exclamó al tiempo que trataba de esbozar una sonrisa.

Al final resultó no ser más que una mueca.

—Creo que no me había sentido tan bien en mi vida.

Una vez entrada en la exageración, no hubo quien la parase. Defendería su supuesta felicidad a capa y espada.

—¿De verdad? Ya que le inunda tanta felicidad, no le importará compartir el motivo con nosotros, ¿cierto?

Ahí la pilló bien, porque no deseaba que Suzanne supiera nada de aquello. Por lo cordial que la había tratado suponía que no estaba al tanto de su carta, así que no quiso hablar del tema de una forma tan abierta.

Pero tampoco iba a dejar que le ganara la partida.

—¿Qué quiere que le diga? —suspiró con toda la teatralidad de la que fue capaz, usando un talento que no creía poseer—. Así es la vida, unas veces te quita, otras veces te da —dijo lo más digna que pudo.

—¿Y le ha dado mucho?

—¡Ah! —exclamó—. Más de lo que me ha quitado. —Esbozó una sonrisa de lo más encantadora cuando lo que en realidad quería hacer era estrangularlo.

Garrett tragó saliva, rabioso. No iba a dejar que le

restregara por la cara su felicidad, pero él había comenzado el juego.

—Comprendo.

—Sabe —bajó el tono de voz, como si fuera a contarle un secreto—, recién he descubierto que la ciudad está plagada de asquerosas ratas —lo miró sin ambages a los ojos, sin pestañear—, y a veces invaden mi jardín, pero he aprendido que se pueden aplastar y seguir disfrutando del paisaje.

Suzanne ahogó una exclamación. Aquello estaba tomando un cariz muy peligroso.

—Pero hay veces que las flores y las plantas están infestadas y uno no puede darse cuenta. Resulta que uno cree que su jardín es perfecto para luego darse cuenta de la plaga de alimañas.

—Créame, eso ya me ha sucedido. —Y prosiguió con la analogía—. He sufrido las ratas, alimañas y todo tipo de bichos. Incluso hubo un momento en que pensé en no volver a pisar mi jardín. Sin embargo, la primavera llegó y todo volvió a cobrar vida. Así que ya ve, diría que es un buen día para sonreír.

Sus palabras provocaron la frustración en Garrett, que optó por la prudencia y calló, lo que hizo que ella se sintiera victoriosa. Era lo único bueno que sacaría de todo aquello.

Suzanne aprovechó el momento para relajar la tensión y distraerlos un poco, porque aquello no estaba saliendo nada bien y cualquiera de los dos podía estallar.

—Camile, querida, seguro que habrás recibido la invitación del señor Anthony Steel para el sábado. ¿Irás? —se apresuró a preguntar.

Hablando del baile nadie podía salir herido.

—Sí, ya está todo preparado para ello, aunque debo admitir que la invitación causó controversia en la familia Doyle. —Centró toda su atención en ella, evitando a su antiguo prometido a propósito.

—Como en todas —exclamó—. Yo estuve dudando una semana entera y hasta tres veces, tres veces —repitió—, se lo pregunté a Frederick.

—¿Por qué? —preguntó entonces Garrett.

Su hermana meneó la cabeza.

—Querido, pareces ajeno a todo, ¿no recuerdas que hablamos de eso?

—Pues no —se cruzó de brazos.

—Ay, tú siempre pensando en tus cosas. En fin... Resulta que viene de Estados Unidos y el caballero, por llamarlo de algún modo, pues eso, todavía está pendiente de comprobar, ha organizado un baile de máscaras. Aunque eso no sería nada excepcional, pero sí poco frecuente, digamos que con su reputación de... oscuro, no ayuda mucho a las familias respetables a decidirse.

—¿Caballero que todavía está pendiente de comprobar? —repitió sus mismas palabras—. ¿Oscuro? —se burló—. ¿Acaso es un hechicero o algo así? No creí que creyeras en cuentos a tu edad.

—No seas zoquete —le recriminó—. Todo el mundo sabe que su abuelo era marqués y que posee una gran fortuna, pero si tenemos dudas sobre su persona tiene que ver con su estrafalario comportamiento y las noticias que circulan sobre él. —Camile asintió con la cabeza, pero no quiso intervenir—. Porque parece que hizo fortuna con maneras no muy... aceptables. Según la información que nos ha llegado, importaba y exportaba bienes sin pagar los aranceles.

—Lo veo poco probable —argumentó—, de otra forma las autoridades no le hubiesen dejado establecerse en Inglaterra.

—Un poco de dinero obra milagros —aseguró.

—Que pudiera sobornar a algún agente, no te diré que no, pero a todo un estamento gubernamental...

—Eres un iluso y un idealista —dijo con aire de suficiencia.

—A lo mejor. —Aunque él no estaba tan seguro. Él mismo y sus compañeros habían luchado en Malta contra el contrabando, sabía que existía, pero las autoridades inglesas luchaban con ahínco para combatirlo. Prefirió no hacer hincapié en ello—. ¿Y a pesar de eso queréis ir?

La respuesta nunca llegó a expresarse porque en ese momento el carruaje se detuvo frente a la casa de ladrillos de la familia Doyle y los sirvientes aparecieron cargados de paraguas.

—Me tengo que ir —murmuró Camile, agradecida por poder marcharse—. Muchas gracias por haberme traído hasta casa... y por salvarme de la lluvia —concluyó.

—Ha sido un placer, ¿verdad, Garrett? —Lo miró con aire inocente.

—Por supuesto —fue lo único que pudo decir sin maldecir a Suzanne.

Camile no perdió el tiempo para escapar de los hermanos y descendió los escalones del carruaje a una velocidad nada propia de una señorita. Por suerte, podía echarle la culpa a la lluvia.

—Podías haber sido un poco más amable con ella —le recriminó cuando la portezuela se cerró.

Garrett solo contestó con un gruñido, cerró los ojos e intentó dormir durante el trayecto de regreso a casa mientras su hermana seguía regañándole por su comportamiento.

5

El ambiente festivo impregnaba los salones de la majestuosa mansión y se extendía hacia los jardines. Todo había sido decorado con esmero y sofisticación en un escenario que recordaba a un espectáculo veneciano: las telas y los tapices con estampados típicos del Renacimiento, la música e incluso la comida trasladaban a otra época donde la festiva suntuosidad y el desenfreno no parecían tener fin.

Todo Londres se había congregado en aquella fiesta y aunque todavía no había unanimidad en la opinión sobre el anfitrión, al final nadie se había podido resistir a conocerlo. La primera impresión había sido buena, pero los prejuicios seguían siendo muy fuertes.

Los invitados echaban furtivas miradas al rechoncho hombre en lo alto de la escalera y murmuraban entre sí. Desde su posición podía estar pendiente de todo, pero su puesto debería estar junto a su esposa, recibiendo a los invitados; sin embargo, esa tarea la había reservado para ella sola.

Camile enfocó la vista, limitada a causa de la máscara, y se tomó del brazo del duque de Dunham para recorrer las estancias junto a él y la familia Doyle. Su acompañante, en cambio, aunque había llegado con una máscara, parecía incómodo con la idea del anonimato y prefería llevarla en la mano en lugar de en el rostro.

La joven se había prometido disfrutar aquella noche, olvidar todo lo que estaba mal en su vida. Así que aquella especie de juego que consistía en adivinar quiénes eran los invitados le parecía de lo más divertido.

Hasta ahora había reconocido a diversas personas. Podían tacharlo de un pasatiempo frívolo, pero era lo que necesitaba, al fin y al cabo. Jeremy, en cambio, parecía demasiado serio para eso.

—Nunca había asistido a una fiesta con tanta opulencia —comentó a Cassandra, hermana de Deirdre.

—Parece ser que el señor Anthony Steel no ha escatimado en gastos.

—Se nota que quiere hacer gala de sus riquezas —comentó Jeremy con cierto desprecio en la voz.

—¿De qué les va a valer tanta fortuna cuando mueran si no tienen un heredero a quien dejárselo? —opinó Sharon mientras se abanicaba.

—Conozco a alguien, que conoce a alguien, que tomó amistad con ellos en América y me contó que los señores Steel tienen un hijo con el que no se hablan.

Todos se sorprendieron ante la revelación del padre de Deirdre, el conde de Millent.

La familia Doyle comenzó a especular sobre la certeza de ese hecho, pero Camile pronto dejó de escuchar la conversación. Tenía una sensación extraña que no supo cómo definir. Un punto de incomodidad y nerviosismo del que era imposible encontrar el origen. Y venía arrastrando aquello desde que habían entrado en aquel salón en particular.

Se dio la vuelta y curioseó entre la multitud. No buscaba a nadie en especial, pero notaba como si la estuvieran observando o cuchicheando sobre ella. Una tontería, se dijo. O a lo mejor no, se contradijo. En el último mes había levantado decenas de cotilleos por su estrecha relación con el duque de Dunham y aunque nadie se había dirigido a ella para preguntarle acerca de su compromiso o falta de él, dado el comportamiento que mostraba, no pudo dejar de notar que era objeto de murmuraciones.

Así que debía de ser eso. Jeremy iba con el rostro descubierto y rodeado de la familia Doyle. Era lógico que pensaran que era debido a Camile.

La joven seguía preocupada por que de repente se convirtiera en el centro de atención; sin embargo, toda su vida había soportado que hablaran de ella de forma despectiva por el simple hecho de ser fea. ¿Qué le importaba ahora?

Sonrió para sí, más convencida que nunca de hacer caso omiso de aquella sensación, pero entonces se dio cuenta de que un hombre no le quitaba ojo.

El vello se le erizó y sintió un escalofrío. No supo qué era, pero había algo extraño en él y en la forma en que la observaba. Estaba contemplándola fijamente, como si la vigilara a ella en particular.

«¿Por qué?», se preguntó arrugando el entrecejo. Aquello no era debido a los cotilleos. El hombre no parecía tener acompañante y estando solo no tenía con quién conversar. Así que era posible que pensara que era cualquier otra mujer. Camile no se había quitado la máscara y era muy probable que su figura o incluso su vestido lo hubieran confundido.

Camile también se permitió observarlo. Era alto y vestía un traje de noche oscuro, como la mayoría de los invitados, pero el antifaz negro le daba un aire de peligrosidad y misterioso. Advirtió que se apoyaba en un bastón y en aquel instante se le ocurrió pensar que se trataba de un anciano, aunque desechó la idea. No parecía un hombre mayor.

Tras lanzarle unas miradas directas con las que pretendía que él se diera cuenta de que lo había cazado y que su comportamiento demostraba su mala educación, comprobó con azoro que el desconocido ni siquiera pestañeaba.

Eso aumentó el misterio y estuvo tentada de acercarse, aunque por suerte se refrenó.

«¿Desde cuándo eres tan intrépida?», se dijo, y al instante se sintió ridícula. Con ello solo conseguiría que pensaran que era una descarada.

Decidió que ya era mayor para ese tipo de juegos e iba a darse la vuelta cuando el hombre de la máscara esbozó una sonrisa burlona, giró sobre sus talones y desapareció entre la multitud.

Se quedó petrificada por lo que acababa de ocurrir y se dio cuenta de que debía de conocerlo, porque de otro modo, ¿por qué iba a comportarse así?

Con un ímpetu que no había percibido antes en ella, Camile dejó a los presentes sin mediar palabra; se recogió la falda de los lados para no pisarse el dobladillo y casi corrió por el abarrotado salón persiguiendo al desconocido.

Era una fuerza poderosa la que la empujaba a actuar y no tenía tiempo de ponerse a razonar consigo misma sobre lo mal que lo estaba haciendo.

El hombre se movía rápido a pesar de su cojera. Pero ella más.

Lo alcanzó justo cuando cruzaba las puertas abiertas del próximo salón.

—¡Señor, necesito hablar con usted! —gritó por encima de las voces.

No fue suficiente para que él la oyera; la música amortiguó sus palabras. Si él dejó de andar y se dio la vuelta para enfrentarla fue gracias a que Camile lo había detenido posando la mano sobre su antebrazo.

En el instante en que sus miradas se cruzaron Camile se dijo que había perdido el juicio. Total y absolutamente. Como descubriera que se trataba de un pervertido octogenario al que le encantaba perseguir a jovencitas, la humillación sería épica y la vergüenza que sentiría la acompañaría por el resto de su vida.

¿Qué explicación iba a dar? ¿Que su corazón anhelaba a un príncipe azul? ¿Que por eso corría?

¡Habrase visto semejante bobada!

Sin embargo, en el fondo no lo era tanto. La desilusión que comportaba darse cuenta de la clase de hombre que era Garrett había dado alas a la versión más romántica y emotiva de Camile.

«Imposible», se dijo un poco después con escepticismo. Si en verdad existiera un príncipe azul y llegara hasta ella, saldría huyendo tan pronto como le viera el rostro. Ella no era un patito feo que se convertiría en cisne. No, ella seguiría siendo un patito toda su vida.

El desconocido alzó una ceja tras el prolongado silencio de la joven y eso la hizo reaccionar.

—¿Nos conocemos? ¿Quién es usted? —le preguntó, tratando de que su voz no sonara temblorosa.

Él sonrió del mismo modo que había hecho antes de marcharse, con pereza, cinismo y sensualidad.

Camile quedó cautivada. Esos ojos ejercían poder sobre ella y consiguieron que sus pies se quedaran clavados en el suelo. Y esos labios... ¡Dios! Le eran tan familiares que le produjeron recuerdos que la lastimaron.

¡¡Garrett!! Era como si estuviera frente a él.

Soltó una risita floja que se apresuró a disimular.

Se dijo que su imaginación le jugaba malas pasadas. Estaba tan obsesionada con lo que le había hecho su antiguo prometido y al mismo tiempo seguía tan enamorada de él, que su mente había creado aquella fantasía nada propia en una dama decente.

No podía ser Garrett.

Cuando la mirada del desconocido recorrió su boca y su mentón, luego descendió por la clavícula para finalmente posarse en su escote, Camile sintió cómo dejaba de respirar. Jamás había sentido el fuego interior que estaba notando en aquel instante. Ni siquiera con Garrett.

Él había despertado muchos sentimientos en Camile: el amor el más importante. Se había mostrado cálido y cercano, al mismo tiempo que respetuoso con su virtud. Por eso daba tanta importancia al hecho de mantener las distancias. Un cortejo clásico y en toda regla.

Y sí, Camile había suspirado millones de veces por él. En ocasiones tenía la sensación de que no hacía otra cosa, pero su corazón no había experimentado esa expectación y delirio que parecían acompañarla en aquel momento.

Esas emociones aumentaron a medida que el desconocido tomaba su mano enguantada y depositaba un beso en el dorso que duró más de lo debido y de lo apropiado.

¡Cielo Santo! Lo que debería ser motivo de azoro y repulsión se había convertido en... en... Dudó. Por supuesto que estaba azorada. Un simple contacto a través de la tela había causado un tremendo efecto sobre ella. ¿Repulsión? En absoluto. Podían condenarla, pero se sentía más viva y coqueta de lo que pensaba que a una mujer soltera le correspondería.

¿Quién lo iba a saber? Al fin y al cabo, ambos llevaban máscaras.

Él debió de notar su falta de resistencia, porque a continuación la tomó de la cintura con la misma libertad que lo haría un amante y la pegó a él. Como respuesta, Camile soltó un suave jadeo que no era indicativo de miedo; a pesar de que el desconocido era cada vez más atrevido.

Su bastón no fue impedimento para nada.

En un intento por averiguar de quién se trataba y ante su falta de respuesta verbal, trató de quitarle la máscara. Sin embargo, su embiste fue interceptado y él le apartó la mano con brusquedad. Fuera quien fuese, deseaba seguir en el anonimato, y Camile seguía demasiado fascinada como para enfadarse. Tampoco hizo ningún intento por deshacerse de su abrazo, a pesar de saber que aquel salón concurrido era el lugar menos adecuado para una demostración pasional.

—Se está tomando demasiadas libertades y yo sigo sin saber quién es.

Tampoco entonces dijo nada. Solo pasó el dedo índice por el interior de su escote mientras la observaba circunspecto.

¡Inaudito!

En aquel punto sí que estaba escandalizada.

Horrorizada, Camile miró a ambos lados rogando por que pudiera salir airosa de aquel espectáculo que había propiciado ella. Y comprobó, con alivio, que nadie estaba prestándoles atención. Entonces ¿por qué sentía sus mejillas inflamadas y su corazón latía desbocado? ¿A qué se debía tanta agitación?

—Quíteme las manos de encima, sinvergüenza —exclamó entre dientes.

Su ofensa se debía más a su falta de comunicación que a sus actos descarados. Pero a pesar de tanta fascinación por aquel desconocido, que se movía y actuaba como un hombre joven, Camile no iba a permitir que se sobrepasara más de lo que ya lo había hecho.

Para su sorpresa, él la obedeció al instante y dejó caer los brazos. Después, se marchó sin que ella hiciera nada por detenerlo.

¡Demasiado había hecho ya!

Mientras seguía percibiendo el aroma masculino que había dejado aquel desconocido, Camile se sobresaltó al notar una mano en el hombro.

Dio un pequeño brinco.

Giró ligeramente el rostro con fastidio por tener

que renunciar al pequeño placer que había supuesto su aventura y se encontró mirando directamente a los ojos de su pretendiente: Jeremy Gibson, duque de Dunham.

—Camile, ¿estás bien? —le preguntó en ese momento, tomándola del codo con delicadeza y observándola con preocupación. Había salido en su busca—. Nadie sabía adónde habías ido.

Ella parpadeó y le prestó atención.

—Lo siento —se excusó—. Me pareció ver a un conocido.

Jeremy la escoltó hasta el lugar en el que estaban los demás. Y a partir de aquel instante su intención consistió en olvidarse de lo que acaba de ocurrir y centrarse en la conversación que se seguía manteniendo sobre la familia Steel, pero a pesar de sus esfuerzos por disfrutar de la velada, su mente parecía divagar en el cercano recuerdo de aquel desconocido.

Todo cuanto la rodeaba dejó de tener importancia. Estaba ajena a ello.

Después de someterse a decenas de cavilaciones, cada una más singular que la otra, empezó a ponerse nerviosa por no poder dar con la respuesta adecuada y pensó seriamente en marcharse a casa a dormir. Si no lo hizo fue porque no quería estropear la noche a los demás. Y mucho menos a Jeremy, que se estaba portando de maravilla con ella.

Estaba en un momento en el que no quería seguir llorando por Garrett; él no lo merecía. Además, el duque le tenía aprecio y Camile a él. Se trataba de un caballero gentil y sincero, con una reputación intachable... por lo menos en cuanto a su conducta. Si bien, desde su punto de vista, aquello no suponía una base sólida para el matrimonio. O por lo menos no era suficiente.

La tarde anterior, en una de sus salidas, Camile decidió sincerarse. Él parecía ilusionado con unos planes que la incluían y eso la hacía sentir culpable, puesto que ella no estaba preparada para ellos. Así que se adelantó a sus intenciones. Siendo más atrevida de lo que había sido nunca y esquivando cualquier atisbo de vergüenza, le dijo que una unión entre ambos era del todo imposible. El amor que sentía por Garrett no había disminuido ni un ápice y sería muy injusto someterlo a una eterna comparación.

Él debía de saber de qué hablaba, ya que también le habían roto el corazón, justo el día de su boda.

Jeremy no aceptó su rechazo de buenas a primeras. Le aconsejó que esperara, pues el tiempo era una buena cura para sanar las heridas. Le prometió que él, por su parte, tendría paciencia y que no la abrumaría con sus atenciones. Así que al final no había sido tan rotunda como se había propuesto y él seguía teniendo esperanzas.

Camile se pasó la mano por la nuca, dándose un suave masaje que la liberara un poco de la tensión que sentía. Le habían ocurrido demasiadas cosas en los últimos tiempos y ahora comprendía que debería haberse quedado en Surrey junto a sus padres. Por lo menos ahí solo le perseguiría el tormento de Garrett.

Ahora debía lidiar con su presencia, la recién descubierta verdad, la negativa de Jeremy a aceptar su decisión y el hombre enigmático.

6

—Ya que has decidido asistir, me gustaría que disfrutaras un poco de la ocasión —comentó Suzanne a su hermano sin ser demasiado crítica.

No se atrevía a preguntarle el motivo de su repentina decisión porque tenía la esperanza de que fuera para recuperar a Camile.

Suzanne era así de romántica y no quería llevarse un chasco.

Reconocía que todavía no había aceptado el hecho de que ya no estuvieran juntos. A pesar de estar en contra de la postura adoptada por su hermano, una parte de ella entendía su propósito y lo último que quería era causarle más daño a Camile. Sin embargo, después anunció que asistiría a la fiesta y una nueva esperanza renació en ella.

Se dijo que lo mejor para todos sería que Garrett admitiera el gran error que había cometido y se dejara guiar por el corazón.

Concibiendo una esperanza, Suzanne estudió el extraño comportamiento de Garrett. Si quería volver a congraciarse con la muchacha, ¿por qué no se había separado de ellos más que en una ocasión? Debería estar buscando a su amada con ahínco, postrarse a sus pies —si su pierna se lo permitía— y rogar que lo perdonara.

Sí, señor. Una declaración en toda regla delante de la multitud. Eso serviría para extinguir los cotilleos que circulaban entre sus amigos y conocidos y de los que ella había tratado de zafarse. No le correspondía anunciar nada, pero la cuestión era que ni Garrett ni Camile habían hecho pública su separación y, además, que la joven aceptara la compañía del duque de Dunham no ayudaba en absoluto.

Solo alimentaba los cotilleos.

—Deja a tu hermano en paz —murmuró su esposo cerca de su oreja—. Que haya venido ya es un logro en sí. —Era mejor eso que quedarse encerrado en casa.

Garrett, que permanecía con el ceño fruncido obviando cualquier diversión, no pudo oír lo que su cuñado le decía; aunque era deducible. No culpaba a su hermana por querer que se lo pasara bien, pero se sentía incómodo, fuera de lugar, y se estaba preguntando qué hacía ahí.

Si era sincero consigo mismo, reconocería que era por Camile: una parte de él sentía curiosidad por saber si iría acompañada por ese lord, pero entonces la curiosidad se transformaba en envidia insana y le entraban ganas de darle una paliza.

¡Camile le amaba a él!

Estaba seguro de que con la pierna lesionada y todo podría ganar a ese duque salido de la nada, aunque entonces Camile lo odiaría más, si eso todavía era posible, y debería regresar a casa con el rabo entre las piernas.

Sus opciones eran escasas, ella ya se había marchado de su vida y a duras penas podría recuperarla. Si ahora le contaba lo de la pierna seguramente no serviría para nada.

Se arrepentía de todas y cada una de sus decisiones. Era una certeza.

Hecho un lío, pensó qué debía hacer. ¿Dejarlo todo como estaba y esperar que Camile llegara a alcanzar una vida plena? ¿Intervenir y quedar como un idiota? Era arriesgado, pero quizá tuviera una pequeña oportunidad. Esa era otra razón por la que había decidido ir a la fiesta esa noche.

Garrett había estado observándola un buen rato desde una distancia prudencial y en un principio el resultado no había sido nada satisfactorio: la vio hablar y reír con su acompañante y con los miembros de la familia Doyle. Lo cierto era que no parecía demasiado apenada por su abandono, por el contrario, diría que estaba disfrutando de aquel baile de máscaras. Y a Garrett lo que más le dolía era verla con ese hombre, porque al instante se dio cuenta de quién era por la forma de tratarla.

Sintió rabia. Una terrible rabia que no había experimentado antes.

Entonces ella se dio la vuelta y, por alguna extraña razón, lo miró directamente, como si supiera que era su objeto de deseo.

Todavía podía sentir el cosquilleo en el cuerpo que experimentó en ese instante. Era la mujer más cautivadora que había conocido jamás y su aspecto, aquella noche, era espectacular. Camile lucía un vestido de seda a rayas, coral y negro, que le sentaba a la perfección.

Garrett se sintió como si fuera la primera vez que la viera.

Tragó saliva, esperando que no lo reconociera, porque su moderado optimismo y la valentía se habían esfumado por arte de magia. En un abrir y cerrar de ojos se había convertido en un auténtico cobarde.

Era el momento de admitir su derrota, incluso antes de librar la batalla. Si pudiera cambiar las cosas lo haría sin dudarlo, pero ya era demasiado tarde para ellos.

Nunca hubiera pensado que ella osaría perseguirlo y encararse a él. Lo que vino a continuación conseguía marearlo solo de pensarlo.

Garrett se había comportado con auténtica desfachatez. Los celos y el deseo habían tomado las riendas tanto de su cuerpo como de su mente y en consecuencia la inhibición había desaparecido. Por lo menos en parte, porque lo que deseaba en realidad era estar a solas con ella y tomar lo que antes había rechazado.

Idiota, idiota, idiota. Solo así podía llamarse. Su cabeza era un hervidero en el que Camile pasaba a ser de la más deseable a la más mezquina de las mujeres.

Se daba cuenta de que no lo había reconocido. Aun así, había aceptado su cercanía y el contacto íntimo que había habido entre ellos.

¿Podía ser que, en su inconsciencia, hubiera sentido que estaban destinados o simplemente se había transformado en una joven que aceptaba cualquier clase de proposición?

—Creo que es hora de marcharme —dijo de pronto a su hermana y a su cuñado.

Necesitaba pensar largo y tendido sobre su vida.

—¿Estás seguro? —le preguntó Frederick con asombro—. Ya que estás aquí...

—Estoy cansado, creo que hoy me he excedido y me duele la pierna.

En cierto modo se trataba de una excusa. Era innegable que el dolor existía, si bien no era tan intenso como para hacerlo marchar si él no quería.

—Pues nos iremos todos —declaró su hermana con resolución.

—No tenéis por qué hacerlo. El cochero me llevará y más tarde puede regresar por vosotros.

—No, no, si tú te vas, nos vamos todos —afirmó, cabezota.

—Pero si no hace ni una hora que hemos llegado —protestó Frederick, que no estaba nada conforme—. ¿Para eso todo este embrollo? El vestido, los trajes, las máscaras...

—Está bien, lo entiendo. Pero Garrett...

—Ya es mayorcito. Deja de hacer de madre. Si quiere hacerlo, pues que lo haga.

—Gracias, Frederick —murmuró palmeando la espalda de su cuñado. Suzanne, como hermana mayor, siempre había sido protectora con él, pero desde su lesión en la pierna su comportamiento era más exagerado.

Ella se dio cuenta de que ambos hacían frente común y les sonrió aceptando su derrota. Las cosas no siempre podían hacerse a su modo. Sin embargo, la sonrisa se le quedó congelada en los labios cuando se dio cuenta de quién se acercaba y la pilló con la guardia baja.

Miró a los dos hombres que la acompañaban y observó que los ojos de su hermano chispeaban. También se había dado cuenta.

—Suzanne —murmuró Camile con el rostro descubierto. No había ningún titubeo por parte de la joven y era obvio que se alegraba de encontrárselos entre aquella multitud.

—Camile —le respondió con aspereza, sin hacer gala de sus modales.

Por supuesto que había escuchado los rumores sobre ella y el duque de Dunham, pero no les había hecho demasiado caso. Por lo que a ella respectaba, la joven seguía perdidamente enamorada de su hermano y solo se estaba mostrando amable con el hombre que resultaba ser vecino de sus padres. Nada más.

Ahora no podría afirmar aquello de ningún modo.

Se fijó en la forma en la que aquel duque la escoltaba... bastante elocuente. Y a Suzanne no le gustó en absoluto. Era como si la traicionaran a ella misma.

Jeremy Gibson, duque de Dunham, estaba dejando claro su interés por ella sin gritarlo a plena voz y para todos era conocido que iba a la caza de esposa.

Y la inocente Camile parecía aceptarlo de buen grado. Con una tímida sonrisa, eso sí.

¡La muy hipócrita! ¿Cuánto le había durado el amor por Garrett?

Suzanne perdió toda la cordialidad. Si la muchacha se dio cuenta, no dio muestras de ello.

—¿Has venido con Frederick? —dijo, ajena a las mirandas cargadas de acritud.

Camile observó a los dos hombres que se mantenían a su lado y se dio cuenta de que uno de ellos llevaba bastón. Un bastón idéntico al de...

El corazón se le paralizó. Había transcurrido por lo menos media hora desde que compartieran aquel encuentro que la mantenía aturdida.

«¡Por Dios, que no sea Frederick!»

Trató de disimular el temblor producido por el miedo. Sin embargo, su voz interior la calmó. Era imposible que aquella figura que se alzaba orgullosa ante ella fuera el esposo de Suzanne. No lo había sentido así.

Entonces, ¿quién demonios era?

—Yo no esperaría otra cosa —sonrió el aludido mientras se quitaba la máscara. No había en él ni una pizca de aspereza en el tono de su voz —. Me alegra verte, muchacha.

Camile suspiró de puro alivio al comprobar su identidad.

—Igualmente —musitó. Sin embargo, sentía que no podía relajarse con los ojos fijos todavía en ella.

—¿Quién es el caballero que te acompaña? —le preguntó Suzanne con el entrecejo fruncido y con cara de pocos amigos. Aunque todos sabían de quién se trataba.

Camile, alertada por su brusquedad y dejando de pensar en la identidad del desconocido por un momento, escrutó su rostro. Buscaba alguna señal que le ayudase a comprender la sorprendente transformación de la mujer, ya que la última vez que coincidieron su comportamiento fue muy distinto.

La situación se tornó un poco violenta. En otra época había sido muy cercana a ellos; sin embargo, ahora no sabía cómo tratarles: si como unas viejas amistades, como unos meros conocidos o ignorarlos, haciéndoles el vacío, pero ella no era así, no podía culparlos por el comportamiento de Garrett.

—Su Gracia, el duque de Dunham —dijo el enmascarado con rotundidad y muy seguro de sí mismo—. Al parecer está muy unido a la señorita Fullerton —explicó a los presentes.

Con horror, Camile supo al instante de quién se trataba; incluso antes de que se quitara la máscara. Le había reconocido la voz. Además, estaba demasiado impresionada por encontrarse frente a él como para reaccionar ante sus palabras.

A pesar del escalofrío que recorrió su cuerpo de arriba abajo, logró mirarlo fijamente a los ojos castaños mientras se llamaba tonta por no haber hecho caso a sus instintos. Era él y seguía manteniendo la misma actitud retadora que el día del carruaje.

«¿Por qué?», se preguntó entonces. Ella ya no significaba nada para Garrett. Él se lo había dejado muy claro, tanto con sus acciones como con sus palabras.

Su corazón comenzó a latir desbocado, perdió la compostura habitual en ella y las presentaciones de rigor parecieron borrársele de la memoria.

El duque, hasta el momento, había permanecido impertérrito, porque le eran personas ajenas y no quería inmiscuirse, pero la hostilidad hacia la muchacha se palpaba.

Eso era algo que no iba a permitir.

—En efecto... —fue lo único que pudo decir antes de que Garrett lo interrumpiera impertinente.

Era una total grosería y una evidente falta de respeto, pero Garrett pareció haber olvidado sus buenos modales.

—Esta noche ya he visto todo lo que tenía que ver, así que no me queda más que añadir un «buenas noches». —Hizo una leve inclinación de cabeza, algo tosca, y giró sobre sus talones.

Camile no pudo evitar fijarse en su cojera mientras se marchaba y se preguntó si sería una teatralización o realmente se había dañado la pierna.

Pero estaba demasiado impresionada como para abrir la boca.

—¿Cómo has podido? —murmuró rotunda Suzanne cuando su hermano estaba lo suficientemente lejos como para no oírla.

—¿Eh? —La cabeza le daba vueltas a causa de la conmoción.

Tuvo que poner toda la atención de su parte. La hermana de Garrett le estaba hablando, pero la joven no entendió a qué se refería.

—Te he subestimado. Ahora reconozco lo hábil que eres. Seguro que cambiar a Garrett por un duque tiene sus beneficios.

Camile se quedó boquiabierta ante tal acusación. Jamás hubiera esperado que Suzanne le lanzara una inculpación de ese tipo.

La joven no se quedó de brazos cruzados escuchando aquellas sandeces. Cuadró los hombros y levantó el rostro con dignidad.

Podía ser fea, no tener ninguna gracia o atributo, pero era una mujer de carne y hueso y nadie tenía derecho a tratarla como habían hecho ellos.

—Me gustaría recordarte que fue tu hermano quien me dejó —le contestó abrumada por la situación y sin querer darle más explicaciones.

Quizás había decidido mantener con Jeremy una simple amistad. Y si era así, ¿qué le importaba a ella?

—Y, por lo que parece, no has tardado mucho en sustituirlo —le espetó.

Aquel comentario la enfureció.

—Disculpe —intercedió el duque con disgusto antes de que Camile pudiera formular una respuesta—. Quién le da derecho a... —Pero la joven no iba a quedarse callada esperando a que la rescataran. En consecuencia, el duque fue interrumpido por segunda vez.

—Eres una hipócrita —le soltó una Camile con un tono subido—. No sabía que medías con diferentes baremos. ¿Acaso no condenas cómo ha obrado tu hermano?

—¡Por supuesto que sí! Mil veces se lo he hecho saber —confesó con vigor—. Estaba de tu lado, pero ahora...

—¿Ahora qué? —quiso saber sin importarle que la gente a su alrededor estuviera mirándolos sin ningún tipo de disimulo—. He procedido con suma elegancia y decoro ante el abandono de Garrett. Si ahora decido mirar al futuro y rehacer mi vida, tengo todo el derecho del mundo. Ni tú ni nadie puede juzgarme.

Se escuchó algún que otro murmullo. Sin embargo, ni Camile, ni Jeremy, ni Suzanne se dieron cuenta.

Tenían la atención puesta en aquella disputa. Desafortunadamente, los demás también lo hacían.

La hermana de Garrett volvió a cargar contra ella.

—Entonces, reconoces que le has engañado.

—Señoras...

Frederick trató de apaciguar a las dos mujeres, pues estaban convirtiéndose en el centro de atención y cada vez la curiosidad de los invitados de la fiesta iba en aumento.

Aquello no era bueno para nadie salvo para los cotillas. La riña era como un imán para ellos.

Hizo un gesto con la mano para que modularan el tono, pero no le hicieron el mínimo caso.

—¡Por supuesto que no! Siempre le he sido fiel, pero el compromiso está roto. ¿Qué más te da lo que haga a partir de ahora?

—¡Y yo que creía que le amabas! —exclamó—. Eres una maldita embustera.

El ambiente se estaba caldeando por momentos, pero nadie se esperaba lo que sucedió a continuación: Camile ya no pudo contener la rabia y le dio un sonoro bofetón a Suzanne Anderson.

Los murmullos se convirtieron en jadeos y los acompañantes de ambas tuvieron que apartarlas para que no se hicieran daño.

—Esto se termina aquí y ahora —les ordenó Frederick con autoridad—. Habéis rebasado los límites. —Y él ni siquiera era capaz de averiguar por qué dos civilizadas damas habían llegado a las manos—. Y tú —dijo refiriéndose a su esposa—, deja de meterte en asuntos ajenos.

—¿Pero es que no lo ves? —se quejó esta con amargura—. Garrett sufriendo y ella... ella... —balbuceó.

—Ella, nada. —Jeremy Gibson trató de zanjar el asunto. Era obvio que las dos partes nunca llegarían a ponerse de acuerdo, pero no podía más que admitir la desfachatez de la mujer. Acusar a la pobre Camile cuando no era más que una víctima...—. Su hermano es un canalla que no admite defensa alguna.

—¿Usted por qué se mete? —le preguntó con descaro.

Al parecer ni ella ni su hermano parecían impresionados por tratar con un duque. Todo lo contrario.

—Jeremy, déjalo. No merece la pena. —Camile se sentía avergonzada porque tuviera que presenciar esa escena.

Gimió en su interior. ¿Qué pensaría de ella y de su comportamiento?

—¡Por supuesto! —ironizó Suzanne—. No vale la pena discutir por alguien que te ha amado como nadie.

—Y me cambió por otra —apuntó—. Que no se te olvide. —Aquello rayaba lo absurdo. La mujer que pensó que algún día sería su cuñada había enloquecido por completo.

Sin embargo, todavía tenía una sorpresa guardada bajo la manga.

—¡Eso no es cierto! —exclamó, negando de forma categórica.

—Suzanne... —la advirtió su esposo.

Ella le lanzó una mirada suplicante. Vivir con el peso de aquella mentira le estaba perjudicando. Esa noche ni siquiera era ella misma.

—Tiene que estar al corriente.

Frederick se encogió de hombros en un claro signo de impotencia.

—Tarde o temprano se iba a saber.

Los secretos no podían ocultarse eternamente; Garrett debería saberlo y comprenderlo. Quizá fuera el momento adecuado para que la verdad saliera a la luz y que cada uno se enfrentara a ella como mejor pudiera.

Camile miró a uno y a otro sin comprender.

—Exijo saber qué está pasando.

Suzanne, que seguía retenida por su esposo, se deshizo de él y dio un paso al frente, esbozando una sonrisa cargada de tristeza.

Los amantes del drama que se encontraban en primera fila presenciando el espectáculo estaban en vilo.

—Nunca ha existido otra mujer en la vida de mi hermano.

Camile estuvo a punto de reír a causa de la tensión nerviosa. ¡Garrett era tan cobarde que ni siquiera se lo había contado a su hermana!

—Tú no estarás al corriente, así que déjame explicártelo. Él me dijo...

—Mintió. —Aquella fue la única palabra que salió de los labios de Suzanne a modo de explicación, lo cual todavía desconcertó más a Camile.

No podía creérselo.

—¿Por qué haría eso? —preguntó tratando de comprender.

Suzanne tomó aire y empezó a gesticular con las manos.

—Hace unos meses hubo un terrible accidente en

su barco del que todavía arrastra secuelas. Y es por eso que rompió vuestro compromiso.

—¡¿Cómo?!

Poco a poco, Camile fue consciente de lo que implicaba aquella explicación y, de repente, en su mente apareció la figura de Garrett antes de abandonar el baile. No sabía a ciencia cierta lo que había ocurrido, o de qué incidente hablaba, pero la cojera era un indicativo de que aquello no era un invento... por lo menos una parte.

Su voz se quebró y los ojos se le humedecieron.

—¿Pero qué tiene que ver?

—Me he visto forzada a explicarte la terrible situación por la que ha pasado mi hermano. Los hechos y los porqués le corresponden a él.

Camile no quedó convencida del todo.

—Si me estás engañando... —le indicó.

—No lo hago.

—Porque voy a llegar hasta el fondo del asunto. —Fue una promesa más que una advertencia. De una vez por todas iba a saber toda la verdad. Se dio la vuelta y se mordió los labios. ¿Qué iba a decirle a su acompañante? Él se había portado maravillosamente bien y le estaba muy agradecida por que pensara en ella como una candidata adecuada para ocupar el puesto de duquesa. Rechazarlo la hacía sentir culpable—. Jeremy, yo... —Ni siquiera sabía qué decir. Comenzó a temblar y se estremeció de frío. Estaba nerviosa y esa pesadumbre no desaparecería hasta que solucionara cierto asunto con su prometido. Y aunque al final terminara separándose definitivamente de Garrett, tuvo claro, en aquel instante, que Jeremy merecía a alguien que lo amase—. Tengo que marcharme. No puedo estar más aquí.

—Por supuesto. —El duque de Dunham fue de lo más comprensivo—. Te llevaré a casa.

—No, no puedo... —farfulló ella—. No quiero hacerte daño, pero...

Jeremy Gibson advirtió que aquello era una despedida. Ya había pasado por ello con anterioridad y debería estar curtido en el arte de las rupturas. A pesar de ello y a pesar de no amarla sintió una punzada de tristeza.

Sabía adónde iba y sabía lo que pasaría a continuación. Él volvería a quedarse solo.

—Entiendo —murmuró, encajando el golpe como todo un caballero.

La dejó ir y deseó que por lo menos ella alcanzara la felicidad.

Camile se perdió entre la multitud tan rápido como pudo. Solo tenía un objetivo en mente: Garrett. Tal era su afán que ni siquiera oyó como Deirdre la llamaba.

Había sido inevitable que tanto ella como su familia presenciaran su «diálogo» con Suzanne Anderson.

¿Y los amantes de los cotilleos? ¿Qué sucedía con ellos? No podían estar más eufóricos. Aquella había sido su noche. No había nada más estimulante que un duque abandonado, intrigas amorosas... y una fuga.

Y aquella fiesta lo reunía todo.

La música había cesado y al día siguiente los chismes recorrerían toda la ciudad.

—Te has comportado como una auténtica arpía —le dijo Frederick a su esposa un poco después de la marcha de Camile.

Trataba de alejar a ambos de los invitados, que se habían acercado a ellos para preguntarles por lo sucedido. Incómodos con la situación, se quitaron a la multitud de encima como pudieron.

—Lo sé —admitió avergonzada. Una vez fue consciente de su atroz modo de actuar se puso lívida—. Creo que he tenido un ataque de nervios.

Frederick arqueó las cejas.

—¿Esa es tu excusa?

—Supongo que sí. Tenía demasiada tensión acumulada con lo del accidente, la disolución del compromiso y demás. Lo he pagado con quien menos debía.

—Sabes que tendrás que disculparte.

—Lo sé, pero me temo que con eso no será suficiente.

—Camile es una muchacha comprensiva. Te perdonará —aventuró.

—Ojalá fuera cierto, pero yo en su lugar no lo haría. Las cosas tan terribles que le he dicho... —murmuró arrepentida—. ¿Por qué tengo que tener esta bocaza? —Frederick no contestó—. ¿Crees que ha ido a verlo?

—Me temo que sí.

—Eso demuestra lo mucho que lo ama.

—Solo espero que tu hermano también lo vea así.

—¿Y ahora qué hacemos? No podemos volver a casa, todavía no. Esos dos se merecen un poco de privacidad.

—Pues no nos queda más alternativa que dar una vuelta por la ciudad. ¿Crees que con una hora tendrán suficiente?

—Garrett se ha llevado el carruaje —le recordó.

—Alquilaremos uno —dijo de forma práctica. Aunque ese paseo les costase una fortuna, bien valdría la pena si con eso se conseguía algo bueno—. Sabes, al final sería irónico que gracias a tu... salida de tono, por decirlo de forma sutil, se reconciliasen. Quizás incluso deberán darte ellos las gracias.

Ella le echó una mirada fulminante.

—¿Estás de broma?

—Por supuesto que no. Si esta noche el zoquete de tu hermano da un paso al frente será gracias a ti.

—Solo tú podrías sacar algo positivo del tremendo embrollo.

—¿Qué quieres que te diga? Alguien debe añadir un poco de cordura a esta familia.

Frederick sonrió burlón a pesar de las circunstancias y eso le valió una mirada reprobatoria por parte de su esposa.

—¿Te diviertes?

—Hacía mucho que no disfrutaba de tan buen espectáculo —le dedicó un guiño.

—No me lo puedo creer...

—Pues hazlo, aunque espero que no se repita... por lo menos en diez años.

7

El tormento era un mal compañero de viaje, pensó Garrett con desánimo. Le seguía allá donde fuera sin apartarse de él ni un solo instante y además le recordaba constantemente sus pecados, que habían sido muchos.

Había perdido a Camile definitivamente. Esa era su condena y sus acciones lo perseguirían hasta el fin de los días.

Solo le quedaba reprocharse su conducta, pues había sido de lo más injusto con la única mujer a la que había amado.

Ahora esperaba ser capaz de llevarlo con valentía sin tener que montar una escena cada vez que se los encontrara por casualidad. Aunque mucho se temía que el día que contrajeran matrimonio tendría que beberse todas las botellas de licor que encontrara para evitar lanzarse en pos de la iglesia y quedar en ridículo.

Eran las noches como aquella en las que más añoraba el mar.

Al llegar a casa, Garrett no subió a su habitación. De repente, la idea de ahogar sus penas en alcohol le parecía un buen remedio para dormirse. Por lo menos dejaría de sentirse tan miserable durante unas horas y obtendría el descanso que tanto ansiaba. Sin embargo, el primer trago solo sirvió para evocar el recuerdo que lo atormentaba: Camile con su hermoso vestido, Camile riendo, Camile tan deseable...

Era imposible despojarse de sus recuerdos y le dolía el corazón al pensar que otro hombre obtendría lo que él había rechazado.

—¡Maldita sea!

En un arranque de ira, Garrett estrelló contra la chimenea la copa vacía, que se hizo añicos. Los diminutos fragmentos de cristal se esparcieron por el hogar llameante a causa del carbón.

Las decisiones las había tomado por el bien de Camile y ahora odiaba no estar conforme con ello.

Garrett abrió y cerró la mano. Estaba perdiendo la cordura.

¿Qué debía hacer? ¿Qué? Dar un paso atrás y pedir perdón era una de sus opciones, y si bien había compartido un momento íntimo con Camile, no sabía si sería suficiente para conseguir su redención.

No tardó mucho en descubrirlo: el mayordomo anunció que la señorita Camile Fullerton deseaba verlo.

Recuperándose de la sorpresa que suponía que Camile hubiera dejado el baile para ir a buscarlo, tomó una copa intacta y volvió a llenarla de licor.

El mayordomo permaneció de pie, a la espera.

—¿Señor?

Garrett vaciló. No se sentía preparado para justificar sus acciones. No obstante, no podía disimular la alegría que suponía tenerla en la casa.

Tomó una determinación. Lo que menos le preocupaba en aquel instante era lo inadecuado de la hora y la reputación de Camile. Era el momento de dejar las mentiras y hablar solo con el corazón.

—Hágala pasar.

Apoyado en su bastón y pendiente de lo que podía ocurrir a continuación, Garrett se masajeó la pierna con eficiencia, logrando un relativo alivio. El día había sido largo y la noche se presentaba más larga aún.

Odiaba tener que recurrir al láudano. A pesar de habérselo recetado el doctor y aunque el medicamento le ayudaba en sus crisis más agudas, le hacía sentir un hombre débil. Así que terminaba soportando más dolor del que debiera.

Garrett aguantó con entereza la espera mientras el corazón latía desbocado en su pecho. Y Camile no se hizo de rogar. Entró con paso enérgico y se lo quedó mirando, mostrándole lo enojada que estaba.

—Quiero que me cuentes toda la verdad —le soltó a bocajarro—. Y cuando digo toda me refiero a toda. ¿Comprendes? —Garrett cabeceó—. Empieza por lo del accidente. —Él pareció sorprendido y Camile se vio en la obligación de ponerle al corriente—. Tu hermana me ha adelantado algunos detalles.

—Comprendo —fue la escueta respuesta de Garrett antes de comenzar por el principio—. Era una noche cálida y tediosa, en el puerto de Grand Harbour, en La

Valletta. Estábamos de guardia. Yo era el oficial al mando, pero llevaba más de treinta horas sin dormir. Supongo que debido a eso mi tolerancia escaseaba. Cuando aparecieron un par de borrachos con una carreta llena de bidones y empezaron a hacer ruido y a alborotar, mandé a dos de mis subordinados a que bajaran del barco y los instaran a abandonar el lugar. Ellos se negaron a obedecer y buscaron pelea. Incluso lanzaron algún que otro puñetazo al aire. Si no acertaron fue debido a su estado. Como he dicho, estaba cansado y aquello era lo último que necesitaba.

Garrett recordaba estar ansioso por zanjar rápido el asunto. Si seguían perturbando el orden con sus gritos los guardias no tardarían en llegar. Para entonces debería dar demasiadas explicaciones y redactar un informe. Así que pasó a encargarse personalmente del asunto. Bajó al muelle seguido de cuatro de sus hombres e hicieron lo posible por calmarlos.

Dialogar con ellos fue tan ineficaz como darse golpes contra la pared.

Al final le quedaron dos opciones: retirar ellos mismos el carro o alertar a las autoridades portuarias para que lo confiscaran.

Optó por lo primero.

Aquellos dos borrachos que apenas se mantenían en pie opusieron resistencia, impidiéndoles que tocaran su cargamento. Se agarraron con fuerza de los tablones y entre empujones y la fuerza de sus hombres la rueda del carro se quedó clavada entre los maltrechos adoquines, partiéndose en el acto. Su memoria era tibia a partir de ahí. Después del accidente le contaron lo que sucedió: ese carro era tan viejo que no soportó el peso de la carga y le cayó encima.

Camile sostuvo el aliento durante unos segundos antes de poder reaccionar.

—¡Dios!

Solo de pensar en el dolor que debió de sentir se mareaba.

—Cuando desperté medio inconsciente, me encontraba en un hospital militar inglés en Malta. Sentía un dolor atroz en las piernas, sobre todo en la derecha.

Los primeros doctores que lo visitaron se limitaron a fruncir el ceño y movían la cabeza con pesar. Le convencieron de que no las salvaría. Pero el tiempo transcurrió y contra todo pronóstico mejoró. Después lo enviaron a otro hospital militar en Roma, donde pasó una larga temporada.

Esta vez sin ocultar su cojera, Garrett caminó hasta el ventanal.

En Roma recibió la visita de su hermana y su cuñado. Suzanne estaba segura de que sanaría completamente y se quedó con él por un largo período, regresando a Inglaterra solo un par de veces.

Garrett vio pesar y compasión en el rostro de su familia y amigos. Además, su futuro era incierto. Así que muy pronto tomó una decisión que le repercutiría hasta ese instante: romper el compromiso con Camile.

—Creí que la libertad era el mejor regalo que podía darte, porque yo ya no era aquel hombre sano y con expectativas del que tú te habías enamorado. —Se encogió de hombros—. Sabía que lo superarías y que encontrarías la felicidad sin mí. —Le dolió tener que admitir aquello—. Al parecer no me he equivocado.

Ella había hecho su elección.

—Puedo entender la impotencia y la ofuscación que sentiste en el hospital. Me enferma todo lo que has debido pasar... Pero quiero que entiendas que de haberlo sabido toda tu recuperación hubiera sido más llevadera. ¡Por Dios, me tendrías a tu lado!

Garrett ya lo sabía. Había estado torturándose con su decisión desde hacía meses.

—Eso ahora carece de importancia.

Para Camile sí la tenía. Era sumamente importante. Se sentía muy dolida porque el hombre que amaba no hubiera confiado lo suficiente en ella.

—Me cuesta ser indulgente con tu comportamiento y no lo voy a ser —farfulló sofocando un gemido de desesperanza—. No puedo perdonar tus mentiras ni que hayas provocado mi sufrimiento adrede. Has sido grosero, hiriente, y te las has apañado a la perfección para apartarme de tu lado. ¿Es así como actúas con la gente que amas?

Él bajó la cabeza, avergonzado.

—Lo siento. —Ahora, la enormidad de su error resultaba apabullante—. Solo puedo decir que lo hice por tu bien.

Se abstuvo de afirmar lo mucho que la había amado y que todavía lo hacía. Solo serviría para humillarse más.

—¡Dios me salve de los hombres que hacen las cosas por el bien de las mujeres, porque sois capaces de cometer barbaridades por ello! —gritó con rabia. ¿Qué derecho tenía a decidir por ella?

Garrett se la quedó mirando unos instantes mientras evaluaba su humor.

—¿Por qué estás tan enfadada? —preguntó—. Me dijiste que habías pasado página y ahora debes de estar feliz porque vas a casarte con el duque.

¿Qué más necesitaba de él?, se preguntó con angustia. Ahora sabía la verdad e iniciaría una vida próspera junto a otro hombre. Él lo odiaba, pero le había hecho un favor.

—No voy a casarme —le interrumpió ella, furiosa.

—¿Q... qué?

No sabía si lo había entendido bien y no quería hacerse ilusiones, aunque su corazón latiera desbocado.

—Lo que has oído. Por tu forma de comportarte conmigo no te mereces esta explicación, pero de todos modos te la voy a dar. Estaba dolida y enfadada contigo, así que modifiqué la verdad para hacerte daño.

Camile se sentó, porque de repente sus piernas no la sostenían; estaba agotada.

Le contó todo lo sucedido entre el duque y ella sin omitir la petición de mano y el rechazo por su parte. También le reveló la discusión que había mantenido con Suzanne en el baile. No estaba tan segura de querer airear sus sentimientos por él.

—Guau —susurró.

Garrett trató de asimilar sus palabras. Despacio y cojeando avanzó hasta donde ella estaba y se sentó a su lado, para terminar sonriendo como un tonto. Camile, su Camile, no quería al duque de Dunham.

Sintió una ligera esperanza.

—Es bueno saber que todo esto te resulta divertido —comentó sarcástica.

—No se trata de eso. Todo es debido al alivio.

—¿Alivio? ¿Qué quieres...?

—Te amo. —Lo soltó de forma brusca, pero no podía esconderlo más. Ella se lo quedó mirando sorprendida. No dijo nada—. Pensaba que sería capaz de llevarlo con dignidad, pero me equivoqué. Los celos aparecieron de repente y me asfixiaron. Te quería para mí y lamenté profundamente mi modo de proceder. Lo siento tanto... Ahora sé que debí preguntar.

—Debiste —le confirmó Camile, aunque su humor no había mejorado.

—Lo sé. ¿Qué hubieras contestado si al regresar te hubiera pedido que te casaras conmigo, con un lisiado? —se atrevió a preguntar. Nunca más quería verse roído por la duda.

—No eres un lisiado; solo cojeas —protestó ella en su defensa.

—Responde —la urgió.

—Hubiera respondido lo mismo que si estuvieras cojo, paralítico, ciego, sordo o manco. —Le miró con el corazón en la mano—. Sí.

Esa simple palabra le hinchó el corazón.

—Me amas. —No era una pregunta.

—Con todo mi corazón. —Camile nunca había sido tan sincera.

Garrett la rodeó fuertemente con sus brazos y la besó con pasión. Sus labios estaban ansiosos y ya no deseaba poner más impedimentos. La había juzgado mal y estaba arrepentido de ello.

Esperaba que ella lo comprendiera así.

Camile se dejó llevar ante el despliegue de encantos que presentó Garrett. Durante un instante se olvidó de pensar con claridad y su resistencia se tornó inocua. Estaba demasiado pendiente de esos labios exigentes y de esa lengua devastadora que arrasaba el interior de su boca. Saboreó con deleite cada una de las sensaciones que estaba experimentando.

—Mi amor... —lo oyó suspirar en una breve retirada, antes de volver a capturar su boca y jugar con ella hasta subyugarla.

Pensó que Garrett parecía decidido a mostrarle cuán compatibles eran sus bocas y sus cuerpos; a seducirla. Sus manos descendían, audaces, hasta detenerse en sus caderas y la joven comenzó a advertir un cosquilleo placentero.

No pudo evitar ruborizarse.

Camile sabía que él estaba hambriento... hambriento de ella. Lo notaba en el calor que desprendía su cuerpo, en su respiración acelerada, en la fogosidad de sus movimientos. Atrás habían quedado los galantes coqueteos que había experimentado durante su compromiso. Ahora, su comportamiento le recordaba el ardiente intervalo que habían compartido en el baile de máscaras.

Cuando el beso se volvió más profundo, y en un atisbo de conciencia, Camile se dio cuenta de que ambos estaban a punto de traspasar el umbral de la decencia, tuvo que recordarse que seguía herida y que no iba a perdonarle sus fallos. Lo apartó con tanta rudeza como determinación y tomó una bocanada de aire, mientras la realidad se imponía con la misma fuerza que un brusco despertar.

—Detente —murmuró haciendo esfuerzos por recuperar su tono habitual—. ¿Te crees que con pedir perdón y chasquear los dedos vas a conseguir que me olvide de todo? ¿Crees que mi memoria es tan frágil como para perdonarte con facilidad? —A pesar de sus intentos, sonó molesta. La indignación fue ganando terreno.

—Tranquila. —Garrett habló con voz ronca, recuperando poco a poco la normalidad en la respiración—. Todo va a estar bien.

—No, no lo va a estar. Si de verdad me quieres vas a aprender una lección dolorosa, al igual que yo.

Garrett sintió un temblor. En un abrir y cerrar de ojos la situación se había tornado desfavorable para él y eso que ni siquiera quería pensar en la posibilidad de que Camile hablara de verdad.

—¿Qué quieres decir?

—No mereces mi perdón. Y no lo tendrás. Por lo menos ni hoy ni mañana.

—¡Pero me amas! —protestó con vigor—. Después del infierno que ambos hemos pasado, ¿vas a dejarme?

Era inverosímil.

—Sí —contestó ella. La decisión estaba tomada—. El amor verdadero es un riesgo y tú no eres más que un cobarde. He tenido que enfrentarme a ti para saber la verdad. No quiero unirme a un hombre que no lucha por su felicidad. —Camile sabía que estaba en una posición delicada y que tan solo podrían estar de nuevo juntos si él daba un paso más. Todavía le quedaba una lección que comprender—. Recuerda: esto no te lo he hecho yo, nos lo has hecho tú.

Salió enjugándose las lágrimas. Hubiera sido muy fácil ceder a sus instintos y consolarse en sus brazos, se dijo. Pero no lo haría.

Era una decisión en firme.

Camile parecía destinada a cometer los mismos errores que Garrett. En aquella situación, la soberbia estaba reñida con el amor y si ambos no daban un paso adelante todo lo que habían construido juntos iba a desmoronarse.

Ojalá no fuera demasiado tarde para la pareja.

8

Que Camile fuera llamada al despacho del conde de Millent a media mañana del día siguiente no fue nada nuevo. No se trataba de una invitación de cortesía para mantener una amena conversación, era más bien una orden.

No tuvo que preguntar el motivo de la visita. Se lo imaginaba. La noche anterior Deirdre se había colado en su habitación para advertirle del escándalo que se avecinaba: al parecer, su discusión con Suzanne se propagó más rápido y con más fuerza que un rayo por la ciudad y ya no había nadie que no estuviera al tanto de sus desventuras. Y eso era una contrariedad que le producía bochorno. Porque ella siempre se había movido con discreción, quizá debido a su falta de belleza. La única nota discordante fue la relación que había mantenido con Jeremy Gibson después de su ruptura con Garrett, pues ir del brazo del duque significaba notoriedad.

Daría lo que fuera por zanjar el asunto.

¿Qué iban a pensar de ella?, se preguntó con cierta desolación. «La pobre Camile abandonada se consuela en brazos de otro.» «A Camile le ha salido bien la jugada, consiguiendo un duque por el camino.» «Camile la fea va a convertirse en duquesa...»

¡¡Uff!! Fuera lo que fuera lo que comentaran sobre ella no sería bueno. Si por lo menos Suzanne hubiera controlado su carácter hasta encontrarse en un ámbito menos público, todo sería distinto. Y ella no debería dar explicaciones a Robert Doyle ni a nadie. Pero no, no se había conformado con ponerla al tanto del estado de su hermano, por el contrario la había increpado delante de todos.

Camile creía en Dios, pero no era una mujer llena de virtud y misericordia que perdonara todos los pecados. Si bien desde su perspectiva —la de despechada—, podía entender que se hubiera encolerizado por pensar que su amor por Garrett era tan difuso y que mientras él sufría ella se estaba divirtiendo con otro.

No era el caso, o por lo menos se necesitaban ciertos matices para comprender la situación.

A pesar de la furia en el baile de máscaras, Camile conocía bastante bien a Suzanne y estaba convencida de que en aquel instante estaría tan arrepentida como avergonzada.

Ella, por su parte, no le guardaba rencor. Todo había sido fruto de los malentendidos. Sin embargo, su corazón sí que albergaba resentimiento hacia Garrett por mentirle con tanto descaro, por permitirle sufrir cuando era innecesario, por hacerla sentir culpable y por muchas más cosas.

Camile suspiró y se encaminó hacia el despacho del conde.

Aunque Robert Doyle no era su padre se sentía obligada a escucharle, puesto que en los últimos años había actuado prácticamente como si lo fuera, velando por ella. La había alojado en su casa, le había procurado un digno vestuario —si era más escaso que el de Deirdre era porque ella se había negado a tomar más—, la había acomodado en la mesa como una más de la familia y se había preocupado por su bienestar.

¿No le daba derecho eso, por lo menos, a hacerse oír?

A pesar de los funestos presagios que rondaban por su mente, Camile en todo momento creyó que saldría bien parada de aquella situación. Se escudaría en que Jeremy era solo un amigo y Garrett, alguien del pasado. Si ella, que era la más perjudicada, no evidenciaba ningún tipo de contrariedad, su nombre quedaría sepultado en el olvido. El escándalo la había salpicado, cierto, aunque no era para tanto. Pronto llegaría otro a reemplazarlo.

Eso mismo le diría al conde.

Camile, que ya había preparado un sinfín de respuestas para convencer al conde, no esperaba que en el despacho hubiera más gente presente. No solo se encontraba el conde en él. Estaba acompañado por el mismísimo Garrett Bishop y su cuñado, Frederick Anderson.

—¿Se puede saber qué hacen ellos aquí? —preguntó con un tono parecido al desdén cuando los tres pares de ojos se posaron en ella.

La rigidez de su cuerpo indicaba con claridad que estaba dispuesta a librar batalla.

El conde se revolvió incómodo en su asiento. Garrett Bishop le había puesto al corriente sobre los sentimientos de Camile, así como de la decisión que había tomado. Y ahora debía mediar entre las dos partes y explicar a la joven sus limitadas opciones.

Deseaba con fervor que ella fuera razonable.

—Camile, por favor, siéntate —le pidió con amabilidad.

Ella obedeció a regañadientes y tomó la silla que quedaba más alejada de Garrett. Es más, hizo cuanto estuvo en su mano para no mirarlo. Le molestaba que hubiera actuado a sus espaldas, presentándose en aquella casa sin invitación.

Frederick tomó la palabra.

—Ante todo, Camile, deja que te pida perdón en nombre de mi esposa. Ella habría deseado venir en persona, pero le hice ver que antes había asuntos más urgentes que arreglar.

—Tiempo habrá —murmuró el conde, con las manos entrelazadas sobre el escritorio—. ¿Camile?

Ella trató, en vano, de no preocuparse por las últimas palabras del esposo de Suzanne. No obstante, era difícil pensar que el único motivo de aquella reunión fuera una disculpa. No necesitaba de la compañía de Garrett para ello.

Sintiendo un ligero temor trató de escabullirse.

—Está perdonada —contestó con prontitud—. ¿Eso es todo?

Se levantó dando un respingo.

El conde hizo un movimiento negativo con la cabeza y le pidió que volviera a sentarse.

—Tu nombre está en boca de todos.

—¿Y qué? —replicó ella con una sonrisa floja—. No es porque yo lo haya querido así.

—Estamos ante un terrible enredo. ¿Lo comprendes, Camile?

Ella alzó la ceja izquierda, dejando ver su escepticismo.

—No veo por qué. Hacía semanas que se especulaba sobre mi relación con Garrett.

—Debido a tu acercamiento al duque de Dunham —puntualizó su antiguo prometido con acritud.

Camile le lanzó una mirada desdeñosa.

—La gente sabía que estabas en Londres y a pesar de eso no te dejaste ver conmigo. Es normal que se empezara a especular.

—Entonces crees que es por mi culpa.

—No lo creo, estoy segura —afirmó con contundencia.

—Bishop... Camile... —intervino Robert Doyle—. Os sugiero que dejemos a un lado la exaltación y no hablemos de culpas, sino de soluciones —dijo de modo conciliador—. El asunto es que vuestro compromiso nunca se dio por roto de forma oficiosa y con todo el revuelo de anoche la gente se está preguntando qué diantres está pasando. Unos creen que la dejaste por otra mujer y los demás que fue Camile quien lo hizo primero ante una mejor oportunidad.

—¡Y qué importa! —exclamó la joven. ¿Querían pensar que era una oportunista? Pues que lo hicieran.

Fue una lástima que el conde no lo viera igual.

—No me gusta verme mezclado en escándalos de ese tipo, Camile. Y tu padre estaría de acuerdo. Lo de anoche parecía una riña de amantes. ¡Por Dios, desapareciste tras él! ¿Crees que nadie se dio cuenta? La gente va a comenzar a cuestionar tu moralidad, así que para atajarlo cuanto antes lo mejor sería anunciar...

—Podemos publicar una nota en *The Times* —lo interrumpió al darse cuenta de lo que quería decir—. Si las dos partes nos ponemos de acuerdo y aclaramos que el compromiso estaba roto desde hace unos meses, nadie tiene por qué poner en duda mi comportamiento.

El conde examinó su rostro durante un breve segundo.

—¿Has pensado bien en eso, muchacha? ¿Lo que será de tu reputación y de tu futuro? Tienes una nueva oportunidad. ¿No deberías aprovecharla? —le preguntó, convencido de que aquella solución era la correcta—. Me consta que Bishop es un buen hombre, a pesar de haberte mentido. Pero todos estamos de acuerdo en que lo hizo pensando en tu bien.

Camile hizo una mueca de disgusto. Por supuesto que ella no estaba de acuerdo; no obstante, permaneció callada. Nadie había hablado de matrimonio de forma explícita, si bien todo apuntaba hacia ahí. Y que Robert hubiera hablado primero con Garrett antes de saber lo que opinaba ella del asunto era indignante. Además, le dolía que se hubiera posicionado con tanta rapidez en el bando contrario.

—Eso es discutible —masculló entre dientes.

El conde lo dejó pasar.

—¿Tienes alguna otra objeción?

—Garrett me dejó —respondió consternada, como si aquella respuesta fuera suficiente para explicar su rotunda negativa.

—Cambié de opinión —declaró. Él también quiso dejar clara su postura, pero a Camile no le sirvió.

—¡No puedes cambiar de opinión cuando te venga en gana!

Garrett miró a los demás con una expresión tensa.

—¿Podrían dejarnos un momento a solas?

—¡No, no pueden! —se apuró a contestar ella. Lo último que necesitaba era que Garrett pusiera todo su empeño en hacerla cambiar de opinión.

Si eso sucediera su determinación sería puesta a prueba.

Camile había acertado sobre las intenciones de su antiguo prometido. Garrett pensaba que si se quedaban a solas tendría muchas más oportunidades de convencerla. Tenía sus métodos.

Había pensado largo y tendido sobre aquel asunto durante toda la noche en la que apenas pegó ojo. En que ella le amaba, en sus errores, en sus posibilidades y en el modo en el que Camile pudiera perdonarlo. A primera hora de la mañana había tomado una resolución: a él le daba igual el escándalo, pero no iba a renunciar a Camile ni aunque ella estuviera pidiéndoselo. Así que hizo levantar a su hermana y a su cuñado y les explicó lo que pretendía: tomar el control de su vida.

Era la primera vez que lo hacía desde el accidente.

El siguiente paso fue hablar con Robert Doyle para lograr su bendición.

—Camile, estás siendo muy tozuda —intervino

precisamente el conde. Ante el silencio de la joven se vio obligado a endurecer sus palabras—. No quiero ser injusto contigo. Sabes lo mucho que te aprecio, pero lo correcto es aceptar las disculpas de Bishop y proseguir con vuestro compromiso. De lo contrario...

El conde dejó la frase a medias de forma intencionada. Y con ello quería hacer pensar a Camile.

Ella reprimió un gemido. Aquel golpe fue de lo más efectivo, pero la dignidad que sentía le impidió dar su brazo a torcer. Si Garrett se hubiera presentado ante ella mostrando su arrepentimiento y no dándolo todo por sentado, todo podría ser distinto.

«No darás ni un paso atrás», se dijo.

Alzó el rostro sin vacilación.

—Robert, comprendo que te sientas incómodo con todo este asunto que no tiene ni un ápice de sencillo. Así que lo mejor será que parta hacia Surrey tan pronto como mi equipaje esté listo.

Él titubeó y giró el rostro hacia la dirección donde se encontraba el antiguo prometido de la joven, que aguardaba con el rostro pétreo. Sus miradas se cruzaron.

Su intención había sido empujarla con suavidad hacia los brazos de Garrett Bishop, no echarla de su casa. Aun así, ahora no podía echarse atrás.

—¿Estás segura de tomar la decisión acertada?

Camile cabeceó despacio. Tenía la garganta reseca, los ojos húmedos y la vista nublada.

—No hay más que hablar —sentenció antes de dejar a los tres hombres con la boca abierta.

Ninguno de ellos habría apostado por aquel final.

Camile trató de llegar a su habitación entera, de una sola pieza, pero la verdad era que pensaba que iba a quebrarse en cualquier instante. Por supuesto que deseaba desposarse con Garrett; había sido su sueño desde que lo conoció. Entonces, ¿por qué tanta vehemencia y resistencia? ¿Acaso no era mucho más fácil aceptar el perdón que Garrett le ofrecía?

¿Con honestidad? Su comportamiento solo se podía resumir en una sola palabra: «orgullo».

Maldita palabra que le empujaba a hacer lo contrario a lo que deseaba su corazón. Y maldito fuera su corazón por ser tan débil.

¿Qué debía hacer? ¿Cuál era la elección acertada? Garrett le había hecho demasiado daño como para olvidarlo de un plumazo. Y, sin embargo, castigarlo haciéndolo sufrir era una perversa venganza para la cual no estaba preparada. El arrepentimiento fue casi instantáneo, porque rechazándolo ella misma se garantizaba un futuro lleno de miserable tristeza.

¿Quién deseaba vivir así teniendo la felicidad al alcance de la mano?

Una determinación brotó de su cuerpo con la misma fuerza que la embestida de un vendaval. Iba a dar media vuelta y correr hacia la planta inferior para detenerlo cuando una doncella fue en su búsqueda.

Su rostro no indicaba nada bueno.

—¡Señorita Fullerton, debe bajar al salón de inmediato!

Contrariada por las prisas, ella hizo todo lo contrario: sus pies se negaron a moverse hasta saber el motivo de la urgencia.

—¿Qué ocurre?

La doncella se retorció las manos.

—¡El señor Bishop se ha vuelto loco!

—¿Garrett? —preguntó Camile con asombro—. ¿Se puede saber qué ha ocurrido?

—Lord Millent había pedido a los lacayos que escoltaran al señor Bishop y a su acompañante a la salida, tras la charla que habían mantenido en el despacho del conde. No sé con exactitud qué ha ocurrido a continuación, pero ha terminado enzarzado en una pelea.

—¡En una pelea! —repitió Camile, sorprendida por el bruto comportamiento de Garrett—. ¿En esta casa?

—Lord Millent me ha pedido que suba a buscarla.

Camile se recogió las faldas y echó a correr, todavía incrédula. Esperaba que su rechazo no tuviera nada que ver.

Quedó sobrecogida por la barroca escena que se desarrollaba ante sus ojos. Había un jarrón de porcelana hecho añicos en el suelo. Una butaca de nogal tumbada. Robert Doyle alzaba la voz acompañado con gestos de impotencia y tratando de hacerse oír. Frederick permanecía de pie con aire burlón, como si la escena le pareciera divertida. Por lo que parecía, no pensaba intervenir. Y Garrett... ¡Dios Santo! Estaba profiriendo amenazas al aire mientras repelía la embestida de dos lacayos, usando su bastón y tratando de proteger su pierna herida.

Hasta el momento los había mantenido a raya. Con el bastón a modo de escudo y atrincherándose en una esquina, se había aprovechado del miedo de los sirvientes para atacar a un hombre de su posición.

—¡No voy a marcharme hasta hablar con Camile! —gritó a plena voz.

—Ya la has oído. Ella no quiere verte más. —El conde exhortó a los sirvientes para que lo atraparan de una vez.

En cuanto uno hizo un intento de abalanzarse sobre Garrett, este le dio un ligero toque con el bastón en la pierna que lo echó para atrás de inmediato. Pero cuando ambos atacaron a la vez y consiguieron arrebatarle el preciado bastón, se vio desprotegido. No le quedó más remedio que revolverse con fiereza.

Desde su posición, Camile advirtió que con disimulo Robert indicaba a su antiguo prometido que tomara un jarrón situado en una mesilla próxima que podía alcanzar con las manos. Era una maniobra cuanto menos cuestionable si el conde de verdad deseaba echarlo de su casa. ¿Por qué iba a darle ventaja? Garrett dudó y apenas negó con la cabeza, como si temiera herir a los lacayos.

Eso hizo pensar a Camile, que ató cabos al instante. Debería hervirle la sangre de indignación por lo que ahí sucedía, pero, para su propia sorpresa, se cubrió la boca con una mano tratando de disimular una sonrisa.

Le pareció ridículo, terriblemente ridículo. Era como un ballet hecho con mal gusto y con pies gigantes. Un puño alzado, amenazas que sonaban vacías... La armonía brillaba por su ausencia.

Iba a gritar que ya había tenido suficiente de esa pantomima, cuando un mal gesto consiguió lastimar de verdad a Garrett.

Cayó al suelo.

Su grito de dolor resonó por la estancia y los lacayos se apartaron al instante, mirándolo con preocupación.

Robert, Frederick y la propia Camile se acercaron corriendo.

—¿Estás bien? —le preguntó el conde, el primero en llegar.

—Apartaos, apartaos —ordenó Camile haciéndose un hueco. Se arrodilló a su lado y depositó una mano en la mejilla mientras él se masajeaba la pierna—. Garrett, ¿te han dado muy fuerte?

A alguno de los dos lacayos se le había ido la mano con aquella pelea de mentira. Por supuesto, tampoco era culpa suya, a ellos les habrían ordenado participar. Pero no soportaba la idea de ver lastimado a su amado. Aquel hombre era todo para ella y en aquel instante sintió que todas sus riñas carecían de importancia.

—Creo que sobreviviré —masculló, todavía sintiendo dolor.

—Mi amor, no hagas esfuerzos —dijo ella. Le dio un sutil beso en los labios y comprobó que Garrett estuviera entero.

Él alzó los ojos, tan esperanzado como un náufrago ante la visión de tierra firme.

—¿Eso significa que...?

Camile asintió.

—Que te perdono, a pesar de la deplorable representación en la que todos estáis involucrados.

—¿Cómo...?

—¿Me preguntas cómo me he dado cuenta de que se trataba de una farsa, de puro teatro? —Giró el rostro hacia Robert Doyle—. He visto cómo te ayudaba. No os contratarían ni en el decadente Drury Lane.

Garrett lanzó una profunda carcajada.

—Fue idea del conde. Le advertí que eras muy perspicaz y que no te lo tragarías, pero todos estábamos de acuerdo en que era necesario mostrarte lo mucho que te amo y que no estoy dispuesto a rendirme contigo. —En ese instante su semblante se tornó serio—. Camile, cometí un error. El más grande de mi vida. Pero estoy dispuesto a hacer cualquier cosa por resarcirte. A viajar al fin del mundo, gritar mi amor a los cuatro vientos o a secuestrarte si es necesario.

—No creo que sea necesario llegar a tales extremos —opinó ella.

Él no estuvo de acuerdo.

—Tómate muy en serio esta amenaza. No descansaré hasta que me aceptes de nuevo.

Camile sonrió, llena de alegría. Ahora lo veía todo muy claro y sabía que su vida estaba junto a aquel hombre.

—Pues no tendrás que esperar mucho. Al parecer, soy fácil de convencer.

Garrett lanzó una serie de vítores que lograron arrancar la carcajada de Frederick y el conde.

—¡Esta mujer me acepta! —exclamó tomándola por la cintura y sentándola en su regazo—. ¡Me acepta!

—Alto ahí —lo detuvo ella, sofocando la euforia—. Antes tendrás que escuchar mis condiciones.

—¿Condiciones? ¡Maldita sea! ¡Lo que pidas!

—Lo primero y más importante —comenzó diciendo Camile—: vas a ir a Surrey y pedirás perdón a mis padres por todo el daño que me has causado. Después, volverás a pedir mi mano. Solo me casaré contigo si ellos están de acuerdo. —Camile advirtió que Garrett fruncía la frente con preocupación, por lo que se apresuró a tranquilizarlo—. No te preocupes, son personas comprensivas.

—Eso espero —masculló entre dientes. Como bien decía su amada Camile, en su intento por liberarla y empujarla hacia una vida mejor había conseguido dañarla en lo más profundo. No era una afrenta fácil de olvidar.

Por suerte, la joven era lo suficientemente generosa como para darle otra oportunidad. Faltaba saber qué opinarían sus padres y si sería posible volver a congraciarse con ellos.

—Segundo... —continuó Camile, ajena a los temores de Garrett—. Quiero que todo Londres sepa por qué renunciaste a mí. Aunque te haga parecer un tonto. —Si iba a ser objeto de un sinfín de cotilleos, mejor que ellos les proporcionasen la información. Y a lo grande—. Lo relatarás como una historia de amor épica que ha vencido todos los obstáculos. —Ante el énfasis de Camile, él alzó los ojos, pero no dijo nada—. Que a nadie le quepa duda de lo mucho que me amas.

—Es que es cierto —murmuró él. No obstante, Camile no le hizo caso. Seguía inmersa en todas aquellas condiciones.

—Tercero... Una vez obtenido el perdón de mis padres fijaremos la boda para dentro de unos meses. No demasiados, dado que ya estuvimos prometidos. Y por último... vas a demostrarme día a día y hasta el último aliento que soy la única mujer en tu corazón.

Finalmente, Garrett sonrió, mostrando sus perfectos y alineados dientes. Aquella condición era la más fácil de todas y, a decir verdad, estaba impaciente por ponerse a ello cuanto antes.

—Este salón está lleno de testigos, así que delante de todos ellos voy a prometerte cumplir todas y cada una de tus peticiones. Porque te amo. Te amo, Camile. —La besó con dulzura—. Eres el amor de mi vida.

Ella ladeó la cabeza y se lo quedó mirando fijamente.

—Aunque sea fea —apostilló.

—¿No lo sabes? Las feas me enamoran.

Ambos rieron, felices. Garrett pidió con un discreto ademán que los dejaran solos. Había demostraciones de afecto que era mejor mantener en privado.

Epílogo

Londres, 1870

Querida Deirdre:

Te escribo para darte una maravillosa noticia. Salvo Garrett y mis padres eres la primera en saberlo. ¡Estoy embarazada!

A tenor del humor que desprenden tus cartas dudo al explicarte cómo de feliz es mi vida, pero insistes tanto que lo haré.

Jamás soñé tanta felicidad. La vida junto a mi marido es pura plenitud y ahora que aumentaremos la familia todavía más. No te imaginas cómo está de contento. Además, su pierna ha mejorado y solo utiliza el bastón a partir de la tarde. Eso sí, siente antes que nadie cuándo el tiempo va a empeorar.

Pero parece que toda buena noticia conlleva una mala. Debo decirte que mi estado no es muy avanzado, pero no estoy sintiéndome demasiado bien. Ya sabes... las náuseas. Son de lo más enojosas.

Garrett ha estado a mi lado en todo momento dándome ánimos y mimos. ¡Lo adoro! Pero a una semana de tu boda no me siento con suficiente coraje para emprender el viaje a Londres y mucho menos a Escocia.

Siento defraudarte de ese modo justo en el peor momento. Sé que me necesitas. Y siento mucho más que tu padre te haya forzado a una unión que no deseas. Se lo he hecho saber repetidamente en mis cartas, aunque sé que no ha servido de nada.

Dada tu mala suerte, solo espero que tu esposo sea mejor de lo que te imaginas y que se trate de un hombre digno de ti. Al principio puede resultar difícil, pero a lo mejor deberías encontrar algo que tengáis en común y empezar por ahí.

Eres una mujer fuerte, lo sabes. Sé tú misma, así seguro que caerá rendido a tus pies. No dudes de ti.

Te mando un fuerte abrazo,

CAMILE

P. D.: Si para cuando esté recuperada y vaya a verte, él no está perdidamente enamorado de ti, tengo varias ideas para poner en marcha.

DEIRDRE

1

Londres, 1870

—Decididamente, tú no me quieres.

Robert Doyle, conde de Millent, arrugó el entrecejo al escuchar esa contundente afirmación. Se rascó la cabeza en un intento de sosegarse mientras evitaba la mirada reprobatoria de su única hija soltera.

—Vamos, Deirdre, no seas así...

—¿Y qué esperabas? Dudo mucho que fuera una rápida y agradecida aceptación por mi parte.

La joven se levantó del diván tapizado en gris perla y paseó enfurecida arriba y abajo por la alfombra de lana que protegía sus delicados zapatos del frío suelo.

—Si lo pensaras un momento... —El padre intentó de nuevo hacerla comprender.

—No me hace falta. —Se detuvo y le lanzó una airada mirada—. No voy a dejar que me cases como si fuera una vaca vieja a la que no queda más remedio que regalar porque ya ni leche da.

—Te aferras a lo melodramático, hija.

Deirdre Doyle podía ser cualquier cosa menos melodramática. A sus veintiocho años se caracterizaba por ser una joven tolerante y nada dada a las grandes exageraciones. También se sabía graciosa, culta, fea y soltera. Toda una tragedia, según su padre.

—¿Melodramático? —repitió—. Me siento burlada por mi padre, progenitor, amor de mis amores, el hombre más importante de mi...

—Basta, basta —la cortó—. No niego que estoy haciendo algo posiblemente reprochable...

—¿Posiblemente? —jadeó la aludida, ultrajada.

—Pero lo estoy haciendo con la mejor de mis intenciones. Es por tu bien.

—Ah, la frase del año. —Deirdre se sacó un pañuelo de la manga y fingió enjugarse unas lágrimas, no porque fuera incapaz de llorar, sino porque se sentía tan rabiosa que no podía derramarlas. Lo único que necesitaba era conmover un poco a ese pedazo de bruto que llamaba «padre»—. Lo que más me duele es ser traicionada por mi propia familia.

—Bueno... en cuanto a eso... —titubeó al explicarse—, he de decir que nadie me ha apoyado.

Eso tampoco era una novedad para Deirdre, pero al conde de Millent no le haría mal sentirse violento por lo que estaba haciendo.

—¿Ni tan siquiera Sharon? —lo preguntó sabiendo ya la respuesta. Su madrastra tampoco veía con buenos ojos esa herejía.

—Ella es la que más en contra ha estado de todo este asunto. —Todavía le escocía la disputa que habían tenido la noche anterior. Y la otra, y la otra...—. Sharon te quiere.

Deirdre sonrió en su interior. También sabía eso; como sabía que, en todo ese despropósito, su padre era el único culpable. Su madrastra y el resto de sus hermanos, así como sus cónyuges, le habían dado su apoyo. También le constaba que habían intentado hacer cambiar a Robert Doyle de opinión. En vano.

—Pues eso me confirma que tú no. —Hizo sus mejores pucheros y se acercó a él, mimosa—. Vamos, papá; en realidad no quieres hacerlo.

El conde no se dejó conmover por mucho que hubiera querido. Era un asunto zanjado.

—Te equivocas —le respondió—. Quiero hacerlo y lo haré.

—¡¡¡¡Arggggggggg!!!! —Deirdre se apartó de él, furiosa—. Si me casas en contra de mi voluntad, nunca te lo perdonaré —amenazó.

Su padre se levantó y la miró con tristeza.

—Espero de todo corazón que eso no sea cierto, porque estoy decidido. —Salió del salón dejándola sola.

Casi al instante, la puerta se abrió de nuevo, dando paso a su madrastra. La esbelta y madura mujer rondaba ya los cincuenta años, pero ni su delgadez, ni la suavidad de su piel, ni sus vivaces, y ahora preocupados ojos verdes, lo atestiguaban.

A pesar de no ser la mujer que le dio a luz, la quería como si lo fuera. Deirdre recordaba a la perfección a su progenitora y todavía, a día de hoy, la echaba de menos. Lesley Millent, anteriormente conocida como Porterfield, murió de unas fiebres cuando ella era joven. Por eso, después de trece años compartiendo vida con su padre, la ternura de esta mujer y el profundo afecto que sentía por cada uno de los hijos de su marido, había afianzado un lugar en sus corazones. Era una mujer muy especial.

—Deirdre, hija, acabo de ver salir a tu padre. ¿Has conseguido hacerle cambiar de parecer? —Se sentó y dio palmaditas a su lado para que ella hiciera lo mismo.

—No. —Su humor era fatalista y su futuro, un negro borrón—. Tanto si quiero como si no, me casaré.

—Oh, mi niña. —Le cogió las manos para darle consuelo—. Lo siento tanto...

—Tú no tienes la culpa de que sea un déspota sin corazón —arremetió enfadada.

—A lo mejor termina cediendo —expuso confiada; demasiado, tal vez.

El recién llegado, un rubio jovencito de doce años, arruinó esa vana esperanza.

—Papá acaba de ordenar que pasado mañana salgamos hacia Escocia —anunció Ernest, su hermanastro, mientras cerraba la puerta de la biblioteca.

—¡Oh! —gimió, y se puso una mano en cada mejilla—. ¿Qué voy a hacer?

—No lo sé. —Sharon meneó la cabeza con frustración—. Hace días que intento quitárselo de la cabeza. —Dio un beso distraído en la cabeza de su único hijo natural cuando este se sentó en la alfombra, a su lado.

—Tal vez si huyo... —lanzó Deirdre a la desesperada.

—¡Ni se te ocurra! —La madrastra la cortó de

raíz—. Si hicieras eso estarías llamando a las puertas de la desgracia.

—¿Y lo que está por llegar no es precisamente eso?

—Pensé que querías casarte —apuntó Ernest, interviniendo.

—Sí, pero no de esta forma. —Se levantó—. Lo que papá pretende hacer no tiene sentido y es demasiado abusivo, incluso para él. Ni tan siquiera se ha parado a pensar cómo me sentiría al ofrecerme así, como media libra de pasas secas y arrugadas. —Un estremecimiento la recorrió al pensar que pronto estaría casada y establecida en su nuevo hogar—. Ahora, si me disculpáis, necesito algo de soledad para tratar de digerir todo esto.

—¿Me prometes no hacer nada drástico? —Sharon la miró con desconfianza.

—Te lo prometo. —No era capaz de hacer algo que la lastimase. Todo lo contrario que su padre.

Sonrió con amargura y se dispuso a retirarse a la soledad de su habitación, pero, para su consternación, esta estaba invadida por varias criadas que se apresuraban a guardar todas sus pertenencias para ser trasladadas al que pronto sería su nuevo hogar: Escocia.

Mantuvo la compostura mientras buscaba un sitio lo suficientemente tranquilo para poder dejar escapar la aflicción que la embargaba. Al final, se escondió en la pequeña habitación de costura y se sentó de cualquier manera en el hueco de la ventana, sin pensar en cómo de arrugado quedaría su vestido de inspiración romántica, en algodón blanco con estampados florales, del que tan orgullosa se sentía.

Ignoró el reflejo que la ventana le mostraba para

centrarse en lo que se veía a través de ella. Desde la considerable altura del tercer piso de su casa, ubicada en Dover Street, podía otear buena parte de los tejados e incluso más allá. Las chimeneas escupían sin piedad volutas de un humo negro y denso que ocultaba parte del cielo, pero era lo que ella conocía y no quería cambiar. No quería echar de menos los jardines y parques repletos de matronas y niños, dandis a caballo y cabriolés que se deslizaban para dejar lucir a sus ocupantes. Tampoco quería olvidar y dejar atrás las calles bulliciosas, las compras en el mercado o las anheladas visitas a la modista. Pero, sobre todo, no quería abandonar su hogar y a su familia por un lugar en el que no había estado nunca. Cierto que era el lugar de nacimiento de su madre y en donde había vivido hasta que conoció a su padre. No obstante, una vez pasó a ser la condesa de Millent, no podía seguir residiendo allí.

Todavía recordaba cómo lo describía ella cuando Deirdre era pequeña. La evocaba embelesada y con evidente añoranza, siempre describiendo sus agrestes montañas o sus empinadas colinas; los verdes campos, decía, tan parecidos y a la vez tan diferentes de la campiña inglesa; sus gentes, más toscas, pero que lograban darle significado a la palabra comunidad y con un sentido de pertenencia fuera de toda duda.

En fin, que para Deirdre tenía un claro significado: una vida diferente y difícil.

Las lágrimas, reprimidas por mucho tiempo, se descontrolaron y empezaron a anegar los ojos de la joven. Mientras se deslizaban por sus mejillas pensó que eso no era lo más grave del asunto. La dificultad residía en que iba a Escocia para casarse. Y si ese no era suficiente motivo para desesperarse podía añadir otro más. Iba a ir allí para contraer matrimonio con un desconocido. Sí, era el hijo de un amigo y su padre lo conocía. También había sido informada de que su madre y la que acabaría siendo su suegra habían sido amigas de la infancia, pero a ella eso le traía sin cuidado. Eso de los matrimonios concertados ya no estaba de moda, pero aunque lo estuviese, lo aborrecería de igual forma. ¿No era ya lo suficientemente mayor para elegir?

La verdad fuera dicha, era más que mayor. Si era sincera consigo misma admitiría que, a sus veintiocho años y en la época actual, estaba marcada como una solterona sin remedio, pero era algo voluntario. Había recibido varias proposiciones, algunas de las cuales eran muy interesantes, pero las había rechazado por diferentes motivos. En algunos casos era demasiado evidente que iban detrás de su dote y eso la hacía sentir más una mercancía que un ser humano. En otras ocasiones, eran los candidatos los que no la atraían lo más mínimo; y no era tanto por el físico —ella, menos que nadie, debería ser tan superficial—, sino por sus modales, aspiraciones, temperamentos... Y el último motivo, quizá por ser el más determinante, era que, por más que disimularan, no podían esconder el profundo desagrado que les producía mirarla a la cara.

Era fea, para qué negarlo. Oh, sí, tenía un pelo castaño, ondulado, brillante y con tonalidades rojizas que despertaba envidias en toda esa marea de primorosas rubias. Su cuerpo, además, tenía un aspecto curvilíneo que ensalzaba toda su ropa y le confería a su andar una cadencia que algunos calificaban como voluptuosa y sensual. Aunque, eso sí, solo sucedía de espaldas y antes de que nadie se fijara en su rostro, siempre tan, por decirlo de alguna manera, especial. En cuanto alguno de esos hombres —las mujeres también— echaban un rápido vistazo a su cara, los gestos abarcaban un gran abanico de expresiones, cada cual más inverosímil y gráfica. Y es que, ante la fealdad, nadie quedaba indiferente.

Deirdre, como no podía ser de otra manera, ya estaba acostumbrada. De hecho, era imposible no apreciar las peculiaridades de su rostro cada mañana frente al espejo del tocador. No es que fuera un esperpento, ya que sus ojos tenían un tamaño, una forma y un color de lo más corriente. Sin embargo, su nariz larga y aguileña, que parecía ser el centro vital de todo su rostro, partía en dos mitades su cara y la sintonía de sus pómulos, y la afeaba hasta tal punto que solo podía superarse la impresión si sonreía con sus voluminosos labios.

Por lo tanto, que un hombre destinado a ser su marido fuera incapaz de soportar su aspecto era para ella un gran impedimento. Estaba segura de que miles de matrimonios estaban basados en mucho menos. Incluso, dado el caso, seguro que algunos de ellos no gozaban de un aspecto físico envidiable —podía apostar a que no era la única—. Sin embargo, Deirdre no podía evitar sentir que, a la larga, esa repulsión podía ser la causante de la destrucción de cualquier matrimonio en el que uno de los contrayentes no supiera ver más allá de las deficiencias físicas del otro. Porque, si una persona no era capaz de obviar algo que le repugnaba, difícilmente podría ser capaz de apreciar el resto de las cosas buenas que el otro tuviera que ofrecer.

Y lo más irónico de todo este asunto de la boda acordada —y también el más nefasto— era que su padre la obligaba a un matrimonio absurdo que reunía todas y cada una de las condiciones por las que antes se había negado a planteárselo siquiera.

La pura verdad era que se sentía abochornada. Tener que llegar a tales extremos no ofrecía una buena imagen de sí misma, pero sumado al aspecto que ofrecía resultaba una verdadera humillación.

Había intentado argumentarle eso a su padre.

—Pues tu gran amiga es fea y se ha casado, y con un hombre totalmente enamorado, debo añadir —había replicado él en respuesta.

Su argumento, como era evidente, no la satisfizo.

—Pero, papá, no se trata del mismo caso. Camile no es tan fea como yo.

Para su consternación, Robert Doyle se había permitido una amplia sonrisa.

—Ella decía eso mismo de ti —le rebatió.

Cada excusa que Deirdre había puesto, su padre la había desechado. Era una lástima que su mejor amiga Camile ya se hubiera casado, así no lo hubiera utilizado en su contra.

Sin embargo, lo cierto era que no pensaba así. Se sentía muy feliz por ella.

Pero, por desgracia, su destino no se parecía en nada. En pocos días partiría hacia Escocia. Todo para devolver un favor a su padre. Todo para saldar una deuda. Había algo muy denigrante en aquel asunto «yo te presto dinero y te salvo de la ruina con la condición de que, en un futuro, tu hijo debe estar dispuesto a desposar a mi hija, que, por cierto, es la más fea».

Estaba claro; a partir de ahí, su vida sería un infierno.

2

Al sudoeste de Inverness (Highlands), Escocia

—¡Mi vida será un infierno! —vociferó el escocés.
Con sus casi seis pies* de altura y sus casi ciento
ochenta libras de peso,** Liam McDougall dejaba entrever un ceño severo y profundo.

—Eso no lo sabes con seguridad —aseguró su primo Lorn con aspecto más relajado.

A pesar de ser primos de sangre, los dos hombres
no podían ser más diferentes tanto en el físico como en
sus formas de proceder. Mientras que Liam mostraba
una apariencia nada menuda y robusta, Lorn destacaba
por su delgadez y por su pelo ensortijado y del color

---

* Un pie = 30,48 cm / el pie (ft) es una unidad de longitud basada
en el pie humano y utilizada por civilizaciones antiguas. Actualmente,
el pie ha sido sustituido en casi todo el mundo por las unidades del SI,
salvo en el uso corriente en algunos países anglosajones. *(N. de la A.)*
** Una libra = 0,45359237 kg / la libra (lb) es una unidad de masa
usada desde la Antigua Roma. La palabra deriva del latín «escala o
balanza» y todavía se utiliza en países anglosajones. *(N. de la A.)*

de las zanahorias. Solo le faltaban las pecas. El primero, en cambio, lucía un pelo negro, lacio y más largo de lo habitual, lo cual no le restaba atractivo alguno.

En cuanto al carácter, Lorn caminaba por la vida con tono pausado y listo para disfrutar de cada detalle, hecho que se apreciaba en su conducta y en su manera de hablar. Liam, por el contrario, era bastante más espontáneo en cada uno de sus gestos y no perdía oportunidad de decir las cosas tal y como las pensaba. Por suerte para ambos, los dos primos se complementaban a la perfección. Además de parientes eran los mejores amigos.

—¡Por supuesto que lo sé! —adujo Liam. Pateó el suelo y un trozo de tierra con hierba adherida salió despedido—. Cuando mi padre me dijo que estaba obligado a casarme y que no había nada que pudiera hacer para impedirlo, no me lo tomé nada bien, lo admito —una afirmación que rayaba el eufemismo—, pero todo se puso peor cuando añadió que la destinada a ser mi esposa sería la segunda de las hijas del conde inglés ese.

—Sí, casarte con una segundona supone un drama —bromeó Lorn.

Sin humor para burlas, Liam le lanzó una mirada iracunda.

—No lo entiendes. En este caso, sí, pues sabía con seguridad que se trataba de la fea.

—¿La fea? —Por un momento, Lorn no comprendió.

—Sí. Mi padre la describió en varias ocasiones. Cuando tuvo que desplazarse a Londres con motivo de las negociaciones que tenía con el conde de Millent, padre la conoció.

—¿Y cuándo fue eso? ¿Hace más de veinte años? —preguntó incrédulo—. Debía de ser una pequeñaja. Las personas cambiamos, ¿sabes?

Liam se puso a la defensiva ante el evidente sarcasmo de Lorn.

—La ha visto más veces —se defendió, huraño—. La última vez, si no recuerdo mal, la chica debía rondar los quince años.

—No me convence —declaró su primo—. Sigo pensando que ha podido convertirse en una mujer es pectacular. No sería la primera vez que sucede.

—Si tan maravillosa es, ¿por qué necesita su padre aferrarse a ese acuerdo sin sentido?

Y ahí estaba el quid de la cuestión.

—¿Tan fea era? —preguntó a regañadientes.

Liam todavía recordaba la descripción porque se había reído a costa de la joven una buena temporada. También se acordaba de la burla que dirigió a los ingleses por poseer semejante adefesio. Consideraba que las mozas escocesas valían cien veces más.

—Ajá.

—Quizás el tío Evan exageró. —Se arrepintió al instante de haberlo dicho ignorando, de paso, las cejas alzadas de Liam. Evan McDougall era cualquier cosa menos exagerado—. Bueno, al menos espera a verla antes de poner el grito en el cielo.

La charla se vio interrumpida cuando vieron la figura de Fiona, la prometida de Lorn, acercarse.

De carácter risueño, leal y trabajadora, era la mitad

perfecta de Lorn. A pesar de sus grandes caderas y busto generoso, poseía una cara aniñada y unos rasgos dulces, tal y como a Lorn le gustaba.

—¿Me buscabas, mi vida? —preguntó este con una enorme y bobalicona sonrisa en los labios. La pareja acababa de prometerse y rezumaba amor por los cuatro costados.

—No especialmente —bromeó con picardía para acto seguido acercarse a Lorn y plantarle un apasionado beso—. Robina me manda a buscaros para que os advierta de que el McDougall está buscando a Liam.

Robina era la madre de Liam, mientras que el McDougall era una forma de dirigirse con respeto al padre del mismo.

—Le estaba dando ánimos —indicó su prometido—. Liam está demasiado angustiado por lo de su boda con esa inglesa.

—Acabo de enterarme por tu madre —se dirigió al aludido—. Robina ha dicho que en unas pocas semanas ya habrás pasado por el altar. Resulta perturbador que lo hagas antes que nosotros. —No pudo evitar fijarse en la tensión de sus hombros cuando lo mencionó.

—Si solo fuera por eso... —la amargura de su voz era evidente—. Al ser el único hijo del McDougall debo sacrificarme por el bien de la familia.

Por prudencia, la pareja se abstuvo de hacer comentario alguno; no querían echar más leña al fuego.

Liam se despidió de ellos dejándoles un momento a solas. La pareja necesitaba de muchos momentos así.

Aceleró el paso hasta llegar a la puerta que daba al patio trasero de su casa, que estaba siempre abierta.

Si se daba prisa, su padre no refunfuñaría demasiado. El McDougall odiaba esperar.

—¿Adónde vas? —preguntó el objeto de sus pensamientos, deteniendo su avance.

Se dio la vuelta para toparse con un hombretón de gran tamaño y enorme barba gris que lo miraba con sus enormes ojos oscuros y un aspecto disgustado. Era un hombre que imponía respeto, pero no solo por su aspecto; el McDougall era un sobrio y austero escocés que se tomaba a su familia y sus responsabilidades muy en serio.

—He salido a tomar el aire. Lorn ha venido a verme.

—Tus responsabilidades... —empezó su padre.

—Esperarán —sentenció fastidiado—. Creo que he demostrado que me tomo mis obligaciones en serio. —Ambos sabían que aludía también al indeseado compromiso—. No creo que un breve respiro haga daño a nadie.

—Liam...

Sin desear un nuevo sermón sobre sus obligaciones y sobre su falta de entusiasmo hacia cierta cuestión que cambiaría toda su vida, entró en la casa sin decir nada más, dejándole con la palabra en la boca. En las últimas semanas, su humor se había agriado y su límite de tolerancia era bajo.

Se dirigió al despacho. En cuanto entró, el calor lo golpeó, como siempre. La gran chimenea permanecía encendida todo el día por orden del McDougall, que siempre sentía frío. No importaba si Liam sudaba y se sentía incómodo por la intensidad del calor; era indispensable eliminar cualquier resquicio de frío.

La estancia era utilizada por padre e hijo por igual. Varias generaciones atrás fue uno de los comedores pequeños de la familia, pero, en la actualidad, sus paredes estaban ocultas por estanterías donde reposaban multitud de volúmenes y papeles. Parte de ellos eran los que utilizó en sus estudios de leyes en Edimburgo.

—Ya sé que estás enfadado, hijo —fue lo primero que dijo su padre al traspasar el umbral—; y no era mi intención cuestionar tus obligaciones. En cuanto a lo de tu próxima boda...

—No quiero seguir hablando de ello —lo cortó—. Haré lo que tenga que hacer y punto.

—Pareces un mártir. Acuérdate de lo que decía tu abuelo: «Las cosas ocurren por alguna razón.»

—Si soy un mártir será porque tú me has obligado a serlo, padre. Además, el abuelo no hubiera acuñado esa frase tan absurda si hubiera estado en mi lugar.

—Absurda, pero cierta. —Lanzó un sonoro suspiro—. Vamos, Liam, ya hemos hablado de esto. Las cosas son como son.

Quizá, pero replicó de todas formas.

—No lo serían si tú no hubieras aceptado semejante disparate. Ese hombre abusó de tu situación desesperada.

—¿Te refieres al conde de Millent?

—El mismo. Se aprovechó como un maldito miserable del favor que le debías para endosarnos a su incasable y fea hija.

—¿Favor? Le debo... No —rectificó—. Le debemos más que un favor. Reconozco que nuestra vida nunca ha sido fácil, pero si durante ese período tan complicado en cuanto a cosechas, la hambruna, los desalojos, el brote del cólera y todo lo demás, no nos hubiera dejado esa cantidad enorme de dinero, a estas horas, este pueblo habría desaparecido, y nosotros con él —sentenció.

No le hizo gracia que le recordara ese penoso asunto. Los McDougall habían sido un fuerte clan en las generaciones pasadas y Glenrow, un feudo que les pertenecía. Sus arcas estaban llenas y eran poseedores de todas las tierras de labranza, cultivo y pastos. Pero los años y la revolución agrícola llevada a cabo por los terratenientes aristócratas hereditarios provocaron una situación en la que los escoceses —sobre todo los de las Highlands— fueron los únicos perjudicados.

Él era muy pequeño todavía, pero su abuelo le contó que los desalojos forzados de más de dos mil familias en un día no eran infrecuentes. Muchos murieron de hambre o se congelaron hasta morir en sus casas. No ayudó el flujo migratorio de los montañeses a otras partes del mundo, mermando la población. El fracaso del cultivo de la patata, alimento básico y primordial, diezmó los ingresos, aunque allí no fue tan dramático como en Irlanda. También la suplantación generalizada por la cría de ovejas.

Por lo tanto, el dinero empezó a menguar de tal forma que se tuvo que empezar a vender.

Como era de esperar, tuvieron que adaptarse, pero cada año había más pérdidas. Los campesinos no podían pagarles. Ni tan siquiera podían comer, así que empezaron a vender. En contra del hábito de expoliar a las pobres gentes que trabajaban sus tierras y no podían hacer frente a los pagos, su padre les dio cierto margen y se establecieron nuevas formas de pago. Hacer lo primero no era una solución viable a largo plazo, pues, al final, ellos mismos se verían arruinados al no quedar nadie que trabajara sus escasas posesiones.

Liam era muy joven cuando empezó esa gran crisis, pero vivió la desesperación de sus vecinos y la de sus propios padres. Los ingleses se desentendían de ellos y utilizaban sus desgracias como manera de forzar la despoblación. Al final, desesperada, su madre acudió a una amiga escocesa que se había casado con un conde inglés. Tragándose el orgullo, el McDougall pidió ayuda monetaria para paliar la desgracia de los suyos. El conde de Millent, al contrario de lo que hubiera podido hacer cualquier inglés con semejante petición —y más viniendo de un escocés—, estudió con cuidado todo el asunto. Quizá fue el empujón de su esposa, otrora escocesa, lo que lo decidió o solo se trataba de un ser humano ayudando a otro, pero lo cierto es que les proporcionó mucho más de lo que nadie les habría podido dar jamás.

Con eso, como era evidente, no se hicieron ricos, pero les sirvió para evitar las múltiples pérdidas y establecer nuevas estrategias que les sostuvieran a ellos y a los que trabajaban sus tierras. Cada día aparecían nuevos conflictos que solucionar, pero habían logrado mantenerse a flote consiguiendo que el pueblo de Glenrow fuera próspero.

—Le debemos mucho a ese hombre, hijo —continuó Evan—. Por él somos lo que somos.

—Y no te lo discuto —concedió—. Pero ¿por qué tengo que ser yo el que pague por ello? Además, tú tienes mucha culpa en todo este asunto. Hace tiempo que aceptaste el acuerdo y nunca me dijiste nada —soltó con rencor.

—Porque era lo mejor.

—¿Lo mejor para quién?

—Para todos —sentenció—. Gracias al conde de Millent ganamos una vida digna. Lo mínimo que puedo hacer es quedarme como nuera a una de sus hijas y esperar que mi hijo se comporte como un hombre.

Liam enderezó la espalda al sentirse atacado.

—Eso es un golpe bajo —aseveró con acritud ; incluso para ti.

—Hijo... el McDougall se negó a pedir disculpas. Necesitaba que cambiase esa actitud—, incluso viene con una sustanciosa dote.

—Es que, si es tan fea, algo tendrá que dar. —Se detuvo. Ya habían hablado de ello miles de veces. Discutir no les llevaba a nada—. No importa, sé que te tiene atado de pies y manos; y también sé que según tú hemos salido bien librados de esta deuda que jamás habríamos podido saldar a cambio de solo una boda. Dejémoslo así.

Pero Liam no podía evitar sentirse enjaulado. Quería una cosa muy diferente de lo que le esperaba, pero no le quedaba más remedio que aceptar; no todos podían crear su propio destino.

3

—¡Eso no es una casa, es un castillo!

La exclamación, proveniente de su sobrina Alana, la sacó de un letargo autoimpuesto.

Los cuatro componentes del carruaje se asomaron a las ventanas para apreciar el que sería el nuevo hogar de Deirdre. Hacía pocos minutos que habían atravesado el pequeño pueblo de Glenrow en dirección al hogar de los McDougall, y lo que Deirdre o cualquiera de los demás esperaban, resultó muy diferente de lo que contemplaban; una casa grande, sí, pero no esa mole enorme de piedra gris de hasta seis pisos de altura —si uno se fijaba bien en las ventanas—, con una torre semicircular a su lado derecho y con torretas en parte de su tejado. Por suerte —aunque según para quién—, no había foso.

—Tía Di. —Ese era el diminutivo con el que la llamaban todos sus sobrinos—. Si no quieres quedarte a vivir aquí, lo haré yo en tu lugar —declaró Alana, llena de excitación por tamaño descubrimiento—. Debe de ser increíble vivir ahí.

—Sí —masculló Deirdre sin apartar la vista de la ventana—. Increíble.

—Alana, siéntate y compórtate. —Casandra, la hermana mayor de Deirdre y madre de la joven, la regañó—. Es impresionante —dijo después de echar un vistazo por la ventana.

—Y tres veces más grande que la casa de papá —acotó Ernest haciendo cálculos—. Debe de estar llena de fantasmas.

Ante la repentina alarma de su hija, Casandra palmeó la mano de Alana y replicó a su hermanastro.

—No hay fantasmas. —Le lanzó una mirada de advertencia—. ¿Verdad, Ernest?

Por unos instantes, Deirdre se desentendió de los otros tres y se permitió contemplar de nuevo ese castillo. Su padre no le había informado de ese pequeño detalle sin importancia, lo cual le hizo preguntarse qué otras cosas había estimado no explicarle.

Consideraba también que ese no era el mejor momento para dejarse vencer por el desánimo. La velocidad del carruaje disminuía porque estaban llegando a su destino.

El viaje hasta allí le había resultado largo y pesado. Como no podía ser de otra manera, todos los miembros de su familia se habían desplazado también con la intención de estar presentes en la boda, con excepción de su hermano Andrew, que había creído más oportuno quedarse en Londres con su esposa Darleen, que se hallaba en un avanzado estado de gestación. Habían embarcado en Bristol con destino a Glasgow, así evitaban hacer todo el recorrido en carruaje y tardar una eternidad. Además, eran un total de catorce personas las que viajaban hasta Glenrow —Casandra, su marido Mason y sus tres hijos; su hermano Robert con su esposa Alexia y los trillizos de ambos; su padre, su madrastra, Ernest y ella—, así que solo había sido por comodidad. Por supuesto, el resto del viaje se hizo en carruaje. En el que viajaba ella iban cuatro personas. Había tres más delante y el último, que servía para transportar la mayor parte del equipaje de los miembros de la familia.

Cuando el traqueteo se detuvo, también lo hizo el corazón de Deirdre. No estaba preparada para el final del viaje.

—Nos están esperando —señaló Ernest.

Era fácil distinguir a la comitiva que esperaba en la gran arcada, que parecía ser la entrada principal del castillo.

—Es una lástima que no podamos adecentarnos mejor antes de ser recibidos —se lamentó Casandra retocándose el peinado.

—¿Qué importa la impresión que demos? No es que tengan intención de devolverme a Inglaterra si no les gusta lo que ven.

—Deirdre... —Su hermana la previno. Aunque Ernest estaba al tanto de cómo iban las cosas, no así su sobrina. A su corta edad, no hacía falta que lo supiera. Las ayudaron a bajar y una bocanada de aire frío, seguido de un aire más frío aún, les dio la bienvenida.

A pesar del día claro y soleado, todos se estremecieron.

Deirdre se arrebujó en su capa y lamentó que fuera tan fina. Sospechaba que ni los más crudos inviernos de

Londres la habían preparado para las bajas temperaturas de las Highlands. Otro punto negativo que añadir a ese absurdo y loco plan.

—Deja de hacer morros —indicó Casandra, reprendiéndola.

—No los estoy haciendo —protestó; ella nunca hacía morros.

—Sí los estás haciendo, tía —confirmó Alana, que, seguida de Ernest, se apresuró a dirigirse hacia su padre y resto de tíos, dejándolas solas.

—Deirdre, por favor, cambia esa actitud —suplicó en voz baja.

—¿Por qué? —Sabía ser testaruda como la que más.

—Porque no eres una niña, sino una mujer. —Le acarició la cara con cariño—. Sé que ahora mismo te digo lo que mamá te diría si estuviera aquí. Eres fuerte y valiente, y aunque parezca que el destino quiera acabar contigo, tú le plantarás cara como una luchadora. Mira, observa y sácale provecho —hizo una pausa—. Papá y todos nosotros estamos orgullosos de ti. No te comportes de forma que nos avergoncemos de ello.

—Eres cruel. —Sus ojos estaban anegados de lágrimas.

—No lo soy. Estoy en contra de esto, pero es algo que ya no podemos remediar. Solo quiero que te comportes con la dignidad que te caracteriza.

—¿Qué hacéis las dos aquí? —Sharon las interrumpió. Se fijó en la humedad de los ojos de Deirdre, pero se abstuvo de hacer o decir algo que agravara su estado—. Es hora de las presentaciones.

—Valor —le susurró su hermana.

Deirdre odiaba todo el asunto, pero compuso su mejor expresión y fue directa a los anfitriones, que en esos momentos hablaban con su padre.

El conde de Millent detuvo su charla cuando la tuvo a su lado.

—Hija. —La cogió de una mano, orgulloso—. Déjame presentarte a Evan McDougall y a su esposa, Robina.

«Ah, mis futuros suegros», pensó.

Quizás en ese momento no era la más objetiva de todas, pero él le pareció demasiado atemorizante y ella, demasiado pequeña. No obstante, se comportó con toda educación.

—¿Cómo está, señor McDougall? —se dirigió primero al hombre.

—Muy bien ahora que te tenemos aquí. ¿No es así, Robina? —preguntó a la bajita y morena mujer que tenía al lado.

—Sí, querido. —Esta le besó la mejilla con efusividad y centró toda su atención en ella—. Nos alegramos mucho de que te encuentres entre nosotros. Mi hijo aparecerá en un momento, pero antes deja que te presente a mis sobrinos y parte fundamental de la familia, Edmé y Lorn.

Durante más de quince minutos, Deirdre aguantó con estoicidad las presentaciones de ambas familias mientras se iba enfureciendo por momentos. Lo menos que esperaba de ese patán con el que iba a casarse era un mínimo de cortesía. Ella deseaba ese matrimonio tan poco como él, pero merecía algo de respeto por su parte. Su evidente ausencia era una grave afrenta.

—Pero ¿dónde está el chico? —La pregunta fue hecha por el McDougall, que empezaba a mostrar signos de enfado, pero la respuesta apareció de pronto cuando un hombre pasó corriendo a tropezones por el patio.

—¡Liam! —exclamó Robina.

El nombre la alertó. A todos, debería decir. Ningún miembro de su familia parecía demasiado complacido por el desplante del futuro novio. ¿Ese era el que iba a compartir su vida? Deirdre lo miró mejor, pero era difícil ver demasiado bajo esa capa de suciedad con la que iba cubierto. Además, olía fatal.

—Hijo, ¿qué tipo de espectáculo es este? —La profunda voz del McDougall no sonaba entusiasmada.

—Lo siento, papá, he tenido un problema —fue parco en detalles—. Pero si me dan un poco de tiempo para adecentarme...

Habló para todos los presentes, pero en una fracción de segundo, sus miradas se encontraron. Deirdre vio llegar la comprensión a sus ojos respecto a su identidad, al igual que vio en ellos lo mismo que en otros muchos: repulsión. Fiel a su estilo respondió a ello como siempre hacía, con desprecio. Le miró de arriba abajo dejando claro qué opinaba de su estado, revelando en su rostro un atisbo de menosprecio.

—Está sucio —exclamó su sobrino Jackson—. ¡Puaj!

El comentario, hecho por el benjamín de su hermano Robert, los sacó del trance y el hombre con el que se casaría en unos días se batió en retirada.

Hubo murmullos y excusas por lo sucedido, pero

como nadie tenía intención de anular la boda, lo calificaron como un tonto incidente e intentó olvidarse.

Deirdre, por su parte, pensaba en cómo había sido destruida la última e ínfima esperanza que quedaba en ella cuando él la contempló. En algún momento desde que supo lo de la boda, se permitió imaginar que este sería diferente, que no se quedaría solo en su feo rostro y le daría una oportunidad —al fin y al cabo serían marido y mujer hasta el día de su muerte—, pero eso solo la hizo sentir más tonta que cuando se enamoró por primera vez y fue ridiculizada por completo.

—¿Te encuentras bien? —Su cuñada Alexia, esposa de Robert, se acercó preocupada.

—Claro —fingió una sonrisa—. ¿Qué podría ir mal?

—Querida Deirdre. —Su futura suegra se acercó, interrumpiéndolas—. ¿Te apetece ver tu habitación para que puedas descansar? Te ves algo pálida.

—El viaje la ha agotado. —Alexia intervino por ella, excusándola—. Le sentaría bien refrescarse.

—Por supuesto que sí. —Nada le apetecía más a Robina que mostrarse hospitalaria con la que iba a convertirse en nuera—. Acompáñame.

Juntas se adentraron en el castillo, porque a eso jamás podría llamarlo casa. Subieron un sinfín de escaleras hasta detenerse ante una puerta. Cuando pasaron al interior, la sorprendió una amplia y soleada habitación.

—Es preciosa —musitó maravillada.

Y decía la verdad. De hecho, era tanto o más bonita que la que le pertenecía en casa de su padre.

Las molduras de madera se mantenían brillantes y

cuidadas como si fueran nuevas. Los tonos beige, salpicados de rosa intenso —incluso en la gran alfombra que abarcaba casi la totalidad de la estancia—, inundaban cada rincón. La preciosa cama con dosel evitaría el intenso frío del lugar mientras estuviera acostada; ayudada, eso sí, por la chimenea, ahora encendida. Ni qué decir que el detalle del exquisito tocador le encantaba.

—Me alegro de que te guste. —Robina asintió satisfecha y cerró la puerta—. Sé que por fuera la casa puede parecer austera, pero no somos los bárbaros que los ingleses creéis. Nos gustan las cosas bonitas como a cualquiera. Por eso intentamos mantener nuestro hogar lo más bonito posible. Disfrútala y aprovecha la soledad. No tardarás en compartirla.

La inesperada referencia al matrimonio le había quitado la sonrisa, pero Robina lo notó.

Ya sé que todo esto es muy precipitado y difícil de asumir. —Le cogió las manos—. Pero somos buena gente y estas son buenas tierras para vivir y criar hijos. No tengas en cuenta la primera impresión que Liam te ha causado. Dale otra oportunidad.

Era irónico que le pidiera eso teniendo en cuenta que con ella los hombres se quedaban siempre con la primera impresión.

—Por supuesto. —Lo dijo solo para tranquilizarla. Llamaron a la puerta y entró una criada joven que venía a ayudarla a adecentarse.

Aunque estuviera allí a desgana, se permitió el lujo de refrescarse con tranquilidad. También se había cambiado el vestido de viaje por uno más apropiado y bonito en color chocolate con fruncidos en los bordes de la chaquetilla y tiras de terciopelo marrón en las mangas y la falda. Cuando estuvo lista despidió a la doncella. Una vez a solas paseó la mirada por la habitación ignorando el lugar en donde se hallaba ubicada la cama. No podía evitar pensar lo que sucedería allí en poco tiempo. Un griterío la distrajo y se asomó a la ventana. Sus seis sobrinos, incluida la pequeña Patricia, corrían extasiados por el exterior persiguiendo a Ernest y bajo la atenta mirada de la niñera. ¡Qué maravilloso poder disfrutar de la infancia! Por desgracia, ser mayor, no siempre conllevaba felicidad.

De inmediato echó de menos a Andrew —su hermano menor si no se contaba a Ernest, su hermanastro—. Era él quien siempre lograba hacerla sonreír cuando estaba deprimida y era con el que más había tratado cuando su hermana Casandra se casó con Mason y poco tiempo después Robert hizo lo propio con Alexia. Ahora todos estaban casados, incluso Camile. Ojalá el embarazo no le hubiera impedido realizar este viaje. Le hubiera gustado tenerla con ella. Suspiró con pesadez y se dispuso a poner buena cara cuando la llamaron para unirse al resto. Que nadie dijera que no ponía de su parte.

4

—Nos has avergonzado. —Evan McDougall paseaba furioso por la alfombra que cubría parte de la habitación de su hijo.

—No seas tan exagerado, papá —objetó mientras terminaba de ponerse los zapatos. Antes se había dado un baño para eliminar la suciedad que lo cubría—. Solo fue una entrada un tanto... desafortunada.

—Lo mínimo que te exigía era que estuvieras vestido y arreglado para recibirles, pero no, siempre tienes que hacer tu santa voluntad. ¿Qué te ha ocurrido de verdad?

—Eh... —Pensó en la pelea y el malhumor volvió, pero recordar cómo quedó Clifford le hizo sentir mucho mejor—. Tuve una pequeña diferencia con Clifford.

—¿Otra vez? —El McDougall alzó la voz—. Estoy harto de repetírtelo; déjalo en paz o esta disputa terminará peor de cómo has llegado hoy.

—Se lo merecía —adujo.

Clifford era un vecino y una constante espina en su

costado. Jamás habían sido amigos, sino rivales, ya fuera por quién trepaba el árbol más alto, por la atención de una joven o por la adquisición de una parcela de tierra. No era la primera vez que llegaban a las manos y, a pesar de ser ambos dos hombres adultos, esas peleas resultaban de lo más satisfactorias.

—Liam, deja ya de actuar como un niño. Lo más importante era que estuvieras presente cuando llegaran nuestros invitados.

—Tienes razón. —Hizo una mueca cuando recordó el momento en que la vio—. Pero así me ahorré estar más de lo debido con mi prometida. Es realmente fea.

—¡Liam! —tronó su padre.

—No estoy diciendo más que la verdad —declaró—. Es incluso más fea de lo que tú contaste.

—Pues está a punto de convertirse en tu mujer —espetó su padre—, y espero no tener que llamarte la atención sobre ello. Tu deber es agradar a su familia y comportarte con ella con la educación y el respeto que se merece.

—Ya...

—Ella no tiene la culpa de ser como es. —Se acercó a la puerta—. Céntrate en las cosas positivas que veas en ella y trata de no avergonzarnos. Te espero abajo, no tardes.

Liam se quedó solo y se abrochó bien el chaleco. Odiaba tener que vestirse como si estuviera en la ciudad. Además, todo era en beneficio de... ella. Recordó su expresión de desdén cuando lo vio todo sucio y hecho un asco, pero cuando lo viera de nuevo, no pondría esa cara. No cabía duda alguna de lo atractivo que podía resultarles a las mujeres y ella no sería la excepción. La inglesa tendría que besarle los pies de puro agradecimiento por tener la oportunidad de unir su vida a un buen mozo como él. A lo mejor su mirada altiva solo era una forma de protegerse. Quizás era una chica sencilla, con poca autoestima y poquita cosa a la que podría manejar a su antojo recluyéndola en casa, permitiéndole así olvidar que estaba unido a ella hasta el fin de sus días.

Bueno, lo mejor sería que hiciera acto de presencia antes de acabar ofendiendo de forma definitiva a su familia política y que esta hiciera algo drástico, como que obligaran a su padre a devolver todo que les habían prestado.

Los encontró en el salón principal, al lado del fuego. La tarde empezaba a caer y, aunque estaban en primavera, cuando el sol se ponía el frío impregnaba cada rincón. La familia de su futura esposa era numerosa en comparación con la suya, y eso que sabía que no todos estaban allí.

Por fortuna, nadie le había visto entrar todavía, así podía ver sin que reparasen en él. Unos hablaban con los otros de forma distendida, como si se conocieran de tiempo atrás, pero la que le llamó la atención fue ella. Estaba de pie al lado de la chimenea, charlando animadamente con su prima Edmé y otra mujer. Esta vez la miró con detenimiento. No obstante, su rostro seguía siendo igual de feo que cuando lo había visto con anterioridad. Su nariz era demasiada alargada y puntiaguda, lo que le hacía visualizar una imagen de ella en la vejez; parecería una bruja. El resto de la cara tenía un efecto raro y no sabía a qué era debido, pero producía un resultado poco halagador. No podía ver sus labios ni sus ojos desde esa distancia, pero dudaba que fueran especiales. Mirando con detenimiento podía asegurar, eso sí, que su figura estaba redondeada donde hacía falta y sus pechos sinuosos eran estimulantes, pero no lo suficiente para llegar a olvidar su rostro. ¿Cómo alguien podía pensar siquiera en besarla? Ni qué decir del deseo; ella no lo despertaría ni en el más fogoso y predispuesto de los hombres.

«Santo Cielo —pensó de repente—. ¿Cómo lo haré en la noche de bodas?»

Le faltó poco para que le entraran arcadas. Tendría que hacerlo muy rápido y con ausencia de toda luz. ¿Podría notar una virgen su evidente falta de excitación? Se temía que tendría que fingir placer, pero no tenía la más mínima idea de cómo hacerlo. Tendría que encontrar a alguien con quien hablar de esto.

Harto de sus deprimentes pensamientos, se adelantó para llamar la atención. Ignorándola con total deliberación, se acercó al que en pocos días sería su suegro.

—Disculpen la tardanza. —Ofreció su sonrisa más deslumbrante y estrechó la mano del hombre—. Espero que, a pesar del espectáculo que he dado, se hayan sentido bienvenidos. —Entonar un *mea culpa* siempre era una buena estrategia.

En esta ocasión no fue menos eficaz y el conde de Millent aceptó las excusas.

A continuación se fue presentando a la condesa, a los hijos, nueras, yernos y demás, dejando para el final a su prometida.

—Lady Deirdre. —Cogió su mano enguantada y

depositó en el dorso el beso de rigor. Cuando la miró a la cara se felicitó por conseguir mantenerse estoico—. Espero que el viaje no la haya fatigado. —Se abstuvo de hacer algún comentario más por miedo a dejar entrever su falsedad.

—Quizás un poco, pero ya estoy repuesta. Gracias por el interés, señor McDougall.

—Bueno, basta ya de tantas formalidades. —Evan McDougall intervino—. Creo que si nadie tiene nada en contra, dadas las circunstancias, podéis tutearos. —La mayoría asintió—. Hijo, ¿por qué no la llevas a dar una vuelta por la sala y empezáis a conoceros?

Estaba claro que su padre lo hacía con buena voluntad, pero Liam no tenía ganas de hacer eso.

—Por supuesto —dijo, en cambio.

Ella se agarró con docilidad a su codo, lo que le hizo pensar de nuevo que quizá sería una esposa manejable.

Ambos emprendieron un obligado paseo alrededor de la sala mientras eran observados por los familiares que charlaban amigablemente esperando que, por algún milagro, eso les sirviera para acercarse.

—Quizá deberíamos hablar de algo —dijo Liam al cabo de un rato, en el cual ninguno de los dos dijo nada.

—¿Y eso por qué? —preguntó ella. Los dos miraban hacia el frente y mantenían un ritmo moderado de paseo.

—Porque eso es lo que se espera de nosotros.

—¿Y siempre hace lo que se espera de usted, señor McDougall?

—Liam —la corrigió. Cuando lo llamaba señor lo hacía parecer su padre—. Y no, no siempre lo hago.

—¿Y por qué sí en esta ocasión?

—No lo sé —admitió con franqueza—. Quizá no me apetezca estar una hora dando vueltas sin mediar palabra. ¿No está de acuerdo?

—Tal vez, pero quizás estaría más receptiva si no me obligaran a ello.

Que ella se sintiera tan atrapada como él no lo consolaba, y mucho menos le hacía olvidar su aspecto.

—¿Qué la haría sentir mejor, entonces? —intentó ser amable. Al fin y al cabo era un caballero.

—Oh —pareció que ella lo estaba pensando—, quizás un halago.

—¿Un halago? —preguntó sorprendido. Se esperaba cualquier cosa menos eso.

—Sí. —Deirdre medió una sonrisa—. Que dijera algo bonito sobre mí me ayudaría a levantar el ánimo.

La muy... Liam se estremeció. Con toda probabilidad, se estaba riendo de él. Una mirada de reojo se lo confirmó. ¿Cómo podía halagarla sin ofenderla y sin que tuviera consecuencias? Su aspecto no ayudaba y no la conocía lo suficiente como para alabar su forma de ser. Decididamente, la chica tenía una vena malvada. Así se esfumaban sus esperanzas de obtener una esposa dócil y manejable.

—Esto... pues... —No se le ocurría nada—. Su, su...

—¿Mi qué? —preguntó ella.

—Tiene el porte de una reina —barbotó a la desesperada. Solo cuando lo hubo dicho notó la sorpresa de ella. Se felicitó. ¿Lo había hecho bien, verdad? Ahora le tocaba a él presionarla. Donde las daban, las tomaban—. Creo que, ya que nos estamos conociendo, podría devolverme el favor. A mí también me gustaría escuchar algo agradable sobre mi persona.

Ella lo tenía fácil, pero no se trataba de eso, sino de ponerla en un aprieto y obligarla a hacer algo que no deseaba. Deirdre no tenía más opción que elogiar su aspecto. ¿Qué diría? Quizá se refiriera a su hombría. No, demasiado descarado. Tal vez manifestara devoción por su aspecto varonil, o incluso puede que se decantara por loar su rostro masculino y atractivo...

—Su inteligencia es la mejor prueba de que Dios tiene sentido del humor.

Liam casi se detuvo. ¿Acababa de insultarlo? No sabía si reír por la habilidad que ella había demostrado para camuflar un insulto dentro de un halago o si enfurecerse por ello. Eso sí, no había hecho mención alguna a su aspecto físico ¿Sería casualidad? No tuvo tiempo de pensarlo demasiado, ya que la señora Daniel's, el ama de llaves, acababa de entrar anunciando que la cena estaba lista. Así que se unieron al resto y se dirigieron al comedor.

En los siguientes días, Deirdre no tuvo tiempo ni de pensar. A pesar del poco tiempo que tenían los McDougall y los Millent para preparar el enlace y la vorágine que suponía tenerlo todo perfecto, los primeros ya tenían organizado el banquete con el menú, el párroco tenía el permiso para casarlos y la decoración de la iglesia estaría a cargo de las mujeres de Glenrow. Incluso el vestido estaba ya casi listo. De seda rosa y escote cuadrado, no desmerecía a ninguno hecho para tal ocasión. Deirdre no habría escogido las mangas abiertas de caída libre ni los ribetes en la parte baja de la falda o el corpiño, pero seguía siendo igual de delicioso. Incluso los zapatos a juego, de cuero y seda, eran perfectos.

Durante los preparativos no había hecho nada, pero era requerida para supervisarlo todo y dar el visto bueno. Como si eso la implicara más. Si hubiera sido una boda consentida se hubiera lanzado a ello con alegría y desenfreno, pero no había nada entre los novios: ni amor, ni afecto. Ni tan siquiera temas comunes de los que hablar.

¿Así sería su vida? Se preguntaba con cierto desespero. ¿Ese tedio e indiferencia por todo? Nadie podía, eso sí, negar que se esforzaba por disfrutar. Incluso, en los momentos libres, la obligaban a dar paseos referidos como «de pareja» con Liam, pero ninguno de los dos decía demasiado. Para lo único que servían esas caminatas era para observar los alrededores y ser presentada como la futura señora de Liam McDougall a las personas que trabajaban para ellos y a los vecinos del pueblo.

El paisaje, debía reconocerlo, era majestuoso, verde y limpio, pero tan pobre que daban ganas de llorar. Deirdre estaba acostumbrada al lujo y la abundancia, pero había familias que, por su aspecto y el de sus viviendas, delataban su condición más que humilde.

—¿Eso es todo lo que conseguisteis con el dinero que mi padre le dejó al tuyo? —le preguntó ella en su ignorancia el día antes del enlace.

Liam pareció sorprendido con la pregunta y se tomó tanto tiempo para responder que pensó que no lo haría.

—Sin ese capital —dijo al fin—, no habría nada. Fueron unos malos años. De los peores. Nos sirvió para pagar deudas, mantener lo poco que quedaba, comprar lo que necesitábamos y establecer una estrategia que permitiera a los McDougall y su gente sobrevivir. —Detuvo su paso y observó a unos hombres arar la tierra mientras otro daba de comer a los animales . Han tenido que pasar años para que los pastos lleguen a ser lo que son y obtener beneficios.

—Pero es que parecen tan pobres... —se lamentó.

—Y lo son; pero también nosotros. —La miró a la cara—. No te engañes; aunque parezca que vivimos mejor que ellos, todos los meses hacemos equilibrios para conseguir las ganancias que nos permiten seguir adelante. Somos más favorecidos, sí, pero pagamos un precio.

—¿Eso es lo que haces cada día? —De repente estaba interesada. Había muchos retos y quería colaborar. Quizá su vida no sería tan aburrida, después de todo.

—Más o menos —dijo esquivando unas heces en descomposición que había en medio del camino.

—¿Y qué haré yo? —Ya casi sentía en los dedos la emoción de hacer cosas nuevas.

—¿Tú? —La miró con extrañeza—. Pues quedarte en casa con mi madre haciendo labor, preparando menús, lavando, cuidando de nuestros hijos... Cosas así. Ese es el trabajo de una esposa, ¿no?

Deirdre no se habría quedado más estupefacta si alguien le hubiera dicho que al final iba a ser la amante de un rey. Se había preparado toda su vida para hacer todo eso, pero, de repente, sentía que quería más.

—¿Eso es lo que hace tu madre? —pudo articular por fin.

—En esencia, sí.

Así que, después de todo, acabaría siendo la criada de su marido. Ni querida, ni respetada ni, mucho menos, valorada. Encerrada en esa mole que llamaban casa y viendo la vida pasar. No. Las cosas habían llegado demasiado lejos. Quizás hasta ahora no había controlado demasiado su destino ni había querido participar en él de forma activa, pero eso acababa aquí y ahora. Desde ese momento volvía a coger las riendas direccionando la senda por la que deseaba ir. ¿Trabajo de esposa? Ahora se enteraría; se enterarían todos.

Lejos de lo que uno podría creer, no pensó en huir. Bueno, quizá sí, pero solo por un momento. Lo importante era reunirse con su padre. Necesitaba hablar con él, a solas.

—¿A qué viene tanto misterio? —le preguntó este cuando casi lo arrastró a una salita privada—. ¿No estarás tratando de nuevo que cambie de opinión? Porque si es así...

—No —lo cortó—. No es eso. Quiero hacerte alguna pregunta.

El conde no se sintió más tranquilo por eso. De hecho, se le ocurrió que ella podría querer saber ciertas cosas un tanto incómodas de contar a una hija y que sucedían en la privacidad de la alcoba.

—Yo... Esto... Ejem —carraspeó incómodo. De

pronto, le apretaba el nudo del lazo—. Deirdre, tal vez quieras hablar de esto con Sharon.

—¿Con Sharon? —se extrañó—. ¿Para qué iba a querer hablar con ella de esto? Como mi padre que eres y experto en la materia, es tu deber resolver mis dudas. Y darle solución, debo añadir.

—¿Qué sabes tú sobre si soy o no soy experto en nada? Si alguien ha estado hablando contigo... —El pobre hombre ya sudaba—. De verdad que creo que has de hablar con Sharon.

Deirdre no sabía de qué diablos hablaba su padre. Dudaba que su madrastra tuviera nada que decir o hacer sobre esas cuestiones.

—Papá...

—¡No! Cuando una joven como tú tiene dudas sobre cómo... esto, la noche de bodas —casi se atragantó al decirlo—, lo más conveniente es tener una charla de mujer a mujer. Si me permites hablar con Sharon...

¿¡Noche de bodas!? Si el asunto no revistiera de tanta gravedad, Deirdre se echaría a reír. De hecho, el labio le tembló en un intento por dominar su hilaridad. ¡Su padre pensaba que ella quería saber lo que ocurría entre un hombre y una mujer!

— Papá, no es de eso de lo que quiero hablarte.

—Eh, ¿no?

Deirdre negó con la cabeza.

—Se trata de mi dote.

—¿Tu dote? —El cambio de tercio le pareció tan brusco que Robert Doyle parpadeó perplejo.

—Sí. No habrás firmado los documentos todavía, ¿verdad?

—¿Qué clase de extraña pregunta es esa?

—Una muy importante. Tú limítate a contestar.

—Deirdre, eso son cosas de... —Detuvo lo que iba a decir al ver la cara de su hija—. Está bien. No; precisamente he de reunirme al final del día con Evan para hacerlo.

—Excelente. —Sonrió de puro alivio. No estaba todo perdido—. ¿Y a quién cedes el control de mi dote?

—Hija, qué preguntas tan extrañas. Pues a tu marido, por supuesto.

Sí, era lógico. Pasabas del yugo paterno al del marido. Nunca se lo había cuestionado. Las cosas se hacían así y punto, pero se presentaba como algo muy injusto para las mujeres, ahora lo veía. ¿Por qué debía controlar un hombre algo que les pertenecía? Era como si no valieran nada y el padre tuviera que ofrecer dinero para quitárselas de encima. Y si la mujer en cuestión quería hacer uso de ese dinero... Pues no. A aguantarse. Si tenían suerte podían recibir un pequeño estipendio para sus cosas. ¿Estipendio? ¡Ja! Las trataban toda su vida como si fuesen niñas tontas incapaces de controlar su destino.

Iba a demostrar cómo se hacían las cosas.

—Papi. —Se acercó con lentitud a él y se colgó de su brazo—. ¿Me quieres?

La pregunta, como era evidente, descolocó al conde de Millent.

—Por supuesto. Eres un sol para mí —se apresuró a responder.

Deirdre se sintió complacida, pero no lo dejó entrever. De momento, iban bien.

—Y si pudieras compensarme por todo esto del matrimonio forzado —matizó—, lo harías, ¿verdad?

—Claro, hij... —se detuvo de inmediato, suspicaz—. ¿Adónde quieres ir a parar?

—Quiero tener el control de mi dote —soltó a bocajarro. Era inútil seguir con la comedia.

—¿Y por qué deseas eso? —Estaba estupefacto—. Es sumamente inusual. —De repente tuvo un escalofriante pensamiento—. Si lo quieres para poder marcharte puedes ir despidiéndote de la idea.

—No seas obtuso, papá. Lo que pasa es que he descubierto que Escocia es diferente de Londres. Se espera de mí que sea costurera, lavandera, cocinera, madre y criada, y mucho me temo que acabaré loca de remate si es así.

El padre se apiadó de ella. Su hijita ya había tenido que soportar suficiente.

—¿Sabes que un marido en Inglaterra hubiera sido lo mismo? —indicó con suavidad.

—Quizá —concedió. De hecho, sabía que sería así—, pero al menos tendría amigas con las que reunirme, salir de compras, bailes... Si me das el dinero tendré el control sobre mi vida, o al menos podré modificarlo según crea conveniente.

—No estoy seguro de esto...

—Por favor, papi —suplicó, y ella casi nunca lo hacía—. Ellos han salido bien librados de una situación gracias a tu generosidad. Con solo una simple boda, ¡pum! —chasqueó los dedos—, asunto resuelto. Lo lógico sería que, si no pueden compensarte de forma económica, acepten que yo posea el control de mi dote. ¿Es justo, no?

Robert Doyle miró la resolución de su hija. Lo que había expuesto no carecía de sentido. Si al menos pudiera darle una alegría...

—Está bien —claudicó—, pero no les gustará.

Deirdre lo abrazó con alegría y lo llenó de besos.

—Todos tendremos que hacer alguna concesión —dijo al fin—. No es justo que yo las haga todas. ¿Prometes que no cederás?

El conde se sentía culpable y, aunque creía estar haciendo lo más acertado para su hija, se agarró a ese clavo ardiendo que ella le ofrecía para hacer las paces.

—Lo prometo.

5

—¿Hasta cuándo tendré que aguantar? —Liam se lamentaba furioso; furioso con su padre, con el maldito conde y con la condenadamente astuta hija.

—No lo sé, hijo. —El McDougall había esperado a desvelar la noticia sobre la dote de su futura nuera por simple prudencia, y el mejor momento era poco antes de la ceremonia nupcial, mientras acomodaba bien los pliegues en el hombro de su hijo y afianzaba el broche.

—Es que no lo entiendo. —Liam se miró en el espejo y este le devolvió un reflejo desalentador—. ¿Por qué aceptaste ese trato?

—Porque era justo. Mira, hijo, yo tampoco estoy contento con esto, pero la chica tiene intención de cumplir el trato. Ha renunciado a más cosas que nadie: lejos del país en el que ha vivido siempre, lejos de la familia y amigos, incluso del estilo de vida al que está acostumbrada. Además, no estamos en Londres, por lo que con toda probabilidad no se gastará ese dinero en banalidades.

—Con toda probabilidad —repitió mordaz—. Espero no tener que acabar teniendo que suplicarle por limosna.

—Hijo...

—Ya estoy listo —lo cortó furibundo—. Dile a mamá que ya puede comenzar con todo este teatro.

El resto del día, que tendría que haber sido uno de los más felices de su vida, lo pasó como ausente. Para su incredulidad, ambas familias se veían exultantes, igual que lo estarían si toda esa pantomima fuera cierta. Al principio, su familia política se había sorprendido por el atuendo masculino de los McDougall. Todos lucían los tartanes y kilts con el color original del que en su día fue un clan con nombre propio —en naranja y con las líneas horizontales y verticales en verde, violeta y gris—. Ahora ya hacía casi tres generaciones que no era la vestimenta ordinaria de los escoceses, pero sí que se había convertido en vestido simbólico nacional de Escocia. Muchos de ellos lo seguían utilizando en fiestas y conmemoraciones especiales. Tanto su padre como él, Lorn y el marido de Edmé, lucían el kilt con un cinturón y el tartán acomodado al resto superior del cuerpo, prendido con un broche plateado en el hombro izquierdo.

Pasada la novedad y durante la fiesta posterior al enlace, su atención se centró en su esposa. Obvió el estremecimiento que le recorrió, pues ya no había remedio. Estaba casado, y con una mujer con una muy buena figura, debía añadir. El vestido de novia acentuaba sus curvas donde hacía falta. La franja de tela que lucía en su cintura la estrechaba hasta límites imposibles, y el recogido de su peinado, que lanzaba destellos rojizos, dejaba a la vista un esbelto cuello y una garganta que descendía hasta esos pechos enhiestos y llenos. Lástima de su cara. Lástima, lástima, lástima. Era una pena que el rostro fuera lo primero que viera. Le quitaba todo interés al resto.

Ahora, Deirdre hablaba con su madre y otras matronas, pero no sonreía. En honor a la verdad, la actitud de Deirdre no había sido muy diferente de la suya. A estas alturas del día podía afirmar que no la había visto sonreír en ningún momento. Se había mostrado, eso sí, muy correcta con toda la gente del pueblo que asistió al enlace y que le deseó toda la felicidad del mundo. En realidad, no habría sido tan malo, exceptuando el maldito momento del beso. Ahora mismo no recordaba nada, ni su tacto, ni su sabor... Había estado tan pendiente de no expresar repulsión que se había olvidado de sentir. Dentro de poco sería la hora de retirarse y tenía un miedo atroz. ¿Qué iba a hacer? Se sentía algo así como un mártir, haciendo sacrificios por el bien de su familia.

También estaba muy presente el rencor que sentía hacia ella por convencer a todos para tener el control de su dote. Necesitaban tanto el dinero... ¿Sabía ella acaso lo que se podría hacer en la casa y en las tierras con esa fortuna? Sin lugar a dudas, no era la misma cantidad que le prestó el conde de Millent a su padre, pero para ellos seguía siendo muchísimo dinero.

—Deberías sacarla a bailar.

La sensual voz de su cuñada lo arrastró al presente.

—¿Cómo dices? —Liam no se cansaba de mirar a

Casandra; no es que fuera arrebatadora, pero sí bonita. ¿Por qué no ella? Era una pena que ya estuviera casada.

—Digo que deberías sacar a Deirdre a bailar —repitió—, pero después de que me haya marchado de aquí para que no sospeche que yo te lo he sugerido.

—¿Crees que querrá? —Liam no lo veía tan claro.

—Ya lo creo que sí —aseguró—. Mi hermana adora bailar; no importa el lugar, sino aprovechar cualquier excusa para hacerlo. —Le sonrió y él se sintió maldecido de nuevo cuando no pudo evitar comparar a las hermanas.

—No parece ser de las románticas. —En realidad, no había pensado nada de ella. Hasta ahora no le había importado lo suficiente.

—Y tú no pareces un patán insensible.

«Touché.»

—Creo que me merezco esta reprimenda.

—Pues claro que te la mereces. —Soltó un bufido exasperado poco apropiado para una dama—. Mira, sé que todos te han dicho hasta la saciedad que esto es lo que hay, pero creo que no te has parado a pensar que lo que tú crees que es una desgracia, también lo es para ella, aunque cada uno por motivos diferentes. O pones un poco de tu parte o tu vida puede llegar a ser muuuuuy difícil.

—¿Todavía más? —soltó sarcástico sin apartar la mirada de su esposa, que seguía charlando.

—Créeme, cuando mi hermana se siente desairada o herida puede llegar a ser muy cruel.

«¿Más cruel que obtener el control de su herencia?»

—Créeme, me hago una idea aproximada.

—Eres obstinado —declaró—. Por desgracia, no más que ella. Espero que este matrimonio no acabe con ambos. Recuerda mi consejo. —Se marchó de allí acercándose hasta su marido, que la esperaba con una enorme sonrisa.

A pesar de los bienintencionados consejos, hizo caso omiso de ellos. Se mantuvo apartado de Deirdre todo lo que pudo y, si alguien pensaba que aquello era muy extraño para un recién casado, era su problema.

Después de beber mucho y comer poco llegó el maldito y temido momento. Las mujeres, con alegría, fiesta y picardía, se llevaron a su ruborizada esposa hasta las habitaciones. Él solo atisbaba qué podía estar pasando mientras se quedaba en el comedor con los hombres y recibía de ellos bromas subidas de tono y algún que otro consejo malicioso.

Cuando las damas aparecieron de nuevo fue el turno de ellos recorrer el mismo camino que le llevaría hasta su alcoba nupcial.

Liam siempre había creído que mantener la tradición de ese antiguo ritual resultaba encantador; hasta ese momento, en que lo encontraba carente de toda gracia e incluso ofensivo.

La puerta de la habitación se cerró a sus espaldas con él dentro. Mientras, oía las risas amortiguadas que ya se alejaban. La estancia estaba iluminada por velas y un ligero perfume flotaba en el ambiente. En la chimenea, el fuego ardía.

Evitó mirar a la cama, en la que, seguro, su esposa esperaba.

—Puedes hacerlo, puedes hacerlo —recitó en voz muy baja.

Se quitó toda la ropa sin hablar. Despacio, sin prisas. Ella tampoco dijo nada y lo agradeció. A lo mejor, si seguían así, podía cerrar los ojos e imaginar ese sugestivo cuerpo con otra cara diferente.

Se metió en la cama tal cual vino al mundo, pero en cuanto alzó las sábanas, en lugar de encontrarse a una virgen tapada por completo y con los ojos cerrados, se topó con una mujer bien despierta y con los ojos bien abiertos, envuelta en un camisón de seda y con una cascada de reflejos rojos que acariciaban sus hombros y su pecho.

«Debería haberlo imaginado.»

—¿Hay algo que te guste? —intentó provocarla para tantear su reacción. Si no fuera por el eterno detalle de su rostro, su sinuoso cuerpo ya habría conseguido ponerlo en evidencia. Deirdre no contestó y Liam suspiró—. Sabes lo que va a pasar ahora, ¿verdad? —le preguntó—. Si no hablas voy a pensar que te ha comido la lengua el gato.

—Sí, lo sé —respondió su esposa al fin—. No soy tonta. A cierta edad hay cosas que se saben.

Era lo último que Liam pretendía escuchar y por un instante se desconcertó.

—¿A cierta edad? No sé si acabo de comprenderte. Eres virgen, ¿verdad? —Solo faltaría que ya estuviera deshonrada.

—¡Por supuesto! —Deirdre se incorporó con un tono ofendido que no dejaba lugar a dudas—. Lo que quiero decir es que cuando eres una debutante y estás en el mercado matrimonial hay ciertos temas que son tabú, pero cuando alcanzas cierta edad sin llegar a los brazos del matrimonio, se permiten ciertas... licencias.

Para su sorpresa, le entró curiosidad.

—¿Como cuáles?

—Pues están las conversaciones entre las mujeres casadas. Hablan entre ellas de lo que hacen con sus maridos, amantes... Ya sabes. Como ya dan por hecho que jamás me casaré o que he puesto remedio en ese sentido a mi soltería, se muestran más comunicativas y explícitas. Además, se me permite leer ciertos libros a los que de otra forma no podría acceder.

—¿Estás hablando de libros eróticos? —Para su asombro, Deirdre se ruborizó. Pensaba que era incapaz. No obstante, mejor que no lo hubiera visto. El efecto visual no era el más favorecedor—. ¿Has leído muchos?

—Algunos pocos —afirmó con cierta vaguedad, lo que espoleó aún más su curiosidad.

—No sé si serán muy fidedignos —él, por su parte, nunca los había tomado en consideración. Ni tan siquiera les había echado un rápido vistazo. Ahora le pesaba—, pero creo que nos estamos desviando del propósito de todo esto.

—Oh.

—¿No estarás nerviosa?

—Un poco. —Su sinceridad le arrancó una rápida sonrisa—. Pero tú eres el experto, así que...

—Un momento —temía preguntar—. ¿El experto?

Deirdre lo miró como si lo que acababa de decir tuviera todo el sentido del mundo.

—Bueno, deduzco que no es tu primera vez. —Se inclinó para apoyarse sobre un codo mientras la mejilla descansaba en la palma de su mano—. Nunca he oído que la primera noche con la esposa de uno sea la primera de ningún hombre. —Lo miró con interés—. ¿O me equivoco?

—Esto... ejem... no puedo hablar por todo el género masculino en general, aunque tampoco creo que sea el tema más adecuado para hablar contigo; ni ahora ni nunca.

—¿Por qué?

Liam meneó la cabeza con disgusto. Parecía interesada de verdad y él no sabía qué responder que fuera lo bastante seguro para sus oídos. Por otra parte, era muy consciente de que esa charla —apropiada o no— le permitía evitar el temido momento, o al menos alargar lo inevitable.

—Pues... porque eres una mujer. ¡Por eso! —barbotó.

—Ah, por supuesto. —Deirdre asintió como si Liam acabara de confirmarle sus más profundas teorías—. Este es un ejemplo más de que a mujeres y a hombres no se nos mide por el mismo patrón. Nosotras hemos de llegar intactas y puras al matrimonio, y vosotros, no. Así que, ¿qué hay de malo en hablar de tu experiencia con otras...?

—¡Basta ya! —la cortó—. No quiero seguir hablando de esto. Centrémonos en lo que nos ocupa.

—¿Que es...?

—No te hagas la tonta conmigo —la amonestó con acritud—. ¿Sabes la diferencia entre tener sexo y hacer el amor? —le preguntó a bocajarro. Que él fuera incapaz de sentir pasión o amor por ella no anulaba el hecho de que ella sí podía sentirlo. No la quería enamorada y suspirando por cada rincón, por lo que debía dejar las cosas claras.

—Básicamente.

—Nosotros no estamos enamorados —aclaró, por si acaso.

Al segundo, la ceja derecha femenina se alzó con burla, como queriendo decir: «¿No? ¿De verdad?»

Liam apretó los dientes y se armó de paciencia.

—Gracias por la aclaración. —Deirdre se reía de él—. Por tus palabras deduzco que vamos a practicar sexo en lugar de amarnos como dos tortolitos. ¿Eso quieres decir?

—Sí, pero en este juego el amor no tiene que ser un participante expreso. No así la pasión.

La miró para saber si su esposa entendía adónde quería llegar. Ella se limitó a un escueto asentimiento de cabeza. En otras circunstancias, aun sin amor, Liam se hubiera esmerado en ofrecer a Deirdre una demostración de las maravillas de la pasión. Ahora se sentía incapaz de darle placer. Solo quería disponerla lo justo para pasar el mal trago y poder seguir con su vida.

—Tú explícame qué he de hacer —replicó Deirdre.

—No has de hacer nada. —Esperaba que se tragara su mentira—. Déjame a mí. ¿Me lo permitirás?

—Qué remedio —contestó la muy sufrida—. Ahora soy tu esposa, mi misión es obedecerte.

—No sé por qué no creo nada de lo que dices, pero, bueno. Túmbate.

Cuando Deirdre lo hizo, Liam apartó las sábanas y miró el camisón de su mujer. La luz de alguna vela dispuesta de forma estratégica sumado al resplandor del fuego de la chimenea le restaba a la prenda ese blanco cegador que tanto detestaba. Ahora parecía más bien del color del bronce. Incluso con todas sus puntillas y encajes en cuello, escote y puños, lejos de mantenerlo frío, lo subyugaba. La tela parecía marcar en lugar de aligerar. Insinuar en lugar de esconder.

«Malditos camisones nupciales.»

Tampoco ayudaba contemplar esos diminutos pies, que sobresalían por el borde de la tela y se movían demostrando nerviosismo.

Se había prometido evitar transmitir cualquier atisbo de repulsión, pero ni por asomo comprendía el desbocado latido de su corazón contra su pecho al contemplar un cuerpo envuelto en un trozo de tela —exquisito, eso sí—, pero tela, al fin y al cabo.

Parpadeó para centrarse y estiró la mano para acariciarla por encima de la prenda. Notó un leve estremecimiento en Deirdre, pero no se detuvo. El cuerpo femenino parecía esbelto y firme al tacto. Paseó sus manos por brazos y hombros. Con sus dedos tanteó el escote y la plenitud de sus pechos, para bajar por sus caderas, apretados muslos y esbeltas piernas. Cuando acarició uno de los pies, un sonoro suspiro escapó de su esposa.

Envalentonado y con toda la paciencia del mundo, levantó la suave prenda hasta la cintura, mostrando la uve de su cuerpo que escondía su secreto mejor guardado, uno que él estaba a punto de descubrir. Tragó saliva.

Por un instante lo dominó la imperiosa necesidad de contemplarla en todo su esplendor, por lo que subió el resto de la prenda y se la sacó por arriba. Y allí, mirándola boquiabierto, terminó de evaporarse su tan necesitado dominio. Deirdre tenía un cuerpo perfecto. A simple vista parecía tan simétrico y proporcionado como una escultura de alabastro. Líneas rectas y curvas que se fundían en una piel libre de imperfecciones y que lo llamaba cual canto de sirena. Y su olor... No lo había notado antes, pero al liberarla de la ropa, sus fosas nasales se impregnaban de una esencia imposible de embotellar en un frasquito: mitad inocencia, mitad deseo. Se moría por saborearla.

Sorprendido por el cauce de sus pensamientos y por su incipiente estado frenético, se alejó un poco de ella. Se mantuvo resuelto a no mirar su rostro para evitar que su inesperado deseo se extinguiera, pero ese cuerpo lo llamaba y lo tentaba, por lo que no pudo evitar volver a acercarse y hundir sus labios en esa caliente y aterciopelada piel.

Poco después tanteó el centro de su feminidad. Deirdre ya estaba preparada, pero para su completa estupefacción, él también. Un gemido salió de su boca cuando hundió los dedos en su cálida y acogedora humedad, lo cual le indicó que, lejos de su intención inicial de mantenerse impasible, se había excitado. Para evitar abochornarse ante sí mismo y ante Deirdre y sin más preámbulos, se situó entre sus piernas e intentó penetrarla con toda la delicadeza de la que era capaz para así terminar con ese despropósito.

—Me duele —gimió ella.

—Intenta relajarte; eres muy estrecha y no me facilitas la tarea.

Su aseveración no era del todo cierta. Una parte de su cerebro comprendía que una mayor atención a su cuerpo y a las necesidades femeninas de su mujer habría ayudado al acto en sí, pero el control se había desvanecido al notar cómo ella lo absorbía. Solo quería empujar y llegar a la liberación.

Notó la rotura del himen. Deirdre se tensó y lanzó un pequeño grito de dolor, por lo que se mantuvo todo lo quieto que su propio deseo le permitía, aun en contra de lo que deseaba en realidad.

—¿Estás mejor? ¿El dolor ha menguado? —Notó su asentimiento más que verlo, pero no se permitió distracciones y se dispuso a acelerar el ritmo hasta que ya no aguantó y explotó en ella.

Minutos después se tendía a un lado tras cubrir el cuerpo de Deirdre y el suyo. Tenía la persistente sensación de haber transitado muchas millas corriendo, pero satisfecho. Si eso sucedía cuando se sentía a disgusto con su mujer, no quería ni imaginar lo que sentiría si ella de verdad le agradara.

—¿Estás bien? —preguntó. La voz amodorrada resonó en la habitación.

—Muy bien.

Complacido de haber pasado con éxito ese trance y soñoliento por el deseo satisfecho, no llegó a notar las connotaciones de la afirmación de Deirdre. Al poco rato estaba sumido en un sueño profundo en la cama, con su mujer a su lado.

6

Una semana más tarde, Liam hablaba de ello con Lorn.

—¿Cómo se te ocurre hacer semejante despropósito? —Su primo se mostraba incrédulo—. ¿Crees que es tan tonta como para no acabar notándolo?

—Bueno... —Liam no esperaba entusiasmo por su parte, pero sí más apoyo moral—. Si no ha tenido relaciones sexuales, no podrá comparar.

—Pero no ha quedado satisfecha ninguna vez.

—¿Y? —Entendía adónde quería llegar, pero se negaba a considerarlo.

—A eso se le llama egoísmo —sentenció—. Es un comportamiento impropio de ti y no me entra en la cabeza que te comportes así con tu propia esposa, la que algún día será la madre de tus hijos. ¿Qué crees que pensará cuando pase el tiempo y ella no haya llegado a la culminación del placer?

—Pero si no debe de saber ni que existe. —Él mismo se oía y no se reconocía, pero mejor actuar así a reconocer que se había estado comportando como un gran imbécil.

—¿Eres lo suficientemente hombre para arriesgarte?

—¿Pero de qué hablas?

—Las mujeres, al igual que los hombres, comentan cosas... —Se vio obligado a seguir al ver la confusión de Liam—. ¿Qué crees que va a decir cuando las otras expliquen lo satisfechas que las dejan sus maridos? Ella no podrá. ¿Quieres que diga que no sabes satisfacer a una mujer; a tu mujer?

—Nadie la creería —balbuceó comprendiendo—. Algunas de ellas podrían decir...

—¿Qué? —le interrumpió—. Nunca subestimes el poder de una mujer despechada. Cada una cree lo que quiere creer.

—Pero es que no me atrae en absoluto...

—¿Y crees que tú sí? —Lorn le daría de bofetadas por ser tan presuntuoso—. Además, esa frase no es del todo cierta. Es posible que su cara no te agrade, pero soy capaz de intuir todo lo demás.

—¿Y qué es, según tú, todo lo demás? —Pretendió burlarse, pero en su fuero interno sospechaba que Lorn percibía más de lo que él se atrevía a admitir: el deseo creciente e imparable por el cuerpo de su esposa.

Lorn era dos años menor que él y, maldita fuera su estampa, lo miraba con una indiscutible superioridad.

—No quiero avergonzarte porque me parece que ya lo estás, así que no diré nada más. Solo ten esto en cuenta: ¿no crees que a ella le pueda pasar algo similar?

El silencio perplejo de Liam lo decía todo.

—Además, ¿serías capaz de comprometer tu hombría por no tratar de hacerlo lo mejor que supieras con tu esposa? ¿Solo por su cara? ¡Y encima no le has dado ni un beso! Hombre, estás loco de remate. Si yo fuera tú reflexionaría sobre ello, porque cuando ella descubra que le has dado gato por liebre pedirá que le sirvan tu miembro en bandeja. —Le dio unas palmadas en la espalda dejándolo pensando.

Quizás había exagerado, pero quería demasiado a Liam para dejar que destruyera su matrimonio poniendo en práctica las sandeces que se le ocurrían. Estaba convencido de que si su primo se daba una oportunidad acabaría disfrutando de la compañía de su esposa y teniendo unas relaciones sexuales plenamente satisfactorias. Deirdre era una mujer encantadora que en solo una semana había conquistado ya a su tía Robina y a Edmé. Hasta su prometida, siempre más comedida y menos dada a abrirse a la gente, la adoraba. Otra mujer en su lugar lo podría llevar muy mal, pero la joven parecía sobrellevarlo con valentía. Era de carácter dulce y siempre que se encontraban la veía esbozar su mejor sonrisa. Esperaba de todo corazón que nunca descubriera el vergonzoso comportamiento de Liam y que fuera tan ingenua como aparentaba, aunque, llegado el caso, quizá se lo tomara con filosofía e hiciera borrón y cuenta nueva.

Sí. Creía sinceramente que los dos podían tener un magnífico matrimonio. Solo esperaba que ambos se dieran cuenta.

Deirdre cerró la puerta de un portazo. A estas alturas, no le importaba si alguien lo oía. Al menos así se darían cuenta de lo enfadada y estafada que se sentía. Hacía poco tiempo que vivía allí, pero ya comenzaba a odiar el lugar gracias a la ayuda inestimable de su esposo.

Sus días en Glenrow eran tan aburridos que le daban ganas de gritar solo para dar algo de emoción a las monótonas horas. Se levantaba temprano —sola, por supuesto— y se pasaba la mañana ayudando a su suegra en las cosas «que debía conocer una buena esposa». Normalmente compartía la comida con los padres de Liam y con este, pero nunca a solas con su marido. Los días que esa rutina se rompía era por la agradable y siempre bienvenida presencia de alguno de los primos, que compartían mesa con ellos y alegraban la mesa con comentarios y conversaciones alegres. El resto del día lo pasaba en compañía de gente que quería conocerla o deseaba su ayuda y, por la noche... —hervía de rabia solo de pensarlo—, dejaba que su esposo gozara de su cuerpo, disfrutando de la bendita satisfacción que ella jamás encontraba.

Nunca se había tenido por una ignorante. Es más, a pesar de no haber probado nunca las excelencias del placer carnal, creía conocer lo suficiente sobre ello para saber que la primera vez no siempre resultaba satisfactoria, sobre todo para la mujer, pero no contaba con que sucediera lo mismo la segunda noche, ni la tercera, ni la cuarta y así sucesivamente hasta el día de hoy.

Cuando se percató que todas las noches se repetía el mismo patrón —Liam acariciando y besando su cuerpo para después introducirse en ella y encontrar la liberación al poco rato—, lo achacó a la falta de sentimientos por ambas partes. Dado el caso resultaba comprensible la ausencia de arrumacos y besos. Solo ahora comprendía también que, de haber querido, él podría haberle proporcionado la misma satisfacción de la que él gozaba sin tener que sentir afecto alguno. Se trataba de saber dar, pero Liam se había comportado como un cerdo egoísta y miserable que se abandonaba a sus necesidades y olvidaba las de ella.

A estas alturas se sentía una idiota por dejar sus reticencias a un lado en cuanto entraba en la cama y dejarse mangonear sin ningún tipo de escrúpulo por ese estúpido que tenía por marido. Todavía enrojecía de vergüenza al recordar cómo cada noche, mientras él le prodigaba sus caricias, se relajaba hasta el punto de notar su corazón desbocado, la piel erizada y un cosquilleo inexplicable que descendía del mismo centro de su ser y que humedecía sus partes más íntimas. Cómo suspiraba y se tensaba, maravillada de sentir un pedazo de él en su interior y cómo se quedaba después, cuando los envites de Liam finalizaban, esperando algo que no alcanzaba a comprender, pero que la dejaba frustrada e insatisfecha.

Y no iba a aguantarlo más, ni con estoicidad ni sin ella. Tampoco iba a permitir que siguiera usando su cuerpo —sí, usando—, y que el susodicho no tuviera la mínima decencia ni de mirarla a los ojos. Mientras se desfogaba, Liam no hacía ningún intento por establecer contacto visual y no había que ser muy lista para averiguar el motivo. Algo que siempre había sabido capear y que no la había hundido en un insondable abismo, ahora la hería en lo más hondo. Preferiría no saberse deseada de ningún modo, a tener que aguantar cada noche lo que sucedía en esa cama. Limitarse a acariciar su cuerpo —que por cierto, no le debía resultar demasiado repulsivo—, y eludir su rostro era denigrante, se mirase por donde se mirase. Si encima obviaba su deseo, se convertía en un acto ignominioso.

Suspiró con profundidad y miró hacia la cama. Si Liam supiera... Incluso con los ojos abiertos podía visualizar cada centímetro del maravilloso cuerpo de su marido. Brazos y piernas fuertes, un estómago que parecía esculpido en piedra, unos glúteos firmes y un... Todavía se ruborizaba al evocarlo. Su noche de bodas fue la primera vez que vio uno en carne y hueso. Había visto lo mismo en dibujos bastante precisos en libros de anatomía que había conseguido sustraer de la casa de Andrew —ser médico tenía sus ventajas—, pero no era lo mismo. Ni mucho menos. Cada noche sentía los mismos deseos encontrados cuando contemplaba el intrigante pene de su esposo. Si este descubriera su apabullante deseo de tocarlo y acariciarlo, estaba segura de que solo escucharía burlas de su parte. Eso también le escocía; saberse tan débil, por lo que trataba de enmascarar con frialdad todo atisbo de emoción.

No, eso iba a terminar. Le dejaría a Liam las cosas muy claras: o todo o nada.

Como se había retirado e informado que no bajaría a cenar con la pobre excusa de una incipiente jaqueca, tuvo tiempo de sobra para pensar con mucho detenimiento qué iba a decirle aun a riesgo de romper el fino lazo que unía su matrimonio. A su parecer, no valía la pena cuidar algo que no se lo merecía.

Cansada, decidió acostarse para sentirse más fresca para la batalla que se avecinaba.

La despertó el ruido de la puerta al abrirse.

—¿Te he despertado? —preguntó Liam en voz baja. Entró mientras ella se incorporaba—. Mi madre me ha dicho que no te encontrabas bien.

—Con un poco de descanso ha desaparecido —mintió con total descaro—. Tenemos que hablar. —Eso sí que llamó poderosamente su atención.

—Uh, uh. Eso ha sonado como la primera discusión de casados —aseveró mientras se desvestía.

—Cosa que no sucedería si no te hubieras comportado como un cerdo egoísta.

—¿Perdón?

—No te perdono. —Bajó de la cama y se puso una bata—. No me gusta para nada el papel que juego en este matrimonio y todavía menos la forma abominable en la que me tratas.

—¿Qué...?

—Me refiero a mí, a mi cara. —Se señaló con violencia—. Sé muy bien el aspecto que tengo. Al fin y al cabo, me veo reflejada todas las mañanas en el espejo. También soy consciente del efecto que te produzco, pero no utilizarás esto para aprovecharte. No más.

—Deirdre, cálmate.

—No quiero calmarme, quiero soluciones. No te has comportado correctamente y yo no me merezco esto.

—Te refieres a...

—Sí, a lo que sucede en esta cama. Pero esto solo es uno de los problemas. Por mucho que nos disguste, el matrimonio es un hecho, y déjame decirte que no soy de las que se quedan a un lado, en segundo plano, esperando ver la vida pasar —aclaró, por si tenía dudas—. Quiero que nos esforcemos en tener una relación cordial y eso pasa por vernos durante el día y hablar. También quiero que me incluyas en tu día a día, dejándome participar.

Detuvo su discurso de golpe, dándose un instante para respirar. Liam aprovechó eso.

—Tienes razón, muchísima razón —pareció avergonzado de admitirlo—. Ante todo, quisiera decirte cuánto lo lamento.

Ella bufó ante su insulsa disculpa.

—Me he aprovechado de ti y me he comportado de forma egoísta. Sé que no es excusa, pero estaba resentido, no solo por haberme visto obligado a este matrimonio forzado, sino también porque consiguieras que te cedieran el control de la dote.

—Ya —se limitó a decir Deirdre. En cierta forma era comprensible que Liam se sintiera así, lo cual, como él bien decía, no lo disculpaba. En caso contrario, ella estaría llena de ira. La verdad es que ya había olvidado que la dote estaba en su poder.

—No quiero que terminemos como enemigos —admitió nervioso al ver que ella no decía nada más. La miró a los ojos para que viera la sinceridad de sus palabras y se sorprendió, no de descubrir que se había vuelto hermosa de repente (porque no era el caso), pero sí de que ya no sentía ese irrefrenable impulso de apartar la vista—. Sabes que no te quiero...

Si Deirdre se sorprendió por la poca sensibilidad de esa última afirmación, no lo demostró.

—Yo tampoco. ¿Y qué? Eso no impide que podamos ser amigos.

—Amigos —repitió Liam, algo perplejo.

—Bueno, si no amigos, sí disfrutar de cierta camaradería.

— Podemos intentarlo —concedió, despacio. No suponía algo tan descabellado. Al fin y al cabo, lo que más deseaba, ahora que el matrimonio era un hecho, no era hervir de rabia cada día, sino vivir con toda la placidez posible—. Aunque, a decir verdad, no estoy muy seguro de cómo hacerlo. O de si hay que poner límites.

— ¿Tú quieres ponerlos? Por mi parte creo que no deberíamos establecer ninguno. Lo mejor sería ir tomando lo que el día a día nos depara. Eso sí, poniendo todo nuestro empeño en que sea lo mejor posible.

Liam se sorprendió —de nuevo— de lo juiciosa que podía resultar su mujer, quizá más que él. Quizás era tiempo de darse una oportunidad para conocerse. Dudaba que jamás viviera un amor, fuera del tipo que fuera, pero vivir en estrecha armonía le estaba resultando de lo más tentador.

—En cuanto a... —No sabía muy bien cómo enfocarlo.

—No te preocupes por eso —lo cortó, sabedora de a lo que se refería—. Siempre que a partir de ahora seas considerado con mis necesidades, no te negaré el acceso a mi cuerpo. Al fin y al cabo, somos un matrimonio y, como esposa, mi deber es proporcionarte herederos.

—El sarcasmo no te sienta bien. —Pero en su fuero

interior respiró aliviado de que no pretendiera erradicar sus encuentros sexuales, aunque su forma de exponerlo le resultó demasiado frío.

—Por supuesto que me sienta bien —replicó ella—. El problema es que no eres capaz de apreciarlo en su totalidad. —Deirdre estaba preparada para una batalla, no para la aceptación que Liam mostraba. No obstante, prefirió dejar más claro lo que quería—. Y en cuanto a hacer el amor... quiero disfrutar de ello. —Tenía la cabeza bien alta, orgullosa.

—Y lo disfrutarás —prometió Liam—. Haré que sea inolvidable para ti.

—No te vanaglories tanto, solo quiero lo mismo que consigues tú.

Y se lo daría. Le daría el placer que le había negado la primera vez y los días sucesivos.

—Podríamos empezar ahora —sugirió. Ya no era momento de echarse atrás.

Si Deirdre no estaba preparada para una capitulación tan rápida, mucho menos para la sugerencia inesperada. Pero ella no era una cobarde. Lo deseaba tanto que no se echaría para atrás.

Ambos se metieron en la cama decididos. Estaban un poco nerviosos.

—De momento, me dedicaré solo a ti. —Liam empezó a acariciarla dispuesto a restituir todo el daño que hubiera podido ocasionarle con su ciego egoísmo. No era una mala persona, pero en su enfado había acabado provocando en ella un mal innecesario—. Tu única preocupación en estos momentos debe ser relajarte y sentir.

Deirdre, por su parte, se permitió confiar. En cierta forma, las caricias eran un fiel reflejo de las veces anteriores, pero algo en el rostro concentrado de Liam le señalaba que, a pesar de las apariencias, esta vez sería distinto.

Y lo fue. Sus manos y su boca tenían un único objetivo: satisfacerla. Deirdre se sentía arder de una forma que no había sentido en las veces anteriores. Ayudaba sentirle murmurar palabras de aliento mientras alababa la aterciopelada textura de su piel, el dulce y fragante aroma que desprendía o el sabor intenso que su lengua lamía.

Cuando su boca pasó caliente rozando su lugar más íntimo, se sobresaltó.

—¡Espera! —exclamó parando el movimiento de su cabeza. Liam se detuvo y la miró detenidamente—. No creo que esto sea muy... decente. —La afirmación le salió algo temblorosa.

—Si piensas eso es porque estoy haciéndolo bien. —La sonrisa maliciosa de Liam le calentó más las entrañas—. No te preocupes, Deirdre; cuando termine, pensarás que has estado en el cielo.

—Eres un tonto presuntuoso.

Él se limitó a sonreír y siguió con la boca la ruta que había trazado antes de que se viera interrumpido. Cuando sus dedos empezaron a explorar su interior y su húmedo interior los envolvió, Deirdre sintió cómo se le escapaba su voluntad. Empezó a retorcerse en busca de un alivio indefinido —aquel que siempre aparecía, pero que nunca se dejaba ver— y empezó a tironear el pelo de él.

—Liam, Liam —gimió. No sabía a ciencia cierta lo que quería. De lo único que estaba segura es que nunca había experimentado nada parecido a ese frenesí que crecía y crecía.

—Ya estás preparada. —Se incorporó a su altura sin dejar que sus dedos abandonaran lo que estaban haciendo—. Déjate llevar, Deirdre. —Introdujo su dedo anular todo lo que pudo e intensificó el ritmo, a la par que con el otro daba ligeros toques en el sensible e hinchado clítoris.

—No sé... —balbuceó—. No puedo... —no pudo continuar, pues algo en su interior pareció explotar mientras se extendía como una marea por cada rincón de su cuerpo.

Poco tiempo después, no sabía exactamente cuándo, pudo abrir los ojos y girar la cabeza en dirección a su esposo, que, en esos momentos, estaba apoyado en su mano mirándola.

—¿Bueno, eh? —Su sonrisa autosuficiente debería de haberla molestado, pero estaba demasiado saciada para decir nada. Por una vez no le había importado que no la besara. El sexo era tan maravilloso que no le extrañaba nada que la gente lo hiciera una y otra vez. Era adictivo.

Bajó la vista y comprobó que Liam seguía excitado.

—¿Y tú?

—Hoy yo no importo.

—¿Por qué? Es absurdo que te quedes sin satisfacción por un sentimiento de culpa. No quiero que esto sea un acto de redención, sino un momento de completo placer del que podamos disfrutar juntos.

Se miraron a los ojos y Liam se decidió.

—Está bien.

Comprobó que Deirdre estuviera preparada y se colocó encima de ella. Se abrazaron y se dejó tocar por las suaves e inexpertas manos femeninas, hasta que al final, ansioso, no pudo soportarlo más y se introdujo en su interior. Esa vez, los movimientos fueron en sintonía, siendo cosa de dos y, cuando ella alzó las caderas a la vez que apretaba sus glúteos, Liam apretó los dientes al sentirse tan adentro. Solo pudo moverse a un ritmo más frenético y liberarse segundos después de que Deirdre lo hiciera por segunda vez.

Esa noche, como todas las que la sucederían, durmieron agotados, saciados y abrazados.

7

En las semanas siguientes, Liam se esforzó por hacerla partícipe de su vida diaria y su cotidianidad, lo que complacía a Deirdre.

Cuando su marido se percató de que entendía de números, la llevaba a la biblioteca y le explicaba al detalle lo que hacía. Ella, por su parte, se esforzó por implicarse en la vida de los lugareños, conociendo a aquellos que trabajaban las tierras y a sus familias. Día a día se fueron fraguando los cimientos de una relación llena de camaradería, entrando poco a poco en una agradable rutina durante el día que se volvía maravillosamente placentera por la noche. No era lo que siempre habían esperado tener, pero era más de lo que pensaban que ese matrimonio sería.

Las semanas dieron paso a los meses. Ya faltaba poco para el invierno y todos le decían que era bastante crudo. Deirdre, que en muchos sentidos se sentía contenta, no dejaba de dar vueltas y más vueltas a su poca falta de privacidad. Vivir a todas horas con sus suegros no era lo más adecuado para su intimidad matrimonial. No había hecho nada hasta ese momento por temor a ofenderlos, ya que se habían esforzado muchísimo por hacerla sentir en casa, pero había días en que no podía ni escribir una simple carta en el escritorio de su marido sin que le molestaran las conversaciones de este con su padre en la misma habitación. Además, las charlas entre ella y Liam siempre solían ser interrumpidas por algún familiar o sirviente.

No tenían espacio para ellos solos y empezaba a desearlo con desesperación.

Se abstuvo de bufar de forma audible para evitar llamar la atención. Acababa de leer una de las cartas que su amiga Camile le había enviado, cuyas páginas y páginas solo contenían maravillosas noticias que rebosaban felicidad. Esta había sugerido en varias ocasiones la posibilidad de viajar hasta Escocia para visitarla, pero, por una razón u otra, siempre se aplazaba. Además, aunque ahora las cosas iban bastante bien, no era la imagen que quería mostrar.

Su suegro dejó de hablar con Liam y se acercó a la chimenea para azuzar el fuego.

—Qué frío hace aquí.

Ese era otro de los problemas. Aunque hiciera frío, el McDougall siempre tenía más que los demás, por lo que algunas estancias del castillo podían llegar a parecer un horno, como el caso del despacho. Había oído a Liam quejarse de eso en más de una ocasión, pero nunca hacía nada por remediarlo.

Esa misma noche, en la intimidad de su cuarto, hacía precisamente eso.

—En esta habitación se está verdaderamente a gusto. —Se quitó las botas—. Ni demasiado frío ni demasiado calor. —Se acercó a ella—. ¿Todo bien con Camile?

—Ya te lo he contado esta mañana —replicó ella algo quisquillosa. Odiaba tener que repetir las cosas y el mal humor no ayudaba.

—Sí, ya, pero no me lo has explicado todo. —Se estiró encima de la cama, a su lado—. Mi padre ha llegado y nos ha interrump...

—Sí —cortó lo que le estaba diciendo—, como siempre. No paras de quejarte de eso un día sí y otro también, pero no veo que intentes cambiar la situación.

—¿Qué quieres decir? —preguntó, incorporándose a medias.

—Pues eso mismo. Creo que debemos tener nuestro propio espacio.

—Tenemos nuestra habitación —dijo este a modo de respuesta.

—Como si eso fuera suficiente. —De repente pensó si habría estado equivocada y Liam no se sentía como ella—. ¿Acaso te basta eso? —No tuvo ni que responder; tenía escrita en la cara su respuesta—. Deberíamos irnos a vivir a nuestro propio hogar —lo tanteó para ver su reacción. En realidad, ya tenía decidido cuál sería su línea de acción.

—No es posible; no tenemos dinero suficiente para mantener nuestra propia casa. —Por su tono cáustico era evidente que eso no lo llenaba de orgullo.

—Podríamos vivir de alquiler... —sugirió.

—¿Un McDougall? ¡Jamás!

—El orgullo no es un buen compañero de cama —lo pinchó un poco a pesar de estar de acuerdo con eso.

—¡He dicho que no! —Se levantó de un salto y caminó por la estancia, enfurecido.

—Pues, entonces, solo queda una solución...

—¿Reformas? —Evan no gritó demasiado. Liam suponía que no quería asustar a su nuera a pesar de no gustarle lo que ella le planteaba.

Cuando Deirdre se lo expuso la noche anterior pensó que tenía una esposa brillante, ahora solo faltaba ver si también era tan eficaz a la hora de convencer al McDougall.

—Solo unas pocas —aclaró conciliadora—. El castillo es muy grande y hay toda un ala sin usar.

—¿No te encuentras a gusto viviendo con nosotros? —preguntó Robina, algo herida.

—Por supuesto que sí —aseguró, tocándole la mano en gesto de consuelo. No tenían por qué saber que se sentía ahogada—, pero somos recién casados, necesitamos nuestro espacio. E intimidad —sentenció. Por sus semblantes sombríos, parecía que hubiera dicho que quería convertirse en pirata y llevarse a su heredero con ella—. Ya sabéis, tiempo a solas, porque, aunque fuimos obligados a casarnos... —No le dejaban más opción que la vía de la culpabilidad.

—Claro, claro —repuso Evan. Por supuesto, no quería sentir que era el culpable de que no pudieran construir un matrimonio feliz—. ¿Eres de la misma opinión? —Su padre se dirigió a él en exclusiva.

—Sí —afirmó con rotundidad. Estaba asombrado por la habilidad que había demostrado su esposa para manipularlos a su antojo. ¿Habría hecho lo mismo con él?—. No es que no queramos estar con vosotros, pero comprenderéis nuestra necesidad de estar solos.

—¿Qué tenéis pensado? —preguntó derrotado.

Liam dejó que Deirdre se explicara.

—Nada demasiado ostentoso, ni complicado, ni caro. He hecho los cálculos y los planos —sacó un fajo de papeles— sobre lo que necesita repararse con urgencia. Por supuesto, todo saldrá de mi dote, pero además dará un ingreso extra al que necesite trabajo. El único problema será que tendría que empezarse lo más pronto posible, para que, en cuanto llegue lo más duro del invierno, todo esté terminado.

—¿Habéis hablado con Parlan de esto? —preguntó Robina.

—Vosotros sois los primeros a los que hemos comunicado nuestras intenciones —contestó Liam a su madre.

—¿Parlan? —preguntó Deirdre, desconcertada. Era el marido de Edmé, pero no entendía qué tenía que ver él con todo eso.

—Sí, el padre de Parlan era arquitecto —respondió Evan—. Él no lo es, como ya sabes, pero es indiscutible que lleva la profesión en la sangre. Nadie sabe más que él sobre diseños y remodelaciones, ni siquiera los que han estudiado. Quizá necesitéis su ayuda.

—¡Eso es estupendo! —exclamó Deirdre—. Me quitas un gran peso de encima.

Ambos fueron a hablar con él. Este, al igual que

Edmé, se mostró tan sorprendido como los padres de Liam, pero una vez digerido, ambos estuvieron encantados con la idea y se ofrecieron a ayudar en todo lo que pudieran.

Las obras de remodelación empezaron en cuanto tuvieron los materiales y a los obreros contratados. La mayoría eran los mismos que trabajaban las tierras de la familia o alguno de los hijos, lo cual suponía un ingreso extra para gastar en las Navidades y para pasar el invierno con mayor comodidad y holgura.

De la mañana a la noche, la casa de los McDougall se convirtió en un hervidero de personas trabajando. Deirdre se paseaba por allí a todas horas dando ánimos o sugiriendo cambios al marido de Edmé.

Liam, por su parte, solía ayudar en los trabajos físicos en cuanto terminaba sus responsabilidades diarias. En los momentos de descanso, salía de la casa y se apoyaba en un montón de piedras mientras observaba los avances.

En esa ocasión, veía a su esposa asomada a una ventana mientras señalaba a Parlan alguna cosa que requería su atención.

—Parlan está encantado. —Su prima se había acercado hasta donde estaba Liam tan silenciosamente que no la había oído llegar—. Adora a Deirdre.

—Como todos —respondió él con media sonrisa sarcástica.

—¿Te incluyes entre todos ellos? —le preguntó un tanto maliciosa, pero con verdadera curiosidad.

—Puede ser. —Todavía no quería pensar demasiado en ello—. Esa mujer que tengo por esposa ha resultado ser una caja de sorpresas.

—Aunque su apariencia te disguste —concluyó sagaz.

—Ajá.

—El aspecto exterior no es tan importante.

Liam no quería seguir hablando del tema y se mantuvo en silencio. Tenía demasiados sentimientos encontrados respecto a Deirdre y no sabía qué hacer con ellos.

Era cierto que, en cierta forma, la fealdad del rostro ya no era tan importante. Cuando la miraba ya no sentía repulsión. Estar con ella despertaba una calidez desconocida en él; y no se refería al plano sexual, que cada día era más intenso y satisfactorio, sino a un sentimiento más profundo que lo dejaba desconcertado. Y no era amor, de eso estaba seguro. La apreciaba y le gustaba verla alegre, pero no sentía ninguna de las cosas que debería sentir un enamorado; esa opresión en el pecho, la necesidad de verla a todas horas o el constante deseo de besarla y saborearla.

No, todo era demasiado confuso y no sentía deseos de profundizar en busca de respuestas.

Su prima se despidió, pero él no se movió. Esperaba que Deirdre recordara que era la hora de su paseo habitual.

Habían tomado como costumbre dar un paseo por los alrededores. Al principio se limitaba a explicarle detalles sobre las tierras que iban viendo y sobre las personas que las trabajaban. Algo así como una forma de introducirla en la comunidad. Sin embargo, ahora hacían más que eso. Cada día se detenían en la casa de alguno de ellos y les traían un presente. Mientras, Deirdre hablaba de comida con la esposa, jugaba con los niños o alababa la destreza del marido con los pastos o la labranza.

Liam siempre había tenido relación con todos ellos, pero su mujer había decidido, como en todo lo que hacía, ir un poco más allá e implicarse con más profundidad. A pesar de que en los paseos no estaban mucho rato a solas, no le importaba; disfrutaba de verla involucrarse en los quehaceres de Glenrow.

Se distrajo de sus pensamientos cuando, poco después, el objeto de ellos cruzaba la puerta de su casa y se dirigía hacia él. Se había cubierto con una sencilla capa de terciopelo verde con flecos y un sencillo y diminuto sombrero con un lazo en el mismo color, lo cual suponía uno de los pequeños detalles coquetos de los que Deirdre se negaba a prescindir. Su esposa lucía una radiante y satisfecha sonrisa que hizo brincar su corazón, al cual ignoró.

Caminaron envueltos en un silencio amigable que Liam rompió un poco más tarde.

—¿Eres feliz? —Se atrevió a preguntarle mientras descansaban en unas piedras cerca del camino que ese día habían escogido para su andadura.

—¿A qué viene esa pregunta? —preguntó Deirdre algo extrañada—. Si te sientes culpable por algo...

Ni él mismo lo sabía. Lo único cierto era que deseaba verla feliz. No sabía por qué era tan importante para él que lo fuera, pero era algo que no podía negar.

—No se trata de eso —alegó—. Al fin y al cabo, eres mi esposa, por lo que me disgustaría que no estuvieras satisfecha.

Deirdre no se sintió demasiado halagada, pero no dijo lo que de verdad pensaba.

—¿Lo eres tú? —contraatacó.

—No sé si estoy preparado para responderte. —Eligió ser lo más sincero posible.

—Pues yo estoy en igualdad de condiciones. No digo que sea desgraciada; nada más lejos de la realidad, pero feliz... —Se encogió de hombros y giró la vista, turbada.

La respuesta no era la que Liam pretendía obtener, aunque, a decir verdad, no sabía a ciencia cierta qué esperaba que le respondiera.

Quizás esperaba que ella experimentara esos cambios y dudas que lo asaltaban cada vez con más frecuencia y para los que no tenía una explicación clara. O quizá que, en el fondo de su corazón, ella le apreciara, aunque fuera un poco.

El silencio los envolvió de nuevo, pero a ninguno de ellos pareció preocuparle. Algo más tarde regresaron de vuelta a casa con las manos entrelazadas. Ninguno hizo mención alguna al hecho, pero ambos, por alguna extraña razón, lo encontraron plenamente satisfactorio.

8

Deirdre consideraba que su vida no era tan mala como había llegado a imaginar que sería, pero lidiar con su suegro y marido en algunos asuntos le resultaba una tarea ardua y agotadora. Liam era más receptivo a los cambios, pero Evan McDougall siempre se quejaba con amargura de cada uno de ellos, aunque nunca en su presencia, claro.

Era de esperar que, cuando les planteara su nueva idea, refunfuñaran un poco, y ambos hicieron exactamente eso.

—Me gustaría celebrar una fiesta —soltó a bocajarro mientras comía con su marido y sus suegros.

Estos levantaron las cabezas de golpe, cada uno con distintas expresiones la mar de sorprendidas.

—¿Una fiesta? —repitió Liam como si fuera incapaz de asumir que esas palabras hubieran salido de la boca de su esposa—. ¿No es eso una frivolidad?

—No sé si habrá alguien interesado en ella —aseveró por su parte el McDougall—. Al fin y al cabo, la gente de Glenrow no está habituada a este tipo de cosas.

Deirdre se abstuvo de decirles que ya se lo había contado tanto a Edmé como a Fiona y que estas se habían mostrado encantadas. Incluso Lorn hizo alguna sugerencia respecto a ello. No dudaban de que sería un éxito al que todos acudirían. Ella también lo estaba deseando.

—No les hagas caso. —Robina desechó sus comentarios negativos con una mano—. Una fiesta siempre es bienvenida.

—¿Y cómo la pagaremos?

Ah, el siempre pragmático líder de los McDougall ya había sacado a colación el dinero. ¿Sería siempre así?

—¿En qué has estado pensando? —se interesó su suegra, interrumpiendo a su marido. ¡Bendita fuera!

—Me gustaría celebrar una fiesta nocturna que se asemeje a las mejores de Londres. Aun así, no pienso que debamos excedernos en nada y hacer algo muy costoso. De hecho, puede resultar tan barato como todos queramos. Podríamos utilizar para celebrarla el edificio vacío que está a las afueras de Glenrow.

—Le pertenece a Elnoch —dijo Liam como comentario.

Deirdre no sabía si con ello pretendía desalentarla.

—No le importaría —admitió—. Ya se lo he preguntado.

—Y está en buenas condiciones —añadió Robina; quizá para hacerles más agradable la idea—. Además, creo que a la comunidad le vendrá bien un poco de diversión.

—No todo tiene que ser trabajar —acotó ella.

—Algunos tenemos que hacerlo si queremos tener algo de comida en la mesa, pequeña.

Deirdre se molestó. ¿Es que nunca podría hablar del trabajo o el dinero sin que le restregara a la cara las carencias de esas tierras? Prefirió dejar pasar el comentario; no quería enfrentarse a su suegro.

—Además —añadió—, solo será algo de música, comida y diversión. La primera no será un problema y, en lo que respecta a la comida, podemos sugerir que cada uno traiga lo que quiera o pueda aportar.

—¡Es una excelente propuesta! —Robina estaba entusiasmada y aplaudió.

—Si tú lo dices... —Liam se había cruzado de brazos y reclinado en el respaldo de la silla. Parecía un hombre que ya había tomado una decisión.

—¿Qué puede haber de malo en un poco de sana diversión? —replicó Deirdre, picada por su actitud—. Es una inmejorable oportunidad para lucir los mejores vestidos que cada uno tenga y disfrutar de una velada agradable en compañía de vecinos y amigos.

—Quizá no sea tan malo después de todo —reflexionó el McDougall.

—Por supuesto que no, querido —se dirigió a su nuera—. No estamos acostumbrados a los cambios, pero unos pocos resultan refrescantes.

No pudo evitar lucir una sonrisa satisfecha, que todavía conservaba horas más tarde, mientras se daba un relajante baño en su habitación acompañada por el crepitar del fuego en la chimenea. Tanto Liam como su suegro habían claudicado —a regañadientes, eso sí— y eso la ponía de buen humor.

—¿Disfrutando del triunfo? —preguntó Liam cuando entró tiempo después.

—En absoluto. —Se hundió un poco en el agua espumosa. A esas alturas todavía sentía cierta vergüenza de verse completamente desnuda delante de él. Se sentía demasiado expuesta aun cuando su cuerpo carecía de evidentes imperfecciones, algo que su marido no había dejado de mencionar en variadas ocasiones y que le escocía por la simple razón de que excluía su rostro. Ese era un tema espinoso que todavía no sabía cómo encajar en esa aparente buena relación de la que gozaban—. Deleitarme con un buen baño en la paz de mi habitación es un placer por sí mismo.

Charlaron de banalidades mientras el agua se enfriaba.

—¿No vas a salir? —preguntó él, divertido, desde la cama.

Parecía saber lo mucho que la turbaba hacerlo. Desde luego, Liam no había tenido problemas a la hora de quitarse la ropa y ponerse más cómodo.

—En un instante —respondió Deirdre.

Roja como la grana se levantó cuan alta era. A pesar de la escasez de luz vio cómo Liam respondía a la exhibición de su cuerpo mojado y desnudo. Su parte más práctica le recordaba que disfrutase de verse deseada. Se secó despacio, saboreando cada mirada y haciendo crecer el deseo de ambos. Cuando llegó a la cama no perdieron tiempo en sutilezas e hicieron el amor de una forma apasionada y muy gratificante.

Eso mismo recordaba al día siguiente mientras volvía a casa tras haber pasado por el hogar de los Pagan, uno de los arrendatarios que vivía más al este, y ayudar con la colcha que la abuela Glenna estaba tejiendo con sus manos cansadas y ajadas para su nieto más joven. No es que Deirdre fuera muy diestra, pero combinaba el bordado con los consejos que la abuela le daba y así sentía que colaboraba a mejorar las cosas. Era poco lo que podía hacer, pero ¿no decía Sharon que si todos pusieran su granito de arena en el mundo, este sería un lugar mucho mejor?

Apenas le faltaban un par de millas para llegar, cuando se encontró con un extraño montado en un caballo.

—Buenos días —la saludó este.

Su voz profunda resonó en sus oídos y se detuvo sorprendida. Si no era el hombre más apuesto que había conocido, poco le faltaba. La buena educación y la curiosidad le hicieron devolver el saludo.

—¿Cómo está usted?

—Bien, gracias. —Desmontó con gracia—. No me resulta conocida, por lo que deduzco que no es de aquí. Mi nombre es Angus Clifford y vivo más allá de aquella loma. —Se la quedó mirando como si su nombre hubiera de serle familiar.

—Encantada. Soy Deirdre Doy... —se paró a rectificar—. McDougall.

El señor Clifford puso cara de sorpresa, aunque Deirdre tuvo la vaga sensación de que ya conocía ese dato.

—Entonces, deduzco que es la flamante recién esposa de Liam.

—¿Le conoce? —preguntó con ingenuidad.

—Señora, aquí todos sabemos quién es quién. —Sonrió—. Y ya que la casualidad y el destino han propiciado este encuentro, permítame unirme a su paseo para tratar de conocerla un poco mejor.

Le ofreció su brazo de forma galante y, aunque Deirdre hubiera preferido terminar el corto trayecto sin compañía, no tuvo el valor de desairarle. Probó con una excusa.

—En realidad, no creo que deba molestarse. Mi camino está llegando a su fin y usted parecía ir en dirección contraria.

—Su preocupación la honra —repuso el señor Clifford—, pero no se preocupe. No importa tanto la dirección que uno toma, sino la compañía. —Se puso a su lado.

Durante el trayecto le preguntó acerca de cómo se adaptaba al ritmo de vida de la Escocia rural, cómo se conocieron ella y Liam y otras tantas preguntas más que hicieron que Deirdre llegara a sentirse objeto de un estudio por parte del señor Clifford. En algunos detalles no tuvo inconveniente en responder, pero en aquellos más íntimos y comprometedores mintió con todo descaro. Su instinto le prevenía contra él y su «sana» curiosidad.

—No parece usted el tipo de mujer a la que Liam solía frecuentar —añadió su forzado acompañante de pronto.

Ese comentario casual la hizo tensarse. Si hacía alguna observación sobre su fealdad…

—Me refiero —continuó como si nada— a que ellas no eran tan agradables, educadas ni inteligentes como usted.

A pesar del evidente cumplido, no pudo relajarse del todo, y él lo notó, por lo que cuando llegaron al cruce que la llevaba a casa, el señor Clifford se apresuró a despedirse con un beso en la mano y una elegante reverencia.

—Espero verla muy pronto —añadió como despedida.

Se subió a lomos del caballo mientras Deirdre seguía su camino. Sin ni siquiera volverse supo, sin lugar a dudas, que el tal Clifford no se había movido del sitio. No era por no haber oído los cascos del caballo alejarse, sino por la extraña quemazón que sentía a su espalda, con los ojos del hombre clavados en ella.

Deirdre hizo el firme propósito de olvidarlo y desapareció de su vista.

El día de la fiesta llegó deprisa. Mujeres y hombres esperaban con tanta ilusión el evento que pusieron todo su empeño en que todo resultara perfecto.

—No puedo creer que haya quedado todo tan bonito. —Fue el comentario de Robina en cuanto entraron en el edificio que, hasta hacía poco, estaba vacío y sin usar.

Edmé y Fiona estuvieron de acuerdo y se apresuraron en dejar en las mesas las viandas que habían hecho especialmente para la ocasión.

Se habían utilizado guirnaldas para decorar paredes y techos. Todo había sido barrido y limpiado, poniendo al fondo mesas en las que cada uno pondría la comida que pensaba traer. Para las bebidas se recurrió a la taberna local, donde el dueño se ofreció a participar con whisky y otras bebidas varias. Habían contratado para la música a un grupo de los alrededores que accedió a tocar para ellos a cambio de comida, bebida y cama gratis.

—Creo que nos lo pasaremos muy bien —afirmó Lorn a nadie en particular. Era de todos sabido lo mucho que le gustaban este tipo de eventos.

Liam no dijo nada, pero, dado el entusiasmo general, sobre todo el de su mujer, no pensaba decir lo contrario. Incluso su padre parecía más animado que de costumbre. Al parecer, las ideas de Deirdre solían acabar por implicar a toda la comunidad y dejaban a todo el mundo satisfecho.

Miró a su esposa y la ayudó a quitarse la capa, lo cual le agradeció con una sonrisa. Esta noche lucía muy elegante pero sin llegar a desentonar. El vestido de seda, de doble capa con líneas que caían paralelas en rojo purpúreo y sobrefalda recogida con flores en el lado izquierdo, parecía una segunda piel. Los guantes, del mismo intenso color que las líneas, hacían destacar los reflejos de su pelo y la palidez de la porción de piel que estaba al descubierto. En otras circunstancias podría haber resultado la más hermosa de la fiesta, pero tal y como eran las cosas resultaba un hecho imposible.

Sin embargo, su esposa poseía otras cualidades que le resultaban muy estimulantes. Su inteligencia, perspicacia y a veces irreverente sentido del humor habían conseguido que desarrollara un inesperado y grato afecto por Deirdre. Lo contrario habría resultado inhumano, pero no pasaba de un simple cariño entre dos adultos. Eso sí, en la cama ardía por ella. El sexo con ella había resultado toda una revelación. Su esposa daba tanto como recibía, le gustaba probar cosas nuevas y le encantaba tomar la iniciativa. Podía asegurar que jamás había disfrutado tanto con alguien; ni dentro ni fuera de la cama.

—¿Ocurre algo, Liam? —le preguntó el objeto de sus pensamientos.

—Solo pensaba que todo está muy bien. —Eso también era cierto.

—¿De verdad? —Se veía más que feliz, resplandeciente—. Espero que vengan todos. Vamos a bailar como locos.

—¿Acaso dudas que acudan? Te adoran —sentenció—. Y en cuanto al baile... espero que me reserves el primero.

—Por... por supuesto —balbuceó sorprendida; pero al instante recuperó su sonrisa, que se hizo todavía más amplia.

Liam no había olvidado el comentario de su cuñada Casandra en la fiesta posterior a su boda. En esa ocasión, lleno como estaba de orgullo herido y rencor, no hizo caso, pero esta noche enmendaría su error. Tenía intención de bailar con ella hasta que ninguno de los dos notara los pies, así al menos le devolvería parte de la alegría y frescura que ella había traído a su hogar.

A las pocas horas se había contagiado del espíritu festivo de todas las personas que se encontraban apiñadas en el sitio. Nadie había faltado a la cita y todos reían, charlaban, bebían y bailaban como si no tuvieran otra preocupación en el mundo salvo lo que estaban haciendo. Los niños entraban y salían jugando y corriendo mientras padres, hermanas o demás parientes aprovechaban la ocasión para recordar lo que los había unido antaño o buscar un pretendiente.

En varias ocasiones divisó a su primo con su prometida mientras reían y bailaban al ritmo de alguna danza local. Se les veía muy unidos y enamorados. Incluso sus padres parecían pasárselo en grande en compañía de amigos y los mellizos, hijos de su prima y Parlan, que hacía ya un buen rato que habían desaparecido, seguro que con intención de disfrutar de unos besos robados y quizás algo más.

—Todo esto es obra tuya —le dijo a su esposa en algún momento de la noche mientras bailaban—. Es todo un éxito.

Había disfrutado de su compañía y no se había separado de ella más que para ir y traerle bebida y comida. Su entusiasmo era contagioso y se había dejado llevar. No se había preparado para lo que sintió: felicidad, orgullo de que fuera su esposa y algo más... Algo a lo que no se atrevía a ponerle nombre.

—Eso parece —respondió ella sin falsa modestia—. Es tal y como me imaginé. —Y, además, volaba en una nube. Liam no la había dejado sola en toda la noche y había bailado con ella cada pieza. Parecía estar contento de estar donde estaba y eso le provocaba una curiosa y placentera sensación de plenitud. Hacía días que notaba unos sentimientos nuevos que florecían en ella sin poder evitarlo. En otras circunstancias los hubiera aplastado con fuerza, pero presentía por la actitud de su marido que este podía acabar sintiendo lo mismo. Empezaba a desearlo con fervor.

—Creo —le dijo su esposo al oído mientras bailaban una danza más tranquila— que es hora de que nos retiremos.

—¿Tan pronto? —preguntó desilusionada—. Pero si no son ni las cuatro.

Esa respuesta arrancó en él una carcajada.

—Lo que te tengo reservado te gustará más, créeme.

Era evidente a qué se refería y una excitación muy diferente recorrió su cuerpo.

Después de eso prefirieron despedirse de pocas personas, pues eso hubiera eternizado el momento de partir.

Poco tiempo después ya habían llegado a su casa y corrían escaleras arriba cogidos de la mano.

Deirdre registró el momento exacto en el que cerraron la puerta de sus dominios. Ya en su habitación, Liam apenas le dio tiempo a nada pues se lanzó a su boca en un acto desesperado.

Se quedó unos instantes estupefacta, sin saber cómo responder. Nunca la había besado, pero era la sensación más asombrosa que jamás hubiera podido tener. Ese gesto significaba algo; tenía que significarlo, por lo que olvidó toda precaución y se entregó a él con cada resquicio de su ser.

Con un renovado entusiasmo abrió los labios para que Liam pudiera tener un mejor acceso. Cuando sus lenguas se enredaron en un baile sinuoso y abrasador, se aferró a sus hombros y lanzó un gemido de puro placer.

Se dejó besar por todas partes correspondiéndole de la misma forma y en su frenesí por sentirse tiraron y arrancaron partes del vestuario.

La primera vez fue ardiente y rápida, pero las posteriores, más tiernas y pausadas, hicieron mella en su desconfiado y resguardado corazón.

Se durmió con una esperanzada sonrisa.

9

No fue hasta la mañana siguiente, cuando despertó y se encontró sin Liam a su lado, pero acompañada por una flor en su almohada, que dejó que la verdad saliera a la superficie y la inundara con fuerza. Estaba enamorada de su marido.

Cuando bajó de sus aposentos, las sendas expresiones satisfechas que lucían sus suegros la llenaron de vergüenza, aunque no tenía por qué. La repentina partida de ambos la noche anterior y la expresión embelesada que sabía que lucía, debían de indicarles todo. No comentaron nada. Se limitaron a alabar la fiesta agradeciéndole haber pensado en celebrarla.

—Has sido como una bendición —admitió Robina algo después—. A este paso el McDougall dejará muy pronto de ser tan huraño y contrario a los cambios. En cuanto a lo demás... todo vendrá por sí solo.

Como no tenía cabeza para nada más que hacerse ilusiones y fantasear con una vida que no creía llegar a tener nunca, decidió dar un paseo, porque hacía un sol espléndido y porque ese día radiante era una exacta expresión de sus sentimientos.

Cuando consideró que ya era hora de regresar, su humor no había hecho otra cosa que mejorar. Esperaba con ansias el encuentro con Liam y deseaba ver en él parte de lo que ella misma sentía.

El ruido de los cascos de un caballo que se aproximaban a su espalda la hizo detenerse a un lado del camino. Cuando se dio la vuelta vio que se trataba de Angus Clifford. Había olvidado por completo su primer y único encuentro.

—Señor Clifford —saludó con cortesía, pero se dispuso a reemprender la marcha.

Al parecer, sus intenciones no habían sido todo lo claras que pretendía, porque este desmontó y caminó a su lado.

—Acabo de enterarme que anoche se celebró una fiesta en Glenrow a la que no fui invitado.

Deirdre ni se había percatado de ello.

—No se lo tome como algo personal —declaró—. No se repartieron invitaciones. Todo fue muy informal. Lamento de veras que no recibiera la noticia.

—No importa —replicó—. Lo que más lamento es haber perdido una oportunidad de bailar con usted.

Deirdre lo miró con cara de incomprensión.

—¿Por qué querría hacer eso? Ni siquiera nos conocemos.

—Espero que eso cambie muy pronto.

El comentario resultaba demasiado personal; al igual que su sonrisa y el brillo de sus ojos.

—No sé si le entiendo.

—Me resulta usted... fascinante, por decirlo de alguna manera.

Se acercó tanto a ella que pudo ver el color del iris de sus ojos con total claridad.

—¿Fascinante? —repitió azorada y sin saber cómo apartarlo. De repente se sentía muy incómoda.

—Exacto. Esperaba que, con el tiempo, pudiéramos llegar a ser... más que amigos.

Deirdre sintió su aliento acariciar su mejilla a la vez que este acariciaba con total descaro su brazo. Sintió un escalofrío de horror recorrer su espina dorsal. ¡Ese hombre pretendía que fueran amantes!

—¡Clifford! —El grito de Liam interrumpió el bochornoso espectáculo. Venía caminando en dirección opuesta con los puños apretados. Su cara estaba roja de furia.

Ambos saltaron como si se hubieran quemado y se separaron con rapidez. Deirdre tenía claro qué impresión habían dado. No sabía cómo explicar las deshonestas insinuaciones del señor Clifford sin parecer culpable.

—McDougall... —Angus tanteaba el terreno con voz incierta.

—No te acerques a mi mujer o te despedazaré.

Se hubiera sentido halagada por la amenaza si no percibiera que la furia también iba dirigida a ella.

—Y tú, ¿qué impresión crees que das coqueteando con cualquier hombre que se te ponga por delante? —La alejó más de Clifford dándole un tirón que le hizo daño—. Nunca más te acerques a ese hombre; si no, te dará exactamente lo que te ofrece.

Aunque la esperaba, la acusación le sentó como una puñalada en el pecho. El sentimiento se agravaba porque también lo hacía en presencia de ese otro.

—Vamos, vamos, viejo amigo —intervino Clifford con voz falsamente conciliadora y socarrona—. No hace falta que te pongas así. Tu mujercita y yo solo nos estábamos conociendo.

—¡Oiga...! —La implicación de sus palabras estaban muy claras, dejando pocas dudas para que Liam pensase lo peor.

—¡Cállate! —le espetó su marido, interrumpiéndola—. Será mejor que me dejes resolver esto a mí. Vuelve a casa.

—Pero...

—¡Deirdre, por el amor de Dios!

No quería hacerlo y más sabiendo que pensaba tan mal de ella. No le había dado motivos para que dudase de su honor y eso la enfurecía, pero tal y como estaban las cosas, se limitó a obedecer. Solo cuando estuvo fuera del alcance de su vista se internó en el bosque que bordeaba el camino. Su intención era esconderse y volver para escuchar. No sabía el motivo, pero una fuerza ajena a ella la empujaba.

—¿A qué estás jugando, Clifford? —Se había sentido fuera de sí cuando había visto la escena entre Deirdre y ese malnacido. Solo por tocarla como lo había visto hacer, se merecía que le rompiera las piernas.

—No estoy jugando a nada. Me ofende que lo insinúes siquiera.

—No mientas. Nos conocemos demasiado para que finjas ser un cordero cuando ambos sabemos que eres peor que los lobos. Además, tú nunca mostrarías interés alguno en mi mujer si no fuera quien es.

—Me parece una mujer muy interesante. —Angus percibió un ligero movimiento entre los árboles de más adelante. Se apostaba una jarra de cerveza a que esa fea mentecata que Liam tenía por esposa estaba escondida detrás. Si no podía seguir con su antigua estrategia, podía utilizar esa inesperada curiosidad femenina en su beneficio y, de paso, hacer lo que tenía en mente desde un principio: hacer daño a Liam.

En realidad, tan pronto como supo que Liam se había casado pidió referencias sobre ella. Solo la había visto una vez en Glenrow. No se habría sorprendido más si se hubiera casado con una oveja. Lo tenía asombrado que hubiera elegido precisamente a esa, y, además, inglesa. Sin embargo, lejos de desanimarse había elaborado un sencillo plan convencido de su fiabilidad. Solo tenía que engatusarla lo suficiente como para que se creyera enamorada de él y poder seducirla. Devolverla a Liam deshonrada sería la mejor jugada que podría haber deseado, pero el inesperado encuentro había dado al traste con sus intenciones.

—Lo que quieres es utilizarla como medio para vengarte de mí —replicó—. Al final no te habrías acostado con ella. No va con tu estilo.

—¿Qué quieres decir? —Aunque se sentía sorprendido porque Liam hubiese comprendido con tanta rapidez cuál era su intención original.

—Lo que es evidente. Al final solo serías capaz de ver lo que todos ven. Solo el hecho de besarla te supondría un suplicio.

—¿Es lo mismo que te sucede a ti? —preguntó malicioso—, porque ya ves, yo hubiera jurado lo mismo de ti. —Cogió con fuerzas las riendas ante la repentina impaciencia del caballo—. ¿O acaso te gusta? —No le dejó responder—. No, claro que no. Siempre te han atraído las mujeres hermosas y esa mujercita que tienes por esposa es fea como el pecado.

—Sí, lo es —confirmó.

—Me gusta cuando estamos de acuerdo en algo.

La amplia sonrisa de satisfacción que Clifford lucía lo llenó de inquietud.

—No hago sino confirmar lo obvio. También podría explicarte que no solo es un rostro incómodo de mirar, pero alguien como tú no lo entendería.

—¿Qué hay que entender? —preguntó frunciendo el ceño.

—A eso me refería. Lo que importa es que Deirdre es la mujer con quien me casé, por lo que, de ahora en adelante, te abstendrás de acercarte a menos de una milla de distancia...

—¿Una milla? —le interrumpió con una carcajada por lo exagerado de la orden.

—... en caso contrario, te buscaré y te arrancaré las entrañas de un tirón.

—¡Bah! Qué importancia tiene una fea más en este mundo. —No iba a seguir insistiendo. El daño que quería ya estaba hecho—. Tu mujer no vale la pena. Al menos espero que sepa calentarte la cama, porque para lo demás...

No llegó a terminar la frase. Liam ya había reaccionado lanzando su derechazo en toda la mandíbula de aquel tipejo.

—Siempre me has parecido carroña. Te lo repito, déjala en paz o atente a las consecuencias. —Temía hacer más que pegarle y tuvo que apelar a todas sus fuerzas para no hacerlo.

Con el golpe, Angus había soltado las bridas de su caballo, que escapó al galope.

—¡Maldita sea! —exclamó con furia—. Era mi mejor animal. —Lo miró con odio y soltó el mazazo final—. Regodéate cuanto quieras, pero yo de ti no me quedaría por aquí pavoneándome, pues tu adorada esposa ha estado escuchando. Es posible que ahora mismo esté haciendo el equipaje. —Su risa era puro veneno.

A Liam se le heló la sangre. ¿Escuchando? ¿Qué había dicho exactamente? Había hablado sin pensar movido por la rabia, pero no lo pensaba en serio. Lo que menos imaginaba era que Deirdre lo oiría. Ignoró a su enemigo y corrió como alma que lleva el diablo.

Deirdre llegó a casa rota por dentro y hecha un mar de lágrimas. No había sido capaz de seguir escuchando cuando Liam había afirmado que ella era fea con el mismo frío desapasionamiento que utilizaría para hablar del tiempo. Pensaba que él había sabido ver más allá de las apariencias y que empezaba a quererla, pero se había equivocado. El dolor pesaba tanto que no entendía cómo conseguía sostenerse en pie.

—Querida, ha llegado una carta para ti. —La voz de su suegra se filtró a través de su dolor mientras subía las escaleras. No quería que la viera así, pero esta ya le había dado alcance—. Viene de Londres y... —Se detuvo al verla en ese estado—. Niña, ¿qué te ocurre?

—Nada, Robina, yo... necesito... —Cogió la carta de sus manos—. Tengo que irme. —Subió las escaleras tan rápido como el vestido se lo permitió y se encerró en su refugio. A lo lejos, amortiguada por las puertas, oía a su suegra llamándola preocupadísima, pero no le importó.

Su amor no tenía esperanza de ser correspondido; ni ahora ni nunca. Y eso la destrozaba. Lo peor de todo era la creencia que había sentido esa mañana y que había estado a punto de hacer que le declarara su amor a Liam. Menuda humillación.

¿Qué le habría respondido él? Ni siquiera conseguía imaginarlo. ¿Se reiría de sus patéticos sentimientos o lograría permanecer inmutable sin dejarse llevar por la hilaridad? La fea de su esposa enamorada...

Leyó la carta que Robina le había entregado a través del velo de lágrimas que no cesaba de mojar sus mejillas. Arropada por la nostalgia y la necesidad de estar con los suyos tomó una decisión que no quería pararse a meditar.

Así la encontró Liam poco después. Su semblante evidenciaba el sufrimiento anterior, pero solo por dentro parecía un río fluyendo hacia tierras desconocidas.

—Deirdre... —la llamó este no bien entró. Si había corrido preocupado, más lo había hecho cuando su madre le explicó el estado en el que su mujer había llegado. Cuando vio los baúles abiertos se detuvo en el acto—. ¿Qué haces?

—Me marcho. —Su voz era suave, aunque no firme.

—¿Adónde?

—A un lugar donde me quieran y me respeten. —Metió y dobló de cualquier manera camisones al azar.

—Deirdre, yo...

—¿Qué? ¿Tú, qué? —exclamó con furia repentina—. Para ya de mentir. No soy tonta. Estoy harta de tus ofensas y desprecios. Este es el último que te permito. ¿Cómo pudiste pensar que yo te haría algo así? Nunca, ¿me entiendes? N-U-N-C-A —deletreó rabiosa— te traicionaría con otro hombre y jamás te he dado motivo para que pienses lo contrario. Pero no solo eso, sino que además tenías que humillarme un poco más acusándome delante de ese... —Fue incapaz de seguir.

—Lo siento. —Intentó acercarse, pero Deirdre lo rechazó alejándose—. Angus Clifford ha sido mi enemigo desde que tengo uso de razón. Cuando os vi en el camino...

—¡Detente! No quiero oír explicaciones absurdas. Créeme, me hago una ligera idea de lo que sentiste.

—¿Volverás? —preguntó Liam, desesperado. La situación se le escapaba de las manos. No sabía qué decir o hacer para llegar a ella.

—¿Para qué? —Lo miró con seriedad y sus ojos reflejaban lo traicionada que se sentía.

El dolor se reflejaba en cada uno de los gestos de su mujer y Liam lo estaba sintiendo como si él mismo hubiera sido el ultrajado.

—Estamos casados —barbotó, incapaz de pensar en otra cosa que Deirdre abandonándole.

—No me lo recuerdes. Pero ¿de qué te sirve una fea como yo? Excepto para acostarte conmigo, por supuesto. Solo que los demás no querrían hacer ni eso. Quizá si me cubro la cabeza con una sábana... O tal vez ni de ese modo, ¿verdad, Liam?

—Ya sé que has escuchado parte de la conversación, pero no toda. No lo decía con la intención de ofenderte. Solo pretendía que Angus te dejara en paz.

—Eres idiota. —Cerró un baúl—. Pero lo eres tanto que ni te das cuenta de que lo eres de verdad. He recibido carta de mi hermano Andrew —dijo para cambiar de tema—. Mi sobrino está teniendo unas preocupantes fiebres y yo ni siquiera lo he conocido. Creo que este es el momento justo para que pongamos distancia entre los dos.

—¿A qué te refieres por distancia?

—Tiempo para reflexionar. No sé si volveré. —Detuvo con la mano el próximo comentario de su marido. Incluso pensar en lo que significaba la palabra, le dolía—. Si no lo hago, sé que esta vez contaré con todo el apoyo de mi familia, incluido mi padre —matizó por si quedaba alguna duda—. Si decido regresar, no sé cuándo será eso.

—Deirdre, sé que estás enfadada y decepcionada, pero las cosas no se solucionan huyendo.

—Me parece que no lo entiendes, Liam. Quedándome acabaría por perder la parte de mí misma que me define. Incluso podría llegar a odiarte. No huyo, simplemente soy incapaz de permanecer un segundo más a tu lado.

10

El tiempo se hizo eterno. Todo en el hogar de los McDougall se ralentizó, como si la partida de Deirdre los dejara sumidos en una hibernación.

El ala destinada a ser el hogar de la joven generación ya estaba terminada, pero permanecía muda. No parecía haber nadie capaz de apreciar las paredes nuevas, la posible habitación de los niños, el modesto y confortable comedor, el pequeño despacho con una abastecida biblioteca o la amplia habitación del matrimonio. Sin embargo, aunque pasear por la silenciosa ala no le traía la paz que buscaba, Liam se negaba a echar a perder algo que había sido creado con tanto esfuerzo y cariño, por lo que las sirvientas tenían la orden de barrer, quitar el polvo o limpiar los cristales.

Por su parte, seguía utilizando la habitación en la que tanto Deirdre como él habían pasado tan buenos momentos... Pero también los peores.

Su eterna penitencia era recordar su última conversación entre esas cuatro paredes y reproducirla una y otra vez intentando deducir dónde había estado su fallo. Tampoco había dejado de lado la labor que su esposa había comenzado con las personas que componían su tan preciada comunidad. Ellos eran su rutina, los que, en cierta forma, lo mantenían unido a Deirdre.

Si antes de la llegada de su mujer a su vida alguien le hubiera dicho cómo se sentiría sin ella, lo hubiera tachado de loco. No podía evitarlo. La veía en cada rincón, charlando con entusiasmo, concibiendo nuevas formas de facilitar la vida o creando momentos irrepetibles. Debatiendo con su madre, Fiona o Edmé; sentada en el despacho leyendo un libro mientras le iba contando cada detalle; bañándose a la luz de las velas o simplemente entregándose a él en la cama. La echaba tanto de menos que en ocasiones sentía un sordo dolor en el pecho.

En otras circunstancias lo habría achacado a que, por fin, se había acostumbrado a la constante presencia de su esposa, y en cierta forma era así, aunque sin serlo del todo. Sus sentimientos por ella se habían expandido cauta y silenciosamente hacia ese corazón suyo, tan estúpido y ciego, hasta convertirlo en más que un músculo, en más que un órgano. Ahora, y sin saber muy bien cómo había sucedido, se sentía en condiciones de aceptar que se hallaba irremediablemente enamorado de Deirdre, pero también muy solo.

Desde el principio había actuado como un patán, equivocándose a cada paso. Ella había acertado al llamarlo idiota, pero era más que eso, y no se la merecía.

La fachada que una vez había enjuiciado fea le parecía ahora un rostro único. También comprendía que ella, al igual que el resto, era más que una simple apariencia. Si uno no se permitía conocer al verdadero yo de las personas estaba condenado a la soledad. Y él no quería eso.

Lo más patético del asunto era que, mientras él se moría de amor por Deirdre y ya la valoraba en su justa medida, ella quizá se limitaba a albergar un afecto amigable en su corazón. No obstante, teniendo en cuenta que no se había portado como un verdadero marido, eso sería desear mucho y, debido a la forma en la que se separaron, era más que probable que ni eso conservara.

No le quedaban muchas opciones, pero se había impuesto un plazo. Dejaría pasar un poco más de tiempo y permanecería en Glenrow trabajando y rezando para que ella no juzgara mejor no regresar a casa. De lo contrario, viajaría a Inglaterra y se esforzaría por convencerla de que había cambiado y que la amaba, no a pesar de su apariencia, sino debido a ella. Esperaba tener la oportunidad de reparar el daño que había causado, así que se limitó a esperar.

Deirdre saludaba a todos los que encontraba en su camino de regreso a casa. Recorría por segunda vez el trayecto que la llevaba a la incertidumbre, aunque esta vez el paisaje lucía un inmutable vestido blanco. De nuevo, no se sentía preparada, pero en esta ocasión los sentimientos que albergaba eran de una naturaleza completamente distinta. Ahora la ira, pena y decepción se mezclaban con el anhelo y el amor. Y todo debido a la misma persona: su marido.

En el tiempo que se había ausentado había añorado muchísimo a Liam, entre otras cosas mucho menos bonitas. Al menos, su estancia en Londres había resultado muy productiva. El precioso bebé de su hermano y Darleen había pasado lo peor y se recuperaba bien.

En cuanto a su queridísima Camile, habría deseado quedarse más tiempo para el nacimiento de su primogénito o primogénita, ya que el final del embarazo estaba llegando a su fin, pero esta situación que vivía no podía dilatarse más. Ella misma le había recomendado que volviera cuanto antes a Escocia para solucionar las cosas con Liam. Le había deseado mucha suerte, instándola también a volver pronto con su marido para conocer a su retoño.

Contra todo pronóstico, quien más la ayudó a reflexionar sobre todo el asunto había sido su padre. Se mostró comprensivo en todo momento y siempre estuvo a su lado cada vez que necesitó desahogarse.

—¿Serías capaz de perdonarle? —le había preguntado en una ocasión.

Para su eterna vergüenza, la respuesta era afirmativa. Le quería tanto que era capaz de perdonarlo. Eso sí, siempre y cuando su marido hiciera cambios.

—Pero ¿y si nunca llega a amarte como tú deseas? —Esa cuestión que había planteado su progenitor le había dado mucho sobre lo que reflexionar.

Al final había llegado a la conclusión de que debía volver y hablar con él. Desde lejos no se podían solucionar ese tipo de cosas. Por su parte, no estaba dispuesta a vivir con un hombre con semejante comportamiento por mucho que lo amara. Aun así, si el cambio en él era posible, aceptaría que sus sentimientos no fueran correspondidos. Sabía que, a la larga, podía acabar despertando en Liam algo parecido al cariño.

Fue duro despedirse de todos otra vez, sobre todo porque dejaba gente feliz y enamorada. En cierto sentido comprendía que la envidia era normal, pero se sentía mal por ello.

—No te preocupes por eso —la consoló su padre cuando se lo confesó poco antes de partir hacia Escocia—, son sentimientos naturales. Tú sigue como hasta ahora y tu corazón tendrá su recompensa.

—Esto no es como en los libros, papá —replicó ella—. Los finales felices no siempre son posibles.

Él le dio unas cariñosas palmadas y sonrió con nostalgia.

—Al menos tendrás la certeza de que lo has intentado. Si la situación se volviese demasiado insostenible hablaríamos sobre un matrimonio solo de nombre.

Cuando, ya en su casa, bajó del carruaje y aparecieron sus suegros, ambos lucían expresiones alegres, compungidas y aliviadas al mismo tiempo. La abrazaron con efusividad.

—Podéis arreglarlo —dijo Evan en forma torpe antes de soltarla. No estaba en su naturaleza intervenir—. Dale una oportunidad.

Deirdre se limitó a cabecear. No estaba segura de lo que iba a pasar.

Cuando puso los pies en el ala de la casa que componía su hogar, su seguridad menguó. Era muy fácil decirse qué hacer estando lejos, pero ahora flaqueaba.

Para darse un poco de tiempo, se limitó a admirar

el resultado final de lo que tanto les había ilusionado a Liam y ella. Había quedado todo tan bonito...

Imaginaba que su marido estaría en el despacho enterrado entre papeles, por lo que prefirió pasar por su habitación y dejar la capa, el sombrero y los guantes. Al entrar, se sorprendió de la oscuridad que reinaba. Se acercó a los ventanales para apartar los tapices y permitir que la luz inundara el lugar, pero al girarse se quedó paralizada cuando divisó a Liam tendido encima de la cama.

Dio la vuelta a la cama en silencio. Era evidente que dormía, aunque fuera mediodía y lo hiciera con la ropa puesta. Tampoco tenía un aspecto demasiado agradable a la vista, sobre todo con esa barba y esas ojeras que nunca había visto en él.

Al parecer, había otra persona que había estado sufriendo; una lástima que no se sintiera demasiado conmovida por eso.

—Liam, despierta. —Este murmuró algo en sueños, pero sin abrir los ojos—. Liam. —Zarandeó la cama tan fuerte que su marido los abrió... para volver a cerrarlos. Con poca paciencia, pues no era el recibimiento que esperaba, subió a la gran cama y, con la ayuda de las mantas, le dio varias vueltas hasta que lo echó al suelo.

—¡Auchhhh! —Liam gimió de dolor y se despertó desorientado. Entrecerró los ojos cuando el sol le dio de lleno en ellos e intentó ponerse de pie. Cuando lo consiguió guiñó un ojo al percibir una figura conocida que descendía por el otro lado de la cama. Abrió los ojos como platos—. ¿Deirdre? ¿Deirdre?

—La misma.

No tuvo tiempo de añadir más, ya que Liam saltó con una agilidad y una rapidez asombrosas por encima de la revuelta cama para pararse delante, estrecharla por la cintura y con la otra mano sostenerle el rostro, incrédulo.

—Estás aquí.

No esperaba respuesta ni se dio tiempo a que Deirdre lo hiciera. Exultante, la besó. Un beso profundo que quería expresar todo el anhelo y la desesperación que le habían acompañado durante su ausencia. Ni tan siquiera percibió la entusiasta respuesta de Deirdre a su beso. Solo quería sentirla; saber que podía olerla, tocarla de nuevo.

Con una rapidez inusitada, la arrastró junto a él encima del colchón. Apartó la boca de sus labios para ir dejando una estela de besos por los pómulos, la nariz y la frente mostrándole así su devoción.

—Has vuelto, has vuelto. —Su voz sonaba amortiguada mientras hablaba sin dejar de besarla.

Deirdre tenía que reconocer que esta otra bienvenida tampoco se la esperaba. Cogida por sorpresa, se limitó a disfrutar del momento en espera de que su marido recobrara el juicio, o, al menos, la sensatez.

—Pensaba que habías decidido abandonarme de forma definitiva —dijo al cabo de unos minutos. Levantó la cabeza y la miró con intensidad—. Has estado tanto tiempo fuera que estaba esperando una carta comunicándome tu decisión.

—Apenas ha sido más de un mes —se excusó. Se le notaba herido, pero ella lo estaba más. Se incorporó, pero permaneció sentada a su lado.

—A mí me ha parecido mucho más —confesó

Liam—. Ya había decidido viajar a Inglaterra para convencerte de volver.

—¿Por qué? Para ti habría sido mejor que...

—Porque te amo —soltó la declaración de improviso. No tenía sentido esconderlo por más tiempo.

—¿Q-qué? —¿Había oído mal? ¿Estaba jugando con ella? A lo mejor todavía estaba en el carruaje mientras soñaba esa imposible declaración—. Liam, no...

—Espera, Deirdre, no digas nada —le suplicó si dejarla terminar de hablar—. Permíteme convencerte de que nuestro matrimonio podría funcionar y de que yo nunca volveré a humillarte ni de palabra ni de pensamiento. —Se levantó de la cama y paseó por la habitación con nerviosismo. De repente, sentía las palmas húmedas. No era sencillo mostrarse tan vulnerable, pero no veía otra forma de que Deirdre volviera a depositar su cariño si no lo hacía—. Tenías razón, era un idiota, pero he aprendido de mis errores, te lo aseguro. Todo el daño que te hice se ha vuelto en mi contra. Te he echado tanto de menos...

«Parece tan perdido.» Deirdre sentía que la objetividad la abandonaba, sobre todo cuando Liam le estaba diciendo todo lo que su corazón deseaba oír.

—Oh, Liam.

—Te compensaré, lo juro. —Volvió a sentarse a su lado y le sujetó la cara con las manos—. Seré lo que tú esperas y me esforzaré cada día por darte lo que mereces. En un principio tuve miedo de besarte porque pensaba que no eras lo que quería —confesó avergonzado—. Entonces te besé y tuve miedo de quererte... —Carraspeó con emoción—. Pero eso ya es pasado. Te quiero... tanto, que me aterra perderte. Si no lo sientes con la misma intensidad no importa. Bueno, sí, pero puedo vivir con eso. Solo necesito que me concedas una oportunidad para lograr enamorarte. ¡Tengo que ser capaz de hacerlo!

—No te esfuerces demasiado. —Deirdre se sentía emocionada—. No sé si podría soportar quererte más. Temo que me explotaría el corazón.

Liam se detuvo, conmocionado.

—Eso significa...

—Que ya estaba enamorada de ti antes de marcharme —confesó—. Y que ese sentimiento no ha desaparecido.

—¡Dios! Tanto dolor; tanto sufrimiento que debí causarte. —Juntó la frente con la de ella.

—Así es, pero no importa, ahora ya no. —Deirdre no quería torturarse más.

—Sí que importa, pero haré que lo olvides. Llegará un día en que mi amor habrá borrado todo el dolor que sufriste y no recordarás otra cosa que la felicidad que te proporciono.

—Presuntuoso —declaró con media sonrisa.

—Quizás. O solo seguro de mi capacidad para demostrarte la veracidad de mis sentimientos. No vas a dudar nunca de que no quiero conocer ni estar con nadie que no seas tú. Que te adoro. Que te amo.

—¿Aunque sea fea? —Lo probó por última vez.

—Para mí eres perfecta; o, si lo prefieres, siempre serás mi fea preferida. Ya sabes, las feas también me enamoran. —Y, a continuación, pasó a demostrarle la veracidad de esa afirmación.

EDITH

Prólogo

Era legendario.

Su reputación recorría los largos caminos desde su Surrey natal hasta la capital, Londres, y todos lo conocían como el duque conservador.

Esta característica no se debía a su férreo o moderado carácter, nada de eso. Lo llamaban conservador porque no era capaz de «conservar» a ninguna mujer.

Primero fue la dulce y preciosa Amery, una delicada perla americana que, con solo mirarla, era capaz de alegrarte el día. Su delicada piel, sus labios carmesíes y su suave cabello eran motivos más que suficientes para enamorar a cualquiera, como así sucedió, porque el mismo día de su boda lo abandonó para fugarse con el mozo de las caballerizas.

A esta le siguió la práctica Camile. Unidos por el despecho pensaron que un matrimonio entre ambos sería la solución perfecta. Por desgracia, el destino tenía reservados otros planes para ella y terminó por reconciliarse con su ex prometido.

La tercera de la lista fue Francesca. ¡Ay, Francesca! No había una viuda igual. Alegre, divertida, coqueta... Justo lo que necesitaba. Con ella pasó grandes momentos; sin embargo, cometió un gran error: se quedó embarazada... pero no de él. No era algo que pudiera tomarse con ligereza y la viuda quedó descartada como futura duquesa de Dunham.

La última, y la más malcriada de todas, fue Gertrude. Egoísta, llorona y manipuladora, hacía que la vida junto a ella pareciera un infierno. Que decidiera dar por terminado el compromiso fue una bendición para Jeremy, aunque hubiera estado dispuesto a sacrificarse como un auténtico mártir.

Al final la suerte fue dispar: todas las jóvenes encontraron el verdadero amor y el pobre Jeremy se quedó solo. Amery se casó con su antiguo empleado en Gretna Green, convirtiéndolo en el muchacho más afortunado del planeta. Había encontrado el amor junto a una preciosa mujer y además pasaba a ser el único yerno de un adinerado industrial de Estados Unidos. Camile regresó con su antiguo prometido y, por lo que sabía, no habían parado de... procrear. Francesca se unió en matrimonio al embajador de Argentina —y futuro padre de su hijo—, mientras que Gertrude fue capaz de encontrar un esposo que la soportara.

Así que todo el mundo sabía de la habilidad de Jeremy Gibson para encontrar el amor... Aunque no para él, sino para otros.

1

Surrey, 1875

—No hay paisaje más hermoso y bucólico que este —declaró en voz alta Edith mientras veía caer las hojas.

Se hallaba en lo alto de la pequeña colina que le servía de atajo hasta Stanbury Manor. No es que ella hubiera viajado demasiado: su límite era Bruselas; sin embargo, no se podía estar más orgullosa de pertenecer a una tierra.

Edith destapó un poco la cesta que colgaba de su brazo sin perder de vista el paisaje otoñal y tomó una deliciosa galleta de nueces que la cocinera había preparado para Margaret, duquesa viuda de Dunham. Se la comió en unos pocos mordiscos sin ningún tipo de remordimientos y pasó la lengua sobre los dientes —un gesto nada propio de una dama— para evitar que le quedaran restos. Aun así, su mente no pudo evitar evocar lo que diría su tía si la viera.

«El dulce no es nuestro aliado», solía decir su querida tía Cecile a todas horas, por lo que no le quedaba más remedio que hacerlo a escondidas. Como si a esas alturas importara si engordaba. A su edad seguía soltera y su rostro era tan endiabladamente feo que nadie se fijaría si su cintura llegaba a asemejarse a la de una vaca de corral.

Todo el mundo de los alrededores la adoraba: era cordial, cariñosa, lista y todo lo misericordiosa que podía. Si no fuera por su aspecto, estaba segura de que a estas alturas estaría casada. Por el contrario, todavía no había encontrado marido y nunca nadie se había interesado en ella lo suficiente o había intentado mantener una relación que fuese más allá de la amistad. Quizá lo correcto sería sentir un pinchazo de desilusión al pensarlo detenidamente; sin embargo, no era algo por lo que debiera afligirse. Ya había decidido que solo contraería matrimonio con un hombre. Solo con él.

«Su boca me recuerda a la de una carpa.» La frase resonó en su cabeza provocándole dolor. Por mucho tiempo que pasara nunca lograría olvidarla, no porque le hiciera ser consciente de su físico, sino porque la había dicho él.

Se preguntaba a menudo por qué era tan débil. ¿No había suficientes hombres en Inglaterra como para que terminara enamorada de quien peor la trataba? Una parte de ella quería odiarlo por sus palabras o por su desprecio y otra deseaba con todas sus fuerzas que llegara el momento en que le confesara su amor, aunque fuera un deseo imposible.

Reanudó el paso con vigor y sintió la tentación de tomar otra galleta, aunque sabía que luego seguiría otra y otra y la pobre duquesa encontraría la cesta vacía, así que se concentró en sus zancadas.

Como hacía siempre que iba a la mansión, abandonó el camino a la altura de la granja de los Collins mientras cruzaba los campos para llegar antes, adentrándose en la propiedad de la familia Gibson por la parte sur. Ya a la altura de los jardines se detuvo de repente a contemplar la escena que se desarrollaba a su derecha.

Su corazón tembló de emoción y nerviosismo a la vez.

¡Era él! ¡Había vuelto!

Jeremy Gibson, duque de Dunham, estaba practicando el tiro al arco mientras un par de lacayos permanecían junto a él y le sostenían la chaqueta. Mantenía la vista fija en el horizonte, en la diana y, a pesar de no poder ver sus ojos desde la distancia donde se encontraba, sabía que estos eran de un hermosísimo color ámbar.

Con una ansiedad mal disimulada recorrió cada centímetro del espécimen masculino. Había pasado un mes lejos de Stanbury Manor y Edith fue capaz de apreciar los pequeños cambios, como una delgadez más visible y el pelo rubio... ¡corto!

Edith se lamentó. Ella había adorado desde siempre el movimiento de su melena: esas ondas doradas que bailaban al compás del viento mientras un pequeño mechón caía sobre su frente otorgándole un aspecto juvenil. Ahora, sin eso, mostraba una apariencia más formal y madura, acentuada también por los pantalones y chaleco negros.

Sin embargo, después de meditarlo, el resultado no

le desagradaba tanto como había pensado en un primer momento. De hecho, quizá le favoreciera más.

Lo vio lanzar la flecha con una calculada precisión. Cuando alcanzó el centro de la diana lo vio esbozar una sonrisa de complacencia. Con semejante imagen presentándose ante ella no pudo más que pensar que parecía un dios pagano en todo su esplendor. ¿Qué mujer en su sano juicio no lo desearía? ¿Quién no querría pasar el resto de su vida contemplándolo?

«Al parecer, más mujeres de las que imaginas.»

Su molesta conciencia le recordó cuántas de ellas lo habían abandonado en busca de un candidato más adecuado.

«Peor para ellas.»

«Y mejor para mí.»

Fue entonces cuando Jeremy se dio cuenta de su presencia. Detuvo el nuevo y preciso movimiento del arco para arrugar la frente y sustituir la sonrisa de satisfacción por un rictus severo. De repente, mientras la miraba, no supo ver en su cuerpo ningún signo que le transmitiera aprecio, amabilidad o simple cortesía.

Ya estaba acostumbrada.

Con resignada valentía se acercó a él sujetando con fuerza la cesta y pensando en algo bonito o agradable que decir; al fin y al cabo, quería que tuviera buena opinión de ella. Quizá no pudiera enamorarlo con un seductor pestañeo o una graciosa sonrisa. Por suerte, contaba con una impecable educación y una arrolladora personalidad.

Fue una lástima que esta se esfumara tan pronto como lo tuvo enfrente.

—No sabía que le gustaran tanto los pasatiempos femeninos —soltó a bocajarro—. Estoy segura de que próximamente lo veremos bordando.

Todas las pretensiones de Edith se fueron al traste al no poder contener su bocaza. No hubiera podido ser más grosera ni aunque lo hubiera pretendido.

Lo vio tensar la mandíbula. Una nefasta señal. Era imposible que sus palabras hubieran causado una buena opinión.

«¿Por qué siempre me pasa lo mismo con él?», se preguntó en aquel instante. Deseaba ser encantadora y terminaba por no serlo en absoluto.

—Señorita Bell. —A pesar de todo, la saludó con cierta educación y con una inclinación de cabeza, aunque era obvio que su presencia no era deseada y mucho menos apreciada.

—¡Cuánto comedimiento! Esos colegios caros le habrán servido de mucho.

A ambos les quedó claro que pretendía decir lo contrario.

—Así es. Y me enorgullezco de ello —contestó arrastrando las palabras—. Aunque es una lástima que no todo el mundo pueda jactarse de ello.

Como pulla estaba bien. Era directa y efectiva. Si lo acompañabas de un descarado examen y un gesto altanero, no tenía más remedio que sentirse vulgar y fea. Bueno, más fea que de costumbre, y eso que se había esmerado en acicalarse para la ocasión. Esa tarde había escogido un vestido azul oscuro de dos piezas con motivos florales en blanco, de escote cuadrado y manga larga. Además, llevaba un pequeño sombrero de tonos claros anudado bajo la barbilla y un *dolman* en crudo.

Edith no logró disimular cierto rubor de vergüenza. Suerte que los lacayos se habían retirado con discreción.

—No puede esperar que todos los hombres se comporten como caballeros —prefirió malinterpretar sus palabras de forma deliberada.

—Ni todas las mujeres como damas, al parecer.

—¿Eso es una acusación? —contraatacó.

—¿Lo es?

—¿Suele contestar a una pregunta con otra pregunta?

—¿Acaso no es eso propio de un caballero?

Se burlaba de ella y con razón. Era culpa suya, por ser incapaz de comportarse con normalidad con él. No obstante, sintió enojo.

Tuvo que admitir que era incapaz de impresionarlo de una forma positiva por mucho que se esforzara. Al parecer, con él delante, se esfumaba su capacidad para deslumbrar con sus diálogos chispeantes o ingeniosas bromas y, en caso de conseguirlo, el duque se limitaba a mirarla sin parpadear. No por primera vez, se preguntó si carecería de sentido del humor.

Lo miró fijamente mientras él aguardaba una respuesta. Se esmeró en resultar dulce y accesible, pero fracasó en el intento de idear una conversación racional y trivial que no los enredara de nuevo en una batalla silenciosa.

—Creo que deberíamos declarar una tregua —dijo al fin. Quizás eso relajaría el ambiente. Por lo menos ese día.

—No sabía que estábamos en guerra —la contradijo él con las manos en la espalda.

—Al parecer sí, dados sus ataques.

—¿Míos? —Abrió los ojos, incrédulo y la miró como si estuviera loca—. Creo, señorita, que lo más seguro para ambos será que siga su camino y me deje entretenerme con eso que llama «pasatiempos femeninos». Tanto por su bien como por el mío fingiré que este encuentro no ha existido. Haga lo mismo —le recomendó. Y le dio la espalda en una actitud grosera.

Edith sintió un ligero pinchazo en el corazón. Como siempre, sus palabras y sus gestos le dolían sobremanera. Quizás en esta ocasión había empezado ella, pero no sería la primera vez que Jeremy se mostrara maleducado en primera instancia.

Sin embargo, y muy a su pesar, eso no parecía motivo suficiente como para dejar de amarlo. Por la noche, en la cama, acabaría repasando una y otra vez la multitud de formas delicadas de abordarlo. También sabía que acabaría reprochándose su actuación de ese momento, pero la pura verdad era que se sentía incapaz de establecer una conversación normal con él.

Aceptando que una vez más había fracasado en su intento de acercarse a él, prefirió fingir que todo estaba bien y que el encuentro no le había afectado. Mejor una retirada a tiempo que ser vencida en el mismo campo de batalla.

Se excusó lo más aprisa que pudo y se dirigió a la mansión en busca de la duquesa, deseando no haber provocado que la odiara más que de costumbre.

Después de terminar las prácticas de tiro con arco, Jeremy decidió que sería un buen momento para tomar un baño. En ese instante no sentía deseo alguno de confraternizar con la actual visita de su abuela, aunque esta esperase que estuviera presente.

Edith Bell era la persona más fastidiosa que conocía. Esa mujer tenía la capacidad de sacarlo de sus casillas en cada ocasión en que sus caminos se cruzaban.

Era irritante, impertinente, deslenguada, descarada y todos los sinónimos que existieran para calificar su imperdonable comportamiento. En otras circunstancias la ignoraría por completo, pero su abuela parecía tenerle afecto y eso conseguía disuadirlo de ofenderla hasta el extremo de alejarla de su vista.

A pesar de sus escasos éxitos para llegar al altar, él sabía cómo tratar a una mujer, halagarla, hacerla sentir especial. Tenía experiencia en eso. Pero con Edith Bell se veía incapaz. Simplemente no podía. Una amarga bilis ascendía hasta su garganta cuando la ocasión requería comportarse con educación. En su presencia, sus modales tendían a desaparecer, al igual que el dominio de sí mismo. En alguna ocasión anterior, ella misma se había burlado de su ineptitud para comportarse como un caballero. ¡Burlado! Como si ella fuera un modelo de virtud.

¡Ja!

Definitivamente, era una arpía.

Quiso sacársela de la cabeza y volver al apacible estado en el que se encontraba antes de que la señorita Bell hiciera su aparición. Deseaba disfrutar de su vuelta a casa y nada ni nadie conseguirían alterarlo más.

Además, pocas horas antes había llegado una misiva de su querido amigo Jonathan, el cual le informaba de que tenía intención de pasarse a visitarlo.

Jeremy no atinaba a comprender cómo conseguía Jonathan acertar cuándo se encontraba en casa, pero lo cierto era que poquísimas veces erraba. También sabía a ciencia cierta que su llegada no estaba lejos. Allá donde fuera su amigo solía enviar las notas informativas poco antes de ponerse en marcha él mismo. Como también era habitual, la misiva no especificaba si su intención era quedarse unos días o unas semanas, pero no importaba, sus visitas siempre eran muy bien recibidas.

Después de tomarse un considerable espacio de tiempo para bañarse y adecentarse descendió a la planta baja y dirigió sus pasos a la salita que su abuela utilizaba para recibir a las visitas informales. Tenía la esperanza de que la señorita Bell ya se hubiera marchado.

En cuanto cruzó la puerta, todos sus anhelos se vieron reducidos a cenizas. Edith Bell seguía acomodada tomando el té.

Maldijo su mala suerte.

Se acercó a la duquesa y le dio un cariñoso beso en la mejilla, que ella retornó con una afectuosa caricia en la cara. A su derecha se hallaba sentada su dama de compañía, Leonor. La saludó con una inclinación de cabeza cortés. Cuando llegó el turno de Edith... Uf, no pudo más que fruncir los labios.

—Jeremy, querido, ¿por qué no te sientas a mi lado? —le pidió su abuela, a lo que este aceptó encantado—. Nuestra querida Edith ha traído galletas. ¿No es un detalle encantador?

Le alargó el plato en la que estaban dispuestas.

—Precioso —comentó con cierta ironía—. ¿Las ha hecho usted misma? —le preguntó al tiempo que mordía una.

Estaban buenas.

—Jeremy, qué ocurrencia la tuya —respondió la duquesa viuda sin dejar contestar a la mujer, que volvía a estar molesta—. ¿Para qué tiene a la cocinera y sus ayudantes de cocina, si no?

—Reconozco que no soy muy hábil en las artes culinarias —admitió—, pero poseo suficiente humildad para reconocer mis faltas —lo remató con una pequeña, recatada y falsa sonrisa.

—¿Acaso lo ha probado nunca?

—¿Y usted? —contraatacó—. Quizá sería capaz de deleitarnos con exquisitas creaciones y, por no intentarlo, nos estemos perdiendo algo de su talento.

Aquella idea era pura fantasía, insólita más bien, pero la duquesa tenía un gran sentido del humor y asumió las palabras de la joven como una inocente broma.

—No creo que comiera nada de lo que Jeremy hubiera preparado —objetó con una gran sonrisa—. Mi pobre estómago no lo resistiría. Por suerte, mi nieto ya posee suficientes talentos en los que destaca de forma admirable.

Jeremy sonrió con suficiencia ante las palabras de alabanza. No obstante, no concebía que la gente pensara que la señorita Bell era graciosa. Era del firme convencimiento que eso alimentaba su defectuosa personalidad. Y, aunque esta vez había comenzado él, había que recordar que a ella parecían encantarle sus escaramuzas verbales.

—Puedes respirar tranquila, abuela. No es un proyecto que me plantee a corto plazo... ni a largo, tampoco —comentó más serio que de costumbre mirando a las tres mujeres y preguntándose cuándo se marcharía la visita, ya que esta duraba más de lo que se consideraba de buen gusto. ¿Acaso no tenía casa a la que ir o era que allí no le prestaban atención?

En cuanto lo pensó, supo que no era el caso. Al ser vecinos de toda la vida sabía muchas cosas sobre ella —demasiadas para su gusto—. Había perdido a sus padres de pequeña —era de lo poquísimo que tenían en común— y desde entonces vivía con sus tíos, que la trataban con adoración.

—Será mejor que me marche ya —anunció la señorita Bell de repente.

El inesperado comentario fue recibido con diferentes grados de aceptación por los allí presentes. Consternación proveniente de las dos mujeres y alivio por su parte.

Edith, siempre atenta a todo lo relacionado con él, se sintió herida cuando se percató.

—Jeremy, querido. Sé un caballero y acompaña a la señorita Bell a su casa.

—Mucho me temo que no voy a poder, abuela. —Sus palabras estaban exentas de sinceridad—. Recuerda que estoy esperando una visita que puede llegar en cualquier momento. Seguro que la señorita Bell lo comprenderá. —Aunque desconocía si la joven tenía esa capacidad.

La duquesa viuda frunció el entrecejo ante tamaña grosería por parte de su nieto. Era un simple pretexto y se sintió avergonzada de que tanto Edith como Leonor lo notaran.

—No hace falta que se preocupen por mí —intervino Edith. Intentaba no sentirse afectada por el agravio y la desilusión que suponían verse rechazada de forma tan poco elegante y descarada—. He venido andando y puedo hacer lo mismo de vuelta.

—¿Lo ves, abuela? A la señorita Bell no le importa.

Tres pares de ojos lo miraron con el ceño fruncido y Jeremy optó por un prudente silencio.

—Gracias por la visita, y vuelve pronto —indicó la duquesa mientras recibía unos besos en la mejilla.

Edith se despidió también de Leonor y se limitó a inclinar con ligereza la cabeza cuando pasó por delante de él. Jeremy no merecía nada más de su parte. Con dolor en el corazón —algo ya habitual estando cerca de él— salió de la casa y se marchó, dejando tras de sí un silencio que no tardó en romperse.

—Leonor, querida, creo que deberías dar un paseo —sugirió la mujer viuda—. Hace un día demasiado bello para que lo pases sentada a mi lado.

—Oh, no me importa —aseguró la joven rubia.

—Lo sé, pero ahora que está aquí mi nieto aprovecharé para charlar un poco con él.

La dama de compañía, siempre discreta, asintió y cogió el chal. Tras una reverencia al duque salió por las puertas entreabiertas que daban al extenso jardín de la mansión, cerrándolas tras ella.

—¿Cómo has podido mostrarte tan grosero con mi invitada? —atacó la viuda mostrando su enfado.

—¿Y tú cómo puedes invitar a Stanbury Manor a una mujer... a una mujer... como ella?

—¿Qué quieres decir con eso?

—¿Acaso tengo que deletrearlo?

—Lo único que sé es que has sido maleducado con total deliberación y eso no te lo voy a consentir en mi casa.

—¿Tu casa? —Alzó las cejas, pues él, al ser el duque, era el amo absoluto de todo lo que iba ligado al título.

— No te hagas el pomposo conmigo —lo riñó decepcionada—. Esta casa ha sido mi hogar desde que nací. Incluso antes de eso pertenecía a mi familia. Yo no tengo la culpa de que el mundo esté tan mal hecho que las propiedades recaigan en el hombre aun siendo de la mujer. Esta casa es solo tuya por pura casualidad.

—Tienes razón, abuela, no quería decir lo contrario. Esta es tu casa y puedes hacer en ella lo que te plazca, pero al menos acepta que puedo estar en desacuerdo con las amistades que elijes.

—Lo acepto, créeme, lo hago. No obstante, si la memoria no me falla, se te ha dotado de una educación que muchos desearían para sí. Si tanto te disgusta, lo mínimo que espero es que sepas disimularlo. Te has excedido, y sin razón.

—No será para tanto. —No quería pensar que su abuela estuviera en lo cierto.

—¿Ves? —Alzó una ceja con majestuosidad—. A eso me refiero. No entiendo qué ha podido hacer Edith para que te muestres así.

Jeremy lo pensó con detenimiento y no encontró ningún motivo que explicase esa animadversión. Simplemente existía. Cuando iba a abrir la boca para tratar de explicárselo, un lacayo llamó a la puerta.

—Su Gracia, el carruaje del señor Wells acaba de llegar —anunció con voz grave y refinada.

—Jonathan acaba de llegar —se excusó con algo parecido al alivio—. He de ir a recibirlo.

—Ve, pero recuerda lo inaceptable de tu comportamiento y que esta conversación no termina aquí.

—¿Es una amenaza?

—Es una promesa.

2

Jeremy alcanzó la puerta principal y se detuvo en el umbral.

El cuadro que contempló, pintoresco de por sí, no dejaba de sorprenderlo a pesar de estar acostumbrado. Junto al carruaje se hallaba Jonathan con ese aire risueño que le caracterizaba. Iba totalmente despeinado, como si hubiera galopado junto al vehículo en lugar de ir en su interior. En cambio, su ropa estaba impoluta, sin una arruga apreciable. Como era su costumbre, hablaba con su personal doméstico como si fueran amigos de la misma condición y clase, mientras que, a su lado, un hombrecito con gafas farfullaba órdenes cual general. El punto más vistoso y extravagante era un pajarraco —con plumas azules y amarillas en todo su cuerpo— sostenido en el hombro derecho de su amigo. El animal era tan bello como escandaloso.

Jeremy conoció a Jonathan a los diecisiete años en un prestigioso colegio. Junto a él, Stephen St. John y Christian le Mer, pasó los mejores momentos de su juventud. Por desgracia, el título le exigía muchos sacrificios, por lo que su amistad con ellos había ido diluyéndose con el paso del tiempo exceptuando al allí presente, que, por pura cabezonería, se había esmerado en mantener el contacto.

Era una suerte para él que Jonathan fuera más rico que cualquier mortal que se preciara. Aun sin ser par del reino provenía de una larga generación de emprendedores con una magnífica estrella sobre su cabeza. Tenía tanto dinero que se había convertido en un ocioso al que todo le divertía y fascinaba, pero que se aburría con más rapidez aún. Esta no era la primera vez que se alojaba en su casa, pero espaciaba las visitas por temor a que su estancia allí le hastiara. Era todo un personaje.

—¡Ahí estás! —Jonathan lanzó una sonrisa más grande, si cabe, cuando lo divisó. Dejó al criado con el que hablaba con la palabra en la boca y subió la escalinata en dos zancadas.

Se abrazaron, pero Jeremy tuvo que echarse hacia atrás para que el animal, que todavía seguía aferrado al hombro de su amigo, no le arrancara parte del pelo con su pico.

—Me alegro de tenerte aquí —le dijo con sinceridad.

—¡AQUÍ! —repitió gritando el pájaro.

—¡¡Chis!! —le regañó su dueño—. Compórtate como es debido. —Como si fuera capaz de entenderle, el animal se mantuvo en silencio.

—No sé cómo lo aguantas.

Era el eterno debate entre ellos desde que lo adquirió. Era un guacamayo impertinente y para nada sociable que, al parecer, siempre estaba comiendo. Llegaba a pesar casi un kilo y medio.

—Pues mejor que si fuera una mujer —respondió el otro sonriendo—. Además, me quiere de forma incondicional.

—Será porque lo alimentas.

—Quizá, pero algunas mujeres ni eso.

—No generalices así. Si te oye la duquesa...

—Es verdad, se me había olvidado. ¿Cómo está esa adorable cascarrabias? —preguntó con evidente afecto.

—Como siempre. Atormentándome por esto o aquello. Veo que no has podido evitar traerlo. —Le lanzó una mirada al eterno acompañante de Jonathan, que en esos momentos revisaba con minuciosidad la descarga del equipaje.

—No sé muy bien qué haría sin él —afirmó tras un encogimiento de hombros—. Espero que no te moleste.

Jeremy se encogió de hombros.

—En absoluto. ¿Cuánto vas a quedarte? —quiso saber mientras se encaminaban hacia el interior de la mansión. La servidumbre y el señor Pickens ya se encargarían del resto.

—Quién sabe. Quizás hasta que te hartes de mí y me eches a patadas.

—Así que ese es el plan, ¿eh? —Enarcó una ceja, en absoluto molesto por su desfachatez. Le gustaba tenerlo allí.

—Por supuesto —le aseguró—. Pienso saborear todas esas delicias culinarias de las que tanto presumes y dormir hasta confundir el día y la noche.

Su tono solemne le arrancó una carcajada. Aquella era toda una declaración.

—Así que no has dejado a nadie esperándote en Londres —tanteó, pero su rostro se ensombreció y Jeremy se sintió mal por él—. ¿Tan mal están las cosas con Isobel?

—Peor que mal. Afirma que no quiere volver a verme en la vida —declaró con aflicción.

Jeremy no supo qué decir o hacer para reconfortarlo. Aunque sabía lo que significaba sentirse rechazado infinidad de veces, lo de Jonathan e Isobel era distinto. Su amigo llevaba años enamorado de ella, pero era un fruto prohibido. Primero porque se casó con su padre, y ahora que era viuda, Jonathan era incapaz de asimilar ese hecho. A pesar de quererla, sentía una inmensa rabia al pensar que había compartido su vida con otro, y que ese otro fuese, precisamente, su padre.

Trató de quitar hierro al asunto, asumiendo que si de verdad quería hablar del tema, bien podría hacerlo cuando quisiera. Él no iba a presionarlo.

—Bueno, ahora que estás aquí, seguro que podrás relajarte y olvidar —lo consoló.

Era una historia triste con tintes dramáticos, para qué negarlo. Podía reconocerlo hasta él y eso que ya no se consideraba un romántico empedernido como en otros tiempos.

—Lo que necesito ahora es asearme y cambiarme de ropa, no sea que tu abuela me lance a la calle al poco de llegar. No estoy ni mucho menos presentable.

Eso no era cierto en ningún sentido. Su abuela sentía un entrañable afecto por Jonathan y jamás haría algo semejante con él. En cuanto a su aspecto... Su amigo era un presumido incorregible.

Lo miró con atención y pensó que si él quisiera y no bebiera los vientos por una mujer en concreto, ya estaría casado. Era alto y delgado, pero sin llegar a resultar desgarbado, más bien esbelto. Su pelo era oscuro y ondulado y, aunque estaba muy despeinado, no le desfavorecía en absoluto. Complementaban el cuadro unos ojos verdes, herencia de su familia. Sin embargo, lo que más llamaba la atención en él era su eterna sonrisa, la cual lograba que cualquier fémina se dejara encandilar. Así que se podría decir que un hombre con su fortuna y su aspecto lo tendría fácil. El único obstáculo era Isobel.

—Charles te acompañará. —Señaló a un sirviente que esperaba a los pies de las escaleras—. Cenamos a las ocho —se apresuró a recordarle. Jeremy sabía lo mucho que tardaba en prepararse.

Poco antes de la hora establecida, Jonathan hacía acto de presencia en la biblioteca.

Acompañado de un lacayo entró en la estancia con un aspecto presentable, pero no lo suficiente para justificar el excesivo tiempo que había permanecido encerrado en su habitación.

—*Georgette* ha tenido una rabieta —dijo a modo de explicación—. Me ha costado convencerla de que ya había estado aquí antes y que le había gustado.

Que fuera con su guacamayo a todas partes le resultaba excéntrico a todo el mundo, pero que le pusiera nombre rayaba en lo ridículo. Además, su amigo afirmaba estar seguro de que era hembra, por eso lo del nombre. ¿Lo más bochornoso? Que la trataba como a una fémina más.

—Cuidado —le advirtió—. A veces pareces olvidar que no es más que un pájaro.

—Lo sé. —Suspiró con pesadez mientras aceptaba una copa de licor que el anfitrión le ofrecía—. Además, no soporta a casi nadie.

—Será por algo. Aunque creo recordar que la última vez que estuviste en Stanbury Manor, *Georgette* mostró predilección por la acompañante de mi abuela.

La memoria de Jonathan pareció encenderse y recordó a la joven rubia y poco agraciada que acompañaba a la duquesa viuda a todas partes.

—Es cierto. Apenas intercambiamos un par de saludos corteses, pero *Georgette* siempre se mostró ante ella de lo más comedida. La última vez que estuve aquí recuerdo que pensé lo dulce y tímida que parecía. Todavía no entiendo cómo hace tan buenas migas con la duquesa.

—Puede que no sea la más bonita de las mujeres, pero estoy seguro de que no es tímida. Es bastante enérgica cuando conviene y mi abuela la adora.

—Pues juraría...

La llamada del lacayo informando de que la cena iba a ser servida lo interrumpió.

—No te fíes de las apariencias —le recomendó Jeremy mientras se levantaba—. Al menos Leonor es consciente del decoro y consigue mostrarse en público digna y admirable.

Ese comentario llamó la atención de Jonathan.

—Has despertado mi curiosidad. Ahora no tienes más remedio que explicarte.

De camino al comedor, Jeremy pasó a relatarle los acontecimientos de ese mismo día con Edith. Los calificativos que le adjudicó consiguieron que el otro hombre lo mirara de forma especulativa, pero él no se dio ni cuenta.

Ninguno de los dos sabía que, en lo venidero, el nombre de Edith pasaría a formar parte de sus vidas de forma constante.

Edith se alegró de haber seguido el consejo de su tía. Una cabalgata por los campos vecinos era lo que sin duda necesitaba.

Después de varios días de obligarse a prescindir de sus habituales visitas a Stanbury Manor, estaba lo que podría denominarse «de los nervios». El aire libre le estaba sentando bien y sus ideas ya estaban aclaradas. Sí, Jeremy era el duque y el dueño del lugar, pero hasta que su abuela no dijese lo contrario, seguiría yendo como tenía por costumbre.

Hizo disminuir el trote de *Melissa*, su yegua, cuando divisó dos jinetes que venían hacia ella. Supo al instante quién era uno ellos, pero lo que más la sorprendió fue que se detuvieran. Notó la palma húmeda incluso a través del guante. Hasta ese momento había sido un paseo precioso y reconfortante y, aunque una parte de ella deseaba con fervor verlo, la otra maldecía sin parar.

—Señorita Bell. —Jeremy fue el primero en hablar. Se arrepentía de haberse detenido. Hacer caso a Jonathan se había convertido en la peor idea de todas—. ¿Cómo está usted?

—Hasta ahora, bien —farfulló la aludida. Solo entonces se dio cuenta de lo que acababa de decir. Todavía recordaba lo descortés que había sido él la última vez que se vieron al negarse a acompañarla, aun así, no quería que la tuvieran por una maleducada y grosera, así que soltó un «gracias» final.

—Lamentamos haberla molestado. Si desea permanecer a solas... —Jeremy apretó los dientes en un supremo esfuerzo por resultar amable a pesar de la respuesta ofensiva de ella.

—No, no, perdónenme por mi réplica. No quería decirlo así, solo que... —Se sentía frustrada por no ser capaz de encontrar una respuesta razonable.

—Por supuesto que no quería decirlo. —Jonathan consideró que ya era hora de intervenir—. Con seguridad, la hemos sorprendido al aparecer así de improviso.

Estaba siendo más que amable y Edith agradeció la ayuda de ese desconocido. En lugar de ofenderse, la había excusado. Solo por eso se sentía predispuesta a que le cayera bien. Le lanzó una sonrisa un tanto insegura.

Era apuesto, aunque no tanto como su Jeremy.

«¿Mi Jeremy?» ¿Qué demonios estaba pensando?

Bueno, como el duque, se corrigió. La belleza del desconocido residía en rasgos como sus brillantes ojos, su alegre y franca sonrisa y su tono risueño. Además, seguro que tenía buen corazón.

«¿Cómo puedes saberlo, tontaina? —se recriminó—. No hace ni cinco minutos que lo conoces.»

De inmediato se percató del indiscreto codazo que este le lanzó al duque y de la expresión malhumorada del último.

—Ejem —carraspeó—. Esto... sí. Permítame presentarle al señor Wells.

—Vaya —protestó el moreno—, dicho así parezco más serio y terrible de lo que en realidad soy. —Acercó el caballo al suyo y le cogió la mano para besársela—. Llámeme simplemente Jonathan. Pasaré un tiempo alojado en Stanbury Manor y presiento que nuestros caminos se cruzarán a menudo.

Ahora la sonrisa de Edith era más ancha y reconfortante.

«Casi parece que no sea tan fea —pensó Jonathan—. Casi.»

—En ese caso, considero que lo correcto es que usted me llame Edith. Y será un placer encontrarlo de nuevo.

—El honor será mío, señorita. Créame.

Entretanto, Jeremy pensaba que ambos se estaban pasando de castaño oscuro. No entendía cómo su amigo había simpatizado con ella de forma tan rápida. Aunque hablaba con esa franqueza a todo el mundo, lo conocía bien y sabía que solo pedía que lo llamaran por su nombre de pila si su interlocutor le caía bien de inmediato.

No lo entendía. De verdad que no lo entendía. Le había estado hablando de ella y relatado todas las cosas horribles que ella le había espetado. Incluso cuando la reconoció a los lejos y se lo dijo, él insistió en detenerse para conocerla. ¡Detenerse! ¿Acaso no podía esperar una ocasión más propicia? Y para más inri, ella solo se había mostrado grosera al principio, con él, claro. Con Jonathan hablaba de forma civilizada e incluso reía. ¡Reía!

A Jonathan, en cambio, le estaba resultando más que obvio que Edith no era la salvaje deslenguada y carente de toda educación y modales que Jeremy le había hecho creer. Que existía una palpable animadversión entre ambos estaba claro. Solo había que recordar el inapropiado saludo que esta le había dedicado nada más plantarse ante ella.

Lo extraño del asunto era que su amigo no se había planteado ni por un segundo que él tuviera parte de culpa en la forma en la que esa mujer se comportaba. Y si lo hubiera hecho, habría sido descartado en el acto.

Ese mismo día, por ejemplo, y después de dos días de puro aburrimiento autoimpuesto y oyendo hablar a diestro y siniestro de la famosa Edith, supuso que una cabalgata no le haría mal a su amigo ni a él mismo. No era la idea que tenía Jonathan de un merecido descanso, pero, aun así, había tenido que utilizar gran parte de su ingenio para convencer a Jeremy de la idoneidad de hacer ejercicio. Y, aunque finalmente lo llevó a recorrer los campos, no había tenido más remedio que escuchar sus quejas durante todo el trayecto, que duraba dos horas ya. Encontrarla había sido tanto una suerte como una bocanada de aire fresco. Y sí, era fea, pero con sinceridad: había visto cosas peores.

—Bueno, creo que es hora de despedirme —expresó ella cuando consideró que la parada había durado más de lo necesario. Era una solterona, pero no iba a permitir las habladurías malintencionadas por haber pasado demasiado tiempo en compañía de hombres solteros—. Hace demasiado tiempo que salí de casa y mis tíos se preocupan en exceso.

No era demasiado cierto, pero ambos lo creyeron así.

—Es una lástima —respondió Jonathan—. Espero volver a verla pronto.

Hubo un intercambio de corteses inclinaciones de cabeza y se separaron.

Jeremy, que casi no había abierto la boca en todo ese tiempo, se limitó a lanzar un gruñido en lugar de una despedida adecuada.

Nadie le prestó la más mínima atención.

Al día siguiente por la tarde, Edith se permitió volver a visitar a la duquesa viuda y esta la recibió como siempre, entre abrazos.

—Hace algunos días que no te veíamos. Te hemos echado de menos —arguyó—. ¿Cierto, Leonor?

—Por supuesto. —La mujer levantó la vista de la taza de té que servía y sonrió.

La duquesa viuda, como siempre, vestía de riguroso negro, en memoria de su difunto marido y una nieta. Su cabello cano, con la raya en medio y recogido en un moño bajo, se hallaba sujetado con una peineta. Las manos iban cubiertas por guantes negros de encaje sin dedos, un complemento del que nunca prescindía.

Leonor, en cambio, lucía un sencillo pero favorecedor vestido violeta con finas tiras verticales y detalles dorados en puños y cuello. Como siempre, su pulcro cabello rubio exhibía un peinado distinto del día anterior. La acompañante de la duquesa era muy hábil con las manos.

A pesar de las evidentes diferencias, la edad y la condición social, las tres se comportaban como si fueran amigas de toda la vida. Entre ellas, Edith se sentía como en casa.

La duquesa fue directa al grano, algo habitual en ella.

—Has conocido a Jonathan, según tengo entendido.

Edith no se sorprendió lo más mínimo.

—Sí, ayer mismo.

—Habló maravillas de ti —informó mientras pinchaba con el tenedor pequeños bocados de fruta que Leonor le había servido en un platito.

«Desearía que también Jeremy lo hubiera hecho», pensó Edith con pesar.

—Oh, es un hombre muy simpático —manifestó, en cambio.

—¿Te gusta?

La pregunta no debería haberla sorprendido, pero de todos modos lo hizo.

—No creo que pueda emitir un juicio de esa magnitud teniendo en cuenta lo poco que hace que lo conozco.

—No te estoy pidiendo que te cases con él, niña —apuntó desestimando la respuesta—, solo si el hombre es de tu agrado.

No tuvo tiempo de responder. Un repentino ataque de tos por parte de la mujer mayor interrumpió cualquier intención de continuar con la conversación. La duquesa acababa de ingerir una uva que no tuvo tiempo de masticar y quedó atascada en su garganta.

Al instante, Leonor le pasó la taza de té para que ayudara a deslizar el alimento, pero no pareció funcionar.

La tos se volvió más violenta, y el rostro, otrora de un saludable rosado, empezó a adquirir un tono blanquecino.

Al instante se hizo evidente que el atasco impedía que la duquesa consiguiera hablar y respirar con normalidad, por lo que tanto Leonor como ella se levantaron dispuestas a ayudar. La mujer se llevaba las manos a la garganta mientras sus mejillas, frente y cuello pasaban de una palidez excesiva a un tono azulado.

Se asustaron muchísimo.

A gritos, Edith llamó a los criados, que entraron raudos. Mientras la duquesa se ahogaba ante todos los impotentes presentes que no sabían cómo hacerle salir la fruta atascada, Edith, calibrando opciones y en una acción desesperada, se colocó a su espalda y aplicó algunos golpes secos con el talón de la mano en medio de la espalda, entre los omóplatos.

En un abrir y cerrar de ojos la duquesa, por fin, expulsó el alimento para alivio de todos los presentes. Que la duquesa respirara de nuevo supuso un inmenso alivio. No obstante, a causa de la impresión, a Edith le temblaban las piernas.

Medio desmayada y sin fuerza alguna, la subieron a su habitación y el médico fue mandado llamar.

Cuando llegó hizo salir a Leonor, que se sentó junto a Edith fuera de las estancias personales de la duquesa. Edith no había pasado tanto miedo en su vida, pero la acompañante también había padecido lo suyo, y el color la había abandonado. Ambas estaban cogidas de la mano y todavía temblando cuando apareció el duque seguido de su amigo.

Al pasar por su lado como una exhalación, Edith sintió una tremenda pena por él. Su torturada expresión lo decía todo.

Jonathan permaneció con ellas durante unos minutos. Les preguntó qué había sucedido y trató de sosegar a ambas con diligencia. A pesar de los esfuerzos del caballero, Edith seguía angustiada y solo pudo respirar con tranquilidad cuando el médico salió y les confirmó que la duquesa estaba a salvo, pero que necesitaba descanso.

Fue entonces cuando decidió regresar a casa. Su presencia ya no hacía falta.

—Volveré mañana para ver cómo sigue —le comunicó a Leonor. No estaba segura de haber sido escuchada.

Sus tíos, como era de esperar, se quedaron estupefactos al oír la noticia.

—Pero ¿está bien? —La tía Cecile necesitaba una confirmación, puesto que la duquesa viuda era muy querida.

—Eso dijo el médico.

Aquella conversación prosiguió durante las siguientes horas y en la cena todo el pueblo lo sabía ya.

Como los hechos eran demasiado recientes como para visitar Stanbury Manor, se decidió que al día siguiente irían a la mansión para mostrar su preocupación.

Precisamente su tío Robert acababa de comunicárselo cuando una de las doncellas entró al comedor para avisarles de una visita.

—El duque de Dunham desea hablar con la señorita Bell.

Desconcertados, ordenaron que fuera conducido a la pequeña habitación que su tío utilizaba tanto de biblioteca como de despacho. Con el corazón en vilo, Edith se reunió con él.

—¿Le ha ocurrido algo malo a la duquesa? —preguntó con inquietud nada más traspasar el umbral de la puerta. No encontraba otro motivo para que su amado apareciera en persona en su casa.

—No —respondió con dificultad—. Le duele la garganta por el esfuerzo, pero por suerte se recuperará.

Iba despeinado y ni tan siquiera llevaba sombrero, pero a ella le parecía que, pese a todo, era el más apuesto de los hombres.

—¿Entonces? —indagó.

Sin esperarlo siquiera, Jeremy se adelantó y la envolvió en un abrazo.

Boquiabierta, Edith jamás habría pensado que un abrazo pudiera llenar cada rincón de su cuerpo. Sentía que, en lugar de estrechar su cuerpo, estaba estrechando su alma.

A través de las ropas notaba el cuerpo de él, su calor y firmeza. En el silencio de la estancia le parecía oír su propio corazón latir a un ritmo desenfrenado mientras lágrimas de emoción pugnaban por salir de sus ojos.

Antes de hacer el completo ridículo, se armó de valor y lo empujó con suavidad para indicarle que debían separarse. Si el abrazo llegaba a durar un minuto más, no se sentía capaz de responder por sus acciones. Tal vez levantaría los brazos y lo besaría con osadía. Sí...

«¡Detente!», tuvo que ordenar su voz interior. Era inaudito que ella pensara en lanzarse a sus brazos para besarlo. En cuestión de segundos, y gracias al cielo, sus peligrosos pensamientos disminuyeron de intensidad.

—Señorita Bell... —Jeremy se separó e intentó recuperar la compostura.

—Edith —rectificó ella de forma inmediata. No había manera de imponer formalismos después de ese momento tan íntimo.

—Señorita Bell —insistió él—. Mi más sinceras disculpas si la he incomodado con mi repentina muestra de afecto.

Sin tener en cuenta lo afligida que se sentía por la insistencia de Jeremy en seguir manteniendo las distancias, lo miró con cierta incredulidad.

«¿Afecto? ¿Eso era afecto?», pensó perpleja. ¿Cómo se mostraría entonces con alguien a quien le profiriera devoción eterna?

—Yo..., esto... —se limitó a balbucear. ¿Cuál era la respuesta correcta a eso?—. Si supiera el motivo... —No se atrevió a continuar.

—Sí, lo siento. —Parecía contrito—. Quizá debería haber empezado por ahí. He venido para expresar mi enorme gratitud por su heroico comportamiento.

¿Comportamiento? ¿Heroico? ¿De qué estaba hablando, por el amor de Dios?

—No entiendo.

—No es necesario ser modesta —aseguró—. Todo mi personal doméstico lo ha corroborado. Hasta el médico me ha asegurado que sin su intervención mi abuela no lo hubiera resistido.

¿Toda esa escena venía a cuento de que él creía que había salvado a su abuela? No sabía si sentirse halagada o decepcionada por ello.

—No tiene nada que agradecer. Ha sido la suerte, nada más. —Lo creía de verdad.

—Quizá —concedió—, pero, tal vez, si usted no hubiera estado allí...

Ambos sabían a qué se refería.

—Yo solo quería salvarla —confesó en voz muy queda.

—Lo sé. —Su voz ronca delataba el sufrimiento por el que había pasado—. Por eso quería expresarle mi máximo agradecimiento asegurándole que si en algún momento necesita de mi... —Carraspeó al darse cuenta de cómo podría malinterpretarse eso—. Es decir, si necesita de mi ayuda de la forma que sea, no dude en decírmelo.

—No es necesario —protestó Edith. Solo faltaría que pensara que la ayuda que le había prestado a la duquesa viuda había sido con la intención de sacarle algo.

—Sí, lo es. —Su firmeza no dejó lugar a dudas—. Estoy en deuda con usted.

A Edith la invadió la tristeza al pensar que su relación con Jeremy se viera reducida a eso: un favor.

«¿Acaso pensabas que sería de otro modo?»

Era una tontaina por mantener una simple esperanza. ¿Quizá no prefería la especie de tregua que él le ofrecía a esa lucha dialéctica que mantenían cada vez que se encontraban?

Pero su corazón anticuado y romántico seguía anhelando que Jeremy la mirara de otra manera; que viera en ella alguien de quien poder enamorarse. Conformarse con menos era como morir un poco.

Ante su silencio y sin nada más que decir, Jeremy debió de considerar que la carga ya se había disuelto y que allí estaba de más, por lo que se despidió de forma rápida y desapareció en la noche con la misma premura con la que había llegado.

—Ni tan siquiera se ha despedido —oyó quejarse a su tía mientras esta permanecía en el quicio de la puerta mirando la estela de polvo que caballo y jinete habían levantado en su prisa por irse.

—Maleducado —murmuró por lo bajo, enojada.

Nada había cambiado. Las cosas seguían tal y como siempre habían estado.

3

En caso de haber sabido los pensamientos que ocupaban a Edith, Jeremy, que galopaba de vuelta a su casa, la habría contradicho. Cargaba un peso menos en su espalda, pero había aparecido un inconveniente con el que no contaba.

La tarde avanzaba inexorable cuando un sirviente, con un evidente estado de ansiedad y falto de aliento, les había encontrado a él y a Jonathan. Cuando le dio la noticia, lo único que alcanzó a pensar fue que quizás había visto con vida a su abuela por última vez aquella mañana en el desayuno. Solo cuando comprobó, con alivio, que la duquesa seguía con vida y el médico le aseguró que todo había pasado, pudo respirar con normalidad.

Incluso ahora, si lo rememoraba, sus ojos se anegaban en lágrimas. Ella era la única que le quedaba. Tenía parientes cercanos como una tía y una prima, sí; no obstante, la relación que tenía con ellas palidecía si se comparaba con la que mantenía con su abuela. Ella era más que eso: era casi su madre.

Pensar en perderla le ponía frenético. Hasta ese momento, incluso a su avanzada edad, nunca había imaginado que el fin podía estar cerca. Le quedaban muchos años para seguir dando guerra.

Fue Jonathan el que le explicó quién había mantenido a su abuela entre los vivos. Leonor y el resto de sirvientes que hablaron con él lo confirmaron. Decir que se sintió sorprendido fue poco en comparación con su reacción. Incluso ahora se lamentaba, ¿por qué ella?

Sí, era un pensamiento mezquino y egoísta teniendo en cuenta que la señorita Bell había sido la salvadora de la persona que más quería en el mundo, pero incluso así, se le había pasado por la cabeza la capacidad tan desagradable que tenía esa mujer de introducirse en su vida. Sí, definitivamente, *mujer*.

Reconocía que había actuado movido por un impulso. Las emociones todavía se hallaban a flor de piel cuando se dejó llevar por el infortunado impulso de abrazarla. Era ahora cuando se permitía recordar el blando y tibio cuerpo amoldado al de él. Su aroma fresco incluso a esa hora intempestiva del día. También cómo se sentía al tener sus pechos aprisionados, rozándole.

La imagen evocada le desconcentró hasta el punto de casi chocar contra una rama baja. El caballo protestó cuando tiró con brusquedad de las riendas.

—Lo siento —masculló.

El pobre caballo no tenía la culpa de nada, pero por Dios, ¿por qué había pensado en los pechos de la señorita Bell siquiera? Era fea, aunque ese no fuera su peor pecado. Esa mujer tenía una forma de ofenderlo que rayaba en lo absurdo. Hubiera debido aprovechar la ocasión y preguntarle el porqué de su antagonismo, ya que con Jonathan no lo había percibido.

¿Sería él la causa? Sonrió solo de pensarlo. ¡Qué ridiculez! Por supuesto que no.

Dejó el animal en las cuadras y se dirigió con rapidez hacia la casa. Una vez en ella, le sorprendió notar el silencio reinante. Un escalofrío lo recorrió y se dirigió con premura a la habitación de su abuela entrando sin llamar.

La duquesa viuda estaba incorporada en la cama con la ayuda de un sinfín de almohadones. Había sido interrumpida en uno de esos incesantes interrogatorios de los que tanto le gustaba alardear, mientras su dama de compañía estaba sentada de forma elegante en una silla a su lado derecho, escuchándola. Su amigo Jonathan se hallaba a los pies de la cama. Su sonrisa era extraña cuando lo miró.

—Buenas noches. —Paseó la mirada por los tres integrantes de la habitación. Sentía alivio por que todo estuviera bien, pero la forma en que lo miraban lo ponía algo nervioso. Demasiada excitación—. Por un momento pensé que había ocurrido algo. —Se acercó a su abuela para besarla en la mejilla y se sentó a su lado, en la cama—. La casa parece... —Se detuvo.

—Un velatorio, ¿verdad? —terminó Margaret por él—. El personal todavía está algo asustado por lo de hoy. —Ella, en cambio, parecía como si no hubiera pasado por semejante trance—. Van de puntillas para evitar molestarme. Son adorables.

Si lo creía así... A él ese silencio le parecía claustro-fóbico.

—¿De qué hablabais? —preguntó en general para distraerse. No es que tuviera demasiada curiosidad.

—Oh —la respuesta vino de Jonathan—. No te lo vas a creer. —La extraña sonrisa volvió a asomarse de nuevo.

Leonor permaneció impasible y por eso miró a su abuela en busca de información.

—Claro, querido, no lo sabes. —Esta le dio unas palmaditas en la mano—. Tu amigo Jonathan ha deci-dido casarse.

Por un segundo el mundo pareció detenerse.

Sorprendido por semejante anuncio, Jeremy abrió la boca y volvió a cerrarla. ¿Casarse? ¿Jonathan? No lo dijo en voz alta, pero su incredulidad era patente en cada una de las partes de su cuerpo.

—Pues es una sorpresa que no haya oído ninguna noticia sobre ello antes.

—No te enfades, Jeremy. Estamos muy contentas de que haya elegido a alguien a quien queremos tanto. No vengas a fastidiárnoslo con tu pésimo humor.

Si momentos antes se sentía sorprendido, ahora te-nía escalofríos de terror. Y no se consideraba preparado para entender por qué.

—¿La conoces? —preguntó. Su abuela decidió no contestar y un increíble presentimiento se cernió sobre él—. La conoce, ¿verdad? —Ahora se lo preguntaba a Jonathan directamente. Nadie dijo nada, todos se que-daron como a la espera—. ¡Respondedme! Quiero oír su nombre.

Fue Leonor quien, al final, pronunció el nombre que Jeremy temía.

—Edith.

Minutos antes de la llegada del duque, en esa misma habitación

Jonathan, en ausencia de su amigo y aburrido por tener que soportar las quejas del señor Pickens, decidió que lo más acertado sería ver si podía visitar a la duquesa.

Cuando un enérgico «entre» traspasó la puerta de acceso del dormitorio en el que la duquesa descansaba, no temió ni por un momento en su salud mental. Lástima que no recordara todos los buenos consejos que su amigo le había referido sobre ella. Sí, ya la conocía bastante bien. Además, ¿qué podía hacer una mujer mayor como ella, que encima acababa de rozar las puertas celestiales?

—Su Gracia. —La saludó con todas las ceremonias, aun sabiendo que a ella no le gustaba que lo hiciera. Después inclinó la cabeza en dirección a su joven acompañante y le guiñó un ojo.

—Jonathan, muchacho, ¿qué te trae por aquí? El aburrimiento, sin duda.

—Eso, y el deseo de saber de su estado.

—Bah, ya ha pasado todo. Al parecer, he asustado a más de uno, ¿verdad, Leonor?

—Así es, señora. —Solo ella podía dirigirse a la duquesa con ese calificativo tan poco adecuado a su cargo—. Le encanta ser el centro de atención.

Esa respuesta algo irrespetuosa no ofendió a la duquesa viuda, sino todo lo contrario. Jonathan sabía que esta esperaba total sinceridad por parte de los más cercanos a ella y, como ya había comprobado con anterioridad, la señorita Price estaba entre ellos. Era una relación curiosa, la de ellas dos.

—Por supuesto que sí. Así no la olvidan a una —se jactó como si el atragantamiento hubiera sido deliberado—. Pero, siéntate. Ahora que estás aquí y, en ausencia de mi nieto, me siento en disposición de hablar con total libertad. —No pareció importarle la presencia de Leonor, que estaba sentada a su lado.

Este la observó detenidamente tratando de averiguar qué se traía entre manos. No conocía a la duquesa viuda tan en profundidad como Jeremy, pero algo estaba tramando y picó su curiosidad. ¿Qué sería de la vida sin secretos y misterios? Un completo tedio.

—La escucho.

Jonathan miró también a la señorita Price. Era muy cercana a la duquesa, por lo que seguro que estaría al tanto de lo que pretendía decirle. No obstante, ella permanecía inmutable. Esa mujer era un misterio que en un momento u otro pretendía resolver.

—Permíteme que dada mi edad sea franca y directa —comenzó diciendo.

—Por supuesto —le concedió con una sonrisa velada.

—Buen muchacho. —Asintió complacida—. Es bien sabido el desafortunado gusto de mi nieto para elegir a su prometida.

Jonathan pensó que aquello era quedarse corto.

Fuera la mujer que fuese, Jeremy siempre acababa como un gato escaldado.

—Entiendo.

—No creo que lo hagas, querido, pero no importa. He estado pensando largo y tendido sobre este complicado asunto y, al final, las circunstancias me obligan a interceder.

—Usted tiene la candidata perfecta —adivinó. El rostro de sorpresa de la anciana le indicó que estaba en lo cierto y no pudo más que sonreír sin reservas. Aquello se ponía de lo más interesante.

A pesar de ser muy joven, seis años atrás su amigo llegó al altar para desposarse con Amery, aunque ella terminó abandonándolo en aquel mismo instante. Trató de consolarse con Camile, pero ella terminó prefiriendo a otro. Tanto Francesca como Gertrude resultaron ser un estrepitoso fracaso, por lo que sabía que en algunos círculos de Londres hacían mofa de su mala suerte. Incluso se había representado una obra teatral inspirada en sus infortunios, pero Jonathan no podía más que compartir su pena. Era por eso que Jeremy llevaba más de tres años apartado de los bailes, las recepciones y las veladas musicales, pero, sobre todo, se había apartado de las mujeres.

Era extraña su mala suerte. Jeremy, que desde su juventud había tenido una idea romántica del matrimonio, no era capaz de llegar a él.

—Eres un chiquillo listo —comentó la duquesa con admiración—. Resulta que he encontrado una muchacha perfecta para él: encantadora, servil, de gran corazón y a la que quiero como a una hija.

—¿Y cuál es el problema? —Porque debía de haber uno. De otro modo no hubiera recurrido a él.

—No lo sé. —Un deje de frustración se escurrió entre sus palabras—. Ella es maravillosa...

—Margaret... —la reprendió entonces su dama de compañía.

Jonathan estaba llegando a sentir admiración por esa mujer, que conseguía regañar a una de las damas con más poder del país sin siquiera pestañear. Y con su nombre de pila, además.

—Está bien, está bien. La muchacha no es bonita, ¿y qué? Tampoco lo era Camile y él quiso casarse con ella.

Él no conocía en persona a la famosa Camile Fullerton, pero, por lo que sabía, había sido la más fea de las cuatro candidatas que optaban al corazón de Jeremy.

—¿Es más o menos bonita que Camile?

La condesa se quedó callada.

—Menos. —Leonor terminó respondiendo por ella.

—Ya —murmuró por lo bajo. Entonces y solo entonces recordó a la joven que le fue presentada a regañadientes y por el que su amigo sentía un auténtico rechazo.

—¿Estamos hablando de la señorita que la salvó de ahogarse? A... no recuerdo su apellido.

Leonor, siempre pendiente, respondió de nuevo.

—Bell. La señorita Edith Bell.

Quizá la muchacha fuera de lo más especial, no lo ponía en duda, pero si a su amigo no le resultaba atractiva, no iba a fijarse en ella, ya que en los últimos tiempos le había comunicado que abandonaba la idea del matrimonio.

Debería tratarse de una candidata endiabladamente excepcional para hacerlo cambiar de opinión. Pero si encima ya la aborrecía, de allí solo podía surgir un desastre.

—Están hechos el uno para el otro, lo sé —intercedió la duquesa tratando de convencerlo.

Jonathan tragó saliva, meditando sus palabras. Lo último que quería era desilusionar a la duquesa. También había que decidir si debía o no advertir a su amigo.

—No puede inmiscuirse en la vida de los demás. —Le hizo ver con todo el tacto posible.

—¿Ni siquiera en la de mi nieto? —le replicó—. Sé lo que me hago. Además —volvió a dirigirse a él—, una adivina me lo confirmó.

—¿Cómo?

Parecía ser que su dama de compañía no estaba enterada de ese pequeño detalle. Por un instante pudo ver reflejado en sus ojos un atisbo de sorpresa que le fue imposible esconder, pero al instante volvió a su habitual postura serena y sosegada.

Jonathan no pudo disimular su escepticismo. Una mujer de su categoría no podía creer en esas bobadas. Le daba igual que hubiera leído el destino en sus manos, en una bola de cristal, en las cartas o hablado con el más allá.

—¿Qué le dijo con exactitud? —preguntó dispuesto a refutar su teoría.

—Me aseguró que Jeremy acabaría casándose con

una muchacha cercana a él, que ya conocía y a la que yo quería muchísimo.

—¡Esa podría ser cualquiera! —exclamó sin poder evitarlo—. En cualquier caso, si usted cree que están predestinados, ¿por qué inmiscuirse?

Pareció dejarla sin argumentos y por un instante reinó entre ellos un sepulcral silencio. Aunque la conversación le producía cierto divertimento, le incomodaba hablar de ello con la abuela de Jeremy.

—No lo hago —se defendió—. Solo trato de acelerar las cosas con, digamos, un empujoncito. Bueno, ¿vas a ayudarme o no?

—¿No le preocupa el antagonismo que hay entre ambos? ¿O que no consiga que ninguna mujer se quede a su lado?

—Bien, como decía, tengo ciertos problemas para unir a mi nieto con Edith y por eso me iría bien un poco de colaboración por tu parte. Solo quiero que conozcas a la muchacha y hables bien de ella ante Jeremy, porque es muy terco y se niega a ver lo bueno que hay en su interior. Piensa que es una deslenguada y que sus modales dejan mucho que desear.

—¿Y eso es cierto? —Pensó en su breve encuentro y consideró que, en lo que respectaba a su trato con Jeremy, había muchísimas cosas por pulir. En cambio, el trato que recibió él mismo fue distinto.

Arrugó la frente. Quizás había que preguntarse el porqué.

—Para nada. Ella es un ángel. O lo es con todos menos con él. Tiene que haber algo oculto que los mueve a comportarse así.

—Puede ser. —Ese era un buen punto, si bien podían existir más detalles, como, por ejemplo, que se dejara influenciar por las apariencias o por cualquier cosa absurda que a Jeremy se le ocurriera.

Estaba en un serio aprieto ya que, con su ayuda o sin ella, esa mujer estaba decidida a casar a ese par.

Jonathan tuvo que hacerse diversas preguntas en un intento por poner orden a aquella disparatada idea. ¿Era descabellado tratar de unir a dos personas tan desiguales que ni siquiera se soportaban a simple vista? ¿Era correcto inmiscuirse en sus vidas? ¿Terminaría eso con la amistad que tenía con Jeremy?

A pesar de sus recelos del principio, tuvo que admitir que empezaba a pasárselo en grande. Y así, de repente, se le ocurrió la idea más brillante de toda su vida. Una idea que enloquecería a la duquesa por lo rebuscada, traviesa... e inteligente que era.

Sí, era un genio de las intrigas. Un genio total.

—Estáis locos; por completo. —La abrupta afirmación salió de los labios de Jeremy en cuanto le explicaron los hechos.

Unos hechos modificados, por supuesto.

Leonor, haciendo gala de una absoluta discreción, había desaparecido en cuanto le dijo el nombre de la elegida por Jonathan. Ahora se encontraba con él y su abuela tratando de discernir si le estaban gastando una broma absurda o si, por el contrario, eran dignos pacientes de *Bedlam*.

Todavía le costaba digerir la idea de que su amigo

Jonathan quisiera casarse. Lo de Isobel era todavía muy reciente, pero incluso si llegara a decidir hacer borrón y cuenta nueva, la escogida era...

¡Edith era demasiado impetuosa, tozuda, problemática y, bueno, todo! No era mujer para él. Además, era fea, aunque eso no tenía que significar un problema real. No se imaginaba a esos dos yaciendo en la cama. Pensándolo bien, no se los imaginaba haciendo nada. Ya le dolían los ojos solo de intentar visualizarlo.

«Es divertida», había afirmado el muy insensato cuando le había preguntado qué diantres le había llevado a pensar en ella como futura esposa después de un solo encuentro.

Si ese era el único motivo por el cual quería unirse a ella de por vida era que su amigo se dejaba llevar por el aburrimiento hasta límites insospechados.

Quería casarse con Edith. ¡Dios, qué locura! Y lo peor de todo era que su abuela le apoyaba; en todo.

Ah, pero lo más aberrante era cómo pretendían conseguir que ella aceptase. No solo era un insulto en toda regla, sino que una mujer que se preciara no accedería por nada del mundo.

Era el plan más macabro que había escuchado en su vida.

—¿Ni tan siquiera lo pensarás? —El mohín de su abuela no le enterneció ni lo más mínimo.

—Sois unos completos mentecatos. ¿Acaso no veis cómo me ofende?

Jonathan no se había movido del poste de la cama. Todavía mantenía esa estúpida sonrisa, que, por cierto, le encantaría borrar de un plumazo.

¡Maldita sonrisa!

—Eso será porque no te permites pensar con claridad. Si te detienes a reflexionar...

—¿Reflexionar, dices? —lo cortó iracundo.

Esas dos personas representaban lo que más quería en el mundo y ambas trataban este tema como algo sin importancia, cuando, en lo más hondo, lo hería.

Según aquel par, el plan expuesto era la mar de sencillo. Como su historial con las mujeres solo servía para alejarlas de su lado y emparejarlas con otros, eso aseguraba el éxito de Jonathan. Así pues, Jeremy debía cortejar a la señorita Bell a la par que su amigo. Tanto él como su abuela estaban convencidos de que aquella sería la solución para que Edith se lanzase en brazos del, como habían dicho, «hombre adecuado».

Al parecer no se habían dado cuenta de que Jonathan no era el hombre adecuado para Edith y que su petición lo humillaba. Y así mismo se lo había hecho saber.

—¿Cómo sabes tú qué hombre es el adecuado para ella? —le había respondido de forma perspicaz su abuela.

Jonathan seguía esbozando esa estúpida e hiriente sonrisa.

—Solo queremos que lo medites —propuso este, con voz anormalmente seria.

Los miró a los dos y sintió que no podía aguantar más. Sería un buen palo para ellos si fuera corriendo a contárselo a Edith. Seguro que les echaría una buena reprimenda y su indignación daría al traste con sus planes. Una pena que no se atreviese a hacerlo.

—Lo pensaré —dijo al fin, sin un ápice de convencimiento—. Ahora, creo que, con vuestro permiso, necesito descansar de tantas sorpresas.

Y abandonó la habitación.

—Es una verdadera pena hacerle esa jugarreta —apuntó Jonathan, en un deje de culpabilidad.

—Lo hacemos por su bien.

—Pero se muestra tan dolido... Yo sentiría lo mismo.

—Era necesario, muchacho. Tú mismo lo has dicho. Por cierto que ha sido brillante hacerle creer que ese fingido cortejo acercará a Edith a tus brazos.

—¿No lo cree usted así? Piense en todas las oportunidades perdidas.

—Bah. —Desechó con una mano semejante comentario—. Eso solo sucedió porque no eran las elegidas. Esta sí que lo es. Cuando empiece a conocerla, no podrá evitar enamorarse de ella.

—¿Y si lo hago yo de ese dechado de virtudes?

—Espero que no hagas algo tan tonto como eso —lo amonestó con el dedo.

—Yo también lo espero —aseguró—. Recemos para que ella vea en Jeremy al hombre ideal.

—No te preocupes. —Sonrió con extrema satisfacción—. Lo verá.

Tres días más tarde y ajena a todos los planes que la incluían, Edith se despidió de su tío, pues tía Cecile estaba en una reunión de mujeres del pueblo dispuestas a planear los eventos de caridad de los próximos meses.

Cogió su bonete y se ató el lazo púrpura del abrigo dispuesta a caminar el recorrido que la separaba de Stanbury Manor, tal como era habitual en ella.

Esa misma mañana había recibido una carta de la duquesa viuda que la invitaba a merendar en el jardín. Sorprendida, se había apresurado a garabatear con rapidez una respuesta afirmativa para que el mismo mozo que la había traído la llevase de vuelta.

A esas alturas de su vida se podría decir que había merendado con ella y Leonor en multitud de ocasiones, pero todas las veces habían surgido de forma espontánea mientras estaba en la casa de visita. Jamás se le había hecho llegar una invitación formal y se preguntó, no por primera vez, el motivo que la había ocasionado.

«¿Su gesto tendrá que ver con la idea de que le he salvado la vida?», pensó mientras se desviaba del camino principal. Aquella mujer no hacía nada por puro azar.

Al llegar, el lacayo que abrió la puerta le hizo cruzar toda la casa hasta la parte posterior.

—Están en el Jardín del Cisne —le comunicó en cuanto preguntó adónde se dirigían.

Dicho jardín estaba situado en la parte más oriental de la propiedad, un poco alejada de la mansión, pero lo suficientemente cerca como para no perderla de vista. Edith había estado ahí mucho tiempo atrás, cuando solo era una niña. Apenas contaba con ocho años, pero todavía recordaba el pequeño lago, donde unos blancos y elegantes cisnes de piedra, los cuales daban nombre al lugar, se mantenían en el centro de las aguas y parecían nadar con una etérea majestuosidad. Los arbustos que lo rodeaban casi por completo le conferían una intimidad invitadora.

Era la primera vez que se organizaba una fiesta en la mansión tras la muerte del anterior duque, el padre de Jeremy. Era como si su abuela, Margaret, hubiera permanecido en un profundo luto por un período de diez años.

—Su Gracia la espera. —El lacayo se inclinó ligeramente y se marchó de nuevo a la mansión.

A orillas del lago había una gran manta dispuesta. En ella, Leonor y la duquesa disfrutaban de una amena charla. Ambas sonrieron cuando la vieron acercarse; la primera con más reserva de la habitual.

—¡Cuánto nos alegra verte!

Edith se mostró aliviada de que tuviera tan buen aspecto. Una jamás pensaría el atragantamiento que había padecido. Le besó la mejilla en un gesto de afecto que esta le permitía desde hacía tiempo.

—Celebro verla tan bien. —Se sentó entre las dos mujeres—. ¿Qué celebramos? —se atrevió a preguntar. Las viandas y dulces que reposaban a un lado parecían deliciosas.

—La vida, mi querida niña, la vida. He descubierto a las duras que esta es más valiosa que todo el dinero del mundo. Eso, y los seres queridos, en los que te incluyo.

Se sintió conmovida por sus palabras. No todos los días una duquesa proclamaba su afecto por ella.

—Para mí también es un honor tenerlas entre mis seres queridos. —Apretó la mano de Leonor, gesto que ella respondió—. No hay nada mejor que pasar la tarde merendando las tres juntas.

—Esto, ejem... —carraspeó la duquesa—. No te importará que mi nieto y Jonathan se nos unan, ¿verdad? —A Edith no le dio tiempo a responder—. ¡Mira!, por ahí llegan.

Ambos hombres se acercaban caminando. Tenían, al hacerlo, la gracia que proviene de la seguridad económica de las clases pudientes, aunque no sabía a ciencia cierta qué rango ostentaba el amigo. Trató de no fijarse en Jeremy, pero le era imposible apartar la mirada. Como siempre que estaba cerca de ella, mostraba un rictus serio en el semblante, al contrario que su compañero, que sonreía abiertamente.

«¿Qué será eso que lleva en el hombro?»

Prestó toda su atención al extraño y colorido, ahora lo veía, animal de plumas.

—Buenas tardes, bellas damiselas.

Jonathan hizo una exagerada reverencia con la intención de resultar divertido, cosa que consiguió.

—¡BELLAS DAMISELAS! —El pajarraco lanzó esas palabras en un grito estremecedor que consiguió que Edith se quedara boquiabierta.

—Espero que no les importe. Me ha parecido que *Georgette* preferiría pasar la tarde al aire libre en lugar de estar encerrada en sus cómodos aposentos.

¿*Georgette*? ¿Aposentos? ¿De verdad el hombre hablaba del animal como si de una persona se tratase? No parecía que nadie se inmutara por ello, pero le era imposible disimular la sorpresa de su rostro.

—Jonathan, estás asustando a la señorita Bell. —Jeremy, para su sorpresa, intervino.

—Oh, no, no. Solo estoy... sorprendida, eso es todo.

El duque, mientras tanto, se acercó a su abuela y la besó del mismo modo en que lo había hecho ella. Saludó con un gesto de cabeza a Leonor y, para su completo asombro, pasmo, estupor y estupefacción, cogió su mano enguantada y se la besó por primera vez.

Fue algo rápido, pero el mundo pareció detenerse para Edith. Exceptuando el intenso abrazo —y por el que ya había encontrado como excusa su comprensible estado de alteración—, jamás la había tocado, ni tan solo como gesto de cortesía. Lo contrario hubiera sido grabado a fuego en su mente, lo mismo que ahora. Se miró el dorso de la mano temiendo que este se hubiera incendiado, pues el calor que sentía le estaba subiendo por el brazo. Pero no, el guante lucía el mismo tono verde que cuando se lo había puesto.

No se atrevió a mirarlo por temor a mostrar algo que no deseaba revelar, pero había tanto silencio que alzó levemente el rostro para mirar al resto de los presentes, que parecían petrificados. O al menos eso le pareció.

—¿A alguien le apetece un dulce? —La providencial voz de Leonor rompió el encanto y todos se pusieron en movimiento.

—¿Me permite? —Jonathan pedía permiso para sentarse a su lado derecho, justo donde estaba Leonor. La otra joven se apartó facilitando el acceso.

Edith solo pudo esbozar una sonrisa que le pareció forzada incluso a ella. Todavía estaba tratando de analizar el gesto de cortesía de Jeremy, pero las sorpresas no habían acabado ahí. El objeto de sus pensamientos intentaba acomodarse a su lado izquierdo, haciendo desplazarse a su abuela. Y allí estaba ella, en una merienda campestre, flanqueada por dos apuestos hombres que, de repente, parecían tener la imperiosa necesidad de sentarse a su lado.

¿Estaría enloqueciendo?

—Espero que *Georgette* no le moleste. —Jonathan la miró y le guiñó un ojo.

—Mientras no me picotee... —replicó.

—Es el guacamayo más dócil de la tierra.

—No mientas —aseveró Jeremy mientras saboreaba una tartaleta con un aspecto delicioso—. Ese animal solo te soporta a ti.

—No crea todo lo que oiga de sus labios, Edith. Si quiere, puede acariciarlo.

—¿De verdad? —Ahora se sentía más fascinada que otra cosa.

Jonathan le aseguró que no corría peligro alguno y depositó al animal en su dedo índice. Ella alargó la mano para acariciarle la cabeza, pero el pájaro la movió velozmente mientras lanzaba un picotazo al aire.

—¡MENTIRAS! —bramó iracundo.

Edith retiró con rapidez el dedo.

—Creo que no me apetece tanto tocarlo.

—Pues no lo hagas, querida —intervino la duquesa—. Mi nieto tiene razón; al menos esta vez —acotó.

Como si se enfureciera por sus palabras, el guacamayo azul desplegó las alas y las batió. Era un espectáculo precioso, pero Edith se alarmó y se echó hacia atrás de golpe. Hubiera caído de espaldas de no ser por una mano que detuvo el movimiento. Jeremy había estado tan pendiente que consiguió que no hiciera el ridículo.

«¿Otra vez?», se preguntó. El calor que dejó en su espalda, cual marca hecha a fuego, le produjo escalofríos, pero de placer. No solo lo amaba, sino que un simple e inocente contacto la hacía estremecer.

Deseaba más, mucho más.

No había solución para ella. Estaba perdida.

4

Jeremy deseaba con toda su alma pasárselo bien, pero sentía tal presión que no podía.

Antes de llegar al Jardín del Cisne había interrogado a Jonathan sobre sus intenciones, pero este, con una seriedad poco usual en él, le ratificó que pensaba cortejar a Edith y, a su vez, le aconsejó que hiciera su trabajo para que esto llegara a suceder.

¿Su trabajo? Cuando aseguró que pensaría en la propuesta de su abuela y Jonathan, no comprendió cuán en serio se lo tomaba su amigo.

¿Tan pronto había olvidado a Isobel?

Por eso se había sentado a su lado, tal y como Jonathan había hecho. No contaba con tener que rozarla siquiera, como tampoco que se imaginaría bajando la mano mientras esta se deslizaba hacia...

«¡No!» El grito contenido resonó en su cerebro. Movió la cabeza para tratar de despejar esos blasfemos pensamientos. Se estaba volviendo loco. Sí, quizá volverse loco era la explicación más plausible a todo aquel despropósito. Gracias a Dios, solo Leonor se había percatado de ello, y como siempre, no hizo más que disimular.

Podía oír hablar a esa endiablada pareja mientras el dichoso pajarraco soltaba discursos propios de un demente. Edith lo miraba con desconfianza, pero el animal tampoco la veía con buenos ojos.

«Ni siquiera me plantearé por qué siento satisfacción por ello.»

A ver, Edith no le gustaba ni como mujer ni como persona. Era demasiado complicada y arisca. Si lo pensaba bien, quizá no eran motivos suficientes para sentir esa animadversión que venía desde niño. No era solo por su aspecto, aunque valga decir que no era nada, pero nada guapa.

«¡Mírala bien!», le gritó su fuero interno.

Solo la veía de perfil, pero tenía un pelo cobrizo de lo más corriente, una frente demasiado despejada, una piel demasiado blanca y translúcida y una boca grande con unos labios gruesos y rojos carmesíes. Todo en ella era demasiado desproporcionado. Bueno, menos sus pechos. Todavía podía sentirlos aplastados en su pecho, sintiendo su calor. Así que sus pechos no podían ser demasiado grandes, al menos para sus manos...

«¿Pero qué diantres estás pensando, Jeremy? Eres un completo mentecato.»

—Sería maravilloso, pero a mis años, el reuma...

La voz de su abuela lo trajo al presente recordándole que había estado muy callada, al igual que él.

—¿Decías?

—Estábamos hablando de un paseo —intervino Jonathan.

—Pero si la duquesa no se siente bien... —Edith era todo consideración.

—Bobadas —desechó la aludida con una mano—. Id vosotros. Yo volveré a casa.

Leonor se incorporó para ayudarla a levantarse.

—Ahora recojo todo y podemos irnos.

—Tú también, querida. Ve con ellos. Te mereces un paseo.

Todos la miraron y la joven enrojeció un poco ante tanta atención.

—Esto... Pero yo no puedo...

—Por supuesto que sí. —Jonathan asintió—. No hay nada más placentero para un hombre que pasear con la agradable compañía de unas bellas señoritas.

—¿No lo hay? —se preguntó Edith en voz baja.

—¡RAYOS Y TRUENOS! —masculló entonces el guacamayo.

—¿Pero qué le enseñas a ese animal, por el amor de Dios? —preguntó Jeremy con frustración.

—Nada, lo juro. —Sonrió en un intento de parecer inocente—. Es autodidacta.

Al final, pese a las múltiples protestas de las dos mujeres y el duque, todos convinieron en dar ese paseo. La mujer mayor sería escoltada a la casa por dos lacayos que se mantenían en la distancia.

Empezaron andando los cuatro en paralelo, con las dos jóvenes en medio, pero, al poco tiempo, el paso lento de Leonor y Jonathan los distanció ligeramente; lo suficiente como para poder tener una conversación en privado.

—Los campos están exuberantes, justo como tiene

que ser. —Jeremy caminaba al lado de la mujer, sin tocarla.

—Sí —fue la escueta respuesta de ella.

—No hay nada mejor que Inglaterra en primavera —anunció, satisfecho.

—No lo hay —respondió ella mientras el duque la ayudaba a cruzar un cúmulo de piedras.

—Los colores resplandecen como nunca, ¿no cree?

—Sí.

—Quizá pueda desnudarme y bailar un vals.

—Mucho me temo que no sea lo más apropiado —respondió presta, sin mirarlo siquiera—. ¿Qué dirían los vecinos?

—Así que me estaba escuchando.

—Es difícil no hacerlo, Su Gracia.

Jeremy había pensado que no le prestaba atención, pero se había equivocado. Además, le estaba tratando con tanta formalidad que le era imposible adivinar cómo se sentía. Quizá se hallaba incómoda o tal vez hubiera preferido pasear al lado de Jonathan.

—Qué convencional se ha vuelto. Por regla general disfruta más lanzándome pullas —explicó cuando ella se dignó a mirarlo de reojo.

—¿No hace usted lo mismo?

«Touché.»

—Pero solo porque usted empieza primero. —No siempre era así y ambos lo sabían.

Mantuvieron un silencio que ella no se esforzó por romper. Se diría que su compañía le fastidiaba. O pudiera ser que solo se tratara de indiferencia.

—¿Dónde están el señor Wells y Leonor? —inquirió poco tiempo después mientras se giraba para intentar localizarlos.

«Dejando que haga mi maldito trabajo», pensó con sarcasmo. Lo lógico sería que él la estuviera cortejando ya, dado que quería su mano.

—Allí. —Señaló hacia atrás—. Detrás de ese grupo de árboles. —Hizo una breve pausa—. ¿Cómo comenzó, Edith? Si me permite el atrevimiento.

—¿Cómo comenzó el qué?

Se hacía la tonta. Hasta un ciego podía ver que le había entendido. Pero al menos no le había prohibido llamarla por su nombre.

—La animadversión que sentimos el uno por el otro.

—No siento animadversión —declaró reacia.

—Vamos. —Jeremy no lo creyó ni por un segundo—. De lo que estoy seguro es de que afecto no es.

Edith se negó a mostrarse cooperativa y a seguir con el tema.

—No estoy preparada para hablar de ello —afirmó vulnerable.

Lo cual le indicaba que, en un pasado, él había hecho algo lo suficientemente malo para que ella lo recordara con dolor. ¿Por qué otro motivo sería?

—No puedo ser perdonado si no sé por lo que he de pedir disculpas.

Edith detuvo el paso y lo miró. Esta vez de forma directa.

—Tal vez no quiera perdonarlo.

Ella siempre tan franca. La franqueza estaba sobrevalorada.

A lo lejos, Jonathan llevaba del brazo a Leonor. Había disminuido el paso de tal forma que ya casi no los veían. Esperaba que Edith no sospechara nada, porque le parecía demasiado perspicaz, incluso para las triquiñuelas de una vieja duquesa aburrida junto con un hastiado hombre de mundo.

—Al final lo va a descubrir. —Como si le hubiera estado leyendo la mente, la joven que paseaba a su lado salió de su mutismo.

—Se refiere a...

—Edith, por supuesto.

—¿Cree que Jeremy es demasiado tonto como para comprender el doble juego que nos traemos?

—Si piensa por un momento que voy a hablar mal de él, es que no tiene un dedo de frente.

Resultaba curiosa la lealtad de la chica para con su amigo. A fin de cuentas, la que le pagaba el sueldo no era otra que la propia duquesa viuda. Así parecía esa mujer: digna, discreta, leal y fiel. Podía imaginarla ya de mayor y llena de sabiduría; si no lo estaba ya. Lástima que la belleza externa de su rostro brillara por su ausencia. En otro caso, alguien le habría pedido en matrimonio.

Incluso el guacamayo sucumbía a sus múltiples encantos. A pesar de ser una hembra, no la consideraba ni rival ni enemiga, cosa que sucedía con excesiva frecuencia. Por suerte para ella, la fachada exterior carecía de importancia. En esos momentos reposaba en el hombro de Leonor emitiendo de vez en cuando un sonido que él reconocía: satisfacción, y que solo mostraba cuando estaba a solas con él. Increíble el efecto tranquilizador que esa mujer ejercía; no solo en el animal, sino en los que estaban a su alrededor.

—No se lo he preguntado todavía, pero me interesa su opinión en especial. —Le resultaba extraño que nadie se lo hubiera preguntado.

—¿Por qué? —Su sorpresa era absoluta.

¿Acaso nadie le consultaba? ¿Ni siquiera la duquesa?

—Pues porque parece lo bastante inteligente como para tener una. Es amiga de la señorita Bell, ¿verdad? —Esta afirmó con la cabeza—. ¿Y bien? ¿Qué opina de todo ello?

—Creo —comenzó diciendo— que puede surgir el amor entre ellos, pero que si se ejerce demasiada presión...

—Ella puede salir herida —concluyó Jonathan.

—No tanto como eso. —Acarició al guacamayo y este emitió un ligero sonido que indicaba complacencia. Leonor meditó unos segundos—. Ella es una superviviente. Las que somos feas sabemos de eso. —Alzó la mano para detener la protesta vacía que estaba por salir de sus labios—. No hace falta que se esfuerce en mentir. Soy consciente de la realidad de mi aspecto, al igual que lo es Edith. Por esa razón, puede que al final sea ella la que, al descubrir esos planes, se enfurezca tanto que solo uno acabe con el corazón roto.

—¿Quiere decir...?

—Sí —asintió, firme—. Que sea el propio duque quien finalmente, enamorado sin remedio, se quede abandonado y solo.

La tarde, con merienda y paseo incluido, había sido extraña; quizás atípica. Aun así, no podía darse como perdida. La ocasión había conseguido que pudiera conocer un poco más a Jonathan y que Jeremy y ella pudieran establecer una conversación libre de ofensas. Casi había parecido normal.

Cuando estuvieron de vuelta en Stanbury Manor, las dos parejas encontraron a la duquesa hablando de forma bastante animada con el párroco y su esposa, que habían sido invitados esa misma noche a cenar.

—Ahora que lo pienso —dijo la duquesa en cuanto se presentaron ante ella—, y dado que esta merienda ha sido tan entretenida... —nadie lo dudaba, aunque por diferentes motivos—, sugiero ampliar la invitación a la señorita Bell.

—¿Perdón? —El rostro de la aludida reflejó confusión.

—Sí, sí. —Asintió bastante satisfecha—. Y cómo no, mi querida Leonor también estará presente. No queremos que mi nieto y su querido amigo se aburran con la conversación de tres viejos carcamales —añadió como gracia final. Por suerte, el matrimonio no se lo tomó como una ofensa y se mostraron encantados.

Leonor, como siempre, no dejó entrever ni uno de sus pensamientos, mas Jonathan se sintió turbado. Si la duquesa viuda seguía actuando de ese modo, sus intenciones serían puestas en evidencia.

Jeremy debió de pensar lo mismo, por lo que trató de escabullirse.

—Es muy precipitado. Quizá la señorita Bell tenga otro compromiso.

—¿Lo tiene? —le preguntó a bocajarro.

—Esto... bueno... yo... —Odiaba sentirse así de insegura. ¿Qué pretendían que dijera? Quedaba claro que Margaret deseaba su presencia, pero lo que la mantenía en ascuas era si Jeremy pretendía que rechazara la invitación. Todos la observaron en espera de su respuesta.

—Con un sí o un no bastará. —Jeremy fue más áspero de lo que pretendía, pero el daño ya estaba hecho.

—Sí —profirió con una sonrisa falsa—. Nada me gustaría más.

Jeremy frunció el entrecejo y avisó a su abuela.

—Tendrás que dar órdenes a la cocina de inmediato.

—No te preocupes, mi querido nieto. —Sonrió con suficiencia—. Mis sirvientes están capacitados para reaccionar ante cualquier contingencia. —Nadie, ni siquiera él, le corrigió diciéndole quién pagaba los salarios y, por tanto, a quién debían fidelidad—. Así que, si me disculpan un segundo, voy a dar las pertinentes órdenes. Acompáñame, Leonor. Usted también, señorita Bell.

Ambas la siguieron y los hombres se quedaron a hacer compañía a los invitados.

No fue hasta unos minutos después, cuando las tres mujeres se encontraban a solas, que Leonor mostró su desacuerdo. No era correcto que una acompañante asistiera a una cena, aunque fuera informal, en calidad de invitada.

—Ya he pensado en eso, querida, pero es mi casa y hago lo que creo que es mejor.

—Pero... —trató de protestar, pero la duquesa alzó una mano cortando toda objeción. Con Edith a su lado no podía decirle nada más.

Edith, por su parte, no habló. Meditaba si la intención de Jeremy había sido, de nuevo, evitar que se quedara en la mansión más tiempo de lo normal.

—Y tú, querida —se refería a ella y por eso le prestó atención—, irás a casa en uno de nuestros carruajes.

Y, con esas pocas palabras, la despachó.

«Tiene los mismos gestos arrogantes que su nieto —pensó con cierto aire de amargura—. Lo malo es que él los tiene de forma continuada.»

Edith estuvo esperando en el vestíbulo el carruaje que la duquesa le había prometido durante cinco minutos; unos minutos que aprovechó para meditar sobre los recientes acontecimientos, en especial el comportamiento de Jeremy, que podía calificarse de atípico.

¿Él sentándose a su lado de forma voluntaria, cuando tenía más sitios donde hacerlo?

¿Él aceptando un paseo a su lado y esforzándose en mantener una conversación sin estar presente un pelotón de fusilamiento?

Eran detalles imposibles de pasar por alto que solo lograban afianzar más ese inapropiado amor que le tenía.

Seguía sumida en sus propios pensamientos cuando se le acercó Jeremy, tan apuesto como siempre.

—¿Qué hace aquí? —le espetó ella por lo inesperado de su presencia. Edith no pretendió mostrarse tan áspera como había sonado, aunque eso era preferible a sonrojarse hasta la raíz del cabello y balbucear como una chiquilla atolondrada; lo cual había estado a punto de hacer.

«Qué pregunta tan tonta. Es su casa, ¿no?»

—Al parecer, mi misión es escoltarla hasta su hogar para que llegue sana y salva —masculló entre dientes—. Como si pudiera pasarle algo en ese trayecto tan corto y no tuviera suficiente protección con el cochero.

Edith alzó los ojos debido a la sorpresa.

—He de decirle que su comentario es de lo más insultante —le dijo con voz cortante. Era inadmisible el trato que le dispensaba y no podía ser más obvio lo mucho que odiaba la idea de tener que acompañarla. No pensaba permanecer callada aguantándolo.

En ese momento, su visión de Jeremy se tornó menos halagüeña que hasta entonces y el plácido paseo de esa misma tarde quedó relegado al olvido. Podía tener el aspecto de un caballero, pero en el fondo no era más que un vulgar rufián.

—¿Y qué va hacer para evitarlo, no dirigirme nunca más la palabra? Porque sería toda una novedad, la verdad. Y un placer —apostilló. Jeremy no quería decir eso, pero algo lo azuzaba a hablar de forma hiriente.

Edith se puso roja como la grana. No solo por el insulto, sino porque uno de los lacayos acababa de entrar en el vestíbulo para anunciar que el carruaje estaba listo, siendo testigo de la humillación.

La ira y la indignación hervían dentro de ella. Era, de lejos, su peor discusión con el duque. Sin darse tiempo a pensarlo siquiera, le abofeteó con todas sus fuerzas.

—A partir de ahora sí que se merece que no le dirija nunca más la palabra. —Edith no pudo evitar hablar con los dientes apretados.

El lacayo abrió la boca por la inesperada reacción

de la joven, mostrando la misma estupefacción que el duque. Sin embargo, no se atrevió a intervenir.

Jeremy, que se había quedado inmóvil unos segundos, trataba de digerir lo que acababa de suceder.

—¡Cómo se atreve...!

—¡No! —le interrumpió ella, furiosa—. ¡Cómo se atreve usted! Este bofetón es solo una mínima parte de todo lo que se merece por desconsiderado y patán.

Jeremy también estaba furioso ahora, así que se le acercó mucho y la cogió del antebrazo para evitar su huida.

—Puede que no se haya dado cuenta de que agredir a un noble puede acarrearle muchos problemas —espetó—. Y a un duque, además. Podría ir a la cárcel por ello.

Fue asombroso el poco temor que ella mostró ante semejante amenaza. En ningún caso pensaba hacer un disparate así, pero sería bueno que la joven temiera su poder; que le temiera a él.

—Atrévase —lo retó ella—. Si lo hace contaré a quien quiera escucharme la clase de persona que es usted.

—¿Y quién le haría caso? Es su palabra contra la de un par del reino —se burló. Todavía no la había soltado.

—No importa. Usted solo es un mequetrefe que alardea de poder. Si por mí fuera...

No le dio tiempo a reaccionar ni lo vio venir. Solo en el último segundo pensó que iba a abofetearla también.

Nada más lejos de la realidad.

Jeremy aplastó su boca contra la de ella. Ni tan siquiera oyó el gemido ni sus protestas. La parte racional le indicaba que lo que hacía estaba mal, que las cosas no se solucionaban así.

«Ella empezó —se justificó—. Solo quería silenciarla.»

¿Por qué estaba haciendo eso? En circunstancias normales, él se mostraba comedido. Si tenía que besar —y normalmente lo hacía por placer—, era pausado y meticuloso, pero en esta ocasión todo era furia y algo más difícil de definir. Algo en lo que no quería pensar y que había excluido en algún lugar de su mente.

No supo discernir cuánto tiempo estuvieron así; ella debatiéndose y él dominándola con su cuerpo y su boca. El lacayo, de forma sabia, había desaparecido.

«¡Si ni tan siquiera me gusta!»

Aun así, eso no le impidió prolongar el beso en unas circunstancias tan poco propicias. Cualquiera que pasara por el vestíbulo podría verlos y meterlo en un compromiso que no deseaba.

Por ello se separó de forma brusca. Edith dio un traspié y casi cayó hacia atrás. Sus labios estaban tan rojos que por un momento pensó que se los había mordido y que era sangre, pero no, ella los tenía así por el beso, si podía llamarse así.

Por un momento se miraron como contendientes en una batalla, pero Jeremy ya estaba arrepentido de su actuación. Se había comportado mucho peor que un chiquillo malcriado. Edith, por su parte, tenía los ojos anegados en lágrimas. Su respiración era rápida. Incluso así, tuvo coraje para hablar.

—Dígale a la duquesa que no podré asistir a su cena.

Busque la excusa que le parezca oportuna, pero no pienso asistir.

Jeremy trató de evitar la culpabilidad que le sobrevino, pero no pudo. Se la veía tan vulnerable que supo que había llevado el asunto demasiado lejos.

—Deje que la acompañe...

—¡No! —Alzó la mano para impedirle avanzar—. Creo que por hoy ya ha hecho suficiente.

Salió al exterior y se alejó andando con toda la dignidad de una reina.

Acto seguido, Jeremy pidió una conversación privada con su abuela.

—¿Que has hecho qué? —le vociferó desde un corredor cerca del saloncito donde aguardaban sus invitados.

La duquesa no era una mujer dada a excesos ni alzamiento de voces, pero su enfado estaba siendo más que evidente. Le había contado la verdad —a medias—. Solo le dijo que la había ofendido, sin dar más detalles; si le hubiera contado lo del beso habría sido capaz de despedazarlo.

La reprimenda la oyó todo el mundo: los sirvientes que andaban por ahí —y los que no, pronto se enterarían por estos—; Jonathan, que se asomó a curiosear y Leonor, que corrió preocupada al encuentro de su patrona en cuanto oyó el primer grito. En cuanto al párroco y su esposa, era inequívoco pensar que eran ajenos a todo. Suerte que no eran una pareja dada a chismorrear, porque, de serlo, al día siguiente lo hubiera sabido todo el pueblo.

De todas formas, no tenía derecho a quejarse. Se lo

merecía. Todo. Esas cosas no se hacían por muy enfadado que estuviera, así que asumió hasta el último reproche de su abuela. Lo que no se esperaba era lo que le dijo a continuación:

—Ahora mismo te vas a su casa a pedirle disculpas. —Hizo una pausa para coger aire. Estaba roja de ira—. Y no vuelvas hasta que te haya perdonado y aceptado venir a la cena.

Sorprendido, había intentado argumentar que quizá tardaría bastante en hacerlo. E incluso se permitió bromear acerca de qué haría si no lo conseguía. Craso error.

—Pues no vuelvas —le espetó—. Si no eres capaz de arreglar tus desaguisados, quizá no deberías ser duque, después de todo.

Eso no tenía ni pies ni cabeza, pero el golpe fue tan fuerte que se quedó un minuto en silencio, en el que ella no dio su brazo a torcer.

—¿Por qué te pones así con ella? —No pudo evitar parecer un niño malcriado—. Ni que fuera algo así como una hija... —Se detuvo por el pensamiento—. Porque no lo es, ¿verdad?

—¡No digas estupideces! —Acto seguido se acercó a él y le habló con ternura, bajando la voz—. Debes hacer lo más honorable, y eso es hacer que la joven te perdone.

—¿Y si no lo hace? —Se temía no llegar a conseguirlo.

—Eres inteligente, seguro que algo se te ocurrirá. Haz lo que sea necesario, pero tráela.

Y había ido. A su casa. Bueno, a la de sus tíos.

Y allí estaba.

Gracias a Dios, Edith había tenido la sensatez suficiente como para no decirles nada —no había querido también tener que enfrentarse a unos familiares iracundos—. Así que cuando se negó a recibirlo, parecieron confusos y un tanto abochornados.

Pasó allí más de dos horas en las que los dueños trataron de entretenerlo. Cuando les pidió que le transmitieran que no pensaba marcharse y que si les sabría mal preparar una habitación para pasar la noche supo, sin lugar a dudas, que la obligarían a aparecer.

Contuvo la sonrisita de suficiencia que le sobrevino cuando la vio bajo el marco de la puerta del saloncito con cara de enfado. Aunque no era lo más adecuado, los tíos los dejaron a solas.

Empezó por disculparse, pero Edith permaneció sentada, tiesa y sin establecer contacto visual. Después se mostró tierno, encantador y tan zalamero como pudo, pero viendo el nulo resultado pasó a las amenazas.

Ella no mostró piedad.

—Si es así como piensa disculparse —le dijo Edith, altiva—, no va por buen camino.

—¿Y qué quiere que haga, que me arrodille? —lo dijo por decir, pero el perverso brillo de sus ojos le dijo que no había errado el tiro.

—Tiene que saber —la vio esbozar una perversa sonrisa—, que mi deporte preferido es ver a los hombres de rodillas. Si son de la nobleza, mejor que mejor —apostilló.

Y aunque una parte de ella bromeaba, consideró

que era lo menos que podía hacer. Si solo le pedía eso podía decir que había salido ileso.

Se arrodilló ante ella y le pidió disculpas.

—No lo dice en serio. Lo hace por obligación.

Pero se equivocaba. Su disculpa era todo lo sincera que ella merecía.

—En absoluto. También creo que mi deber es disculparme por lo del beso.

«Aunque me haya encantado.» Ese pensamiento traidor se coló en su mente y no lo abandonó ni cuando ella aceptó sus disculpas ni cuando aceptó de nuevo asistir a la cena.

Incluso ahora, mientras la esperaba —no pensaba permitir que Edith cambiara de idea—, no podía hacerlo desaparecer.

Sí, debía ser sincero consigo mismo, para variar. Quizás ese beso había sido dado fruto de un impulso y con la intención de detener los insultos que Edith le prodigaba, pero no negaría que, lejos de sentirse repugnado, la suavidad y dulzura de sus labios lo habían hecho estremecer.

Y cuando la joven apareció de nuevo, no pudo sino mirarla con otros ojos.

Incluso pensó lo bonita que se veía con su vestido de noche en color índigo con la falda en tres capas separadas por flecos —dos de las cuales se destacaban por el marcado tono violeta—. El escote en forma de uve estrecha finalizaba en forma de corazón a la altura de sus pechos, realzándolos. Y su nívea piel hacía de él un contraste mucho mayor.

«No pienses en sus pechos, Jeremy. No lo hagas.»

La vuelta a Stanbury Manor la hicieron en silencio, aunque no fue incómodo.

En la casa todos la recibieron con francas muestras de alegría mientras fingían que no había sucedido nada fuera de lo corriente.

Mientras tomaban asiento en la mesa envueltos en una charla amena, Jeremy simulaba que todo iba bien, pero no era cierto. Su mundo empezaba a desmoronarse y se cuestionaba todo respecto a Edith: su eterna animosidad, las batallas dialécticas y el beso... que había logrado que sintiese que no había probado nada mejor en su vida.

¿Por qué ahora? ¿Y por qué ella?

Y lo más importante, ¿por qué esas preguntas lo angustiaban hasta el punto de querer hacerle salir corriendo en dirección contraria?

Preguntas, preguntas y más preguntas. Ojalá obtuviera alguna respuesta.

5

Mientras tanto, Edith comía la deliciosa empanada de ostra con bocados pequeños. Sus movimientos eran tranquilos y su rostro, sereno. Un cuadro ejemplar si no fuera porque su conversación brillaba por su ausencia. Algunas veces se dignaba a responder con un «sí», un «ajá» o un «no, no me parece». Sin embargo, el resto de comensales no parecían decepcionados por su mutismo y lo suplían con creces; o al menos, la mayoría de ellos.

Mientras escuchaba las conversaciones de los demás tuvo tiempo para poner en orden sus pensamientos y observarlos con detenimiento. No se sentía capaz de reflexionar más sobre lo sucedido en el vestíbulo de esa casa unas horas antes.

La duquesa presidía una de las cabeceras de la mesa. Para destacar en su habitual vestimenta negra, lucía una llamativa flor blanca en su hombro izquierdo. A su lado, el reverendo Moore vestía como esa misma tarde, así como su esposa, situada a la derecha del duque y justo delante de ella. Ambos parecían muy cómodos en esa situación tan poco habitual que cada uno se había esmerado en dejar claro. Edith los conocía a los dos por la ayuda que le prestaban a tía Cecile de tanto en tanto. Evelyn Moore era una mujer menuda y algo regordeta con un temple siempre alegre y unas ganas tremendas de hablar de cualquier cosa. Esa vez no había sido una excepción y, en esos momentos, se estaba explayando sobre el cultivo adecuado de las hortalizas, un tema que decía dominar a la perfección. Su esposo, en cambio, y gracias al cielo, no era el típico párroco con ganas de dar sermones a diestro y siniestro. Tampoco le gustaba parafrasear de forma constante oraciones de la Biblia —tal como hacía su antecesor en la parroquia del pueblo—. Por suerte para todos tenía opiniones propias y aplicaba el sentido común en todas sus conversaciones y sermones diarios. Sus visitas dominicales a la iglesia eran ahora más por placer que por obligación. Suponía que por esas pequeñas cosas, la duquesa le había cogido cariño y lo invitaba a menudo a pasarse por Stanbury Manor. Que supiera, el anterior solo había pisado la casa dos veces: una al llegar y la otra al marcharse.

Miró a Leonor, sentada a la izquierda de Evelyn Moore, siempre atenta y dispuesta a atender lo que la duquesa requiriera, lo cual quería decir que se había relajado lo suficiente como para disfrutar de la cena. Esa noche estaba muy favorecida con un vestido azul de Prusia con escote cuadrado y detalles florales en dorado, a juego con la banda ancha de la cintura. Quizás estaba pasado de moda, pero a ella le sentaba a la perfección. El recogido —obra suya, por supuesto— se hallaba afianzado con un prendedor que presentaba un intrincado de flores doradas con un centro de perlas que, a buen seguro, era un préstamo de la duquesa.

Todos le habían ofrecido una serie de cumplidos sinceros que ella aceptó con candidez, pero solo los de Jonathan la habían hecho sonrojar.

En cuanto a este último, sentado entre ella y el reverendo, oscilaba de una conversación a otra sin el más mínimo apuro. Su don de palabra y la sonrisa perenne en su rostro eran un arma eficaz para combatir el tedio de los que se encontraban allí. Incluso se permitió explicar alguna divertida anécdota de *Georgette* que logró arrancar más de una carcajada perpleja y alguna que otra más comedida. Su vestimenta resultaba poco menos que perfecta y su corbata lucía un color verde tan claro como sus ojos.

Incluso Jeremy, que a pesar de las circunstancias ofreció una charla interesante —si una le prestara la suficiente atención—, deslumbró con su porte elegante y su traje oscuro; cosa que ella solo había percibido como de pasada.

A estas alturas de la cena se arrepentía de haber cedido. Todo había resultado demasiado fácil para él. Pero ¿qué otra cosa podía hacer? Sus tíos no podían enterarse. No estaba en su carácter mostrarse tan rencorosa, pero Jeremy tenía el poder de hacerle mucho daño sin proponérselo. Por supuesto, todo era culpa de los sentimientos que le profesaba. Si pudiera ya se los habría arrancado del corazón para luego desmenuzarlos y hacer una salsa acompañando el pescado con ellos.

Así de lúgubres y extraños eran sus pensamientos. Pero al parecer estaba destinada a padecer una y otra vez esa dolencia que no tenía fin.

«¿Quién dijo que el amor es la máxima expresión de la felicidad?»

Edith amaba y mucho. No obstante, eso no le acarreaba más que dolor. En ese momento recordaba cuánto la había herido que Jeremy le pidiera perdón por lo del beso. Lo correcto habría sido que se disculpara por las formas, no por el beso en sí. Una tenía su orgullo, pero parecía que siempre terminaba pisoteado.

Las cosas estaban mal. Peor que mal. ¿Cuánto tiempo llevaba enamorada de él? ¿Toda la vida? ¿La mitad? Ya ni lo recordaba, pero sí que podía asegurar que estaba más que harta.

Miró a Jonathan, que le pidió que le alcanzara el pato embutido, y reparó en que, aunque no pudiera tener el final feliz que deseaba, bien podía empezar a disfrutar un poco de la vida. Estar enamorada de Jeremy había sido y era como una condena perpetua, así que ya era hora de alzar la cabeza y dejar de soñar con historias de amor verdadero.

Le sonrió a su compañero de mesa y este le devolvió una sonrisa cálida, sincera. Se preguntó si no debería empezar a fijarse en otros. Lo observó con suma atención.

«Sí, ¿por qué no?»

Tres días después, sentada en el confortable sillón de la habitación en donde su tía Cecile y ella bordaban, trataba, en vano, de explicar por qué tan de repente su compañía era tan requerida.

Había empezado la mañana siguiente a la cena en Stanbury Manor. Mientras almorzaba había recibido una nota por parte de Jonathan Wells en la que le pedía permiso para ir a buscarla antes del mediodía para dar un —palabras textuales— «tonificante y vívido paseo».

Lo cierto era que la misiva le sorprendió, pero teniendo en cuenta sus últimos pensamientos hacia él había decidido que, si suscitaba el suficiente interés, bien tonta sería si no lo aprovechaba. Por eso, tras el correspondiente permiso de su tío Robert, fue a dar un paseo con la compañía de una sirvienta que hacía de carabina. Pasó un agradable rato escoltada por un hombre divertido, perspicaz y algo malicioso. Fue correcto en todo momento y se despidió con la promesa de volver a buscarla.

Su tía estaba emocionada y le preguntó al respecto, pero no pudo decirle cuáles eran sus verdaderas intenciones porque ni ella misma las sabía.

Las sorpresas no acabaron ahí. Esa tarde, en lugar de otro mensaje apareció otro caballero. Ni más ni menos que el duque de Dunham en persona. Si ella quedó boquiabierta cuando pidió permiso para otro paseo, sus tíos no se quedaron atrás. Por supuesto, obtuvo su beneplácito. No obstante, el resultado no fue el mismo, aunque no lo esperaba de otro modo. Por lo menos no habían peleado, lo cual suponía una mejora, pero sí había habido multitud de incómodos silencios y preguntas intrascendentes.

Se preguntó a qué estaban jugando.

No es que no pudiera interesar a los hombres. Era fea, sí, pero poseía abundantes cualidades que suplían su falta de belleza. Lo extraño de todo el asunto era que dos hombres apuestos y exitosos mostraran esas repentinas ganas de disfrutar de su compañía. Por más que pensaba, no se le ocurría nada. Comparándolos a ambos, el duque salía perdiendo.

«¿A quién pretendes engañar?»

Tenía razón. Incluso siendo Jonathan el hombre perfecto escogería a Jeremy con los ojos cerrados. Así de grande y ciega era su propia estupidez. Pero claro, a su tía no podía contarle nada de eso.

Ahora, lo más importante era dilucidar si Jonathan la pretendía o solo eran imaginaciones suyas. No podía hablar de ello con sus tíos y mucho menos con la duquesa, por lo que Leonor tendría que ser su confidente y consejera.

Se cambió el vestido y se dispuso a marchar a Stanbury Manor. Tenía una cita pendiente con Jonathan, pero antes aprovecharía para despejar dudas de la mano de su mejor amiga que, cuando oyó toda su explicación, se quedó un minuto en completo silencio.

—Es... posible —sugirió Leonor. Se sentía mal por tener que ocultarle la verdad.

Ambas estaban sentadas en el saloncito de las visitas mientras la duquesa viuda descansaba.

—Sí, pero ¿lo crees posible?

—Pienso que esa no es la cuestión más importante.

¿Y cuál era, si podía saberse? Se lo preguntó, pero la respuesta no la satisfizo.

No quería detenerse a pensar si sentía por Jonathan

algo lo suficientemente intenso como para tener que aguantarle toda la vida si él le hacía la pregunta crucial.

—Tal vez si dejamos pasar el tiempo...

—Aunque muchos digan lo contrario, a veces, dejar pasar el tiempo, solo sirve para dificultar las cosas más aún. —Sus palabras estaban llenas de sabiduría.

Aun así, Edith necesitaba que le dijeran qué hacer. No sabía si podría seguir cometiendo más errores. ¿Era real y sano seguir aferrada a un amor imposible? Pero lo más importante: ¿podría conformarse con otra cosa?

A esas alturas, su visión de la vida ya no era tan romántica como cuando tenía dieciocho años. También comprendía que, al ser mujer, estaba en desventaja. Podía hacer como muchas mujeres y casarse con alguien aceptable para vivir una existencia sin grandes sobresaltos ahora que se presentaba una oportunidad. También podía escoger seguir creyendo en el amor —uno destinado al fracaso— y seguir como hasta ahora con una vida solitaria y carente de afecto masculino como solterona.

—¿Crees que le gusto? —Edith se refería a Jonathan.

—No puedo responderte a eso. —Leonor se veía incómoda.

—Claro, cómo podrías saberlo. —Lanzó un suspiro lastimero—. Es que le amo tanto...

—¿A Jonathan? —La pregunta salió como estrangulada.

Edith, en cambio, pensó que había hablado de más. Nunca le había confesado a nadie su amor por Jeremy. Se le había escapado, pero se imponía una aclaración.

—No. —Bajó tanto la voz que Leonor tuvo que

acercarse para oírla—. A Jeremy. Es decir —rectificó—, al duque.

Nunca jamás había visto a su amiga con la boca abierta. Si la situación sobre sí misma no fuera tan patética, podría haberse reído de ella.

—¿Tan rápido? —Leonor no pensaba que las triquiñuelas de la duquesa fueran a dar tan buen resultado. Al parecer, la conocía mejor que ella.

—¿Cómo que tan rápido? —Edith se extrañó por el comentario—. Le quiero desde hace muchos años.

La boca de Leonor formó una «O» perfecta. Ni en sus más alocados sueños hubiera pensado que Edith estuviera enamorada del duque. Sus continuas disputas y respuestas avinagradas indicaban todo lo contrario, pero, ahora que lo pensaba, resultaba tan obvio que le extrañaba que nadie, ni siquiera ella, lo hubiera adivinado. Puede que sí la duquesa... pero no. Edith lo había mantenido demasiado bien en secreto. Lo de Margaret había sido pura suerte. Y si eso había sucedido con Edith, tal vez por parte del duque de Dunham... ¡Vaya por Dios! Esto la sobrepasaba. Ojalá no hubieran iniciado algo que les podía explotar en plena cara.

Iba a responder algo, no sabía qué, pero la intervención del duque fue providencial.

—Oh, lo siento. No sabía que estaban aquí. Señorita Bell, señorita Price. —Las saludó con una inclinación de cabeza.

—Estaba esperando al señor Wells. —Edith barbotó la noticia sin saber el motivo.

La respuesta de Jeremy fue una media sonrisa de lado carente de toda alegría.

—Bien por usted. —Había sido más comedido que de costumbre, pero el tono de mofa se quedó flotando en el aire.

El color del rostro de Edith aumentó varios grados y Leonor no sabía hacia dónde mirar.

—Si tiene alguna objeción...

—No, no, no. —Jeremy alzó la mano para detener el torrente de protestas. No se sentía con ánimos para emprender otra batalla. De hecho, estaba más que harto de pelearse con ella y cada día que pasaba le sucedía con más frecuencia. Siempre había sido así y lo había aguantado con exasperado estoicismo, pero ya no. Tampoco deseaba saber las magníficas razones por las cuales Jonathan era mil veces mejor acompañante que él. Al parecer, esa era la historia de su vida. Nada tenía que ver con la edad o la condición social. Por una razón u otra, las mujeres nunca lo elegían. No como compañero final. Y eso dolía. Vaya si dolía—. Siéntase libre de hacer lo que más desee.

Jamás se le ocurriría adivinar lo que de verdad deseaba Edith. Ella, por su parte, cortada su diatriba, se quedó sin saber qué decir. O casi.

—Pues ahora deseo tener mi paseo con el señor Wells —afirmó, orgullosa de que la voz sonara tan firme.

—Podemos tenerlo si quiere. —Las palabras de Jonathan los sobresaltaron—. Pero temo no ser una buena compañía. —Apareció un poco despeinado y con *Georgette* en el hombro. Su rostro estaba pálido y sus pasos eran lentos y vacilantes.

—¡ENFERMO! —El grito del guacamayo parecía explicarlo todo.

Los tres se preocuparon de inmediato. Él se limitó a afirmar que no sabía qué tenía; solo que se encontraba mal. Como era de esperar, Edith afirmó poder esperar para dar el paseo en otra ocasión, pero Jonathan, siempre tan galante y pendiente de todo, encontró la solución: que fuera Jeremy el que la acompañara.

—Es una tremenda pena que se pierda una tarde tan espléndida por mi inesperada e impropia enfermedad —añadió después de estrujarse el estómago.

«Inexistente, querrás decir.» Jeremy lo habría estrangulado allí mismo por planear una treta tan evidente. Lo absurdo de todo era que Edith no se había percatado de ello. Incluso él no advirtió sus verdaderas intenciones hasta que empezó a manifestar su negativa a que ella se perdiera la belleza de la tarde. Pero si todas las tardes eran idénticas, por Dios.

Simplemente, patético.

Al final, para complacerlo, Edith accedió a que Jeremy le sustituyera como acompañante, pero valía la pena decir que fue reacia en todo momento.

«Un premio para mi ego, sin duda», pensó con sarcasmo.

Diez minutos después salían por los jardines en dirección noreste mientras Leonor los contemplaba desde los balcones que daban a él, acompañada de un recién recuperado Jonathan.

—¡ILUSOS! —bramó de nuevo el guacamayo. Siempre parecía saber qué decir.

Leonor, por su parte, al oírlo, esbozó una suave sonrisa.

Jonathan habría añadido «cautivadora». A pesar de su fealdad había algo en ella que le seducía.

—Me temo que mi amigo no está haciendo un buen trabajo como pretendiente —se excusó por él.

—¿Y usted sí?

La atrevida pregunta le produjo un agradable cosquilleo. No iba a pensar en qué lugares exactamente.

—Me temo que tampoco —confesó—. Pero no me malinterprete; si quisiera hacerlo, no habría nadie que me ganara. Y la mujer en cuestión no tendría ninguna duda de mis intenciones... Ni tampoco escapatoria.

Ella rio. Alto, fuerte y con un delicioso deje musical.

Desde que Jonathan estaba en Stanbury Manor habían tenido discretas e inspiradores charlas, se habían lanzado divertidas pullas y mantenido su relación en un nivel puramente platónico. A estas alturas seguía sin saber nada sobre ella y su misterio lo atraía como un imán. Miró de nuevo a la pareja que se alejaba y pensó en qué le depararía el futuro. Lo esperaba con ansia.

Jeremy reconocía que no tenían demasiado de lo que conversar, pero tanto silencio estaba empezando a molestarlo. ¿Qué le costaba a ella hablar de las típicas banalidades de las cuales las mujeres hacían gala de forma constante? Había estado junto a ellas las suficientes veces para saber que, lejos de ser una pésima cualidad, las hacía salir airosas de momentos incómodos plagados de lagunas silenciosas. En cambio, su compañera de paseo parecía ser la única que prefería no decir nada a tener que mantener una charla sin sentido.

Mientras se devanaba los sesos tratando de pensar cuál sería un tema de conversación apropiado, se levantó una ráfaga de aire que levantó el sombrero que la joven llevaba. Por supuesto, no se había atado a la barbilla el lazo melocotón que impediría que se marchara volando.

—Oh. —Solo supo decir Edith.

Y Jeremy hizo lo que se esperaba de todo buen caballero con unos modales impecables: salir tras él.

Después de diez interminables minutos dando tumbos sin sentido y corriendo como un poseso, lo atrapó por fin. Estaba despeinado, sofocado y, aunque no era nada sofisticado admitirlo, lleno de sudor. No le gustó nada encontrársela sentada y relajada en un margen del camino, disfrutando de la sombra de un árbol mientras parecía pasárselo en grande a su costa.

—¿Le parece divertido? —Le entregó el maldito sombrero.

—Un poco, sí. —Por lo menos era honesta—. Pocas veces se puede disfrutar de semejante espectáculo.

Le pareció increíble que se lo pusiera y se lo dejara sin atar, ¡otra vez!

—Me parece estupendo. —Se sentó a su lado. Estaba cansado. Cabalgar le suponía menos esfuerzo—. No olvidaré hacerlo cuando sea usted la que tenga que perseguirlo.

—¿Qué quiere dec...? —No había terminado de preguntar y el aire se lo levantó de nuevo.

—Eso mismo. —Lo señaló con evidente satisfacción. Ni se inmutó cuando ella lo miró de forma especulativa. No pensaba volver a hacerlo.

Ni qué decir que también disfrutó de la persecución, aunque fue más corta que la de él. De lo que sí se percató cuando Edith se acercaba era de la bonita figura que tenía. Su vestido oscuro se ceñía a la cintura y las hebras del pelo revoloteaban en torno a su rostro. Incluso su media sonrisa le confería cierto encanto y atractivo... Cosa carente de toda lógica y que solo admitiría ante un jurado que deliberara por su vida.

Carraspeó tratando de aliviar su incomodidad por el giro de sus pensamientos. Mientras, Edith se sentó lejos de él, a los pies del árbol.

—No ha sido para tanto —confesó. No se puso el sombrero. Lo dejó a su lado y lo afianzó con una piedra—. Espero que verme corretear por ahí le haya complacido.

Jeremy estaba sorprendido. A decir verdad, no esperaba que se lo tomara con humor.

«Quizá sea yo el que carezca de ello.»

—Lo ha hecho, créame. Lo que me recuerda no participar en una carrera contra usted. Ha resultado de lo más... —dudó— ligera.

—¿Teme que le ganara? —se burló ella.

—No lo temo. Sé —matizó— que lo haría.

La satisfacción de Edith por el comentario fue clara y el ambiente se distendió de forma evidente. Relajado como no había estado en mucho tiempo se preguntó por qué, dado que se conocían desde siempre y había sido una asidua visitante a Stanbury Manor, no habían podido establecer una relación cordial. Al fin y al cabo, no era una mala mujer.

También, por primera vez que recordara, se cuestionó si su propia actitud no había influido en acrecentar ese antagonismo.

¿Qué le hubiera costado ser más amable? Tal vez así, ella le hubiera retribuido con un carácter más benévolo.

No bien acabó de pensarlo, se lo dijo así, sin más. Edith se puso seria de repente y pareció que el sol se había escondido tras una nube. En respuesta, la muchacha musitó:

—Puede que el resultado de su gentileza hubiera sido un trato fluido entre ambos, pero lo dudo.

Tanta seguridad lo desconcertó.

—¿Por qué cree eso? —De repente tenía mucho interés en conocer la respuesta, pero ella se encogió de hombros—. Se lo preguntaré de nuevo, pero esta vez me gustaría obtener una respuesta. ¿Qué hice para que sienta tanta antipatía hacia mí? —Empezaba a resultarle obvio que había hecho algo que había propiciado esa actitud.

—Yo podría preguntarle lo mismo. —Era evidente que no quería revelarlo.

—Podría hacerlo, pero ni yo lo sé. —No era del todo sincero. La respuesta estaba muy cerca de la superficie, pero él la pisoteaba sin piedad—. Vamos —la instó—. Por favor.

Supo que la súplica haría efecto tan pronto como la dijo. Se daba cuenta de que era una mujer sensible a la que él no había tratado con demasiada amabilidad.

«¿Cuán ciego puede ser un hombre?»

Sin mirarlo, le relató un capítulo de su vida que seguía doliéndole a día de hoy. Ella contaba ocho años y

Jeremy, dieciséis. Ambos se encontraban disfrutando de una concurrida merienda en los jardines de Stanbury Manor.

Fue entonces cuando el joven duque se burló de su feo rostro y la forma de su boca.

Él estaba conversando con un amigo del colegio y echando miraditas a diversas damas. Edith, por el contrario, se entretenía con diversos juegos infantiles, puesto que la diferencia de edades en aquel tiempo era muy evidente. Andaba corriendo por los jardines con los demás niños cuando tropezó con él. Fue todo muy rápido y aquel traspié no debería haber tenido ninguna importancia, pero estaba marchándose cuando le escuchó decir a su acompañante: «Su boca me recuerda a la de una carpa y sus ojos, a una lechuza.»

Después comenzó a reír.

A los niños, el gesto no les pasó desapercibido y la burla se extendió con rapidez. A partir de ese momento, la fiesta se convirtió en una pesadilla. En lugar de llamarla por su nombre lo hacían como *pez búho*.

—Pero era una chiquillada de un joven inmaduro —protestó él. Ni siquiera lo recordaba. Incluso le parecía demasiado absurdo para que ella le guardara rencor por eso.

—Tal vez —concedió Edith—, pero la mayoría de los niños, testigos de lo que usted llama una broma, eran del pueblo y no lo olvidaron.

No le dijo que la admiración infantil que sentía por él se modificó en ese instante. Ni que solo entonces apareció el rechazo. Ni que, a pesar de ir en contra de su voluntad, comenzó a espetarle comentarios hirientes y ofensivos. Ni tampoco que su antagonismo crecía en la misma medida que no desaparecía su devoción.

Jeremy quedó consternado por el motivo que sentó las bases de su actual relación. Esa mujer era importante para su abuela y él jamás pretendió ofenderla así. Eran cosas de jóvenes inmaduros. Si lo hubiera sabido, esa desatinada enemistad no habría llegado a esos extremos. Ahora entendía muchas cosas: sus sarcasmos, críticas, desprecios...

Como por arte de magia, todo lo malo que había dicho de ella o sentido se evaporó.

Se levantó para sentarse al lado de Edith. Ella se irguió.

—Siento lo que dije hace tantos años. —Jeremy trató de que sus palabras sonaran sinceras, porque en realidad lo eran—. De adulto jamás me hubiera atrevido a ofenderla así. —Olvidó todas las veces que sí lo había pensado llevado por la cólera y la frustración—. Me gustaría que hiciéramos las paces.

Edith meditó sobre ello durante unos segundos.

—No sé —murmuró con indecisión. Después de tanto tiempo protegiendo su corazón con ataques directos, le era muy difícil aceptar que todo había terminado. ¿Cómo lograría arrancárselo del corazón, si no?

«Piensa en Jonathan.»

Sí, era lo que debía hacer, aunque resultó imposible teniendo al objeto de sus deseos frente a ella, mirándola con una intensa súplica en los ojos.

«Por favor, no cometas una locura que después lamentarás para el resto de tu vida», se dijo. Porque Dios era testigo de que estaba pensando en besarlo. Lo deseaba con una intensidad abrumadora.

—Si me permite... —Jeremy actuó con la pretensión de congraciarse con ella. O eso se decía a sí mismo.

La cogió por el mentón con mucha suavidad. Ella trató de apartarse. Ninguno de los dos pensó que cualquiera que paseara por allí los podría encontrar en una situación embarazosa que podría resultar muy perjudicial para ambos.

—Creo que...

—Shhhhhh —la silenció—. No quiero hacerle daño. Solo quiero observar de cerca la estupidez y equivocación que cometí a los dieciséis años.

Jeremy convino que la joven no era bonita. Aun así, pretendía enumerar en voz alta sus rasgos faciales más cautivadores con la intención de hacerle ver que la belleza estaba en los ojos de quien la mirara.

—Sus ojos, lejos de parecer los de una lechuza, sí son algo grandes y un poco hundidos, pero la dotan de una gran comprensión y profundidad. —Se sorprendió al constatar que no mentía. No era para hacerla sentir mejor, sino lo que él percibía—. Su nariz —continuó—, en lugar de ser nada más que afilada y puntiaguda, resalta en su rostro para conferirle vigor y entereza. El cabello, que podría parecer simplemente cobrizo, parece brillar como un fuego en la distancia, haciéndola resaltar entre las demás mujeres. Y su boca... Ah, su boca. —Se acercó tanto que las puntas de las narices casi se tocaron—. Es redonda, grande y con unos suaves y jugosos labios escarlata que piden, piden...

Incluso horas después pensaría qué diabólica fuerza

se había apoderado de él. En ese momento, se dejó llevar por el impulso y la besó.

Se tragó el amago de exclamación que Edith lanzó. Incluso antes de sentir sus labios vio la comprensión en sus ojos. Era inocente, pero no ingenua. Que aceptara el beso de buen grado lo llenó de una satisfacción más poderosa que cualquier elixir.

Sus suaves labios desprendían calor. Jeremy los besó a conciencia. Relamió, chupó y dio algún que otro mordisquito que provocó que ella se apretara más a él. Sonrió. Creía tener el control. Solo cuando la punta de la lengua de ella acarició sin querer sus labios empezó a acelerar el ritmo. Se lanzó al interior de su boca encontrándola a medio camino. Notó un pequeño sobresalto, pero a pesar de advertir que era inexperta en esas lides, su entusiasmo lo suplía con creces. Sin darse cuenta de lo que hacía, sus dedos empezaron a deshacer el lazo del *dolman* que la cubría. Abandonó su boca para lanzar una estela de besos por la mandíbula hasta llegar a su oreja.

El lóbulo le pareció tan tentador que se demoró allí unos instantes. En algún momento de lucidez, se percató del sonido de una respiración acelerada, pero no podría apostar a cuál de los dos pertenecía. Acto seguido descendió por el cuello y se maravilló de lo largo que lo tenía. Deseaba liberar su clavícula para seguir con el festín, pero el cuello del vestido se lo impedía. Cuando empezó a tironear para tratar de acceder a él, Edith empezó a retirarse.

—Espera… —susurró Jeremy mientras la acercaba de nuevo hacia su cuerpo. Mientras tanto, su mano derecha había bajado hacia el pecho. Por una vez, el odioso corsé le estaba frustrando. Quería notar su verdadero tacto, quería...

—Jeremy, no. —Edith trató de liberarse de los brazos masculinos, pero él no le prestó demasiada atención. Le había encantado oírla pronunciar su nombre. Lo consideraba muy íntimo y excitante.

—Un poco más. Deja que yo...

—¡No! —Terminó apartándose de un tirón, con toda la brusquedad de la que fue capaz.

Jeremy abrió los ojos y la vio casi de espaldas en el suelo, muerta de vergüenza. Se despejó de inmediato y el deseo se esfumó. O casi. Se levantó con torpeza y la ayudó a hacer lo mismo. Ella le soltó la mano en cuanto estuvo de pie y se agachó para coger el *dolman* y ponérselo. Ni siquiera lo miró.

—Edith, escucha... —No sabía por dónde empezar. ¿Cómo había ocurrido? ¿Qué se había apoderado de él para actuar de una forma tan carente de sentido? Quería arreglar las cosas con ella y había terminado seduciéndola en medio de un campo.

¡Increíble!

«Bueno, Jeremy, ahora la has dejado a punto para que Jonathan tenga el camino libre.»

Con esa certeza, todas sus entrañas se contrajeron. De todas formas, que ella le diera la espalda le molestaba sobremanera. No le había desagradado, eso estaba seguro. O por lo menos al principio. Si no quería recibir sus atenciones, bien podía habérselo impedido.

—Tenemos que irnos —fue todo lo que dijo ella.

Quizá se había equivocado, pero no iba a tolerar

que lo tratara como si no fuera más que un criado que ya ha cumplido con su deber.

—Ve tú si quieres —espetó, olvidándose de nuevo de los sentimientos de la mujer. Eso hizo que se diera la vuelta. Sus lágrimas aplacaron su genio—. Edith, lo siento —se disculpó. Ella asintió sin decir palabra, pero a Jeremy le pareció que no había acertado con las palabras—. Lo que quiero decir —carraspeó tratando de ser lo más sincero posible— no es que sienta lo que ha pasado, sino que no era la mejor forma de hacerlo ni el lugar más idóneo.

Al parecer había dicho lo justo, pues Edith se recompuso.

—A mí también me ha gustado. —Su inocente confesión lo desarmó por completo—. Pero continuar no hubiera sido lo más juicioso.

Ella tenía toda la razón del mundo, pero una parte de su cerebro y una muy concreta de su anatomía no opinaban igual.

—Estás en lo cierto. Esto ha sido... —buscó las palabras justas— un desliz. No es que vayamos a casarnos.

Se hubiera dado de bofetadas. La expresión de Edith se crispó ante sus ojos. Vaya, parecía que con ella nunca acertaba. ¿Qué pensaba al decir eso? Uno no besaba a las mujeres y después les decía «pero no creas que eso nos obliga a casarnos». Le hacía parecer un aprovechado. Y quizás eso mismo era.

El único problema era que besándola se había sentido como en casa; como si estuviera haciendo lo correcto.

«Sí, lo correcto para lanzarla a los brazos de Jonathan.»

—Por supuesto —dijo ella al fin, haciendo gala de una notable dignidad—. Ya lo había comprendido. —Sonrió, pero a él le pareció un gesto vacío y forzado—. ¿Nos vamos? Ya hace demasiado tiempo que nos hemos ido. Estarán preocupados.

—¿No me guardarás rencor por esto? —se lo preguntó para estar seguro.

—Por supuesto que no. Como tú bien has dicho, no ha sido nada más que un desliz.

En lugar de sentirse aliviado, tal y como suponía, se sintió desalentado. Y mientras regresaban a casa, una insidiosa pregunta volvía una y otra vez. ¿Qué pasaría si Jonathan descubriera que había besado a su futura esposa y que podría haber ido más lejos? Pero la peor pregunta de todas era: ¿Y si descubriera lo mucho que le había gustado?

6

Horas después, en el despacho de su casa, seguía rumiándolo sin cesar. Aun así, tenía cosas más apremiantes en las que pensar, como el trabajo que se acumulaba y la pospuesta charla con el administrador de la finca, pero al parecer, Edith, de una forma u otra, se había vuelto el centro de su universo.

—Toc, toc. —Su amigo estaba apoyado en el marco de la puerta con aire despreocupado. Ni tan siquiera lo había oído abrirla—. ¿Piensas estar mucho tiempo más aquí encerrado?

—Apenas he empezado. Necesito ponerme al día. —Estampó el sello de la familia en un papel y lo apartó para concentrarse en Jonathan—. ¿Me necesitabas para algo?

—Hombre, necesitarte, necesitarte, no, pero es tarde y la hora de cenar está a punto de llegar y he creído conveniente sacarte de entre este montón de aburridos papeles. —Se sentó cómodamente en una silla. Si no lo hago yo, nadie lo hará.

Jonathan le sugirió, no por primera vez, que contratara a un secretario parecido al señor Pickens, que llevaba a su servicio muchos años ya, pero Jeremy no estaba convencido de tener a alguien que controlara cada paso que daba en cuanto a sus asuntos financieros y que le dijera qué tenía que hacer en cada momento.

—Pues entonces no te quejes. Yo, por el contrario, incluso cuando salgo de viaje, lo tengo todo bajo control. —A pesar de su alegría y aparente despreocupación era un hombre bastante disciplinado—. Supongo también que cuando encuentre a la mujer indicada deberé hacer una reestructuración.

Sí, Jeremy no acababa de imaginar que una esposa estuviera muy conforme con estar siempre de viaje y que, en las ocasiones en que lo hicieran, tuvieran que llevar al señor Pickens y a *Georgette* como un equipaje habitual más.

—¿Y Edith es la mujer indicada para ello? —formuló la pregunta porque tenía que hacerlo. Que la respuesta le complaciera ya era otro cantar.

Jonathan lo meditó unos segundos.

—No estoy seguro de ello. Apenas nos conocemos.

—Pero pretendes hacerla tu esposa.

—Sí, ¿y? La vida me ha enseñado que las oportunidades se cogen al vuelo. No puedo permitirme esperar a que el amor de mi vida decida aceptarme o aparezca de repente. ¿Quién sabe? Quizá ya tuviera más de cincuenta años cuando eso ocurriera.

—¿Lo dices por Isobel? Porque si es así, le estás haciendo un flaco favor a Edith casándote con ella y amando a otra. —Jeremy lo observaba pasearse por la vida como si no tuviera ninguna preocupación en el mundo. Nada más lejos de la realidad.

—Isobel es un tema espinoso y lo sabes. La he querido desde que la conocí. Más de diez años codiciando su amor y me duele que no acepte...

—Ejem... —El carraspeo sobresaltó a ambos por igual. Leonor los miraba desde la entrada del despacho—. Lo siento, no quería ser grosera y escuchar la conversación, pero la puerta estaba algo abierta y...

—No se preocupe, señorita Price. —Tanto él como Jonathan se levantaron—. No es culpa suya. —A Jeremy le sorprendió lo rígida y formal que parecía. Además, se dirigía solo a él, como si Jonathan no estuviera en la misma habitación—. ¿Qué deseaba?

—Solo venía a informarles de que la cena está a punto de servirse y que la duquesa les conmina a acudir.

Hizo una formal reverencia y se marchó.

—Extraña conducta. —Jeremy se masajeó el mentón.

—¿Por qué extraña? Yo la he visto como siempre —murmuró Jonathan mientras se alisaba la chaqueta del traje.

—¿No te ha parecido...? —No podía definirlo con exactitud, era como si hubiera estado ausente o... ¡bah! Quizás eran bobadas de las suyas—. Deben ser imaginaciones.

—Lo más seguro. De todas formas espero haber convencido a tu instinto de protección respecto a Edith. Creo que será buena esposa.

¡Maldición! Él también comenzaba a creerlo.

—Si estás seguro...

—¿Tú no? —Le lanzó una sospechosa mirada cargada de significado.

Jeremy se puso alerta y se mostró cauto con qué decir a continuación. No quería dar a entender otra cosa que una ligera pero comprensible incertidumbre.

—No la conozco tanto como para ello. Tal vez si supiera lo que buscas en una esposa, podría hacer una valoración más exacta. —Resultaba aterrador considerar la posibilidad de hacerlo fracasar en su intento de que Edith lo aceptara mintiéndole sobre su carácter. ¿Qué le sucedía?

—La verdad, no me importa su aspecto físico. En cuanto a temperamento y forma de proceder todo me vale mientras no me mientan y sean fieles.

—Eres poco exigente. No entiendo cómo no estás ya casado y con una prole de hijos a tu alrededor.

Era una lástima que no pudiera descalificarla en cuanto a la falsedad y fidelidad. Sin tener pruebas fehacientes de ello intuía que Edith sería fiel hasta su último aliento. En cuanto a la mentira, él era el vivo ejemplo de lo poco que le costaba ser franca. Vaya, que era el prototipo de lo que Jonathan buscaba.

«Como podrían serlo la mayoría de mujeres de Inglaterra, so bobo.»

—Así soy yo, un hombre poco o nada complicado. En cambio tú debes de tener un estereotipo que se adapte a tus expectativas. ¿Qué me dices de ello?

Jeremy no lo tenía. Al principio, cuando era más joven sí, por supuesto, pero cuando los años empezaron a sucederse al mismo tiempo que las mujeres entraban y salían de su vida, se replanteó las cosas. Solo quería una especial. La destinada para complementarlo y que le hiciera estar orgulloso de llamarla esposa. No importaba su color de pelo, ni si no dominaba el piano ni el arte de conversar en público. Hasta hacía no demasiado, las prefería hermosas. Con Camile hizo una excepción porque en su fuero interno sabía que no se casaría con él, que seguía amando a Garrett Bishop, pero las demás habían sido bonitas. Solo ahora se daba cuenta de que ni eso le servía. Podía acabar amando a una mujer con el rostro feo sin ninguna vacilación.

«Sé completamente sincero, Jeremy. Solo te viene una imagen a la cabeza y mucho me temo que te estás dando cuenta demasiado tarde.»

Se salvó de responder cuando un lacayo les interrumpió. La duquesa se estaba impacientando por su tardanza y les exigía su presencia de inmediato. Así que, aunque Jeremy no se había cambiado de ropa, se dirigieron al comedor a cenar.

La velada entre los cuatro fue bien. Desde la visita del párroco, su abuela había incluido a Leonor en las comidas cuando antes no lo hacía.

—Es para equilibrar las cosas —se excusó—. Me temo que os aburriréis si solo contáis conmigo.

A él no le molestaba. Además, su dama de compañía hablaba lo justo y solo cuando tenía algo interesante que aportar. Esa noche no parecía querer hacer siquiera un esfuerzo por participar. Se mostraba educada pero distante, algo bastante extraño. No era asunto suyo, pero más tarde se lo preguntaría a su abuela.

En cambio, Jonathan se mostró más alegre y locuaz

de lo que era habitual en él. Incluso pensó que parecía que estuviera sobreactuando. Entretuvo a su abuela con historias impropias de la mesa, pero como ella no lo detuvo, él tampoco lo hizo. No tenía cabeza para sermones.

Ya estaban terminando los postres cuando Margaret, alias *la Instigadora*, soltó la bomba.

—Mañana he invitado a cenar a Edith junto con sus tíos.

Una pesada piedra se instaló en su estómago.

«Esto va muy rápido —pensó—. Incluso para Jonathan.»

Había distinguido con claridad la sorpresa en su rostro. Cierto que se recompuso con rapidez, pero le hizo pensar que detener el avance de las maquinaciones de su abuela sería bien recibido.

—Un poco precipitado, ¿no crees?

—En absoluto. —Desechó el comentario con la mano—. Quiero que empiecen a considerar la idea de casar a su sobrina.

—Y esperarás que también haga mi papel —tanteó. Con ella nunca se sabía, pero si asentía se negaría en redondo.

No, querido Jeremy, limítate a hacer de anfitrión. Uno muy amable y atento, por supuesto —añadió.

—Siempre lo soy —refunfuñó.

—Nadie lo pone en duda —intervino Jonathan—, pero estoy de acuerdo con tu abuela. Las cosas marchan bien y es necesario dar el siguiente paso.

«¿Que las cosas marchan bien? ¿Qué se había perdido?»

Cuando lo preguntó, Jonathan le aseguró que Edith se mostraba muy receptiva a sus galanteos.

—Aunque también hay que agradecer tu aportación, desde luego. Sin tu colaboración no habría garantía de éxito —aseguró sin pizca de remordimientos.

—Ya sabes lo que dicen: nada vale la pena si no lo consigues con el sudor de tu frente —apuntó socarrón. A ver si se daba por aludido.

—¿Y eso quién lo dice? —preguntó. El muy imbécil se limitaba a sonreír.

—Yo.

—Ah, comprendo. —Se levantó de la silla—. Lamento tener que cortar aquí nuestro interesantísimo duelo de ingenio, pero estoy muy cansado...

—De no hacer nada —acotó Jeremy, inmisericorde. Se había reclinado en la silla con los brazos cruzados. Una posición nada elegante.

—Pues eso —confirmó para nada afectado por el exabrupto de Jeremy—. Además, *Georgette* reclama mi compañía. Ya saben, la tengo abandonada.

—Pues cásate con el animalucho dichoso y estate siempre pendiente.

—¡Jeremy, no seas grosero! —lo reprendió la duquesa.

—No importa —lo disculpó sonriente—. Demasiados papeles y números para su pobre cabeza. —Se dirigió a Leonor—: Con gusto la acompañaré si desea retirarse.

Ella fue amable, pero firme en su negativa. Una vez más, Jeremy tuvo la sensación de que Leonor estaba extraña, sobre todo cuando, a los pocos minutos de marcharse Jonathan, esta, después de asegurarse que su abuela no necesitaba de su ayuda, pidió permiso para retirarse.

Se lo comentó a ella. La respuesta fue bastante sorprendente.

—Imaginaciones tuyas. Leonor está como siempre. —No le iba a confesar que compartía su misma opinión y que además sospechaba del motivo. Había estado tan concentrada en su nieto y Edith que no lo había visto venir—. Y aprovechando que estamos solos me gustaría saber por qué te has comportado así con Jonathan.

—¿Así cómo?   Jeremy no pensaba contarle nada. Se mostraría tan evasivo como pudiera.

—No te hagas el tonto conmigo que no te funcionará.

—Nada de lo que debas preocuparte, abuela. Y en cuanto a lo de mañana... —tanteó.

—No empieces. No tengo ganas de discutir contigo.

—Solo quería saber a santo de qué les dirás que es la cena. —Ella lo miró con gesto de incomprensión—. El motivo —especificó.

—Bah, me inventaré cualquier cosa sobre la marcha.

—Eso, encima improvisación.

—Jeremy, he estado pensando... ¿Crees que se la llevará? —preguntó la duquesa.

—¿Quién se llevará a quién?

—Jonathan, a Edith, cuando se casen —matizó—. Me pregunto si se trasladarán a Londres. O a cualquier otro lugar alejado. Sería una pena dejar de verla tan a menudo. Si se quedara sería una ventaja para todos.

—¿Ah, sí? —Después de todo había conseguido que la cena se le atragantara.

—Por supuesto —afirmó rotunda—. Tú tendrías a tu amigo viviendo cerca de aquí y yo me seguiría complaciendo con las regulares visitas de Edith. Todos ganamos. Incluso podríamos considerarnos como de la familia. —Se la veía tan ilusionada con esa absurdidad que no tuvo valor para negarlo. Estiró la boca en un intento de sonreír—. Todavía le tienes ojeriza, ¿verdad?

—¿A Jonathan? —preguntó confundido.

—No, a Edith. Sé que estás haciendo un tremendo esfuerzo por ser amable. Incluso te hemos pedido que finjas cortejarla. ¡Y no la soportas! —Hizo un gesto de disculpa—. Quizá no te lo he agradecido como correspondía. Creo que, dado tu historial con las mujeres, estás haciendo un gran favor a Jonathan. Esto te debe de estar resultando un verdadero suplicio.

«Sí, abuela, uno muy grande; pero no como tú crees.»

—No quiero hablar de ello —murmuró por lo bajo.

—No te preocupes —continuó esta—. Si te consuela saberlo, te prometo que en menos de un mes tendremos a Edith comprometida.

Edith estaba nerviosa. Con el espejo de mano observó atenta cada pulgada de su rostro, esperanzada por no encontrar ninguna imperfección en la piel. Con su mejor traje a cuestas, la cena en Stanbury Manor no era el acontecimiento más esperado para ella. Se quedó estupefacta cuando, el día anterior, al llegar a casa, sus tíos le notificaron, llenos de emoción, la invitación que les acababa de llegar.

—¿Es el duque? —le había preguntado tía Cecile.

La respuesta había supuesto un dilema. Ella estaba segura que por parte de Jeremy no había sentimientos válidos, al menos en lo que a matrimonio se refería. Era evidente que no podía ignorar el beso así como así. Bueno, ni podía ni quería. Ese momento había sido la culminación de todos sus sueños infantiles, juveniles y de su vida como adulta; lo cual era bastante patético y deprimente. Su propia inseguridad respecto a su belleza física le hacía cuestionarse el porqué de ese beso.

¡Pero si no la soportaba!

En esos días había visto cómo, a pesar de sus diferencias, si lo intentaban de verdad tenían mucho sobre lo que hablar sin sarcasmos y palabras hirientes de por medio. Al menos ella había conseguido dominar esa ferviente furia hacia él, fruto de su no correspondido sentimiento, por supuesto. Él, en cambio, cada vez que abría esa enorme bocaza hacía el pozo más hondo. ¿Que no quería casarse con ella? Pues de acuerdo. Estupendo; podía digerirlo.

«Mentirosa.» Su voz interior habló, pero ella la ignoró como hacía siempre que le replicaba alguna cosa de la que no deseaba percatarse.

Aun así, la compañía que Jeremy le dispensaba se parecía mucho a lo que ella entendía por definición de cortejo. Hacía lo mismo que Jonathan, aunque con las manos más largas que el otro.

De todas formas, no podía creer haberle confesado que también le había gustado. ¿Qué clase de persona pensaría que era? Quizás imaginara que, dadas las circunstancias, podía seguir haciéndolo. Eso le hacía replantearse las cosas. Tal vez un tiempo de visita en casa de sus otros parientes, en Leicester, fuera una conveniente idea.

—¿Estás lista?

El golpe de la puerta junto con la voz de su tía le hizo darse cuenta de que si no se apresuraba llegarían tarde.

Abajo, en el vestíbulo de la casa, sus tíos se paseaban impacientes y a todas luces nerviosos.

—¡Ahí estás! —exclamó tío Robert al verla descender la escalera—. Muy guapa, por cierto —asintió aprobador.

Edith le hubiera llenado de besos por tan halagadoras palabras. Su amor por ella le hacía obviar su evidente falta de atractivo, pero Edith no se engañaba. Eso sí, esa noche lucía un precioso vestido que estrenaba ese mismo día. El tono gris perla la favorecía muchísimo. El escote en forma de uve, que terminaba adornado con un lazo en color vino, resaltaba su pecho sin exagerar. La falda tenía dos capas que dejaba ver los fruncidos y los pliegues, muy acorde con el tipo de recogido que lucía. La verdad era que pocas veces se había sentido tan bonita, pero de ahí a llamarla guapa...

—Sí. —Su esposa estuvo de acuerdo—. Quien te escoja no podrá ser más afortunado.

Vaya, no se esperaba ese alarde de alabanzas. Sus emociones estaban a flor de piel y no quería ponerse más sentimental todavía, pero cuando los tuvo a su alcance los cogió de las manos y se las besó para intentar transmitirles lo mucho que agradecía sus palabras.

Durante el corto trayecto en carruaje, su tía lanzó un esperanzado suspiro y añadió:

—Ojalá fuera el duque quien te pretendiera. —Su tío y ella prestaron oídos sordos al inesperado comentario, pero ella siguió con su monólogo—. No es que quiera despreciar al señor Wells, seguro que tiene su propia fortuna, pero imagino qué orgullosa se habría sentido tu madre si llegaras a ser duquesa.

—Debemos ser realistas, querida —intervino su marido—. ¿Un duque pretendiendo a nuestra Edith? Lo lógico sería que buscara entre los de su misma clase social.

Edith pensó en ello y asintió. Era algo que siempre había sabido. No solo se trataba de la falta de sentimientos de Jeremy hacia ella, sino de la enorme distancia que había en cuanto a clase social. Lo cierto era que todo apuntaba a que fuera Jonathan quien se mostrara como candidato. No obstante, no podía culpar a su tía por soñar. Suponía que los acontecimientos actuales la sobrepasaban.

«Como a todos», pensó con sarcasmo. Ella era la primera en admitir que la situación era de lo más inusual.

El mayordomo y tres lacayos estaban esperando para recibirlos y eso la hizo sentir importante. En los años en los que se habían limitado a abrirle la puerta y anunciarla de forma estoica, no había comprendido que era una forma de familiaridad. Esta vez, el tono y rigidez de los sirvientes daba a entender una cosa muy distinta. Los trataban como si fueran unos valiosos invitados, por lo que se sintió impresionada.

Fueron acompañados a la parte más oriental de la mansión. La estancia a la cual les invitó a entrar estaba decorada en terciopelo rojo y oro. Edith nunca había contemplado nada tan espectacular y por un momento loco se imaginó siendo la dueña de eso. En uno de los sillones con respaldo alto, la duquesa los aguardaba. A su lado, una Leonor muy elegante los miró con atención. El mayordomo desapareció de forma silenciosa tan pronto como les anunció.

—¡Bienvenidos! —Margaret se levantó para recibirlos y mostró una gran sonrisa.

—Su Gracia. —Sus tíos le hicieron una reverencia que ella secundó con torpeza. No es que no supiera, pero como nunca la hacía, el gesto la había tomado por sorpresa.

—Oh, ya basta de tantas formalidades. —Desechó con una mano y los invitó a sentarse enfrente. Todos, incluida Leonor, lo hicieron. Las presentaciones no fueron necesarias porque todos se conocían—. No les importará si mi dama de compañía se une a la cena, ¿verdad?

Sus tíos negaron con rotundidad. A decir verdad, la situación ya era extraña de por sí. Que la duquesa deseara invitar a Leonor no les afectaba en lo más mínimo.

—Estamos encantados de estar aquí —se atrevió a comentar tía Cecile.

—Me alegro. He de decir que he hecho un esfuerzo especial para que todo saliera bien. —El críptico comentario añadió más dudas a las que ya tenían—. Y tú, Edith, querida, esta noche estás especialmente encantadora.

Edith solo sonrió y la conversación empezó a fluir, pero era evidente que la curiosidad de sus tíos era muy fuerte, aunque no se atrevieran a preguntar de forma directa cuál era el motivo de la cena.

Al poco tiempo llegó Jonathan. Su sonrisa afable y sus modales desenvueltos distendieron el ambiente. Solo Leonor daba muestras de ser inmune a su arrolladora personalidad, mientras que su tío se lo pasó en grande hablando del guacamayo que todavía no conocía.

Cuando Jeremy hizo su aparición, Edith no pudo evitar contener el aliento ante tan maravillosa visión. De rigurosa etiqueta y con un aspecto muy formal, su presencia les impuso nada más traspasar las puertas.

—Perdonen el retraso —se disculpó—. Al parecer he confundido el lugar donde debíamos encontrarnos.

La duquesa disimuló su regocijo ante la sorpresa de su nieto. Si de entrada le hubiera comunicado en dónde estarían, se hubiera opuesto con rotundidad. Esa sala era el lugar en el que la familia recibía a los más importantes cargos de la nación, a los nobles más ilustres y las damas más distinguidas. Ninguno de los invitados podía saber eso, por lo que no se sintieron cohibidos, pero Jeremy la miró tratando de adivinar qué se proponía.

«Cuando te quieras dar cuenta, ya estarás metido hasta el fondo», pensó con socarronería la mujer.

Tenía que mostrarse hábil y astuta para que ninguno de los presentes, con las excepciones de Leonor y Jonathan, pudieran llegar a entrever los entresijos de su ambicioso plan. Edith no tenía título ni una fortuna descomunal, pero era, y siempre lo había sabido, la mejor y única opción para Jeremy.

Cuando se tenía todo lo que uno podía ambicionar, posición, poder y fortuna, solo se podía aspirar a la perfección. Y ¿qué era más importante que desear que tus seres más queridos fueran felices? Había perdido a su esposo a muy temprana edad; lo justo para darle a sus maravillosos hijos, el primero del cual había fallecido. Rose, la primogénita de su hija Judith, también falleció, al igual que el marido de esta, por lo que a esas alturas poco podía hacer ya por los que le quedaban vivos más que darles la oportunidad de vivir una gran historia de amor. Su otra nieta, Odethe, ya lo hacía gracias a ella. Solo quedaban Jeremy y su bisnieta Phillipa, la hija de Rose, pero esta era muy niña todavía. Así que todos sus esfuerzos se centraban en Jeremy.

Le gustó la forma en que trataba de no mirar a Edith. Un mes antes, su nieto creía no soportarla, pero ella imaginaba la verdad desde hacía años. Ahora, el esfuerzo que hacía por aparentar indiferencia le daba a entender que sus sentimientos no eran los de antaño. Incluso miraba mal a su amigo del alma cuando él le ofrecía un cumplido. Parecía un niño que ve cómo le quitan el dulce ansiado delante de sus narices.

«A ver si espabilas», pensó. Esperaba que su nieto tuviera el coraje suficiente para luchar por ella.

Edith, por su parte, conseguía fingir que allí no pasaba nada de extraordinario, pero ella la conocía mucho mejor que eso. Eran muchos años de escucharla y leer entre líneas. Esperaba que cuando este ardid se descubriera pudiera entender sus motivos y perdonarla.

El mayordomo entró para avisarles de que la cena

estaba a punto de ser servida, por lo que todos se trasladaron a uno de los comedores cercanos.

Para sorpresa de Jeremy, se encontró muy a gusto entre los comensales. Los tíos de Edith eran gente refinada pero sencilla de tratar. Hablaron de múltiples temas en los que tanto esta como Leonor participaron. Tenía muchas cosas en común con Robert Bristol y le complació que su abuela disfrutara de la presencia de su esposa con tanto entusiasmo. Durante un buen rato olvidó cuál era el motivo de la cena, pero no dejó de apreciar a su compañera, justo a su lado derecho, en medio de Jonathan y él. Era la vez que más la había oído hablar. Expresó toda clase de opiniones sobre esto y aquello y no pareció tenerle en cuenta su último comentario. Podía ser que fuera un fingimiento perfecto, pero quería creer que se encontraba a gusto en su casa y a su lado. No obstante, no pudo evitar notar que con Jonathan se mostraba menos comedida que con él.

«Mala señal», gruñó para sí.

Había estado pensando sobre los sentimientos que ella le inspiraba, pero siempre parecía que no llegaba a ninguna parte. Su propia indecisión le resultaba muy molesta y no sabía si sería capaz de vencer sus miedos, porque, al fin y al cabo, eso eran: miedos. Sobre qué sentiría Edith por él, si sería la adecuada, si lo que sentía era fruto de la situación con Jonathan o algo más real... Pero, sobre todo, le aterraba estar enamorándose y que ella hiciera como todas: alejarse en pos de otro caballero al que amara más. Deseaba la felicidad de su amigo, pero no sabía si a costa de la suya.

La cena terminó en una agradable armonía que la duquesa quiso conservar.

—Somos demasiado pocos para que damas y caballeros nos separemos —anunció. Propuso pasar a la sala vecina en donde disfrutarían de un agradable licor en mutua compañía.

—¿Estás disfrutando? —le preguntó a su abuela en uno de los instantes en las que se quedó sola.

—Mucho. Son gente muy agradable, ¿no crees? —susurró sin esperar su respuesta—. Pero lo mejor de todo es que he sabido que Jonathan les parece estupendo como marido para Edith.

—¿Qué les has dicho? —farfulló en un susurro colérico. Ya podía ir olvidándose del bienestar y la tranquilidad.

—Yo, nada —se defendió—, pero cuando Jonathan ha solicitado su permiso para pasear con ella por el jardín...

«¿Qué, cómo, cuándo?» Su perplejidad y azoro aumentaron.

—¿Qué quieres decir? ¿Ahora?

—¿Cuándo va a ser, si no? —La duquesa señaló a la pareja que procedía a salir por una de las puertas que daba al jardín—. Y si no voy mal encaminada... —Se aproximó más a él en gesto cómplice—. Creo que le pedirá su mano en matrimonio.

Jeremy miró acongojado en todas direcciones. Los tíos de Edith observaban con aire de quienes esperan un anuncio formal. Y esas palabras... Matrimonio.

Tenía que hacer algo, y ya.

7

«¿Me lo pedirá?»

Esa era la pregunta que Edith se repetía una y otra vez mientras caminaba del brazo de Jonathan.

La situación se le escapaba de las manos y era una sensación que no le gustaba nada. Todavía no había tomado una decisión en firme, pero las cosas se precipitaban de tal modo que no le dejaban más alternativa que actuar.

La luna estaba excepcionalmente hermosa esa noche, cosa que Jonathan hizo notar. Cuando se desvió hacia los setos, que ocultaban parte de la vista, no tuvo dudas sobre sus intenciones.

—Creo que este es un buen lugar —afirmó. Encontraron un pequeño banco de piedra—. ¿Le apetece sentarse?

Qué remedio le quedaba.

—Por supuesto —dijo, sin embargo, de lo más comedida.

—Es usted una mujer muy interesante, Edith —empezó él.

«Curiosa forma de expresarlo, sobre todo teniendo en cuenta que deseas que sea tu esposa.» Solo sonrió, instándole a seguir.

—Cuando llegué a Stanbury Manor a pasar unos días —continuó él, obviando el hecho de que esos días se habían convertido en semanas—, no pensé ni por un momento en que mi estancia resultaría tan entretenida, reveladora y de vital importancia.

«¿Lo dice por mí? Porque por un instante me ha parecido que hablaba de algo diferente de lo que nos ocupa.»

—Sé que es todo muy precipitado. —El monólogo de Jonathan seguía y ella estaba a un tris de dispersarse—, pero considero oportuno decirle que me tiene hechizado.

«Ya está, lo ha vuelto a hacer.» Cuando Jonathan no pudo mirarla a los ojos de la forma en que la tenía acostumbrada, se le ocurrió que parecía aparentar ser sincero en lugar de serlo.

—¿De verdad? —fue todo lo que pudo contestar. Quizá su evidente falta de entusiasmo desconcertara a su interlocutor.

—Sí. Quizás... esto... he pensado que usted y yo, esto... —tartamudeó de nuevo. A pesar del desparpajo con el que se expresaba a diario, estaba sorprendida por la evidente falta de locuacidad que mostraba en esos momentos. Parecía estar esperando que algo o alguien saliera de la semioscuridad—. Deberíamos casarnos —anunció por fin.

—¿Casarnos? —boqueó. Aunque ya se imaginaba lo que tenía que proponerle, su mente se quedó en blanco ante la pregunta.

—¿Estás bien? —Su acompañante, siempre tan receptivo a sus necesidades y considerado con ellas, la miró con atención. Parecía como si buscara en su rostro una señal o una confirmación que Edith no lograba entender.

Parpadeó bastantes veces con la intención de despejarse. De lo único que tenía que preocuparse ahora era de que por fin alguien le había hecho «la pregunta». Debería estar exultante; sin embargo, lo único que pudo pensar fue que no era Jeremy. Si el que formulara la sencilla, pero crucial propuesta, hubiese sido el hombre del que estaba enamorada, las cosas serían muy distintas. Muy a su pesar se imponía la más absoluta de las sinceridades, o al menos la suficiente, ya que no le apetecía revelar su amor por el duque de Dunham. En ese momento supo sin lugar a dudas que prefería pasar una vida en solitario que una acompañada sin el amor que esperaba.

—Jonathan, me temo que...

—¡No! No respondas todavía —la instó—. Sé que es un paso difícil. No obstante, creo que si queremos saber si puede haber algo más profundo entre nosotros, lo más acertado sería, hummm... besarnos.

Esto último casi ni lo oyó de lo mucho que bajó la voz.

—¿Besarnos? —repitió Edith. Su tono no fue nada comedido. Esa situación era cada vez más absurda.

—Shhhhhhhh —la instó a bajar la voz. Parecía alarmado.

—¿Crees que es juicioso? —También había reducido el tono de su voz a apenas un susurro.

—No lo sabremos si no lo probamos —adujo Jonathan. Su cabeza se acercó de forma peligrosa a la suya y sus labios empezaron a descender.

«Sé valiente, Edith. Nada pierdes con probar.» La joven se dio ánimos como si en lugar de ser besada por un atractivo caballero estuviera a punto de ser enviada a una ejecución.

Al final, no pudo. Fue toda una sorpresa que su acompañante fuera el primero de los dos en expresar esa misma opinión.

—No puedo. —Se apartó con una agitación evidente, muy similar a la suya.

—Eso es lo que quería decirte. No funcionaría. —La sinceridad con la que lo dijo hizo sonreír a Jonathan—. No te amo.

«Como si eso resolviera algo», se reprochó a sí misma.

—Bueno, si este es el punto definitorio, yo tampoco...

—¡Jonathan, Jonathan! —La inconfundible voz de Jeremy impidió que terminara de expresarse. Los dos se levantaron de golpe, como si hubiesen sido sorprendidos en una falta.

Eso mismo fue lo que vio el intruso. Y no le gustó. Para nada.

—¡Aquí estoy! —Su amigo ya se había recompuesto—. En carne y hueso.

—La duquesa necesita hablarte con suma urgencia. —Utilizó un tono pomposo que Jonathan reconoció.

—¿Ah, sí? ¿Y qué quiere? Estoy en medio de un asunto de vital importancia.

—¿Y cómo voy a saberlo? Además, sea lo que sea

que estuvieras hablando puedes postergarlo para más tarde. —Se giró hacia Edith, a la que había ignorado de forma deliberada—. En cuanto a usted, señorita Bell —su tono despreciativo se puso de manifiesto. Ni tan siquiera recordó la angustia que sintió solo de pensar que ella aceptara la propuesta de su amigo—, también ha sido requerida su presencia. —Hizo una pausa—. De forma más inmediata aún.

—Pero si no hace ni diez minutos que hemos salido —protestó algo confusa y culpable.

—Yo de usted me apresuraría a ver qué desea la duquesa —propuso Jonathan con amabilidad.

Edith asintió y pasó al lado de los dos hombres. Cuando traspasó el seto empezó a andar hacia la casa. Todavía se sentía bastante confusa sobre lo que acababa de ocurrir. La verdad era que, en las últimas semanas, las situaciones ilógicas se habían sucedido una tras otra, pero lo que más la desconcertaba era Jeremy. Por eso, en contra de lo que dictaban las normas y siguiendo su instinto, giró sobre sus pasos para pedir explicaciones. Ya estaba harta de tantos misterios y preguntas sin responder. No obstante, cuando llegó de nuevo a la altura del seto, las voces de los dos hombres provocaron que no revelara su presencia todavía.

—¿Qué pretendías? —El reproche de Jeremy dejó a Jonathan la mar de satisfecho. Cruzó los brazos.

—Tú ya lo sabes. Es más, al principio estabas de acuerdo con ello. Tu misión era que la cortejaras para lograr que fuera más receptiva a mi compañía. Cosa que has hecho muy bien, por cierto —repuso con socarronería.

—Pero he oído el silencio. —Jeremy se negaba a ceder—. La estabas besando.

El tono de censura de sus palabras era lo que Jonathan esperaba. En algún momento del plan había temido que la duquesa no estuviera en lo cierto y que él hubiera acabado casado con Edith. No es que le pareciera mal como esposa, pero como ella tan acertadamente había señalado, no había amor entre ellos. Era un alivio entrever los celos de su amigo. Para su más completo asombro, el duque de Dunham parecía enamorado de Edith Bell, la mujer que unas semanas antes afirmaba no soportar.

—Eso no debe importarte, querido amigo. —Quería hacerlo sufrir un poco—. A partir de ahora, lo que pase entre Edith y yo no es de tu incumbencia. De todas formas, me sorprende tu súbita aparición. Contaba con la bendición de sus tíos y tu abuela. ¿Por qué te has presentado así, de repente? Es de muy mala educación hacer eso.

—Esperaba evitar que cometieras una estupidez. —Se le veía sofocado y furioso.

Jeremy no pensaba con demasiada claridad y las palabras de Jonathan no ayudaban. Había tratado de esperar en el salón a que regresaran, pero entonces imaginó a la pareja volviendo a entrar, felices, para anunciar que estaban prometidos. Se había bebido el licor de un trago y con una atropellada disculpa había salido con rapidez también al jardín. Ni quería ni podía pensar en el rostro de su abuela y los tíos de Edith al verlo salir detrás de la pareja, pero tenía que evitar que ella diera el sí.

No contaba con que Jonathan la besara. Cuando habían bajado la voz y dejó de percibir sonido alguno detrás del seto, se había apresurado a rodearlo. ¿Qué hacer ahora? Si es que él había hecho lo mismo, pero con la ventaja de que Jonathan no lo sabía. Además, ¿cómo podía reprochárselo sin acabar confesando algo que ni él mismo entendía? También había descubierto que pensar en ver a Jonathan casado con ella le producía dolor físico. No sabía qué hacer.

—Creo que se impone un agradecimiento. —Jonathan siguió con la farsa sin saber que Edith lo estaba escuchando todo—. Sin tu habilidad para no conservar a las mujeres, no lo habría tenido seguro. Has fingido de forma excelente tu atracción por ella. Tendrías que explicarme cómo lo haces.

—Yo no... —iba a rebatirlo. Quizá ya era hora de aceptar la verdad.

—Sí. —La súbita afirmación los sorprendió tanto que se echaron para atrás. O quizá fue lo que vieron en el rostro de Edith, recién surgida de la nada—. Explica cómo lo haces. Yo también deseo saberlo.

Ambos sabían que estaban en graves problemas.

—¿Por qué las cosas siempre ocurren de esta forma? —se lamentó Jonathan.

—Edith... —Jeremy no sabía ni cómo arreglarlo, pues estaba más que claro que les había escuchado.

—Para usted, duque de Dunham, soy la señorita Bell. —Su actitud no podía ser más hosca y altiva—. Y ya que estamos, lo mismo para usted, señor Wells.

Edith no podía creer lo que había oído de labios de esos hombres. ¿Qué hacía una mujer en sus mismas circunstancias? ¿Cómo se podía reaccionar a una traición y burla semejante?

—Si dejara que nos explicáramos... —tanteó Jonathan.

—Oh, no se preocupe, eso es precisamente lo que deseo, una explicación, y más vale que sea buena —añadió.

—Pues... esto... —Al parecer no se le ocurría nada convincente. Ah, si la duquesa estuviera ahí...

Los hechos la confundían, la verdad. Si Jonathan había intentado casarse con ella bajo la descabellada premisa de la mala suerte del duque con las mujeres, no entendía su actitud anterior. Y Jeremy... ¿De verdad se había prestado a ese juego con una base tan endeble e insensata? ¿Quién creería semejantes disparates?

—¿Nada? —preguntó—. ¿Nada que añadir en su defensa? —Los dos parecían mudos—. No sé a qué juego estúpido y ultrajante han estado jugando ustedes dos como forma de combatir el aburrimiento, pero les aseguro que esto no va a quedar así. Cuando mi tío y la duquesa se enteren desearán no haber levantado la cabeza de la cama en su vida. —Por el modo en que se miraron de reojo, o quizá debido a una ocasional brillante deducción, supo que la duquesa estaba metida en todo eso—. Así que las cosas van por ahí. —Su tono era de resignado abatimiento—. ¡Dios, qué barbaridad!

Si no se marchaba de inmediato acabaría por lanzarles algo a la cabeza.

Y eso mismo hizo. Volvió a la casa e instó a sus tíos

a marcharse de inmediato sin dirigir siquiera una palabra a la duquesa. Estos, desorientados por completo, la siguieron después de deshacerse en excesivas disculpas. Al final, no tuvo más remedio que contarles lo que sabía. Su reacción no se hizo esperar. Su tío, fuera de sí por la ofensa, quiso volver a pedir explicaciones, pero tanto ella como su esposa lo impidieron.

En los días venideros rechazaron los continuos intentos por parte de los habitantes de Stanbury Manor de disculparse, devolviendo cada nota que les fue enviada.

Tía Cecile lloró por su vergüenza y Edith rememoraba lo sucedido una y otra vez. Los rostros y las palabras de aquellos que se hacían llamar caballeros no las olvidaría mientras viviera, como tampoco el dolor de la traición, que no había menguado ni un ápice.

El día anterior había recibido la visita de Leonor. No había pensado en ella, pero suponía que trataba de hacer de mediadora. No había previsto que su intención era sincerarse y confesar que, aunque no había participado, estaba al tanto de todo. Su predisposición no estaba capacitada para el perdón, así que la echó de su hogar tan pronto como confesó el pecado.

En otras circunstancias hubiera reaccionado de otro modo, pero era demasiado para asimilar.

—Querida. —La voz de su tío desde el otro lado de la puerta de su habitación la sobresaltó. Corrió a abrir—. Cecile manda que te diga que no es bueno que te pases todo el día encerrada y que te conviene un corto paseo.

—No me apetece. —Prefería regodearse en su miseria.

—Hazlo por nosotros. Quizás el sol te quite parte de la pena.

Dudaba de que el sol tuviera esa capacidad sanadora, pero la intención era buena y su preocupación demasiado genuina como para ignorarla.

Cogió su capa morada con flecos beige, que se puso encima de su vestido rosa salmón, y un sombrero con una cinta violeta. Cuando estaba a punto de anudársela bajo la barbilla, un recuerdo de ella y Jeremy persiguiendo un sombrero le hizo detener el movimiento. En un gesto de rebeldía se lo dejó sin atar. Se apropió de una cesta con la intención de sacar provecho del paseo y coger así unas cuantas flores para los jarrones de la casa.

Cuando salió al camino torció a la izquierda, una dirección opuesta a la que solía escoger y que la alejaba de Stanbury Manor. Esta vez quería evitar algún encontronazo indeseado. Respiró hondo y se empapó de la belleza del prado.

«Cuánto voy a echar de menos esto», pensó nostálgica.

Había puesto en práctica la idea que ya acariciaba desde hacía un tiempo. Al día siguiente de la desastrosa noche había escrito una carta para ponerse en contacto con los parientes de Leicester y ver si podían acogerla durante una buena temporada. Quizás así pudiera olvidar con más facilidad y ordenar sus pensamientos. Tampoco descartaba conocer a un buen hombre y casarse con él, cosa que había mencionado en la carta que había enviado. No obstante, aun recibiendo una respuesta afirmativa, no se había sentido feliz.

Al final, Jeremy y los Gibson pasarían a formar parte de su pasado.

—¡Por fin la encuentro!

La exclamación vino acompañada de una voz que conocía. Se tensó y trató de hallar un lugar por el que huir, pero solo se encontró con un Jonathan acalorado y falto de respiración.

—No quiero hablar con usted. —Se dispuso a darse la vuelta, pero este la cogió del antebrazo para impedirlo.

—Pues tendrá que hacerlo, Edith. Llevo días paseando por estos campos arriba y abajo con la esperanza de verla salir de su casa y poder así mantener una conversación. Cuando la he divisado de lejos, casi me descoyunto los huesos tratando de alcanzarla. —Le ofreció una sonrisa que ella no correspondió.

—Entre nosotros está todo dicho. —Intentó liberarse, pero no pudo.

—No, quiero que me escuche; no tanto por mi bien, como por el suyo y el de los habitantes de la casa en donde me hospedo.

Edith no quería escuchar súplicas ni lamentos. El mal ya estaba hecho y la única perjudicada era ella. Así se lo comunicó.

—Está equivocada —continuó él—. Es verdad que tiene todo el derecho a enfadarse. Nos entrometimos en algo que tal vez no nos incumbía y pensamos que un buen resultado nos haría obtener el perdón. —Suspiró, siendo consciente de la terrible fatalidad—. Si me promete no huir en cuanto la suelte y se queda a escuchar, le doy mi palabra de que tanta ofensa habrá valido para algo.

—Está bien —capituló. Aun así, no estaba demasiado convencida. Sus palabras no acababan de tener sentido y sentía curiosidad por ver qué era capaz de inventar.

—Si le sirve de consuelo —empezó él—, estamos pagando muy caro nuestra intromisión. Jeremy no nos habla tampoco...

Comenzó por el principio. Le explicó las conspiraciones de la duquesa y él mismo para unirla a Jeremy sin que este lo supiera. Le contó las mentiras que inventaron para convencerlo y lo apenados que se sentían por ello.

—¿De verdad se arrepienten de manipular a la gente a su antojo?

—Bueno, yo sí. La idea no estaba mal del todo, pero el resultado ha sido desastroso.

—Pero ¿por qué? ¿Qué les hizo pensar que tanto Jeremy como yo podríamos acabar interesándonos el uno en el otro? —Todavía se moriría más de vergüenza si alguien adivinara la verdad sobre sus sentimientos.

—En realidad, solo pensábamos en que Jeremy terminaría enamorándose. —Su explicación fue toda una sorpresa—. La duquesa estaba convencida de que usted sería la esposa perfecta para él y que terminaría queriéndola tarde o temprano.

Esa situación era inaudita. No sabía si creerle o no. ¿La duquesa la quería como nieta y futura duquesa? Y que Jeremy no estuviera enterado de la verdad le parecía descabellado. ¿Qué abuela armaba tanto jaleo por encontrarle una esposa a su nieto? Expresó sus dudas en voz alta.

—La cuestión no es tanto esa, sino que Jeremy cree a pies juntillas que no tiene suerte con las mujeres. Ya sabe. —Jonathan esperó la reacción de ella.

—Una auténtica y completa estupidez —afirmó con contundencia.

Eso era lo que esperaba. La respuesta había sido la adecuada.

—Por eso mismo tomó cartas en el asunto. Él creía estar ayudándome en lo que pensaba que era un deseo sincero. No tiene culpa alguna.

Quizá no para él, pero Edith se sentía traicionada. Había tratado de enamorarla aun sabiendo que tenía que ser para su mejor amigo. ¡Si hasta la había besado! Si el sentimiento no hubiera estado ahí y ese cortejo fingido hubiera logrado su propósito estaría enamorada y sin esperanza alguna.

«Como ahora», dictaminó su voz interior.

«No es lo mismo», respondió ella a su vez.

«¿Cómo que no?»

«Cállate de una vez.» No tenía ganas de luchar con su conciencia.

—Lo siento por todos, pero creo que la única maltratada por todo esto he sido yo. Es absurdo que Jeremy pudiera llegar a sentir algo por mí. —Una parte de ella se estremecía de dolor de solo pensar en lo que nunca sucedería.

—De eso, ya hablaremos más tarde. Lo que me preocupa es lo que usted sienta. —Jonathan la miró con atención.

Edith se sintió observada y analizada. ¿Qué pretendía que dijera, que le amaba con pasión y frenesí desde su infancia y que cada minuto sin él era una agonía? Antes muerta que confesarlo. Solo faltaría que Jeremy lo supiera.

Sintió escalofríos solo de pensarlo.

—No hay nada de lo que hablar. No me he enamorado de usted y tampoco de él —finalizó la frase de forma veloz. Esperaba que la mentira no se notara.

—¿Y si le dijera —tanteó— que él puede haber desarrollado unos sentimientos, digamos... de cariz romántico?

—Pues que le consideraría un absoluto mentiroso que cree que soy más estúpida e ingenua de lo que en realidad soy. —Solo de pensar en esa posibilidad notaba en el estómago un nudo que se estremecía y daba saltos. No. Era falso. Un imposible.

—Edith...

—¡No! ¡No siga! —Levantó la mano para detener unas palabras que no creería ni aunque se lo jurara por su propia vida—. De todas formas, no debe preocuparse. No tardaré en marcharme de aquí una buena temporada. —Ignoró deliberadamente la sorpresa de su interlocutor—. Y si todo sale como espero, volveré casada y con el episodio olvidado.

Y después de soltar la noticia, se marchó, dejando tras de sí a un hombre estupefacto que, cuando se recobró, corrió hacia la mansión de los Gibson.

Se dirigió al despacho de Jeremy esperando encontrarlo allí. Y así fue.

—Muchacho, tienes un gran problema —lo abordó sin miramientos—. O haces lo que debes o la perderás.

8

Un baile siempre resultaba entretenido, o al menos eso es lo que decían todos. No obstante, Edith echaba de menos la campiña. Era verdad que una fiesta era el lugar más indicado para encontrar marido, pero no estaba tan entusiasmada como quería dar a entender. Tan pronto como llegó a la ciudad de Leicester, tres semanas atrás, sus parientes la acogieron con un fervor inusitado y se dedicaron a la tarea de buscarle pareja como si la vida les fuera en ello. Para su propia sorpresa, en ese lapso corto de tiempo, habían desfilado ante ella varios hombres que no la encontraban tan fea. He ahí, suponía, las ventajas de vivir en una ciudad. Quizás a estas alturas ya estaría casada si, en lugar de quedarse con sus tíos, hubiera venido a parar allí.

Su misión había sido entablar conversación con todo aquel que le presentaban y entrever sus posibilidades. Lástima que su corazón estúpido e inconforme se mantuviera apegado a su primer y único amor.

Se había marchado de su casa muy apenada por todo

el asunto del cortejo fingido. Tal había sido su abatimiento que sus parientes habían deducido por sí solos que acababa de sufrir un desengaño amoroso. En cierto sentido había sido así, pero Edith prefirió no dar explicaciones. Ahora corría el rumor de que era víctima de una bella pero trágica historia de amor no correspondida; toda adornada por sus parientes, claro está. Si hubiera estado de otro talante habría sido capaz de disfrutar de toda la atención que suscitaba, pues se decía que su vida estaba envuelta en un halo de misterio que la hacía más atrayente que nunca a los deseos masculinos.

«Qué absurdas somos las personas a veces.»

Eso acababa de pensar mientras observaba danzar a la multitud. No era Londres, pero la categoría del baile era indiscutible. Lo había organizado todo una amiga íntima de los parientes que la habían invitado a pasar una temporada con ellos, un matrimonio de la más alta alcurnia.

Como era de esperar, todos iban ataviados con sus mejores galas y ella no era la excepción.

A esas alturas de la noche había bailado con tantos hombres que los pies empezaban a dolerle. Echaba de menos su hogar... y a Jeremy.

«¿Cuán tonta puede ser una persona?»

Como si lo hubiera conjurado, lo vio aparecer por entre las puertas francesas de acceso al salón de baile. Quieta como una estatua lo vio pasear la mirada por el gentío... hasta toparse con ella.

Jeremy no esbozó sonrisa alguna ni la saludó. Se limitó a mirarla con una intensidad sofocante que la dejó aturdida.

¿Qué hacía él allí?

Lo vio descender la escalinata y desapareció de su vista entre la multitud.

Acalorada, miró a derecha e izquierda en busca de sus parientes. Pretendía esconderse entre ellos.

Para su eterna consternación, cuando los encontró vio que hablaban con el mismísimo Jeremy. ¿Desde cuándo se conocían? Cuando la prima hermana de su difunto padre la vio, la conminó a acercarse. No hacerlo hubiera supuesto una grosería.

A regañadientes se aproximó al grupo. Todos los miraban a ellos dos con aire especulativo.

—Señorita Bell... —Inclinó la cabeza.

Incapaz de hablar, hizo lo propio y esperó.

—Querida Edith —habló la matriarca—, el duque de Dunham ha solicitado un baile. Le he dicho que no habrá ningún problema, ¿verdad?

¿Un baile? ¿A qué estaba jugando ese hombre? ¿Y por qué sus parientes parecían encantados con toda aquella pantomima?

—Me duelen los pies —objetó como excusa. Eso era algo que una dama jamás debía admitir en público, pero se negaba a permitir que la manipularan de nuevo.

—Te lo suplico. —Jeremy alargó su mano enguantada pidiendo indulgencia.

¿El duque de Dunham suplicando por bailar una pieza con ella?

Se conmovió. No pudo evitarlo. Aunque deseaba detestarlo con toda su alma y olvidar así que una vez se habían conocido, no podía ignorar que sentía curiosidad.

—Está bien —concedió.

Para su sorpresa, él no pareció vanagloriarse de su pequeño triunfo.

El baile escogido resultó ser un vals. Tan pronto como él rodeó su cintura y empezó a deslizarse con ella por la pista de baile, Edith sintió que su cuerpo ya no le pertenecía. Parecían estar hechos para estar así, juntos, y le dolía ser la única en sentirlo.

Dieron vueltas y más vueltas sin hablar, solo mirándose a los ojos. No dejaba de notar también la tensión que emanaba de él, pero estaba insegura respecto a qué era debido.

Poco después de los acordes finales y sin mediar palabra, Jeremy la alejó de la pista de baile y la condujo sin vacilar hacia la penumbra de las salas circundantes vacías.

De momento, no lo detuvo.

Cuando halló una habitación pequeña en la que estar solos, cerró la puerta con llave y siguió sujetándola por la cintura, pero tan cerca que podía oler su aroma masculino.

—Edith —susurró—, quisiera pedirte un beso, solo uno.

Como primera petición debía decir que había conseguido acelerarle el corazón. Parecía un hombre a punto de morir si no la besaba.

—¿Por qué? —le preguntó el motivo de tanta urgencia. Después se centraría en averiguar lo demás.

—Porque si sigo sin sentir tu aliento y suspiros en mi boca un minuto más pensaré que mi pasado fue una broma y mi futuro, una ilusión.

«No está mal. Incluso parece sincero tratando de convencerme de que no es nada sin un beso mío.»

No sabía qué juego se traía entre manos, pero aguantaría un poco más.

—Y si consiento en besarlo... —fingió estar pensándolo—, ¿lo haré feliz?

—Feliz no, pero sí conseguiría aliviar mi miseria.

Se acercó un poco más, pero Edith no se sintió alarmada por ello. Lejos de sentirse así, la excitación empezaba a invadirla. Se sentía viva.

Ya pagaría el precio después.

—En ese caso...

Él no la dejó terminar de hablar. Se abalanzó sobre sus labios con tal ferocidad que se vio engullida por su propio deseo.

Edith quería disfrutar, por ello cerró los ojos y fue... mágico. Tan mágico como si sus labios se reconocieran, como si sus alientos y sus lenguas se reencontraran después de una penosa separación. Tan mágico como estar en casa.

Jeremy suspiró de felicidad contra la boca de Edith. Por fin, después de todos esos días angustiosos, la tenía donde siempre había debido estar: entre sus brazos.

Parecía mentira que hubiera tardado tanto en reconocerlo, pero no estaba todo perdido. Mientras él había pasado esas tres semanas sumido en la más terrible de las agonías, ella bailaba y sonreía a cualquier petimetre que se le pusiera por delante. Ahora que lo pensaba ya no estaba seguro de apreciar la facilidad con la que ella había cedido al beso. ¿Había sido así con todos?

Cuando su amigo le contó lo que había pasado con Edith, Jeremy dejó de fingir. Se había acabado la mentira en cuanto a sus sentimientos: estaba enamorado de una mujer con carácter que todo el mundo parecía adorar. Incluso él, sin saberlo, había sucumbido. Y, aunque estaba todavía enfadado por cómo lo habían manipulado, les agradecía que lo hubieran obligado a admitir que Edith era lo que buscaba en una mujer. Se negaba también a creer que lo suyo había sido cosa de unas semanas. Optaba por pensar que sus desavenencias de años atrás hablaban de una atracción que se negaba a reconocer. Ella era algo que siempre tenía allí; alguien que formaba parte de su cotidianidad pero que se mantenía en un segundo plano. Así que, cuando la amenaza de perderla se plasmó como real y certera, no tuvo más remedio que actuar.

Había pasado los peores días tratando de que los tíos de Edith confesaran su paradero. Ni las amenazas ni los sobornos dieron sus frutos, pero al final comprendió que la verdad era el método infalible para lograrlo. Y así fue. El proceso había sido duro y doloroso, pero había empezado a ser honesto con sus sentimientos.

—Edith, mi Edith...

Eso la debió de sacar de su entrega, porque de pronto empezó a revolverse. La soltó para que no se hiciera daño.

—¡No, no! Esto no debería haber pasado. No debería haberlo permitido. Otra vez no.

—Edith...

—¡Deje de repetir mi nombre! ¡Y deje de besarme!

—¿Tan ofensivo te ha parecido mi beso para recharzarlo así? —preguntó. No sabía cómo sobrellevar la ira que ella desprendía—. Ni siquiera te planteas que lo he hecho por el mero placer de sentirte.

—Debe de creer que soy tonta si voy a tragarme semejante patraña —bufó colérica.

Jeremy la miró, desalentado. Ni tan siquiera se había planteado lo difícil que sería convencerla de sus sentimientos.

—Entonces, ¿por qué piensas que te he besado? ¿O permites este tipo de licencias a todos los desconocidos?

—Soy una mujer libre —declaró con orgullo—, y hago lo que deseo con quien me apetece.

A él, esa premisa le parecía bien... siempre y cuando el «con quien me apetece» solo le incluyera a él.

—Edith, por favor... —No sabía qué estaba suplicando con exactitud, pero seguro que no era esa cólera.

¿Tanto se merecía su desprecio? Se lo preguntó.

Ella lo miró como si la respuesta fuera obvia.

—Quiero que me deje en paz. Déjeme ser feliz.

—¿Y no lo serías conmigo? —Se atrevió a dejar entrever una parte de su alma. Pero como siempre, la realidad no superaba sus expectativas.

—No. —Ella lo miró confundida porque no sabía qué pretendía.

Para Jeremy, en cambio, ese simple «no» conseguía anular de un golpe todas sus esperanzas.

«No debería haber hecho caso a Jonathan. Ese bobalcón me instó a hacer el ridículo por una mujer cuando no soy correspondido.»

—Pues entonces, libérame —pidió con desaliento—. Si no vas a amarme, déjame ir.

—¿A qué retorcido juego está jugando? ¿De qué habla?

¿No era evidente? ¿Acaso no estaba demostrando que la amaba y quería estar a su lado? Quizá su venganza por lo ocurrido era verlo hecho jirones y suplicando unas migajas que no estaba dispuesta a dar. No obstante, ella se merecía eso y más. ¿Qué importaba si en el proceso acababa roto por dentro? Sí, lo habían dejado muchas mujeres, pero ninguna le interesó lo suficiente como para decirle las palabras cruciales ni para que entreviera la posibilidad de desnudar su corazón.

«Cuando encuentres a la mujer que tu corazón anhele, déjate llevar.»

Esas fueron las palabras que su abuela le dijo la última vez que pretendió cortejar a una mujer y no salió bien. También le dijo:

«Quien no arriesga, no gana.»

¿Qué mejor momento para hacerlo? Si no era por Edith, no sería por nadie más.

—Está bien, tú ganas. Te contaré cómo he urdido esta artimaña para que tus familiares me acercaran a ti. Durante la estratagema que mi abuela pergeñó fui comprendiendo lo que no quise aceptar antaño: que eres la dueña de mi corazón, el amor de mi vida, la única con quien quiero compartir todo lo que soy y lo que tengo.

—Madre Santa... —Edith se había quedado con la boca abierta.

—Sé que si me das la oportunidad —continuó algo envalentonado— puedo ser el hombre que buscas, el que consiga hacerte sonreír, el que te dé solaz en los momentos difíciles, el que con su sola presencia ilumine tu día, el que te haga estremecer con una simple caricia y el que provoque mariposas en tu estómago. En fin, el que te ame por cómo eres y por quién eres.

Después de la perorata se impuso el silencio. La miró esperando su veredicto y rezando porque no fuera una más y estuviera ya enamorada de otro que no fuera él.

—Me quieres. —Era una afirmación queda, muy seria.

—Te amo —declaró. No podía ser más sincero.

—No me tolerabas.

—Al parecer soy un experto en engañarme —replicó—. Era tuyo incluso cuando pensaba que no te soportaba.

—¿Y no piensas que haré como las demás? —Edith necesitaba estar segura. Parecía como si estuviera viviendo un sueño largamente deseado y no quería despertar.

—Es absurdo, lo sé. Bueno —rectificó ante su mirada incrédula—, lo sé ahora. Solo deseo una oportunidad. Conseguiré tu amor cueste lo que cueste.

—¿Mi amor? Pero si ya lo tienes —confesó por fin—. Lo has tenido siempre.

—¿Qué? ¿Cómo? —Estaba confundido—. ¿Perdón?

—Desde antes de los ocho años, cuando me insultaste.

La enormidad de lo que Edith admitía lo dejaba sin palabras. Esa mujer orgullosa y hermosa en todos los sentidos le había amado en silencio a pesar de sus desaires y sus groserías. Y él, ciego como estaba, no había sabido verlo. Solo ahora era capaz de apreciar el don que se le estaba ofreciendo. Una vida entera no bastaría para compensarla.

Se acercó de nuevo a ella abrazándola con todas sus fuerzas. Le besó las mejillas, la coronilla, la boca.

—No te arrepentirás. Nadie te amará como quiero hacerlo. Como te mereces.

—¿Aunque sea fea?

—Las feas me enamoran —afirmó con una seguridad plena—. Ahora sé que no hay nada como esta fea para tenerme rendido a sus pies.

Nadie les vio sonreír. Ni cómo Jeremy se arrodillaba para pedirle matrimonio. Ni besarse. Ni planear una vida juntos mientras bailaban en una sala vacía.

En el pasado, a Jeremy le habían arrebatado la oportunidad de casarse en un baile, y todo en beneficio del amor. Ahora lo comprendía. Así que, al fin y al cabo, la vida sí que era justa. Era tal y como tenía que ser.

Epílogo

La mañana de la boda fue perfecta en Stanbury Manor. Ni una sola nube empañó el día más importante de sus vidas y tanto el pueblo como los familiares asistieron a un evento tan interesante como sorprendente. Un enlace lleno de amor, risas y con perspectivas a otras posibles uniones. Por fin, el duque de Dunham encontraba una mujer que no salía despavorida en dirección contraria. En cuanto a ella, ¿qué decir de una mujer que todos querían, pero que veían ya como la típica solterona?

Ese día se olvidaron las ofensas y se brindó por un futuro esperanzador. La duquesa se vanagloriaba de haberlos unido y ya veía niños correteando por los pasillos de la casa. Los tíos de Edith acababan de emparentarse con la más alta nobleza y también daban por hecho el aumento de la familia. Los parientes de Jeremy acogieron a Edith con calidez y, por qué no, con una chispa de sorpresa. No obstante, antes de finalizar el día, ya se los había ganado a todos.

En cuanto a Leonor y Jonathan...

—Muy sola la veo. —Se acercó a Leonor, que se veía espléndida con un vestido color malva que su patrona le había hecho confeccionar.

Ella se giró y le dedicó una breve mirada, pero al instante volvió a dedicar su atención a la pareja de recién casados que bailaba en mitad del jardín delantero con los invitados alrededor.

—¡FIESTAS Y MUJERES, LOS MEJORES PLACERES! —barbotó con su típico volumen el guacamayo, que se había negado a que lo ignoraran en un día así.

No obstante, Leonor no sonrió siquiera.

—¿Piensa permanecer en Stanbury Manor para siempre? —La pregunta tan directa podría haber ofendido a cualquiera...

Pero no a Jonathan.

—¿Considera que me he excedido en mi estancia? —Se puso a su lado viendo el mismo espectáculo que ella. Ambos estaban bajo el marco de una de las puertas de las terrazas que daban al jardín, al lado de la puerta de entrada a la casa—. ¿Le incomoda mi presencia? —Jonathan trató de descifrar la respuesta en ese rostro tan sereno, pero ella se limitó a encogerse de hombros—. Tal vez, ahora que ya disfrutamos de nuestros amigos casados, deberíamos mantener esa conversación que tenemos pendiente.

Eso atrajo su atención.

—No creo que tengamos nada que decirnos. —Sin embargo, no se alejó cuando el dorso de la mano de él le rozó la suya, tan leve como un suave soplido.

—Yo sí. Necesito... —Jonathan se interrumpió al

captar un rostro muy particular entre la gente que se acercaba en su misma dirección.

Frunció el ceño. Luego palideció.

Leonor siguió su mirada hasta que sus ojos se posaron sobre una hermosa mujer ataviada con finura y elegancia.

—Isobel —musitó Jonathan, anonadado.

El contacto se interrumpió en el acto.

—He venido a conquistarte —anunció ella muy segura de sí misma cuando estuvo a su altura. Ni siquiera se percató de la presencia de la dama de compañía de la duquesa.

—¡GUAKS! —El grito del pajarraco tensó el ambiente—. PROBLEMAS DE LOS GORDOS. —El guacamayo, como siempre, fue quien dijo las últimas palabras.

LEONOR

1

Surrey, 1875

—¡COMIDA!

Por undécima vez desde que habían salido a pasear por los jardines de Stanbury Manor, *Georgette*, el guacamayo de Jonathan, elevó su estridente voz para hacerse oír por Leonor, como si acaso fuera posible ignorarlo.

Con sus casi dos libras y media aposentadas en su hombro derecho, el vistoso y extravagante pajarraco azul parecía considerar que se estaban desatendiendo sus necesidades más básicas.

—Como vuelva a oírla de nuevo, me veré obligada a tomar medidas drásticas.

La duquesa viuda miró al animal, que en ese preciso instante la ignoraba con total deliberación.

—¿Como cuáles? —no pudo evitar preguntar Leonor.

De hecho, era quizá la única, a excepción de su dueño, a la que no le molestaban las constantes exigencias del pájaro ni sus salidas de tono.

—No estoy muy segura, pero con lo que ingiere tiene suficiente carne en su cuerpo como para dar gusto a un buen estofado.

El comentario, tal y como pretendía, fue acogido con todo tipo de aspavientos por el animal alado.

—¡CRIMINALES! ¡BELLACOS! —Todo su cuerpo se erizó y batió las alas para volar lejos de la duquesa, aunque sin perder de vista a las dos mujeres.

Margaret, la duquesa viuda, rio en voz alta, complacida. Leonor se limitó a esbozar una sonrisa contenida.

—Te digo que Jonathan la mima demasiado.

Leonor se encogió ante la clara mención del hombre, propietario del animal. No quería pensar en él; no más de lo necesario. Quería olvidar esos ojos verdes en particular, el pelo ondulado en mechones no demasiado largos y sus ademanes alegres y cautivadores.

Quizá si olvidaba que lo había conocido, su vida seguiría tan plácida y ausente de complicaciones como los últimos tres años al servicio de la duquesa viuda en calidad de respetable dama de compañía. El pasado más lejano, mejor olvidarlo también.

—Le dan demasiada importancia. Al fin y al cabo, es lo que *Georgette* más ansía.

—Aparte de la comida, querrás decir —replicó Margaret con matizada ironía. Lo cierto era que el animal no la fastidiaba tanto como deseaba aparentar; solo lo justo e indispensable para tener de qué hablar.

Leonor asintió, dándole la razón a su empleadora. Aunque el animal no le molestaba, opinaba que esta

—porque según su dueño se trataba de una hembra—
era demasiado inteligente para su propio bien y el de
las personas que la rodeaban. La mayoría del tiempo
parecía que las entendía y eso era tan absurdo como
antinatural.

—Creo que en el fondo le cae usted bien. —Leonor
siguió hablando del guacamayo—. Simplemente que su
actitud se debe a un intento por llamar la atención.

—No sé si quiero caerle bien. Lo único que sé con
seguridad es que su estancia en esta casa se está alargan-
do demasiado. Un mes con ella en la casa es exagerado.
Al menos sin Jonathan. No sé en qué pensaba al aceptar
dejarla contigo. Una creería que estaba feliz de alejarse
por fin de ella.

Pero ambas mujeres sabían que esa afirmación no
era cierta. *Georgette* le acompañaba allí donde fuera.
Quienes invitaban al caballero en cuestión debían aceptar esa particular excentricidad o se quedaban sin su
apreciada presencia. Y lo cierto era que Leonor todavía
se preguntaba por qué Jonathan había consentido ese
caprichoso comportamiento al animal, que se había
empeñado en aferrarse a ella como si la sola idea de
marcharse a Londres en compañía de Isobel la enfer-
mara.

Isobel. Un nombre que había aplastado unas na-
cientes ilusiones. La mujer que Jonathan amaba. Una
preciosa y elegante morena que se lo había llevado de
su lado.

«¿Pero lo tuviste alguna vez?»

Una triste y desesperante cuestión.

Leonor consideraba que, a cierta edad, una mujer

que supiera conocerse, valorar las cualidades y defectos que la caracterizan y aceptar con entereza aquello que no puede cambiarse, era muy afortunada. Así la vida no tendría demasiadas oportunidades de golpearla y las sorpresas no serían tan desagradables.

Ella, a la nada desdeñable edad de veintisiete años, podía alardear de eso mismo. Tenía muchas virtudes, pero su defecto más evidente era, cómo no, su aspecto.

Para decirlo simple y llanamente: era fea. Así, tal cual.

A temprana edad ya había asumido que un pelo abundante, sedoso y dorado junto con una figura proporcionada, no servía de nada si el rostro desmerecía el resto del conjunto. Como también sabía que, si en ese período de vida tan importante ningún hombre había mostrado el más mínimo interés por ella, las probabilidades disminuían con rapidez conforme pasaba el tiempo.

La boda del duque de Dunham, nieto de la duquesa viuda, y Edith Bells un mes antes, no le dio más esperanzas en ese sentido.

Una mujer inteligente debía ser capaz de asumir que, si bien era un hecho destacable la unión entre un par de la nobleza con buena apostura y una mujer muy parecida a ella misma en apariencia, era un suceso atípico y poco probable.

Las ilusiones en ese aspecto solo servían para mantener la esperanza; una esperanza que tendía a desaparecer y arrastraba al desencanto. Y ahí había cometido Leonor su primer error. O quizás el segundo.

Se había dejado arrastrar por las emociones que

conllevaba una boda mientras su patrona se vanagloriaba ante quien quisiera escucharla de que ella había
sido la artífice del ardid para acercar a ese par de testa-
rudos enamorados, que hasta hacía bien poco solo conseguían lanzarse palabras hirientes. Por supuesto, no
olvidaba mencionar que para lograr tal cometido había
sido necesaria la inestimable ayuda de Leonor y el eterno amigo del duque, Jonathan Wells.

Sin embargo, ese día tan feliz, Leonor no lo había
sido tanto como pretendía dar a entender. Sus pensa
mientos habían estado lejos de ser todo lo serenos que
ella quisiera mientras no dejaba de rememorar esos meses antes del compromiso de los duques de Dunham.
Tiempo en el que Leonor había tenido la oportunidad
de conocer en más profundidad a Jonathan Wells... y
quizá prendarse un poco. Tiempo en que esos ojos verdes la habían fascinado y hecho creer que podía ser
como Edith, aunque la realidad había llegado demasiado deprisa y, con ella, la decepción.

«La he querido desde que la conocí. Más de diez
años codiciando su amor y me duele que no acepte...»

Ahí había empezado todo. Lo había escuchado sin
querer y se alegraba. Con esa frase, que hablaba de otra
mujer, el sueño incipiente de Leonor se había esfumado
de un plumazo.

Leonor no había sabido que Jonathan amaba a otra,
así que cuando se enteró, no tuvo más remedio que retraerse. No supo hacer nada más. Que el amigo del duque no se hubiera movido de Stanbury Manor ni en los
meses del ardid ni en los previos al enlace había dificul-
tado su labor de evitarlo. No era demasiado difícil dar

con ella teniendo en cuenta que su sitio siempre estaba al lado de la duquesa viuda procurando compañía.

En honor a la verdad había que admitir que Jonathan se había esforzado. Se había mostrado divertido y encantador intentando que ella mostrara sus cartas, pero Leonor temía haber sido solo una distracción pasajera; aquellas a las que el duque se refería como una de las tantas cosas que acababan por hastiar a Jonathan. Por eso se había vuelto más reservada ante él.

Y el día de la boda había cometido el segundo error.

Se había dejado abordar por Jonathan mientras ella fingía que nada de lo que ese hombre decía le importaba. Se había mostrado maleducada cuando jamás lo era, pero se había visto incapaz de alejarse cuando el dorso de la mano de este le rozó la suya de manera tan leve como un suave soplido, tan leve que el corazón de Leonor se había estremecido y casi la había hecho suspirar, incluso dejarse llevar. Había deseado tanto creer en sus palabras...

Por suerte o desgracia, apareció Isobel dispuesta a conquistarlo. Y con un simple nombre, el corazón y las esperanzas de Leonor murieron un poco más ese día.

Lo que vino después era de esperar. O todo, al menos. Jonathan decidió marcharse con Isobel —que por cierto, era su madrastra— a Londres. Para sorpresa de todo el mundo, *Georgette* se aferró a Leonor y montó un gran espectáculo para librarse así de soportar la presencia de Isobel —o así prefería pensarlo—. Y allí estaba, de nuevo a solas con su patrona, con su nieto y su esposa de luna de miel, y aguantando las ínfulas de un animal que no era suyo.

—Quizás el señor Wells tenga cosas más importantes en las que pensar —respondió Leonor sin querer comprometerse.

—¡Bah! Si te refieres a Isobel, debo decirte que no sé dónde tiene ese hombre la cabeza.

—Si están enamorados...

—¡Estupideces! —Echó una mirada de reojo a Leonor que ella fingió no ver—. Jonathan tendría que mostrarse más sensato y aceptar que se aferra a un sentimiento ridículo y totalmente inapropiado.

Leonor prefirió no responder a eso. Al contrario que la duquesa viuda, no estaba de acuerdo. Había recordado la emoción con la que se refería al amor que le profesaba a Isobel esa vez que escuchó sin querer una conversación entre el duque y su amigo. No, debía de amarla, de lo contrario no hubiera tenido prisa por marcharse con ella.

Bordearon el Jardín del Cisne dejando a su derecha el pequeño lago y traspasaron los arbustos que lo rodeaban casi por completo. Cuando la casa volvió a estar en su línea de visión, el guacamayo, que se había mantenido alejado y en silencio, voló de nuevo al hombro de Leonor sin decir nada.

Ambas mujeres enfilaron hacia la casa, cada una sumida en sus pensamientos.

El viaje, de por sí tedioso, había supuesto un alivio. Se podría decir que casi había disfrutado de él. Y no es que contemplar los campos de Surrey le transmitiera paz y pensamientos poéticos. A estas alturas, cualquier cosa era poco por lograr permanecer tranquilo y solo.

Su casa, su espacio, los salones londinenses... Todos se habían visto ocupados por una sola presencia. El único lugar al que no podía acceder era el club de caballeros, pero justo ese era el que menos frecuentaba y al que se había visto obligado a hacerse asiduo durante esas eternas y agonizantes últimas semanas. Por milésima vez se veía hastiado, pero ahora era por el acoso al que Isobel lo había sometido tan pronto como pusieron los pies en la ciudad.

Quién lo hubiera creído. Él, que se había pasado toda su madurez enamorado de la mujer que se casó con su ahora difunto padre, solo pensaba en rehuirla.

No era culpa de ella, lo reconocía. Isobel seguía siendo igual de atrapante. Sus sonrisas eran tan sensuales como antaño y su apariencia era tan perfecta y elegante como solo ella sabía serlo.

Pero nada era igual.

—Oh, Isobel —musitó al carruaje.

El señor Pickens, su eterno acompañante y que hacía las veces de secretario, lo miró de soslayo pero no dijo nada. No hacía falta.

Sabía que no tardaría tanto en descubrir su ausencia. Lo que se preguntaba era si sería capaz de deducir su destino. Isobel era muchas cosas, pero no era tonta. De hecho, sentía cierta pena y nostalgia porque todo hubiera terminado así. Al menos para él, ya que no sabía qué pretendía ella. Su proceder en el último mes en la ciudad solo podía calificarse de posesivo. Todas sus acciones, ahora lo veía, habían tenido como único objetivo comprometerlo. Se había dejado ver con él en todas las fiestas y solo aceptaba bailar con él. Había intentado atraerlo a la oscuridad de los jardines e incluso había osado invitarle a su casa con claras intenciones. Si no había entrado en su piso de soltero era porque había dado órdenes muy explícitas al servicio respecto a ello.

Para ser honestos, debía reconocer que marcharse de Stanbury Manor con ella distaba mucho de ser su mejor estrategia. No lo había reconocido entonces porque tenía otras cosas en mente, pero no tardó en percatarse de la terrible e irónica verdad: Isobel había sido sustituida en sus afectos.

Cuando cerraba los ojos, ya no veía un lustroso cabello negro, sino uno más dorado que los rayos del sol. Tampoco apreciaba ya los gestos meditados, sino los naturales y elegantes. Ni tan siquiera se le aparecía un rostro perfecto y simétrico, sino uno interesante, lleno de vida y que encerraba no pocos misterios.

No era tan ingenuo para creerse enamorado, pero apenas podía negar el interés... y tal vez el anhelo. Por ello había permitido que *Georgette* se saliese con la suya. Era evidente a quién prefería. Había sido así desde el principio. Entre Isobel y el guacamayo siempre parecía haber una lucha de voluntades. Con Leonor todo resultaba natural y reposado. Incluso él había sentido lo mismo. No nadar contracorriente, sino dejarse llevar por la marea. Nunca había pretendido dejar de forma definitiva a *Georgette*, pues tarde o temprano tenía intención de volver. Era como si su fuero interno hubiera sospechado el resultado.

Se incorporó cuando Stanbury Manor se perfiló en

el horizonte y una especie de ansiedad impropia en él lo invadía. Se dijo que era porque había echado de menos al guacamayo y tenía ganas de verlo, pero la pura verdad era que no era el animal a quien deseaba ver primero. Sabía que sería bien recibido, no en balde la duquesa viuda le profesaba cariño. Sin embargo, el recibimiento de Leonor lo llenaba de dudas. Por una parte recordaba su frialdad durante el compromiso de Jeremy y Edith, pero lo que no olvidaba era el tacto de sus dedos cálidos, tocándose. Si no hubiera aparecido Isobel en ese instante, quién sabe cómo habrían acabado las cosas.

—Por fin llegamos. —El señor Pickens se ajustó las gafas y se enderezó. Era bien sabido lo poco que le gustaba sentirse encerrado en un carruaje.

Poco después, el transporte se detuvo delante de la fachada.

Jonathan descendió con agilidad y miró al señor Pickens.

—Nunca lo hubiera creído, pero he echado de menos este sitio. —Se atusó las ondas e intentó alisar las inexistentes arrugas que el viaje había provocado en su ropa.

—Todos los sitios son iguales —rezongó el secretario, el cual se apresuró a subir las escalinatas para llamar a la puerta.

Al poco, Jonathan se encontraba sentado en un salón que le era muy familiar. Había sido reconocido como amigo íntimo del duque de Dunham y lo habían tratado con la debida deferencia. Mientras el señor Pickens daba órdenes al servicio sobre el equipaje, el mayordomo le había informado de que la duquesa había salido a pasear y que no tardaría en volver, al tiempo que lo escoltaba hasta el pequeño salón de visitas y le ofrecía una taza de té. No obstante, cansado de estar sentado por horas en el carruaje, sintió la necesidad de permanecer de pie y salió al exterior con la única finalidad de encontrar a su anfitriona.

Por suerte, la duquesa viuda, acompañada de la dama de compañía, se acercaba a ritmo pausado. No era difícil reconocer a la mujer mayor vestida con distinción y a la joven que avanzaba a su lado con ademanes tranquilos, así que se acercó a ellas con una sonrisa burlona mientras el guacamayo era el primero en reconocerlo y alzaba el torpe vuelo hacia él.

—¿Pero qué ven mis ojos? —La mujer mayor sonrió en cuanto vio la identidad del extraño. Por fin sus ruegos se cumplían. Y antes de lo que esperaba—. Ya pensaba que te habías olvidado de que la habías dejado con nosotras.

—Eso nunca. —Se acercó a ellas evitando mirar a Leonor y esforzándose en centrar toda su atención en la anciana—. *Georgette* es insustituible. —Besó el dorso de su mano—. No le pregunto por su salud, ya que veo que sigue dando guerra. Nos sobrevivirá a todos. ¿No es así, señorita Price? Me alegro de verla.

Ahora sí tuvo su oportunidad para posar su mirada sobre ella y beber de su presencia. Quizá fuera fea, pero él se sentía atraído del mismo modo que lo haría con una belleza sin par. No tenía sentido, pero nada parecía tenerlo desde que puso los pies allí en su última visita.

—Tal vez —concedió ella—. Por mi parte debo asegurar que es un placer servirla.

—Nadie lo duda, querida —intervino la aludida. Se volvió hacia Jonathan—. Pero bueno, bribón, cuéntanos cómo te va todo.

Jonathan sobreentendió lo que le preguntaba. Su partida no dejaba muchos interrogantes al azar. Además, no dudaba de que Jeremy le hubiera explicado los pormenores. Lo lógico sería que entre ellos se hubiera establecido un acuerdo o un compromiso, fuera público o no. Nadie, ni siquiera él, hubiera predicho ese escenario actual.

—No puedo quejarme —mintió con total descaro. Este no era el sitio ni el lugar.

—Pensaba que la próxima vez tal vez vendrías acompañado —presionó la duquesa viuda.

—Oh, he venido acompañado. —Si el asunto no fuera serio se habría permitido disfrutar de lo lindo con la cara de la buena mujer. El rostro de Leonor, en cambio, no había variado un ápice—. El señor Pickens se ha quedado en la casa.

Casi pudo ver la decepción en el rostro de esa entrometida, aunque se recompuso con rapidez.

—Bien, bien, me alegro. —Esa respuesta no la acercaba a lo que de verdad quería saber. Preguntar más, no obstante, quedaba descartado.

Como Leonor no parecía responder a su presencia, Jonathan recurrió a la treta de ofrecerles sus brazos y acompañarlas hasta la casa. Sabía que la buena educación le impediría rehusar. Mientras tanto, su cerebro no cesaba de dar mil vueltas buscando un tema de conversación para hacerla participar. Al parecer, después de unas semanas sin verla, su don de palabra había desaparecido.

Un lacayo los encontró cuando traspasaban las puertas acristaladas. Se dirigió a Leonor.

—Ha llegado un señor que pide verla de inmediato, señorita Price. —Extendió una bandeja de plata en la que se encontraba una tarjeta de visita.

Leonor la tomó y la leyó, palideciendo en el acto. Tanto él como la duquesa se percataron de ello. De reojo pudo leer «Boston».

—¿Sucede algo, Leonor? —preguntó esta.

Jonathan vio cómo trataba de hacer un esfuerzo por forzar una sonrisa a todas luces falsa. Era algo tan extraño en ella que le sorprendió verlo.

—Sí. Es decir, no. No.

Parecía agitada.

—¿Qué le digo al señor? —preguntó el lacayo.

Leonor le indicó que lo llevara al salón. Pidió permiso para atenderlo y casi voló en su afán por recibir a la visita.

—No parecía nada bien —se atrevió a decir. De repente se sentía preocupado.

—No, no lo parecía.

—Quien sea que la busque viene de Boston.

—¿Boston? ¿De Estados Unidos? —parecía perpleja.

—No creo que haya otro. —No pudo evitar el deje socarrón—. ¿Sabe algo acerca de eso?

—No. Boston está muy lejos. No sé qué puede relacionarla con aquello.

Ambos decidieron, aparte de por curiosidad, que debían procurar averiguar qué sucedía por el bien de Leonor, por lo que entraron y se dirigieron al salón, que se encontraba con la puerta entreabierta. Desde allí les llegaron retazos de conversación. «...Vuelva a casa» «Estados Unidos...» y un jadeo que hizo que Jonathan abriera la puerta preocupado.

Entró seguido por la duquesa viuda.

El hombre que hablaba con Leonor se envaró y los miró con el ceño fruncido, pero Jonathan no tenía más ojos que para la evidente cara de sufrimiento de Leonor.

—No he podido evitar escuchar y preocuparme —declaró su patrona—. ¿Qué sucede, mi niña?

Se acercó y le cogió la mano. Jonathan se quedó a una distancia prudencial.

—Mi madre está muy mal —anunció con evidente dolor—. Debo regresar a casa. A Estados Unidos.

Con la sensación de estar viviendo la vida de otra persona, Leonor trataba de sobrellevar la angustia que las nuevas noticias habían traído. Después de siete años se creía inmune a cualquier información referida sobre su hogar, pero eso solo era porque nada grave había ocurrido. Había bastado una referencia a la salud de su madre para desestabilizar todo su mundo.

—¿Estados Unidos? —La voz de su patrona se filtró a través de sus desdichados pensamientos—. ¿Eres americana?

—De Boston. —Intentó esbozar una sonrisa, aunque fuera de disculpa por las mentiras, pero quedó solo en eso, un intento.

—Tienes mucho que explicar, jovencita.

Leonor entendía la sorpresa y el reproche. De hecho, se merecía mucho más. No obstante, lo primero era lo primero, por lo que se dirigió al mensajero que con tanta diligencia había cruzado todo un océano para hacerle llegar el mensaje de su primo.

—Gracias por venir y traerme la carta, señor Laertes, dentro de dos días a más tardar partiré rumbo a Boston.

No hacía falta una respuesta escrita. El señor Laertes tenía ya un pasaje para la mañana siguiente y comunicaría sin demora a Kenneth su inminente regreso.

El hombre se despidió y Leonor siguió con la mirada su salida acompañado por Jonathan. En cierto sentido se comportaba como una cobarde al evitar enfrentarse a la mirada inquisitiva de Margaret, pero en efecto, se imponía una aclaración.

Sintió una mano en su rodilla y la tierna mirada de la duquesa viuda fija en ella. Era demasiado benévola.

—Cuéntame —pidió la mujer con suavidad y algo parecido a la compasión—. Dime qué le ocurre a tu madre.

Jonathan volvió y cerró la puerta del salón. Se sentó enfrente y quedó en silencio. Ambos esperaban.

—Mi primo me ha hecho llegar esta carta. —Alzó el papel que tenía en la mano—. En ella se me informa de que mi madre, a la cual no he visto en años, está muy enferma. Quizá no llegue a tiempo... —Se le rompió la voz al decirlo.

—Llegarás —sentenció la duquesa viuda con toda seguridad—. Nuestro Señor te ayudará a que así sea.

En esas ocasiones, aferrarse a la fe era la mejor opción.

—Pero ¿americana? Si tienes nuestro acento.

La perpleja pregunta de Jonathan hizo que se fijara en él. Parecía tan preocupado por ella que a su pesar se sintió reconfortada.

—Mi aya y mi institutriz eran inglesas —adujo a modo de explicación—. Crecí oyendo esa dicción en especial, que pulí cuando llegué a Inglaterra. No es tan difícil.

—No lo será para ti. —Las palabras de la duquesa viuda no estaban exentas de acritud. Al fin y al cabo, todo lo que creía conocer de Leonor era falso—. No estoy criticándote, Leonor, pero debes entender que aunque comprendo tu dolor, merezco saber la verdad. Ahora. Después te ayudaré a que vuelvas a casa del modo más rápido posible —concedió al final.

Leonor asintió. Después de todo lo que había hecho por ella, no se merecía más mentiras de su parte.

—Ante todo, le suplico que crea que no lo hice con mala fe o pretendiendo burlarme. Si inventé otra vida fue para olvidar que una vez pertenecí a la alta sociedad bostoniana y que fui la heredera absoluta de un apellido ilustre y respetado.

Supo que los había sorprendido de nuevo. Sospechaba que las opciones que habían barajado para ella no ascendían a tanto.

—No sé de qué me sorprendo —adujo su patrona. Jonathan cabeceó—. Tus modales y conocimientos no son tan propios de una dama de compañía. Todos preferimos pasarlo por alto. —No era un reproche, sino una observación.

Leonor se sintió acongojada. Nunca había deseado hacer daño a nadie y menos a personas que, a pesar de ser sus patrones, no habían hecho otra cosa que transmitirle confianza y muestras de aprecio.

—Lo siento.

—Adelante, explícate.

—Mi padre era Brandon Price —empezó por el principio— y murió cuando era niña, por lo que fui criada por mi madre, Helen. Quizá no era la mejor madre del mundo, pero la quería. Todo iba bien hasta que cumplí dieciocho años...

Como única heredera de la fortuna y apellido familiar, Helen Price consideró que sería más apropiado para Leonor establecer un compromiso con Adam Henderson, hijo de una familia del mismo círculo social, que dejarla a la suerte de cualquier oportunista con un rostro apuesto y modales encantadores. Ninguno de los dos jóvenes se quería, pero aceptaron los hechos con más o menos estoicidad.

Dos años después, y a dos meses de la boda, Leonor descubrió de forma muy desafortunada que su prometido mantenía un idilio secreto con su prima Beatrice, una joven viuda madre de un niño pequeño.

—¿Desafortunada? —interrumpió Jonathan con su sonrisa más mordaz—. Descubrir esas cosas antes del matrimonio resulta de lo más providencial y esclarecedor, creo yo.

La duquesa viuda asintió en silencio. Leonor tuvo

que reprimir el impulso de sonreírles, muy agradecida de que lo vieran del mismo modo que ella.

—En ese momento de mi vida —continuó— ya tenía dudas sobre lo desacertado del matrimonio concertado. Ese descubrimiento solo reafirmó mi voluntad de anular un acuerdo que no merecía respetarse.

Como era de esperar, Leonor se dirigió a su madre esperando comprensión y respaldo. Aunque ambas mujeres no tenían una envidiable relación madre e hija, se querían y respetaban, por lo que su sorpresa fue absoluta cuando Helen Price decidió que, si bien era un hecho calificable como inadecuado y vergonzoso, como mujer Leonor tenía el deber de estar a la altura de las expectativas y del acuerdo. No solo no tenía intención de anular el enlace «aunque sí que declaró que ella se encargaría de solucionar ese error», sino que le explicó las esperanzas que había puesto en esa boda; no solo de descendencia, sino también de negocios, por lo que no era factible dejar pasar una oportunidad como esa, dada su falta de belleza, ya que tal vez nunca volviera a presentarse otra.

—¡Estupideces! —Jonathan no pudo evitar expresar algo tan importante. Aunque comprendía que ese tipo de acuerdos eran frecuentes, no podía evitar sentirse indignado por esa madre que utilizaba el poco atractivo que Leonor tenía para hacerla sentir mal.

La duquesa, mucho más cauta, prefirió no demostrar el poco aprecio que sentía por una madre que se mostraba tan fría y desapasionada con la apariencia de una hija. Al fin y al cabo, vista la reacción de Leonor ante la posible pérdida de la progenitora, no parecía descabellado pensar que todavía le profesaba un profundo cariño.

Leonor, por su parte, revivía de nuevo esa conversación, hiriéndola tanto como antaño. Siempre había sabido que no poseía el canon de belleza que su madre esperaba de una hija suya, pero jamás pensó que trataría con tanto desprecio su fealdad; no cuando estaba en juego todo su futuro.

—La verdad es que yo tampoco estuve de acuerdo con sus razonamientos —adujo al comentario de Jonathan—. Cuando acepté el compromiso, a pesar de que no sentía ningún tipo de ilusión y de saber que ni Adam ni yo nos amábamos, sí esperaba, por lo menos, algún tipo de fidelidad. No obstante, después de la charla con mi madre decidí seguir adelante, ya que ella me prometió que no volvería a pasar.

Pocos días después, Adam se presentó en su casa amonestándola por haber ido con el chisme a su madre. Ahí demostró la clase de hombre que era al decirle que mientras él cumpliera con sus obligaciones de esposo y fuera discreto, ella no tenía derecho a interferir en su vida. También aludió a su buena suerte al conseguir un partido tan apuesto como él, ya que una mujer con su rostro solo servía de pasto para los cazafortunas.

Jonathan, por su parte, hacía un tremendo esfuerzo por contenerse. Apretó los puños y deseó tener a ese Adam delante. Él le enseñaría a mantener la boca cerrada y a respetar a las mujeres. Hacerle ver la belleza en las cosas aparentemente feas e imperfectas era algo imposible si no se tenía la sensibilidad suficiente.

—Aun así —Leonor siguió sumida en el relato de

su vida pasada— decidí seguir adelante, pero una semana más tarde, mientras estaba inmersa en los arreglos de la boda, empecé a encontrarme mal y sufrí un leve desvanecimiento que mi madre achacó a los nervios que embargaban a toda futura esposa.

No obstante, cuando se recuperó, Leonor lo vio claro. No eran nervios, sino la tensión a la que se sometía de forma voluntaria para un evento que cambiaría su vida y que no la hacía feliz. Por ello decidió anular la boda y se lo comunicó a su madre.

Helen Price no pareció nada complacida con lo que calificó de «absurdo y pueril arrebato» y se lo prohibió. Aludió a su deber como hija obedecerla en lo que ella creyera más conveniente, pero Leonor, que siempre había hecho lo que se esperaba de ella y cansada de someterse a los deseos de los demás, se negó a seguir adelante con esa farsa. Por ello, su madre la amenazó con desheredarla y cederle todos sus bienes a su sobrino Kenneth, pero Leonor se obligó a no ceder.

—Un acto muy arriesgado —terció Margaret—, y valiente —añadió con una sonrisa de admiración.

Leonor se sintió reconfortada. Había llegado a querer a esa buena mujer y su opinión era muy importante.

—A partir de ese momento, y sin una solución factible, empecé a preparar mi marcha en secreto. Con la ayuda de mi antigua institutriz conseguí un empleo como dama de compañía de una anciana que debía partir de inmediato hacia Inglaterra. Nadie, salvo ella, sabía de mi verdadera identidad. Una vez en Inglaterra trabajé en diferentes casas con el fin de labrarme unas referencias. Hasta hoy.

Finalizó su relato, insegura. Ambos permanecían en silencio. No estaba segura de si entendían y aprobaban su conducta. Necesitaba que la entendieran y que no la rechazaran, pero sus fallos eran demasiado grandes.

—¿Cómo podemos ayudarte? —La duquesa viuda fue la primera en hablar.

Leonor los miró con extrañeza mientras veía a Jonathan asentir al ofrecimiento. Esperaba algún que otro reproche por su actitud, no un ofrecimiento de ayuda.

—Esto... me sabe mal pedirlo, pero debo embarcar lo más pronto posible rumbo a casa. —Dudó—. Me es imposible seguir siendo su dama de compañía.

Y sabía que, en caso de volver, no podía pedir que su puesto siguiera vacante.

—De eso ya hablaremos más adelante —sentenció la mujer con un ademán—. Por lo pronto pediré al servicio que prepare nuestro equipaje. También enviaré una nota para que nos reserven unos pasajes en el primer barco que salga para Boston.

—No se preocupe por eso, Margaret —intervino Jonathan—. Yo me encargaré de esa diligencia. Me marcho tan pronto me preparen el carruaje. Les enviaré una nota en cuanto encuentre un barco que zarpe desde Liverpool y un lugar para pasar la noche antes del embarque.

Se levantó.

—Gracias, querido. —La mujer le tocó el brazo en señal de agradecimiento—. Es un alivio contar contigo. Sin Jeremy aquí...

—Un momento, disculpen. —Leonor había seguido el diálogo con creciente alarma—. ¿De qué están hablando, si puede saberse?

—¿No has dicho que debemos partir lo antes posible, niña? —La duquesa viuda la miró con extrañeza.

—Yo —recalcó— debo partir, no ustedes. —Por respuesta recibió dos pares de cejas alzadas con la misma suficiencia—. Margaret —intentaba mostrarse sensata y reposada en un momento crucial—, le agradezco la intención, pero no es necesario que viaje conmigo. Su deber es permanecer en Stanbury Manor, o en Inglaterra, al menos. Su edad...

—¿Mi edad? —pareció sulfurada—. Ahora empiezas a hablar como el resto de las insufribles damas de compañía que abundan por el mundo y que, por cierto, no contraté. ¿Qué le ocurre a mi edad? No adolezco de ningún mal que me impida embarcar rumbo al fin del mundo, si así lo deseo. En cuanto a mi deber, te diré, jovencita, que hace poco que he pasado el relevo a Edith, la nueva duquesa de Dunham. Ya he hecho por este ducado todo cuanto debía hacer. Ahora es turno para los jóvenes.

—Pero, Margaret...

—No quiero excusas. —Su tono se elevó unas décimas; lo justo para alcanzar el grado de pomposidad que utilizaba cuando quería conseguir algo debido a su rango—. Además, es inconcebible que pienses que te dejaría viajar sola.

—Tengo veintisiete años. Soy una solterona. Y fea, para más datos. No necesito un acompañante. Ni dos. —Ahora se refería a Jonathan.

—Eres una inconsciente si crees que esas tonterías son válidas. Tu reputación...

—¡No tengo reputación!

A todos los presentes, incluida ella misma, les sorprendió su exabrupto. Leonor era capaz de permanecer impasible en las más adversas circunstancias. O eso creían. Sin embargo, decidieron no tenerlo en cuenta dada la difícil situación por la que ella pasaba.

—Por supuesto que la tienes. —Jonathan no pensaba ceder—. Que finjas ser una simple dama de compañía no quita que no lo seas. Además, pertenezca a la clase social que pertenezca, una mujer sola siempre es un objetivo atractivo para cualquier embaucador y timador.

—Jonathan está en lo cierto, Leonor. Me parece terrible que nos pidas que nos quedemos sentados con toda tranquilidad jugando al bridge mientras tú viajas sola a través del mar en pos de quién sabe qué peligros.

Estaba exagerando y los tres lo sabían, pero Jonathan no pensaba desdecirla cuando su único objetivo en ese momento era acompañarla a Boston quisiera Leonor o no.

—Bien, entiendo y acepto —declaró a regañadientes— que quiera acompañarme. No intentaré hacerla desistir de su empeño.

—Y te lo agradezco por ello. —No había ni pizca de burla en sus palabras.

—Pero no veo por qué debe venir el señor Wells. —Leonor volvió su atención de nuevo hacia él—. Debe tener muchos compromisos imposibles de postergar.

«Como Isobel», recalcó su traicionera conciencia.

—¡Eso no es cierto! —protestó el aludido. Le fastidiaba que Leonor no lo quisiera cerca. No lo consolaba que momentos antes hubiera hecho lo mismo por la abuela de Jeremy—. Estoy aquí, lo cual indica con total claridad que nada me retiene en ninguna parte. ¡Soy libre como un pájaro!

Leonor frunció el ceño ante su absurda exclamación, y Jonathan se mantuvo firme en ese duelo de voluntades.

—No puede abandonar sus responsabilidades —insistió ella.

—No son tantas como usted piensa —refutó con tranquilidad.

—Hay gente que depende de usted.

—Son muy capaces de hacer su trabajo sin mí revoloteando a su alrededor; como siempre suelen hacer, de hecho.

—No es un viaje de placer.

—Soy muy consciente de ello.

Jonathan quería que dijera en voz alta su principal excusa, la razón de tanta negativa. Él lo sabía, ella también. Incluso sospechaba que la duquesa era capaz de acertar de pleno. Cuanto antes lo aceptara Leonor, antes podría ponerle remedio él.

Al final, ella le complació.

—A Isobel no le gustará.

Jonathan se permitió una sonrisa secreta.

—No podría estar más de acuerdo.

Hubo un tenso y expectante silencio.

—No, no vendrá.

2

El trasatlántico de la compañía White Star Line, el *SS Britannic*, atracó en el Central Wharf, uno de los muelles más grandes de Boston, diez días después de zarpar de Liverpool. Antes había hecho escala en Nueva York.

Leonor había sido testigo de toda la maniobra de aproximación a tierra desde la cubierta de primera clase, mientras contemplaba la línea de la costa cubierta por numerosos muelles. Decenas de edificaciones de ladrillo rojizo y de una altura de cuatro pisos, que servían de almacenamiento para los cargamentos, daban la bienvenida a un bullicioso centro de comercio, pues el puerto de Boston era famoso por el fluido intercambio de mercancías —tabaco, té, café y especias— que llegaban desde el Caribe y Oriente por productos tan preciados como el ron, la melaza y el azúcar. Su misma familia se había beneficiado de ello, pues antes del nacimiento de Leonor su padre había construido una refinería de azúcar que había ido creciendo hasta asentarse entre las más grandes del país.

Un fino mechón de su cabello rubio ondeó en el viento. Sus ropas discretas y su expresión neutra la hacían parecer tan correcta como siempre, tratando de no llamar la atención. En sus ojos tampoco se podía apreciar el brillo que había captado la atención de Jonathan durante esos meses que pasó en la mansión.

Era como si se hubiera extinguido por completo.

La agitación la envolvía y sus sentimientos eran encontrados a causa de la nostalgia y la preocupación. Era extraño regresar después de siete años a la ciudad que había considerado su hogar gran parte de su vida. Además, no lograba deshacerse de una inquietante sensación que no presagiaba nada bueno.

Si no llegaba a despedirse de su madre nunca se lo perdonaría.

Por un instante deseó con todas sus fuerzas que los acontecimientos del pasado se hubieran desarrollado de otro modo, aunque tampoco sabía cómo. Quizá si Helen Price hubiera sido más comprensiva y hubiera obrado respetando sus deseos en vez de pensar en las apariencias o en el poder, la relación madre e hija no sería inexistente, como lo era en la actualidad. Aunque pensándolo bien, Leonor estaba orgullosa de cómo se había desenvuelto en esos siete años que había permanecido alejada de la familia. Se había trazado un camino por su propio pie y había conocido a magníficas personas.

Solo había un pero en todo aquello y era Jonathan Wells.

En medio de la vorágine que supuso su precipitada marcha de Inglaterra, Leonor no consiguió convencerlo de que su presencia no era necesaria. Él ni siquiera se daba cuenta de que estar a su lado la atormentaba. Le hacía desear cosas imposibles. Sin embargo, y si era sincera consigo misma, admitiría que su compañía había supuesto un alivio en la larga travesía. Era reconfortante poder contar con un hombre que estaba pendiente de sus sentimientos, que trataba de distraerla de sus pesimistas pensamientos y que conseguía arrancarle alguna que otra sonrisa cuando menos lo esperaba. Aunque tampoco era tan tonta como para no saber que aquel viaje no sería eterno y que al final terminaría regresando a los brazos de Isobel.

Eran sobre las cinco de la tarde cuando todos desembarcaron. Comprendiendo el sombrío estado de ánimo en el que se encontraba Leonor, Jonathan se encargó de todo. Contrató a un par de mozos para transportar los baúles que descargaron del barco y alquiló un par de carruajes. En uno iría la duquesa viuda, Leonor, *Georgette* y él mismo. En el otro, el señor Pickens, una doncella, el equipaje y un objeto que había precisado de un especial cuidado durante el transporte: la jaula del guacamayo.

A pesar de estar todo dispuesto, antes de partir hubo un pequeño enfrentamiento entre Leonor y Jonathan. Él sugirió que debían ir primero al hotel, asearse y descansar antes de enfrentarse a lo que les deparaba el futuro y ella se opuso de forma tajante. ¿Cómo podría siquiera pegar ojo cuando su madre estaba muriéndose a solo unas calles de distancia?

Después de un tenso tira y afloja, Leonor terminó imponiéndose. El segundo carruaje, con el señor Pickens al frente, partiría hacia el Parker House Hotel, donde el secretario sería el encargado de reservar las habitaciones e instalar las pertenencias de todos. Margaret, Jonathan y Leonor irían directamente a interesarse por el estado de salud de Helen Price.

Atravesaron Atlantic Ave y enfilaron State Street sin ningún contratiempo. Todos estaban más silenciosos de lo habitual y Jonathan había dejado a un lado su tono frívolo y socarrón para transformarse en un caballero en el que todos se apoyaban. Incluso *Georgette* parecía comprender la gravedad de la situación y eso que estaban en un país completamente nuevo. Para su asombro, el guacamayo ofrecía un comportamiento más tranquilo y apenas había abierto el pico desde que dejaron el barco.

Mientras se desplazaban por el corazón de la ciudad, Jonathan no pudo dejar de observar a la joven con disimulo. Lucía una fachada serena, pero sabía que en el fondo estaba sufriendo. Ni siquiera las riñas y los siete años de separación con su madre podían mitigar el miedo a perderla para siempre. Y mucho menos cuando ambas estaban distanciadas. Pero no le gustaba verla de ese modo, se dijo. Además, su angustia se la había contagiado a él.

—Leonor —la llamó Jonathan con suavidad. Ella levantó la vista de su regazo y lo miró, al tiempo que una sombra de tristeza cruzó por su rostro—. Todo va a salir bien.

No sabía si en realidad sería así, más bien las noticias

indicaban lo contrario, pero no pudo dejar de darle ánimos. Pasara lo que pasase, él estaría a su lado. Y Leonor tenía que saberlo.

Ella agradeció su intento por animarla con un asentimiento mudo. Siempre había sido capaz de dominar sus emociones, si bien sentía que en aquel momento cualquier palabra que saliera de su boca conseguiría desestabilizarla.

—Estoy de acuerdo —corroboró Margaret, duquesa viuda de Dunham—. Tu madre es una mujer joven y saldrá de esta —argumentó—. Tengo un buen presentimiento.

—Y yo confío en los presentimientos de la duquesa —terció Jonathan. La anciana poseía más inteligencia en su dedo meñique que la de un centenar de hombres y últimamente había descubierto que sus corazonadas eran más certeras que una flecha en la diana—. Ambos la conocemos demasiado como para dudar de ello.

Leonor volvió a asentir y dejó vagar su mirada por la ventana del carruaje. Se dio cuenta de que algunas calles y edificios habían cambiado con el paso de los años. La ciudad estaba en constante evolución, pero todavía podía orientarse con relativa facilidad. Sabía que la distancia que debían recorrer era más bien corta, menos de dos millas, por lo que no tardarían demasiado en llegar.

Cuando se detuvieron en Beacon Street, una calle de tierra con las aceras bien pavimentadas, su corazón latía desbocado bajo su pecho. No era solo la angustia por el estado de salud de su madre; los recuerdos de su infancia feliz se agolpaban en su mente y se dio cuenta de que lo había echado todo de menos.

Jonathan la ayudó a bajar y por unos instantes se detuvo observando a su alrededor: los olores, los colores, el sonido de los viandantes que iban o regresaban del parque... Y la casa, su casa, seguía irguiéndose igual de majestuosa con sus cuatro mil pies cuadrados y su fachada de piedra esculpida con numerosos detalles.

Eran unas sensaciones demasiado intensas como para dejarlas pasar y se dio cuenta de que, por mucha distancia que hubiera puesto de por medio, seguía llevando Boston en su corazón.

Pero era triste darse cuenta en momentos como aquellos.

Fue entonces cuando se percató de que la duquesa viuda, cogida del brazo de Jonathan, parecía cansada y frágil. Y, por si fuera poco, se movía más despacio que de costumbre.

¿Cómo le había permitido acompañarla en aquel viaje? ¿Acaso no había considerado su edad? Quizá gozara de buena salud y mantuviera el juicio intacto, pero cruzar el Atlántico seguía siendo agotador. Hacía años que había dejado de viajar largas distancias. Ella residía en Surrey la mayor parte del tiempo. Como mucho se desplazaba a Norfolk para visitar a su hija, a su nieta o a su bisnieta y a Londres de vez en cuando. Así que para ella ir a Boston debía de parecerle como haber dado la vuelta al mundo.

Se acercó a la anciana.

—Margaret, deberíamos haberla dejado en el hotel. Le vendría bien descansar un poco.

El afecto que profesaba a la duquesa viuda traslució a través de sus palabras.

—Eres una gran mujer, Leonor. Solo tú podrías dejar a un lado tus propias preocupaciones para interesarte por mí. Aunque no es necesario.

—Sigo pensando que...

—Bobadas —respondió ella, desestimando sus palabras con un gesto—. Insisto en estar a tu lado en momentos como este. ¿No habrías hecho tú lo mismo por mí? —le preguntó mientras se enderezaba el broche enmarcado en oro.

—Por supuesto, pero yo soy su dama de compañía.

—No. En momentos como este eres mi amiga —expuso la anciana sin ningún tipo de vacilación—. Y una muy querida, debo añadir. Así pues, ¿a qué esperamos? ¿Vais a tenerme esperando en la calle hasta que me salgan canas? ¿O hasta que le salgan a la pobre *Georgette*?

—¡GUAKS! ¡GUAKS! —gruñó la susodicha, como si supiera que estaban hablando de ella. Su vistoso plumaje resaltaba bajo el sol pálido de la tarde. En cambio, el cabello de la duquesa hacía décadas que había perdido su color.

Jonathan esbozó una sonrisa. Margaret era todo un personaje.

—Está bien —aceptó la joven de forma estoica.

En apariencia, se dejó convencer, si bien seguía decidida a mandarla al hotel a la menor oportunidad que se le presentase.

—Señorita Price —dijo Jonathan en aquel instante—, usted deberá guiarnos.

La vio alisarse el sencillo volante del escote de su vestido para verse presentable e hizo un gesto con la cabeza en dirección a la mansión de color grisáceo, más grande de lo que hubiera imaginado. Una cosa era descubrir que Leonor provenía de una rica familia y la otra era ser consciente de ello. Aquella casa poseía una magnificencia envidiable.

Tuvieron que esperar unos minutos frente a la puerta, de hierro forjado y cristal, antes de que una criada les abriera. Leonor se tensó de inmediato. No la reconocía y eso complicaba las explicaciones.

—Deseamos ver a Helen Price —murmuró, haciendo un esfuerzo por controlar el temblor en la voz. Unos pasos la separaban de su madre y el nerviosismo comenzó a extenderse en cada parte de su cuerpo.

¿Qué le diría? ¿Y qué diría ella? ¿Cómo actuaría? ¿Acaso había alguna posibilidad de que la rechazara o en momentos como ese la amargura quedaría atrás?

La criada, que vestía un uniforme de algodón negro con su delantal blanco, observó a los presentes, pero de inmediato su mirada se posó en el colorido animal que descansaba sobre el hombro de Jonathan. A pesar de haber sido instruida para mostrarse imperturbable no pudo evitar lanzar un jadeo de sorpresa y en cierta medida, de miedo. Si *Georgette* se hubiera puesto a hablar como acostumbraba, la mujer habría reaccionado gritando.

No todo el mundo sabía apreciar al guacamayo.

Una vez superado el sobresalto volvió a concentrar su atención en Leonor, la única que había hablado hasta entonces.

—Lo siento, esta tarde la señora no recibe visitas.

—Soy su hija, Leonor Price.

Aquellas cinco palabras bastaron para que los dejara pasar. Los condujo por un primer tramo de escaleras y se detuvo un segundo en el ostentoso vestíbulo interior, frente a una amplia escalera de mármol coronada por dos querubines dispuestos sobre las columnas de la baranda.

—El doctor está con ella en estos momentos —les anunció mientras subía el segundo tramo—. Será mejor que esperen en la sala.

Leonor tuvo un momento de duda. En su interior pugnaban entre el deseo de verla y la prudencia.

—¿Ha hecho algún tipo de diagnóstico? —Se moría por saber si estaba tan grave como le habían contado, pero para su alivio, por lo menos seguía con vida.

—Es demasiado pronto para saberlo. Debemos esperar a que baje el doctor. ¿Desea que le informe cuando termine la visita?

—Por supuesto —afirmó sin demora. Quería saber si aquel doctor era fiable, pues al parecer todavía no se sabía la causa que afectaba a su madre. ¿Cómo podrían, entonces, darle un tratamiento adecuado?—. ¿No hay nadie acompañándola?

Detestaba la idea de que pasara por eso sola.

—Sí, señorita. Sus hermanas: Amelia y Roberta.

El salón en el que los acomodaron hizo lanzar un «oh» de admiración a Jonathan. Las paredes estaban revestidas de madera y artesonadas de un color caoba más claro, con un friso esculpido. Las vidrieras de colores, la lámpara de araña que colgaba del techo y el piano negro con grabados conferían al salón un aire regio y formal. A él siempre le había gustado rodearse de objetos hermosos y sus gustos solían ser igual de caros y recargados como lo era aquella decoración.

—Magnífico —murmuró por lo bajo, deambulando y contemplando cada detalle—. Magnífico.

Leonor se sentó junto a la duquesa viuda en uno de los sofás. Por un momento respiró tranquila. La aliviaba saber que había llegado a tiempo de verla de nuevo.

—Margaret, como puede comprobar, he llegado salva y sana hasta Boston —comenzó diciéndole Leonor—. Solo tengo que esperar un poco más y podré reunirme con mi madre. Le agradezco de todo corazón el esfuerzo que ha hecho acompañándome. A usted también, señor Wells. —Su voz sonó más formal para referirse a Jonathan a propósito y él se dio cuenta. Lo tomó con un alzamiento de cejas. Aunque la dejó continuar—. El viaje ha sido largo. No me mienta diciéndome que no está cansada.

—No lo haré, niña —contestó la anciana—. Pero si me estás echando...

Leonor la tomó de las manos con afecto.

—No haga que me preocupe también por usted. Por favor se lo pido: vaya a descansar. Yo le avisaré cuando sepa a ciencia cierta lo que sucede con mi madre.

La duquesa viuda miró a Jonathan con indecisión. Su querida dama de compañía tenía razón, deseaba tumbarse y cerrar los ojos durante un ratito.

—No puede quedarse sola. No en momentos como este.

—Y no lo hará. Se lo aseguro —le prometió él—. Voy a hacer un trato con ustedes. El más justo, diría yo. Estoy seguro de que ambas estarán de acuerdo en que es la solución más lógica, dadas las circunstancias y que...

—No te vayas por las ramas, Jonathan —se impacientó la anciana—. Ve al grano.

Él le lanzó una sonrisa divertida. Uno no sabía qué esperar con el carácter de aquella mujer.

—Leonor tiene razón, como casi siempre —apuntilló—. Yo mismo la acompañaré hasta el hotel y dejaré a *Georgette* en su jaula. No quiero que la señora Price se vaya a la tumba por los chillidos de este pajarraco.

—¡GUAKS! —se quejó el animal alado—. ¡INGRATO!

Y, a continuación, voló hasta el hombro de Leonor.

—Ahora no, *Georgette*. —Jonathan alzó un dedo, amenazante—. No voy a tolerar ninguno de tus caprichos —la riñó—. Como decía... *Georgette*, es por tu bien. Y por el de los demás —murmuró la última parte en voz baja—. Piensa en las comodidades de tu jaula. Mañana me lo agradecerás —le dijo al igual que si estuviera hablando con una persona—. Después regresaré a esta casa y esperaré a Leonor.

—No es necesario —protestó ella.

—Por supuesto que lo es. Necesitas a alguien de confianza a tu lado.

Ella abrió los ojos desmesuradamente.

—Pero estaré con mi familia.

—Una familia de la que te alejaste por voluntad propia —le recordó—. Quién sabe cómo pueden recibir tu vuelta.

Su madre había tratado de casarla a toda costa a pesar de sus negativas. Además, no sabía cómo eran los demás miembros de aquella familia y si en realidad se alegrarían con el regreso de Leonor. No se fiaba de dejarla a solas con ellos.

La duquesa viuda pareció complacida con la resolución de Jonathan y Leonor quedó en minoría.

Más de media hora después, tras tomarse un delicioso té y comer unos bocadillitos que aplacaron momentáneamente su frustración debido a la espera, Leonor se dijo que no aguantaba por más tiempo y que iba a subir a la habitación de su madre. No necesitaba que nadie la acompañara, pues conocía cada palmo de aquella casa.

En otras circunstancias, unas más felices, hubiera bajado a la cocina a saludar a los viejos empleados, a los que seguía teniendo cariño. Le encantaría saber quién seguía trabajando con su madre o cómo seguían sus vidas, mas no se sentía con ánimos suficientes para hacerlo. Al fin y al cabo, la razón principal —más bien la única— por la que había cruzado un océano era para tratar de hacer las paces en las últimas horas de Helen Price.

Se preguntó si durante todos esos años ella habría pensado en su hija, si se habría arrepentido en algún momento de su comportamiento y de lanzarle amenazas, si habría tratado de localizarla. O muy por el contrario, habría tratado de borrarla de su memoria, tal y como había prometido hacer. En realidad, no le preocupaba que la desheredara y que todo el patrimonio de su madre pasara a manos de Kenneth. Su primo se había convertido gradualmente en su mano derecha, pues ya desde muy niño trató de inculcarle el modo en el que ella se ocupaba de la refinería y de las inversiones. A cambio, él obedecía cada una de sus órdenes como si se tratara de un soldado y cumplía sus expectativas de un modo intachable. El dinero no preocupaba a Leonor. Lo que sí que le preocupaba era que la olvidara como hija.

Eso era más duro de aceptar.

Cuando escuchó unas voces que se aproximaban, Leonor se levantó de un salto, con la esperanza de que se tratara del médico que atendía a su madre, si bien antes de abrirse la puerta reconoció de qué persona se trataba: Jonathan, que ya había regresado.

La misma criada que la había estado atendiendo lo acompañaba. Les informó que el médico no había terminado y que por ello no había podido comunicar su llegada. A continuación, los dejó solos.

—¿Cómo estás? —le preguntó él, aproximándose y mirándola directamente a los ojos.

Jonathan se dio cuenta de que hacía tiempo que no compartían un instante de intimidad, pues en las últimas semanas ella se había asegurado de que al menos hubiera una tercera persona presente cuando se veían. Él quería hablarle de sus sentimientos, de lo que le ocurría cuando estaban juntos, pero parecía una labor imposible. Y ahora que conseguía tenerla toda para él, no era el momento adecuado.

—No demasiado bien. Y estoy comenzando a impacientarme. Tanto, que estaba a punto de subir yo misma.

—¿Crees que sería buena idea?

—¿Y qué más puedo hacer? Ya he repasado mentalmente docenas de dolencias que podría padecer mi madre. Es muy angustioso.

Tal vez irrumpir en la habitación de una moribunda cuando todavía no habían hecho las paces no era el mejor modo de presentarse ante ella. Aunque entendía la necesidad de Leonor de hacerlo. Al fin y al cabo, era su madre.

Jonathan la tomó del codo con delicadeza, tratando de ser todo lo comprensivo que Leonor necesitaba. Si a ella le faltaba un hombro en el que llorar, ahí estaría él; si buscaba unas palabras de aliento, lo encontraría; si necesitaba sofocar sus miedos, el sería el primero en correr hacia ella. Así de simple.

Había descubierto que le gustaba estar ahí para Leonor y le satisfacía poder ser de ayuda. Ella lo merecía por el espíritu bello y ligero, sus conversaciones maravillosamente estimulantes y un talante digno de admiración. Todo en Leonor era virtud y todo su conjunto le hacía desear más. Asimismo, parecía que *Georgette* era de la mima opinión. Y eso que el mimado guacamayo era difícil de contentar.

Aun con una connotación negativa, aquel viaje había sido toda una bendición, porque le daba la oportunidad de volver a acercársele.

Para su propio asombro, ella no se apartó del intento de acercamiento. Se quedó inmóvil durante unos segundos conteniendo el aliento. Fue entonces cuando su dulce aroma se filtró a través de sus fosas nasales y un ligero cosquilleo comenzó a emerger con impaciencia. Si hubiera hecho caso al inconsciente diablo que solía ser Jonathan, hubiera ladeado el rostro y acercado sus labios a los de Leonor. Sin embargo, se contuvo. No quería recordar su primer beso y pensar que ella no se había entregado del mismo modo en que lo había hecho él, pues tenía puesta su atención en un asunto mucho más importante.

El momento adecuado, se dijo. Entonces serían el uno para el otro.

Jonathan carraspeó antes de hablar.

—Vamos a subir a ver a tu madre. —Para qué retrasarlo más. Leonor estaba en Boston para enfrentarse a la realidad de los hechos, ¿no? Más que nada para saber. Por muy doloroso que resultara.

—¿Vamos? —repitió ella.

—Me necesitas a tu lado —señaló él—. Pero seré sensato y te esperaré en el corredor. Así estaré lo suficientemente cerca si me necesitas.

Leonor lo miró perpleja. Jonathan había sido demasiado amable y generoso dejando a un lado todos sus asuntos personales para acompañarla en momentos como aquellos.

—Gracias —balbuceó, desterrando de inmediato de su mente aquel gesto. No quiso pensar en él; no podía permitírselo. Debía resguardar su corazón a toda costa.

Jonathan mantuvo en todo momento el contacto con Leonor mientras la escoltaba por la casa en dirección a la habitación de la señora Price. O más bien era ella quien lo guiaba.

La soltó tan pronto como ella detuvo el paso.

Leonor dio un par de golpecitos a la puerta y la abrió incluso antes de ser invitada a entrar. Con el pomo en la mano se dio la vuelta y lo miró, revelando el brillo de vacilación que había en sus ojos.

—Adelante —susurró él.

A decir verdad, Leonor esperaba encontrarse la habitación en un ambiente mortuorio: en la penumbra, con las cortinas echadas, su tía Roberta llorando, pues era la más emocional de las tres hermanas y a su madre acostada farfullando incoherencias. Helen Price sería una mujer de carácter incluso en sus últimas horas.

Y sí, efectivamente, estaba farfullando, pero todo lo demás fue fruto de su imaginación.

Lo primero que vio fue a su madre tumbada en su lujosa cama, completamente vestida y con el dobladillo de la falda un tanto levantado. El doctor Yakes estaba inclinado sobre ella y parecía estar examinándole el pie. El maletín de piel estaba abierto sobre la colcha y mientras tanto su madre realizaba aspavientos con los brazos y maldecía a todos los presentes.

—¡Maldita sea! —gritó dejando a un lado los modales de una dama—. Estoy bien. No ha sido más que una simple torcedura y no necesito que me receten descanso. Tengo miles de cosas que hacer.

—Santo Cielo, Helen, deja que el doctor termine de una vez —la sermoneó con impaciencia su hermana mayor, que llevaba por lo menos cuarenta minutos tratando de disuadirla de que era preciso ser examinada.

Sus reticencias comenzaban a fastidiarla.

—Traerlo ha sido idea tuya, ¿cierto?

—Pues sí —afirmó—. La caída ha sido aparatosa. Era lo menos que se podía hacer.

—Es mejor —opinó Roberta, pero con un tono mucho más bajo. Leonor se parecía bastante a ella y no solo en el aspecto físico. Era calmada, entregada a los demás y en cierta medida, dócil. Además, seguía tan soltera como ella.

—Madre, deberías hacer caso a las tías.

Al reconocer la voz, los presentes volvieron el rostro hacia Leonor, dejando durante unos segundos la habitación en un estupefacto silencio. A pesar de sentir todas las miradas clavadas en ella, la joven no perdió ni un ápice de su compostura, aunque en el fondo estaba aterrada por cómo iba a ser recibida.

—¡Leonor! —exclamó Roberta, yendo a su encuentro.

Sentir su abrazo fue sublime. Llevaba siete años alejada de su familia y, aunque se había repetido mil y una veces que ella sola se bastaba, la realidad se imponía: los había echado terriblemente de menos. Y más a su querida tía, la única que había abogado por ella.

Le correspondió con un abrazo sincero.

Después la siguió Amelia, aunque fue menos efusiva. Al igual que su madre, se aferraban demasiado a los convencionalismos. Y haber renunciado a un compromiso establecido dentro de su mismo círculo social era todo menos convencional. Era escandaloso.

—¿No te alegras de verme, madre? —logró preguntar mientras se enjugaba los ojos enrojecidos con un pañuelo de lino.

Se la quedó mirando con el corazón en vilo. En realidad, no parecía enferma. Su cutis tenía buen color, su peinado estaba impecable y parecía que los años no hubieran pasado para ella. Ningún signo destacable de envejecimiento. Además, había comprobado que seguía con la misma vigorosidad que antaño.

—¿Qué haces aquí, Leonor?

A la joven, su tono le supo a reproche.

—¿Quieres que me marche?

—Yo no he dicho eso —contestó su madre, enderezándose. La observó de arriba abajo, evaluando su aspecto. Leonor sabía lo que encontraría: un rostro sin un ápice de belleza y un vestido azul de lo más discreto que no podía compararse con los que había usado en el pasado. Por supuesto, no era lo que se esperaba de la hija de Helen Price—. Solo es que me sorprende tu visita.

—Me enteré de... —titubeó, bajo el escrutinio—. Supe de tus problemas de salud.

—¡Por Dios, qué tontería! ¿Problemas de salud? ¿Quién te ha ido con el chisme? Y tan rápido... —se sorprendió—. Pero no es nada. Solo una leve torcedura que se curará con un poco de descanso y procurando no apoyar el pie. ¿Veis? —dijo a sus hermanas—. No necesito que el doctor Yakes me lo diga.

El aludido cerró el maletín y se dispuso a salir.

—Será mejor que me retire y las deje a solas. Señorita Price, me alegro de volver a verla —dijo con una inclinación de cabeza.

—Lo mismo digo, doctor.

—Pero si todavía no ha... —protestó Amelia.

—Su hermana está en lo cierto. El tobillo está un poco hinchado y cualquier doncella conoce decenas de remedios para estos males. Regresaré en unos días, señora Price.

—Le acompaño.

El doctor levantó la palma de la mano.

—No es necesario. Conozco el camino y ustedes están en familia. Buenas tardes.

Roberta acercó una butaca con cierta dificultad hasta la cama de su hermana e insistió para que su sobrina se sentara.

—Leonor, cuéntanos cómo has sabido que tu madre había resbalado. No ha sido un incidente público.

—Yo no me refería a eso, tía. Me dijeron que estabas enferma. Gravemente enferma.

Las tres mujeres la miraron como si hubiera soltado una gran estupidez. Estaba empezando a pensar que así era.

—¿Por eso has regresado a Boston? ¿Querías asegurarte del tiempo que me quedaba y ver cuánto iba a dejarte?

Leonor se quedó helada, Roberta lanzó una exclamación y Amelia la censuró con la mirada.

Decir que se molestó por lo injusto de su acusación era quedarse corto. Al parecer, su madre seguía resentida por haberse empeñando en romper el compromiso con Adam Henderson.

—No voy a bailar sobre tu tumba, si es lo que temes —declaró de forma cáustica.

—Hija, no seas ordinaria.

—Pues no me hagas serlo —replicó—. El dinero siempre me ha importado poco. Y lo sabes. Por lo menos concédeme eso.

Helen Price asintió, despacio. No era la bienvenida que espera recibir Leonor, pero mirándolo desde otro ángulo, podría ser peor: no la había echado.

—Puedes ver que estoy perfectamente, salvo esta

pequeña molestia que tus tías han hecho parecer peor de lo que es. ¿Has venido para quedarte o solo es temporal? —espetó sin compasión—. Le pediré a las criadas que preparen tu cuarto y que cocinen alguno de esos platos que tanto te gustaban.

Leonor no supo qué pensar. Su madre parecía querer tenderle una mano, pero seguía sonando brusca y autoritaria.

Había muchas asperezas que limar y, llegado a ese punto, tal vez ya no fuera viable.

—Madre, tengo reservada una habitación en el Parker House Hotel. —No era que no quisiera quedarse en la casa, sino que le preocupaba que no fuera una buena idea.

Helen frunció los labios con disgusto. Para ella no había idea peor.

—¿En un hotel? ¡Habrase visto! Esta es tu casa —afirmó con contundencia. Después, agarró la jarra de cristal que había en la mesilla junto a la cama y volcó un poco de agua en un vaso para bebérsela de un golpe—. ¿Qué pensarán nuestros conocidos? ¿Lo has pensado? Porque las habladurías no tardarán en propagarse.

A Leonor le traía sin cuidado lo que pudiera decirse sobre ella, mas se quedó callada. Mejor no contradecirla.

—Todo mi equipaje está en el hotel. Además, no he venido sola. —La imagen de Jonathan, que esperaba en el corredor, se le vino a la cabeza. Había sido muy generoso por dedicar su tiempo completo a acompañarla, si bien no estaba preparada para dar aquellas explicaciones a su familia.

De repente, Amelia pareció interesada.

—¿Con quién?

—Ella es una amiga —contestó, pensando en la duquesa viuda—. O mejor dicho, mi patrona —se corrigió.

—¿Patrona? —preguntó su madre con voz estrangulada, mientras se cubría las mejillas con las manos.

—Sí. Soy su dama de compañía.

Aquella simple información desató la furia de su madre. Encontraba indigno que hubiera caído tan bajo. Leonor Price provenía de una de las mejores y más antiguas familias de Boston. Ellos se codeaban con la élite de la ciudad, estudiaban en los mejores colegios, apoyaban las artes, e incluso impulsaban organizaciones benéficas. Sus vidas siempre estaban en boca de todos.

Su reacción no se hizo esperar.

—¡Insensata! Esta no es la educación que te proporcioné. ¿Rechazaste a Adam para ser una simple criada? Definitivamente, te has vuelto loca.

Leonor se sintió mal porque la ofendiera de ese modo. Ella estaba muy orgullosa de sus logros. Con apenas unos dólares y ninguna recomendación había sido capaz de conseguir una posición cómoda junto a Margaret. Y bien retribuida, además.

—Prefiero ser una respetable dama de compañía antes que la esposa de alguien tan ruin como Adam Henderson.

Su madre no estaba para nada de acuerdo.

—¿Y qué has conseguido a cambio? Dime. Por Dios, Leonor, mírate al espejo. Te has hecho mayor y diste la espalda a tu familia por un triste empleo. ¿Qué hombre te va a querer ahora?

—Perdón, pero creo que es el momento adecuado para interrumpir.

Las cuatro mujeres se quedaron estupefactas. Las hermanas por la presencia en la habitación de un apuesto y elegante desconocido y Leonor porque lo conocía muy bien: se trataba de Jonathan.

Era difícil no admirarlo, le dijo una vocecilla interior. Incluso en aquellas circunstancias seguía resultando igual de atractivo, como si el viaje no hubiera hecho mella en él. Rezumaba seguridad en sí mismo, distinción y una pizca de picardía. Por su modo de vestir y de comportarse era obvio que provenía de una familia con fortuna.

Ella se levantó de la butaca lo más aprisa que pudo y avanzó unos pasos en dirección a él. No podía creer que se hubiera atrevido a entrar. Su madre no lo vería con buenos ojos.

—Jonathan... —comenzó a decir antes de ser interrumpida.

—¿Quién diantres es usted? —quiso saber la señora Price, movida más por la curiosidad que por el reproche.

No le habían pasado por alto las cualidades de aquel sujeto.

Jonathan, consciente del impacto que causaba su presencia, trató de tomar ventaja. Siempre había sabido desenvolverse bien y sabía cómo encandilar a una audiencia, y más si se trataba de una femenina. Así que esbozó una radiante sonrisa que podría derretir el hielo e hizo una comedida pero elegante reverencia.

—Señora Price, es un placer conocerla. Soy Jonathan Wells, el prometido de su hija.

—¡Prometido! —se escuchó decir.

No supo quién de las cuatro mujeres se sorprendió más, pero podía apostar que fue Leonor, que lo miraba azorada. Abrió la boca y volvió a cerrarla sin poder articular palabra. Con habilidad, Jonathan aprovechó su aturdimiento y se situó hasta su misma altura, para después tomar su mano y besarla en el dorso.

El contacto, suave como un murmullo, dejó una huella en Leonor. Se quedó sin aliento, sus pupilas se dilataron y un repentino escalofrío le recorrió la espalda. Jamás hubiera creído posible que tales emociones llegaran a abrumarla en el modo en que lo estaban haciendo y mucho menos después de descubrir los sentimientos de él hacia Isobel. Sin embargo, estaba cayendo a sus pies con una debilidad inusitada.

—Eso no es...

Por segunda vez fue interrumpida, aunque esta vez por Jonathan.

—No trates de negarlo... amor. Dijimos que esperaríamos a que la salud de tu madre mejorara, pero debo reconocer que yo la encuentro bien. Magnífica, diría yo.

—Por supuesto que lo estoy —comentó Helen, lanzando un suspiro tan prolongado como resignado y contemplando a la pareja con los ojos semiabiertos—. No sé de dónde ha sacado esa ridícula idea mi hija.

«De Kenneth», quiso gritar ella, si bien no lo consiguió. Era como si su mandíbula se hubiera quedado petrificada y fuera incapaz de negar aquella farsa.

Jonathan se encogió de hombros con despreocupación. Parecía muy cómodo con todo aquello.

—Supongo que debe de tratarse de un desafortunado error, pero no hay mal que por bien no venga. ¿No creen?

—Por supuesto —corroboró Helen Price, que, estando sentada sobre la cama, había variado su posición corporal. En aquellos momentos, su postura era regia y autoritaria. Estaba acostumbrada a que las cosas se hicieran como ella ordenaba y las sorpresas no solían ser de su gusto—. Por Dios, acérquese más para que pueda verlo mejor. —A la madre de Leonor no le ocurría nada en la vista, solo quería saber si su primera impresión era correcta—. ¿Cuál es su nombre, caballero?

Como si no hubiera prestado atención.

—Jonathan Wells a su servicio, señora. Y a la de ustedes —añadió, dirigiéndose esta vez a Roberta y Amelia—. Deben de ser las tías de mi querida Leonor —dijo con voz melosa.

—Leonor no nos había dicho nada —se quejó Amelia—. No sé por qué le tenía escondido.

Jonathan juntó sus labios, formando una línea recta con ellos. La tía de Leonor insinuaba que él no era el candidato perfecto y que con seguridad ocultaba algún secreto del que avergonzarse.

Pero qué equivocada estaba. Aquella familia lo adoraría en un abrir y cerrar de ojos. Lo prometía.

—Yo diría que es más bien discreta —explicó, dedicándoles una amplia sonrisa a cada una—. Estoy seguro de que saben el dechado de virtudes que es, así como que la discreción es una cualidad que la caracteriza. ¿No es eso adorable?

—¿Sabe que trabaja de dama de compañía? —dijo su madre con un toque de censura. Jonathan asintió con la cabeza—. ¿Y lo aprueba?

Jonathan acercó a Leonor hasta la butaca que había estado ocupando y la hizo sentar con delicadeza. Él se situó a su espalda, apoyando las manos en el respaldo, rozando sus hombros.

—Lo prefiero mil veces a verla mendigar por la calle. O a que la obliguen a casarse con otro —puntualizó, para que quedara claro que condenaba sus acciones pasadas—. La duquesa viuda le tiene un gran afecto a Leonor y son más amigas que empleada y patrona. Pero cuando nos casemos ella tendrá todo cuanto desee sin tener que mover un solo dedo.

Helen pestañeó repetidamente. Una palabra en especial había captado su atención.

—Disculpe, ¿duquesa, dice?

—Eso me ha parecido escuchar —terció Amelia.

Jonathan rio internamente. Habían picado el anzuelo. ¿Quién iba a poder resistirse a un elevado miembro de la aristocracia inglesa incluso en el lejano Estados Unidos? Era demasiado goloso.

—Amor, ¿acaso no les has contado que Margaret, duquesa viuda de Dunhan, ha viajado hasta Boston con nosotros como prueba de su amistad? Su nieto, el actual duque, es mi mejor amigo, y su esposa, la duquesa, adora a Leonor.

Otra mujer en su situación se hubiera enfurecido. Otra mujer en su situación echaría fuego por los ojos mientras internamente maldecía a Jonathan cien veces por haber inventado aquella mentira que la aprisionaba más contra la pared.

Ella no. Leonor mantuvo la compostura en todo momento y negó con la cabeza.

Estaba segura de que Jonathan lo había hecho de buena fe, para ayudarla a salir airosa de los reproches de su madre, pero si la hubiera conocido más, sabría que ella prefería encarar la verdad a esconderse tras una farsa.

Era innegable que su madre había pasado de una terrible decepción a una gloriosa esperanza. Ella se daba cuenta, Jonathan también... En fin, todos lo hacían. Su hija, una causa que ya parecía perdida, fuente inagotable de sus pesares, había encontrado a alguien dispuesto a casarse con ella. Y lo que era mejor, parecía un hombre rico, caballeroso, bien posicionado socialmente y sin nadie que lo coaccionara para aceptar unir su vida con ella.

Al contrario que a su madre, a Leonor aquel compromiso no le pareció aire fresco para respirar. La flagrante mentira la situaba, de nuevo, en una posición delicada.

Llena de confusión, hizo lo único que podía hacer en aquellos momentos: trató de relajar su expresión y pasó a relatar su vida como dama de compañía junto a la duquesa viuda. Una vida que, al final, resultó ser del agrado de su madre.

¡Santo Cielo, bendito fuera el poder de la nobleza!

Y así, pensó, que entre tanta narración sobre bailes, meriendas campestres, visitas ilustres y fastuosas bodas ducales, podría conseguir que Helen Price se olvidara del supuesto compromiso.

Vana esperanza.

—Es inexcusable lo que ha hecho, señor Wells —expuso Leonor, saliendo de la casa con paso decidido. Su tono seguía siendo tan calmado y melodioso como siempre, pero su interior hervía de indignación—. ¿Quién le ha pedido que intervenga en mis asuntos?

Jonathan echó a andar, pisándole los talones. Él no creía que todo el asunto fuera tan reprochable.

Deberíamos tomar un carruaje —objetó al verla tan decidida a ir hasta el hotel a pie.

—Tómelo usted —respondió sin mostrar la mínima acidez—. Creo que necesito un paseo.

—No sé por qué estás tan molesta conmigo, Leonor.

—Porque no ha pensado en las consecuencias de sus actos.

En aquel punto ella tenía razón.

—No mucho, la verdad. —Pero, aun así, él sabía sacarle el máximo provecho a aquella situación—. ¿Es que no deseas hacer las paces con tu madre? Porque ahora tienes la oportunidad de hacerlo.

Leonor refutó al instante su consideración.

—¿Inventándome un cuento fruto de su imaginación, señor Wells? Gracias, pero no. ¿Sabe lo que ocurrirá cuando se entere de todo?

Ni siquiera quería imaginárselo.

—No tiene por qué hacerlo. Podemos disolver el compromiso cuando estimes oportuno.

Leonor se detuvo de golpe y volteó para encararse a él. Realmente, era muy ingenuo.

—¿Otro? ¿Con uno a mis espaldas no es suficiente?

—Siete años de separación con su madre era lo que había conseguido por oponerse al matrimonio con Adam Henderson. Saber que en realidad ni Jonathan ni Leonor estaban pensando en casarse sería como una broma de mal gusto para ella. O peor, como una afrenta personal que haría imposible la reconciliación entre ambas.

A saber en qué diantres estaba pensando Jonathan.

Por un momento tuvo una inquietante sospecha. En los últimos meses había participado en una farsa que terminó en el enamoramiento de su mejor amigo con Edith Bell, con un protagonismo más que destacable. A Jonathan le resultó de lo más grato y divertido hacerlo, como si conspirar con la duquesa viuda pudiera sacarlo del aburrimiento con el que había llegado a Stanbury Manor.

¿Estaría haciendo lo mismo con ella?, se preguntó. Tal vez se hubiera peleado con Isobel y aquel viaje sirviera como excusa para poner distancia entre ellos.

—¿Acaso lo encuentra divertido? ¿Estoy siendo un buen entretenimiento para usted?

Jonathan la miró con el ceño fruncido.

—¡Por Dios, no! —exclamó ofendido ante semejante pregunta—. Te tomo muy en serio, Leonor.

Ella no se dejó embaucar por su galantería.

—Ha confirmado delante de tres testigos que piensa contraer nupcias conmigo. Sabe, si fuera una mujer mezquina, podría exigirle que cumpliera su palabra hasta el final.

El comentario le hizo gracia. Él no se esperaba que Leonor saliera con aquello.

Le regaló una sonrisa que consiguió contrariarla.

—¿Lo vas a hacer? Obligarme, quiero decir.

Su tono era retador y hasta cierto punto artero. Tuvo la terrible sensación de que estaba jugando con ella.

—Por supuesto que no —negó tajante—. ¿Sabe qué? ¡Prefiero mil veces la compañía de *Georgette*!

Leonor prosiguió su camino sin dignarse a dirigirle la mirada mientras la carcajada de Jonathan permanecía flotando en el aire.

3

La mesa de desayunos estaba situada discretamente en un rincón, junto a un ventanal abovedado, y franqueada por un par de palmeras que sobrepasaban la altura de Leonor. Con el sol filtrándose agradablemente a través del cristal y las finas cortinas, la joven se concentró en la taza de porcelana que sostenía en las manos. De fondo, escuchaba el parloteo de la duquesa viuda y las lacónicas respuestas de Jonathan.

La noche anterior, Margaret había sido puesta al corriente de la nueva situación. Decir que se había sorprendido era poco. Sin embargo, fue bastante parca en palabras. No dio consejos ni advertencias; solo les prometió que los ayudaría todo lo que pudiera.

Quiso agradecerle su buena predisposición, pero Leonor no estaba segura de poder sostener aquella mentira. O de querer, aunque todavía no había decidido nada. Por lo pronto, ese día se trasladaría a su antiguo hogar junto a una invitada especial: la duquesa viuda, que había aceptado encantada hospedarse con los Price. Jonathan, en cambio, permanecería en el hotel. Su madre consideraba que debían guardarse las buenas formas y tener a los prometidos bajo el mismo techo podría suscitar comentarios malintencionados.

A pesar de su pie hinchado y el dolor que sentía en él, Helen Price comenzó a organizar una elegante cena familiar sin el consentimiento de nadie. Estaba encantada ante la perspectiva de un buen matrimonio. Leonor contaba ya con veintisiete años y sería imposible, bajo su punto de vista, hallar un partido decente. Eso sin tener en cuenta la obstinada reticencia de la joven. Sin embargo, no estaba dispuesta a entregarla a cualquier truhan con ínfulas. Aunque las primeras impresiones eran favorables, todavía estaba por decidir si el señor Wells era apto para el puesto y podía darle el visto bueno, o se trataba de un bribón que había engatusado a su hija.

Someterlo a una intensa inspección le daría la oportunidad de averiguarlo.

Una cena con toda su familia y con Jonathan como prometido era lo último que le apetecía a Leonor. Porque era una farsa, por supuesto. Ella era la reina del sosiego y el saber estar, y solo de pensarlo se sentía intranquila. No deseaba ser juzgada por sus siete años de ausencia y por lo que había decidido hacer durante todo ese tiempo. ¿Y lo peor de todo? Que debería soportar a Adam Henderson, su antiguo prometido. Su madre había tardado poco en ponerla al tanto de lo que se había perdido: su prima Beatrice y él habían acabado por casarse.

Saberlo la indignó. No porque tuviera el mínimo

sentimiento por Adam —acaso el desprecio—, sino porque la habían tratado como si fuera tonta. Ambos habían sido amantes durante su largo compromiso y si ella lo supo fue por pura casualidad. Lo sentía como una burla y para colmo de males ahora debía soportarlos.

¡Por culpa de ellos había roto la relación con su madre y había estado alejada de casa durante siete años!

Si tanto deseaban estar juntos, ¿por qué no lucharon por ello?

Suspiró en silencio, dejó la taza sobre la mesa y tomó un pedacito de manzana cortada para dárselo a *Georgette*, que aguardaba sobre el respaldo de una silla vacía.

Notó cómo la mirada de Jonathan se posaba sobre ella e hizo ver que no se daba cuenta.

Era peligroso el rumbo que habían tomado los acontecimientos. Estar prometida, aunque de forma simulada, no entraba en sus planes y mucho menos con el hombre que invadía su pacífica vida sin apenas hacer ruido. A Leonor le preocupaba que sus sentimientos fueran a intensificarse. Su humor, a veces irreverente, su agudo ingenio y el modo en el que se tomaba la vida ya la habían conquistado unos meses atrás. Pero había sufrido una terrible desilusión en Stanbury Manor cuando comprendió que su relación era amistosa y poco más; que él amaba a otra.

No deseaba darse de bruces contra el suelo.

Así que sería un alivio trasladarse a la mansión y no tener que verlo a todas horas. Aunque tampoco podía escabullirse. El modo en el que Jonathan se había entrometido en su vida la obligaría a pasar tiempo a su lado, a actuar frente a toda la familia.

La pregunta era: ¿tendría suficientes fuerzas como para resistirse?

—Guacamayo afortunado —oyó decir por encima de sus pensamientos. Jonathan la observaba con intensidad, mientras que la duquesa viuda escondía su sonrisa tras su taza de porcelana—. Vas a malcriarla.

Era un hecho que Jonathan la mimaba en exceso con la comida. Y eso solo era la parte más insignificante. Trataba a *Georgette* como si fuera una amiga o una compañera de incansables fatigas, toleraba sus irreverencias y a veces incluso las celebraba. Además, la llevaba consigo a todas partes, sin importarle lo más mínimo los recelos que despertaba en los demás.

No hacía ni un día que se hospedaban en el hotel y el animal había despertado tanta curiosidad como animosidad.

—¿Más que usted? —le contradijo Leonor. Hacía tiempo que Jonathan había dejado a un lado la formalidad y la tuteaba. Ella, en cambio, seguía apegada a aquel convencionalismo social. Por lo menos mientras no estuviera su familia presente—. *Georgette*, ¿quieres más manzana?

—¡COMIDA!

Leonor no se hizo esperar y volvió a darle un trozo de fruta.

—Si uno la conoce bien, es imposible no caer rendida a sus encantos.

La carcajada de Jonathan surgió de improvisto, valiéndole alguna que otra mirada de reprobación de las mesas vecinas, que ya aguantaban bastante con el ocasional griterío del pajarraco azul y amarillo. Sin embargo, para Leonor, verlo sonreír hizo que su corazón se acelerara de un modo alarmante.

—¿Estamos hablando del guacamayo? —preguntó Jonathan, con expresión divertida y recostándose en el respaldo de su silla. Leonor pensó que esa mañana había amanecido más atractivo de lo habitual—. *Georgette* no es santo de devoción de nadie que conozca. Como mucho la toleran.

Como primera impresión, el guacamayo solía causar entusiasmo. Su plumaje colorido y su comportamiento majestuoso eran vistos, tanto por las clases aristocráticas como por los plebeyos, como un producto exótico al que admirar. Después..., bueno, lo cierto era que las opiniones variaban.

—Solo unos pocos pueden apreciar su esencia —murmuró Leonor, esbozando una sonrisa fugaz. ¿Quién iba a decirle a ella que durante un mes se convertiría en niñera de semejante pájaro? Y todo por un capricho del mismo animal—. Es escandalosa, entrometida, inoportuna y estrafalaria, así que solo unos pocos elegidos pueden apreciar su esencia —repitió.

—Con debilidad por ciertas damas, añadiría yo.

—Todos esos calificativos me son familiares —intervino la duquesa viuda, de repente de tan buen humor como los presentes—. Me atrevería a decir que animal y amo se parecen más de lo que había pensado... o que ambos tienen los mismos gustos.

—¿En cuanto a la comida o a las mujeres?

—Dejaré que vosotros lo decidáis —dijo mientras trataba de levantarse. Leonor acudió de inmediato a ayudarla—. No es necesario, niña. Solo voy a buscar mi chal. Me lo he dejado olvidado en mi habitación.

—Yo iré —se ofreció Leonor con la amabilidad que la caracterizaba, y Margaret volvió a sentarse. Estaba tan acostumbrada a satisfacer las necesidades de la duquesa viuda que no le suponía ningún esfuerzo.

—No tienes por qué hacerlo. No es tu deber —trató de hacerle comprender a la dama—. Por lo menos, no en este viaje.

Desde su posición, *Georgette* movía la cabeza mirando a Jonathan y Leonor. Ella estaba a punto de marcharse y el animal parecía estar decidiendo con quién quería quedarse. Finalmente, voló hasta posarse sobre el hombro de la joven.

Los labios de Jonathan dibujaron una mueca socarrona.

—Desagradecida.

Leonor ladeó el rostro y se quedó mirando la mesa de desayuno, donde Jonathan y Margaret permanecían sentados.

—Solo tiene buen gusto —declaró, al tiempo que se daba la vuelta y salía del comedor.

Mientras se alejaba, Jonathan no apartó los ojos de su figura. Era una mujer que sabía ganarse el cariño de los demás con la suavidad de sus formas, con un alto sentido de la lealtad y la dignidad que la caracterizaba. Además, había encandilado a *Georgette* y aquello ya era una prueba de su saber hacer y sus limpios sentimientos. Tal vez careciera de belleza, pero su encanto lo compensaba con creces.

Isobel, en cambio, era tan hermosa que dolía. Y le había hecho perder la cabeza durante años. Pero ese sentimiento conllevaba culpa, una culpa sobrecogedora que no le había dejado seguir adelante con total libertad. Había sido un imposible aceptar que la mujer que deseaba y amaba había besado a su padre, yacido con él. Eso y que ella no pareciera interesada en él como hombre, lo había mantenido siempre a una distancia prudencial.

Se dijo que, a esas alturas de la vida, si debía escoger prefería la sencillez a la sofisticación.

Era extraño que hubiera tardado tanto tiempo en comprenderlo.

La duquesa viuda dijo unas palabras en las que él no reparó y tuvo que sacarlo de su ensimismamiento con un suave apretón en el brazo.

—Jonathan, querido. Ahora que estamos a solas, me gustaría que contestaras a unas cuantas preguntas.

Él enfocó su atención en la anciana.

—Adelante.

—¿Qué es lo que pretendes? ¿Por qué lo has hecho?

A pesar de no ser muy precisa, Jonathan sabía de qué estaba hablando.

Se hizo el silencio. Él también se había hecho la misma pregunta repetidamente, aun asegurándole a la propia implicada que había sido por ella.

Se encogió de hombros.

—Actué por instinto. Verá, yo estaba esperando en el corredor. Leonor se había dejado la puerta entreabierta y desde donde estaba podía escuchar perfectamente la conversación del interior. Leonor decidió ser honesta con su madre y contarle lo que había estado haciendo. Me refiero a que trabaja como dama de compañía. Como es de imaginar, los reproches de la señora Price no se hicieron esperar. —La duquesa viuda asintió con la cabeza—. No podía quedarme de brazos cruzados y permitir que la avasallara de ese modo.

—Así que decidiste salvarla y te erigiste como un caballero de brillante armadura —concluyó ella con satisfacción.

Aunque no lo había manifestado en voz alta, la duquesa viuda estaba encantada con aquel plan que había salido de la nada. Era de lo más oportuno. Leonor le era una persona muy querida y deseaba para ella una total felicidad. Y era obvio que aquel par albergaba sentimientos entre ellos. También comprendía las dudas de Leonor respecto a la otra mujer, pero las acciones de Jonathan indicaban que su cercanía no se debía solo a su reciente amistad. Así que aquel compromiso bien podía ser la catapulta que necesitaban para ser sinceros el uno con el otro.

Le agradaría tanto...

—Más o menos. —No fue premeditado, más bien un impulso.

—¿Y eso es todo? ¿No hay ningún motivo oculto?

Él le dedicó un guiño a Margaret, pues era una mujer tan astuta como entrometida.

—No creo que sea justo juzgarla porque siga soltera. Tal vez sea porque no ha encontrado el hombre adecuado.

En su interior la anciana mostró regocijo por esas palabras. Se lo tomó como una declaración de intenciones. Sin embargo, eso no significaba que todo estuviera hecho.

—¿Y ese serías tú? —no pudo evitar preguntar.

Jonathan esperó unos segundos antes de contestar. No había hablado de ello con nadie ni había puesto las palabras en alto. La irrupción de Isobel en Stanbury Manor había roto su dulce interludio con Leonor y la posibilidad de entregarse a ella por completo. Y eso le fastidiaba sobremanera.

Jonathan no estaba seguro de haber superado su enamoramiento anterior. Por lo menos no del todo. En las últimas semanas Isobel le había fastidiado más que agradarle y en parte aquel viaje a Boston había sido para huir de ella. Pero ¿sería una clara señal de que sus sentimientos por ella se habían desvanecido?

Por otro lado, la joven dama de compañía lo enloquecía a veces y ansiaba traspasar esa línea invisible que ella había dibujado. Odiaba que la lastimaran o menospreciaran y estar a su lado era un placer. Quería ayudarla en todo lo que le fuera posible, pero era demasiado arriesgado afirmar que ambos estaban hechos el uno para el otro.

—No lo sé. Quién conoce los entresijos del corazón. Me gusta Leonor y la admiro por cómo es. Me siento a gusto a su lado y deseo conocerla más profundamente. Si ella me dejara...

Había unas veces en que la joven parecía sentirse muy a gusto en su compañía y ambos compartían un sentimiento afín sin la necesidad de poner las cartas sobre la mesa. Otras se mostraba demasiado esquiva y silenciosa.

Un pensamiento cruzó por la mente de Jonathan.

—¿Le ha hablado a usted de eso?

Las dos mujeres compartían muchas horas juntas y, aunque Leonor nunca habló de su pasado, tampoco era descabellado pensar que la joven se hubiera confesado con su patrona.

Un rayo de esperanza nació dentro de él. Jonathan se dijo que no hacía mucho la duquesa viuda y él habían sido cómplices en un enredo que terminó en boda. Bien podían volver a serlo.

Margaret alzó las pestañas y lo miró con atención. Sus ojos brillaban de un modo especial.

—No puedo traicionar su confianza.

Ella no se mostró tan colaboradora como hubiera esperado, pero el tono en que lo dijo, sutil y cargado de advertencias, le hizo ver que debía mirar más allá de las palabras.

—Entonces, eso es un sí —insistió él.

—O un no —terció ella—. Solo voy a decir que debes darle tiempo. Este compromiso que inventaste te servirá no solo para explorar tus nuevos sentimientos, sino también los de ella.

Era lo justo, opinó Jonathan.

—Está bien —aceptó—. Pero dígame: ¿cuento con su ayuda?

Una sonrisa escandalosamente confabuladora se dibujó en sus labios.

—Incondicionalmente.

Después del desayuno y antes de organizar su traslado, Leonor decidió salir en busca de su primo para solucionar de una vez por todas el malentendido en cuanto a la enfermedad de su madre. Necesitaba asegurarse de que era un invento y alejar cualquier resquicio de duda que le quedara. No fuera a ser que Helen Price les ocultara algo tan importante.

En cuanto a Jonathan, a saber por qué había insistido en acompañarla. En cambio, Margaret había preferido quedarse para dar un paseo con su doncella por los alrededores del hotel y conocer así un poco más la ciudad.

Leonor pensó en ello de nuevo mientras el carruaje se desplazaba a través de las calles y los caminos polvorientos que conducían hasta la refinería de la que Kenneth era el máximo responsable. Solo el tobillo de su madre parecía suscitar preocupación en los demás; lo había comprobado con las palabras de sus tías y del doctor. Si uno no tenía en cuenta la reciente lesión, ella parecía completamente sana. Así que sospechaba que en realidad era una artimaña de Kenneth para traerla de regreso a Boston.

Pero desconocía su propósito.

Jonathan tenía su propia teoría. Retorcida, eso sí.

—Kenneth desea apartarte de la herencia de tu madre de una vez por todas para quedarse él como único beneficiario de su testamento —opinó.

—¡TESTAMENTO! —exclamó el guacamayo—. ¡TESTAMENTO!

—*Georgette* está de acuerdo —asintió con satisfacción, como si el animal fuera lo suficientemente inteligente como para entender de conspiraciones—. Tu primo debe de estar convencido de que al seguir estando soltera y haberte visto obligada a trabajar para ganarte tu sustento, si tu madre lo descubriera, terminaría por desilusionarse contigo.

Leonor lo desestimó al instante.

—Bonita teoría —se burló ella—, pero en mi familia no somos tan maquiavélicos.

Él alzó una ceja con escepticismo.

—Perdona si no estoy de acuerdo. ¿Es mi imaginación o en realidad el señor Henderson, que fue tu prometido con anterioridad, es el esposo de tu prima? Ni siquiera esperó a que se enfriara tu tumba. Unos pocos meses fueron suficientes para que contrajeran matrimonio.

Leonor estuvo a punto de sonreír por el uso de aquellas palabras.

—Pero yo no estaba muerta. Y, además, fui yo quien le dejó.

—Puede ser, aunque eso no les exculpa. No hay que olvidar que mantenían una licenciosa relación a tus espaldas.

—Adam y Beatrice no tienen nada que ver con Kenneth. Son de otra rama de la familia. Y mi primo es totalmente distinto. No se deja deslumbrar por el brillo del oro.

—Tal vez estás describiendo al hombre que conocías. Han pasado siete años, Leonor —le recordó.

Ella tuvo un momento de duda.

—Mi madre me desheredó tan pronto como puse un pie en la calle —esgrimió la joven. Tal vez Kenneth ya no era como antes, pero no tenía ningún motivo para odiarla.

Jonathan ladeó el rostro y clavó su mirada en ella.

—¿Estás segura? Que te amenazara con hacerlo no significa que lo hiciera. Tal vez mantuvo la esperanza de que un día regresaras. Por eso tu primo ha urdido todo este plan.

—¿Por eso ha insistido en acompañarme? ¿Sospecha que pueda atentar contra mí?

Le parecía un tanto exagerado, por no decir mucho.

—No quiero que te lastimen, Leonor.

La sinceridad de Jonathan consiguió que la joven dejara a un lado sus reticencias. Levantó la mirada y se topó con unos ojos verdes que brillaban con intensidad.

Tuvo la desconcertante sensación de que podían atravesar su alma.

Sería fácil amarlo, susurró su voz interior. Estaba segura de ello. A pesar de ciertos aspectos un tanto extravagantes, Jonathan era cálido, afable, leal y carente de maldad. Era como una brisa fresca en su alma, tan esperado como un soleado verano, tan protector como un ansiado abrazo. Y sospechaba que muy apasionado.

Solo de pensarlo le sobrevino un temblor, que consiguió disimular haciendo ver que se acomodaba bien en el asiento del carruaje.

Era prácticamente imposible no reparar en todo ello, aunque bien se decía que no se lo podía permitir.

Trató de aligerar el ambiente, que de repente parecía cargado.

—Si lo que usted dice sobre Kenneth fuera cierto, él se llevará una terrible desilusión al enterarse de que mi madre me ha invitado a quedarme —comentó con voz desapasionada. No es que recelara de su primo, pero tampoco quería pecar de confiada.

Tal vez en el fondo Jonathan tuviera una pizca de razón.

—Seguro —acordó él—. Solo con observar su reacción seré capaz de discernir sus intenciones. —Ella frunció los labios en un gesto apenas perceptible. No obstante, Jonathan mantenía los ojos clavados en ella y en sus movimientos, por lo que terminó dándose cuenta—. ¿No está de acuerdo?

—¿De sus dotes de percepción? No sabía que mi prometido poseía tales cualidades.

Leonor lo comentó de forma distendida. Él parecía tan seguro de sí mismo y de sus suposiciones que no pudo evitar sonar irónica. Y lo que parecía una pulla sin importancia se convirtió en un momento embarazoso, porque de inmediato se dio cuenta de que se había extralimitado. Acababa de hablar como si en realidad ambos estuvieran prometidos y no como la farsa que en realidad era.

Hizo un esfuerzo por no enrojecer.

Por suerte, él la sacó del apuro.

—Si Kenneth te da una afectuosa bienvenida y parece verdaderamente contento por tu regreso, como se esperaría de dos primos que no se han visto en años, habrá que escuchar sus explicaciones; si no... —Jonathan calló durante unos segundos—. Un rictus en su rostro será suficiente para delatarle.

—Bien, no tardaremos demasiado en averiguar sus intenciones.

Leonor siguió conversando, aunque esta vez lo hizo sobre la refinería de azúcar, de la cual su madre era la propietaria. Si bien no se trataba de la única fuente de ingresos de la familia, sí que era el grueso de la fortuna que amasó su difunto padre.

Le contó la historia desde el principio.

Antes de su nacimiento, Brandon Price viajó hasta Inglaterra para comprar los planos y comprender el proceso de producción. Después hizo construir un edificio de siete pisos y más de doscientos pies cuadrados, compró la maquinaria necesaria y contrató a noventa empleados.

—En los comienzos consiguió refinar seis millones de libras de azúcar anuales, pero en pocos años alcanzó una cifra que superaba los treinta millones, consiguiendo ampliar la refinería y el número de empleados hasta doscientos.

Jonathan silbó por lo bajo.

—Así que se trata de un negocio lucrativo. ¿Quién hubiera creído que el azúcar daba para tanto?

Antes y durante el viaje a Estados Unidos, Leonor había hecho mención a lo próspera que era su familia y las buenas relaciones que tenían, tanto en la ciudad como en el estado de Massachusetts. Pero relatarlo no era lo mismo que comprobarlo. Y la magnífica mansión que servía de hogar de los Price era la prueba de ello, pues no desentonaría nada entre los barrios más aristocráticos de Londres.

Aun con todo ello e ignorando a cuánto se pagaba la libra de azúcar, calculó muy por encima que los negocios que el propio Jonathan había heredado de su padre y que administraba en la actualidad generaban unas ganancias muy superiores. Sus riquezas se diversificaban en la explotación de minas distribuidas por todo el mundo, inversiones diversas en Inglaterra y el Caribe e incluso se atrevía con el comercio a gran escala en tierras tan lejanas como Oriente. Lo que sucedía era que se sentía un tanto hastiado.

Hacía tiempo que se decía que necesitaba un cambio.

El carruaje torció a la derecha y tomó un camino que discurría paralelo al muro de piedra que rodeaba la propiedad.

—Estamos llegando —le advirtió Leonor.

En aquel punto el mar estaba cerca. El olor salino era intenso y el sonido de las gaviotas, inconfundible. Jonathan suponía que habría algún puerto cercano que facilitaría el transporte de las cargas.

Apenas pasaron unos segundos antes de que el carruaje se detuviera ante una puerta rejada en donde un guardia se ocupaba de la vigilancia. Cuando reemprendieron la marcha, Jonathan inspeccionó los alrededores a través del cristal con solemne silencio. Poco a poco fue viendo un numeroso grupo de construcciones bajas, en el que sobresalía un edificio de ladrillo rojo que contaba con una enorme chimenea sacando humo negro.

Cuando llegaron a su destino, Jonathan se bajó primero y ayudó a Leonor a hacerlo. Después echó un vistazo a su alrededor, pagó al cochero y le ofreció un generoso incentivo para que los esperara. En otras circunstancias habría decidido hacer una visita guiada por la refinería para comprender el modo en que funcionaba. No obstante, tanto Leonor como Margaret debían dejar el hotel y más tarde tendría lugar la merienda con su suegra, una mujer a la que deseaba agradar.

Se dijo que enviaría al señor Pickens, que desde su llegada tenía poco o nada por hacer, y le pediría que averiguara si se trataba del negocio lucrativo que parecía. Nunca se sabía.

Tras eso, solo fue cuestión de minutos que un tal señor Miller, el secretario, los condujera hasta el despacho que ocupaba Kenneth Saunders, el primo de Leonor por parte de madre.

Kenneth se levantó de su silla y se acercó a ella con una sonrisa pintada en el rostro. A sus treinta y tres años había perdido su encanto juvenil, sustituyéndolo por un aspecto más maduro y ganando también un poco de peso que no le sentaba mal.

Antes de abrazarla exclamó:

—¡Prima!

A Leonor le pareció detectar una pizca de alivio en su voz entremezclada con la sorpresa y la alegría. No había rastro de rencor o de perversas maquinaciones.

Estuvo tentada de mirar a Jonathan y decirle: «¿Lo ves? Tu instinto te ha fallado», pero tampoco deseaba vanagloriarse. Además, Kenneth la mantenía bien sujeta.

—Por amor de Dios. ¿Cuándo has llegado? ¿Cómo no me has avisado?

—Acabo de hacerlo —contestó ella con calma—. En cuanto fui a ver a mi madre y comprobé lo sana que estaba pensé en ti de inmediato.

Lo vio tragar saliva y retraerse de inmediato. A continuación, desvió la mirada hacia su acompañante.

—Y el caballero es...

Este le tendió la mano.

—Jonathan Wells, el prometido de Leonor.

Kenneth abrió desmesuradamente los ojos, mientras que Jonathan lo contemplaba con recelo. Sus sospechas parecían tener cierto fundamento.

—¿Sorprendido?

—Bueno, sí. Pero no es que no me alegre por ti, prima —se afanó a explicar—. Cuando mandé averiguar dónde te habías metido y qué era de tu vida nunca se me informó de que estabas prometida. Os doy la enhorabuena.

—Usted, señor Saunders, acaba de dar en el clavo. A Leonor y a mí nos encantaría conocer los motivos por los que se puso en contacto con ella, pues no parece que se trate de la salud de su querida tía. Eso o ha tenido una recuperación milagrosa —comentó, mordaz.

Kenneth se revolvió las manos, nervioso. Finalmente, suspiró sonoramente.

—Todo tiene una explicación de peso —dijo mirando a uno y a otro—. Debía buscar un buen motivo por el que quisieras regresar.

—Así que confiesas que me engañaste.

Él asintió, despacio.

—Sí, lo hice.

—Pero ¿por qué? —quiso comprender ella.

—Tomad asiento, por favor —les pidió—. Creo que ambos lo entenderéis en cuanto os lo explique. —Kenneth hizo una pausa mientras la pareja se sentaba en un cómodo sillón del despacho. Él tomó una silla y la situó frente a ellos. Entrelazó los dedos de sus manos sobre el regazo y dejó vagar la mirada—. A lo largo de los años —comenzó diciendo—, tu madre ha realizado diversas donaciones a la Boston Society of Natural History. Se trata de una generosa benefactora. Eso me ha permitido entablar, con el tiempo, una amistad con varios de sus miembros. Hay doctores, científicos, ingenieros, entomólogos e incluso paleontólogos. —Leonor se preguntó qué tendría aquello que ver con su regreso, pero decidió ser paciente—. Hace por lo menos tres años que se habla de organizar una expedición al continente africano, un lugar que los exploradores apenas han pisado. ¿¡Os imagináis!? —exclamó con tal apasionamiento que tomó desprevenida a la joven.

Ella y Jonathan cruzaron una mirada.

—¡RAYOS! —opinó *Georgette*, que de repente pasó a acaparar toda la atención.

Su primo se quedó estupefacto. Había reparado en el guacamayo en cuanto Jonathan entró en el despacho. Sus plumas amarillas y azules eran dignas de contemplar, pero su reencuentro con Leonor y las posteriores explicaciones habían hecho que lo olvidara por unos instantes.

Ahora todo era distinto.

—No tengas en cuenta sus exabruptos —le aconsejó Jonathan.

—¡Habla! —Ser testigo de la claridad con la que se expresaba aquella criatura era un privilegio. Sus amigos de la sociedad le envidiarían por habérselo perdido.

—Por supuesto que habla. Eso sí, la mayor parte del tiempo solo dice estupideces.

Leonor disimuló una sonrisa, pero *Georgette* no parecía estar de acuerdo con su amo.

—¡MALDITO BRIBÓN!

Kenneth no podía apartar los ojos de *Georgette*.

—¿Es así todo el tiempo?

Jonathan puso los ojos en blanco.

—Más de lo que uno desearía. Le encanta el espectáculo. Es tan dramática como una buena ópera.

—¿Ha pensado en venderlo? Conozco a unos cuantos que...

Al guacamayo no le gustó nada aquella idea. Comenzó a lanzar una serie de chillidos mientras batía las alas, para luego echarse a volar por la habitación.

—Le tiene mucho aprecio —le explicó Leonor a su primo con voz baja—. Será mejor que no vueltas a sacar el tema.

Kenneth asintió con la cabeza, impresionado.

Jonathan tardó un par de minutos en calmar al animal. Las amenazas no servían demasiado con él, así que moduló su tono hasta sonar tranquilizador.

—Nadie va a venderte —le dijo finalmente.

Tan pronto el animal se sintió convencido regresó a su hombro.

Después de recuperar la calma, su primo se disculpó. No había sido su intención ofender a nadie. Solo entonces pudo regresar a sus explicaciones.

Carraspeó.

—Como decía, después de muchos debates en el seno de la sociedad se decidió preparar la tan ansiada expedición, recaudando fondos, preparando permisos, trazando metas... Tras meditarlo en profundidad yo decidí unirme a ellos. No hay nada que me gustara y emocionara más.

Leonor abrió la boca. La teoría de Jonathan acababa de venirse abajo.

La sorpresa dio paso al recelo.

—Espera un segundo. ¿Te marchas a un lugar del que nadie ha oído hablar?

—Precisamente por eso.

—Pero es peligroso —protestó. Su primo era un hombre de despachos. No estaba hecho para correr aventuras.

—¿Crees que no soy consciente de ello? Todos lo somos, pero estoy dispuesto a arriesgarme. Leonor, Lobengula, rey de los Ndebele, nos ha concedido permiso para explorar el territorio que queda entre el norte de Transvaal y el sur de la cuenca del río Congo. Un par de colaboradores, que partieron hace seis meses, nos esperan en una región llamada Matabeleland. El resto de la expedición partirá de Boston en menos de un mes.

—¡Un mes! ¿Quién de la familia lo sabe? —Su madre por supuesto que no, de otro modo hubiera puesto el grito en el cielo.

Kenneth bajó el rostro antes de responder.

—Ahora tú y tu prometido.

—¿Nadie más? Por Dios, ¿cuándo piensas contárselo?

—Estaba esperando a que tú regresaras, pero no podía demorarse mucho más. Por eso me inventé lo de la enfermedad de tía Helen. Si te reconcilias con ella me será más fácil renunciar a la refinería y a todas sus finanzas, porque tú eres su heredera y a ti te corresponde manejar tu patrimonio. Y más ahora que tienes a tu prometido. Él puede hacerse cargo de todo.

Leonor pensó que era improbable, pero no lo dijo. Suficiente tenían entre manos con un compromiso ficticio y un primo que amenazaba en huir. Su madre estallaría en cólera cuando fuera consciente de todo.

Por un momento pensó que permanecer en Stanbury Manor hubiera sido más seguro que embarcarse hasta casa.

—¿Ese era tu plan desde el principio?

—Sí —reconoció—. Por favor, Leonor —le rogó—. ¿Me ayudarás?

—Vaya —murmuró Jonathan por lo bajo—. Esto sí que no lo vi venir.

4

La cena organizada por Helen para celebrar el regreso de Leonor era un evento familiar que algunos de los invitados se tomaron con mucha seriedad. La curiosidad espoleaba a algunos y la malicia a otros, pero cabía decir en honor a ellos que parecían haberse esforzado en dar lo mejor de sí «al menos en apariencia».

A la cena habían acudido su tía Roberta, que al vivir allí solo había tenido que abandonar sus habitaciones y bajar las escaleras. Su tía Amelia acompañada de sus tres hijos, uno de los cuales era Kenneth, que se limitó a guiñarle un ojo y a fingir que su visita a la fábrica no había sucedido. A falta de la hermana de su padre y su segundo marido, ya fallecidos, su madre invitó a la hija de esta, Priscillia, y a Beatrice, la hijastra. Esta última casada en segundas nupcias con Adam, su antiguo prometido.

En total serían unas diez personas emparentadas más o menos directamente y los dos acompañantes de Leonor.

Como era de suponer, las muestras de alegría de casi

todos sus primos eran genuinas. Siete años atrás algunos eran apenas unos niños, pero todos recordaban a Leonor con afecto y se apresuraron a abrazarla. Frases como «cuánto has crecido» y «qué guapo estás» eran las que salían de la boca de Leonor al ver sus evidentes cambios.

Priscillia fue quien la abrazó con más ímpetu que los demás. A ambas solo las separaban dos años de diferencia y habían mantenido una buena relación.

—Siento que te perdieras mi boda —apuntó con cierto reproche—. Y siento también que mi marido esté justo ahora en la otra punta del país dando una conferencia. Me hubiera gustado que lo conocieras.

—Y a mí conocerlo —declaró Leonor con un deje de culpa—. Intentaré subsanar ese error.

Todos los que iban llegando quedaban prendados de Jonathan y *Georgette*. Para justificar su presencia, este había esgrimido que, de una forma u otra, el guacamayo daría vistosidad a la velada. Nadie, ni tan siquiera la estupefacta Helen, se había atrevido a contradecirle.

Por supuesto, la duquesa viuda también acaparó buena parte de la atención. Aunque en cierto sentido los americanos despreciaban a la nobleza del otro lado del Atlántico, de forma inevitable se sentían fascinados por ellos.

Lo primero que le habían preguntado a Leonor era cómo dirigirse a ella con corrección.

—Duquesa viuda o Su Gracia bastará —les explicó. También les advirtió que con una sencilla reverencia al ser presentadas las mujeres y una inclinación por parte de los hombres sería suficiente.

Los últimos en llegar, tal como si fueran los protagonistas de esa velada, fueron Beatrice y Adam.

Se pararon en la puerta esperando ser detectados, todo lo erguidos que sus columnas eran capaces de aguantar.

Al final, el mayordomo no tuvo más remedio que anunciarles.

—¡El señor y la señora Henderson!

Leonor sintió un leve indicio de aprensión al oírlo y se giró despacio, con un rostro impasible que le costó mantener y una expresión corporal tranquila y desenfadada. Todo falso.

El tiempo los había tratado bien. Ambos vestían con elegancia, lucían cada hebra de pelo y todos los dientes parecían estar en su sitio. Lo lógico y consolador hubiera sido que Adam mostrara una apariencia visiblemente envejecida y Beatrice estuviera ajada y con arrugas.

Con una sonrisa deslumbrante que Leonor advirtió como falsa, la pareja avanzó hacia el resto de familiares cogidos del brazo y en actitud expectante.

—Bueno. —Beatrice fue la primera en tomar la palabra—. Ya estamos aquí para contemplar con nuestros propios ojos la vuelta de nuestra hija pródiga.

Leonor se preguntó si solo ella captaba el leve indicio de malevolencia, pero no pudo hacer nada para impedir que se acercaran a ella y que su prima le diera un beso en la mejilla.

—Hola, Beatrice.

—Tienes buen aspecto.

Por supuesto, no podía dejar de referirse a él. Un «me alegro de verte» resultaba impensable.

—El mismo de siempre, me temo.

—Pero con unos años de más.

—Aunque apenas se nota, ¿verdad?

Helen Price intervino y Leonor no la bendijo por ello. Quería ser ella quien librara sus propias batallas.

Beatrice tuvo el buen tino de no responder. No obstante, la sonrisita apenas perceptible indicaba burla.

—Te acuerdas de mi marido, ¿verdad?

—Cómo podría olvidarlo. —El comentario suscitó cierto momento de tensión que la misma Leonor eliminó al instante—. Me alegro de verte, Adam.

—Lo mismo digo, prima.

Hizo hincapié en su nuevo estatus, pero a Leonor no le importó. Al menos, no ahora.

—Bien, dejémonos de ceremonias, que vosotros ya os conocéis. —Helen retuvo la atención sobre sí misma y le confirió al diálogo una importancia ínfima—. A los que sí debéis conocer es a los invitados que han venido con Leonor.

La duquesa viuda avanzó la primera.

—Permitidme que os presente a Su Gracia, la duquesa viuda de Dunham —declaró con toda la pomposidad de la que fue capaz—. Una amiga y compañera muy especial de mi hija.

Por supuesto, el matrimonio no esperaba eso y sus rostros demudaron sorpresa por unas décimas de segundo. Helen Price había sido muy astuta en no dar a conocer ese detalle y tantos otros. Había pedido a sus hermanas silencio y ellas la habían complacido. La matriarca de los Price aprovechaba cada ocasión que se le presentara y esa no había sido la excepción.

Los Henderson se apresuraron a responder a la presentación.

—Señora —saludó Beatrice.

—*Milady* —respondió otro tanto Adam.

—No, queridos —les regañó Roberta interviniendo y simulando estar horrorizada por semejante desatino y falta de formas—. Lo correcto para dirigirse a una duquesa es refiriéndose a ella como «duquesa viuda» o «Su Gracia».

Los otros dos barbotaron una serie de disculpas y se deshicieron en reverencias. Ambos estaban avergonzados, pero una parte de ellos ya visualizaba cómo iban a alardear entre sus amistades de conocer a una auténtica duquesa de Inglaterra.

Leonor, no demasiado ajena a sus verdaderos pensamientos, se regodeó con disimulo. Sabía que no era correcto hacerlo, pero el matrimonio sacaba lo peor de sí misma.

—Y, por último, pero no menos importante —Helen dejaba lo que creía mejor para el final—, quisiera que conocierais al señor Jonathan Wells.

Todos los que allí se congregaban, incluidos los más jóvenes, sabían que la anfitriona no tenía prisa por revelar toda la información. El efecto sería más impactante si lo dosificaba.

Priscillia, la hermanastra de Beatrice, no estaba del todo conforme, aunque también creía que, dado el reprochable comportamientos de ella y su ahora cuñado, ambos se merecían una pequeña sorpresa, que, sospechaba, no sería muy bien recibida.

Como era de esperar, los dos recién llegados dirigieron toda su atención a él, examinándolo con atención, reparando en el guacamayo posado en su hombro y considerándolo falto de interés, hasta que las palabras finales que Jonathan sabía que llegarían les haría abrir los ojos con sorpresa.

Había seguido el inquietante diálogo entre ellos y Leonor captando el leve desprecio y la superioridad que el matrimonio sentía por ella. También que esta se mantenía en una actitud de aparente falta de interés. Dado el conocimiento que tenía de su pasado temía que solo se tratara de una pose fingida.

Se preparó para hacerlos sentir menos importantes de lo que ellos creían ser, dado que el «señor Wells» que expresaron, no sugería tanto interés por el que demostraban sin apenas disimulo por *Georgette*. No tuvo que esperar demasiado.

—Este querido muchacho —Helen Price continuó mostrando un repentino afecto por él— es el prometido de Leonor.

Si los Henderson mostraron sorpresa por la presencia de Margaret, lo que lucían ahora era absoluta y perpleja sorpresa.

—¡MATRIMONIO!

Georgette, que hasta ese momento no había dejado ver su encanto en todo su esplendor, rompió el silencio y los sobresaltó a todos. O a casi todos. Kenneth seguía sin quitarle el ojo de encima, fascinado.

Las mujeres se llevaron la mano al pecho y los hombres miraban al vistoso pájaro con los ojos desorbitados.

—¿Prometido? —balbuceó Beatrice al poco.

«Por supuesto, es lo único que su mente ha sido capaz de retener», pensó con cinismo Jonathan.

—A sus órdenes. —Lució su más deslumbrante sonrisa y se inclinó sobre la mano de Beatrice con una intachable y calculada inclinación. El beso en el guante fue cuanto menos perfecto, con la dosis justa de galantería y una pizca de admiración.

Solo Leonor, y tal vez la duquesa, captó la burla implícita con sus modales rimbombantes.

—¿Cómo es eso posible? —La voz de Adam rompió el hechizo y la mitad de las damas quedaron consternadas ante la falta evidente de educación.

¿Acaso sugería que nadie era capaz de enamorarse de Leonor?

—Quizá te sorprendas, Adam —intervino Kenneth—, pero no eres el único que posee el privilegio de enamorarse. Piensa que prometerse es la consecuencia natural del amor entre dos personas. —Era una pulla que hacía referencia tanto a Jonathan y Leonor como a lo que sucedió en el pasado.

Advertido al instante de su metedura de pata intentó rectificar.

—A lo que me refiero —continuó con una tensa sonrisa— es a que no es posible que nuestra Leonor se haya comprometido sin haberlo sabido.

Está bien, Jonathan podía aceptar que ese tal Adam tenía recursos. Ya se encargaría él de dejarle sin uno.

—Bueno —intervino Helen—, lo importante es que ya estamos todos enterados, así que sugiero que, sin más dilación, pasemos todos al comedor.

A pesar de ser doce comensales, la mesa ofrecía suficiente intimidad para que cada uno pudiera tener una conversación con el de al lado sin dejar de obviar al resto.

La mesa era presidida por la anfitriona en una punta y la duquesa viuda en otra, como deferencia y trato preferencial. Jonathan había sido sentado a la derecha de su «futura suegra» y Leonor, delante, pero dos sillas más alejada.

Georgette se había posicionado en la parte superior del respaldo de la silla que ocupaba su dueño.

Aunque la conversación fluyó sin inconvenientes, era de esperar que gran parte de ella girara en torno a Leonor. Jonathan observó sin disimulo y con cierto sentido de admiración cómo la joven explicaba detalles de su vida sin ambages. Se mostraba serena y vital a la vez, tal y como Jonathan la recordaba de su estancia en Stanbury Manor durante la pantomima que organizaron para emparejar a su amigo el duque con Edith. Se daba cuenta de que echaba de menos esa forma de comportarse. Era capaz de relatar y responder a cada una de las preguntas con una dignidad admirables. La serenidad que mostraba la hacía resplandecer, o quizás era Jonathan el único que lo percibía así.

Y, además, estaba preciosa; o todo lo preciosa que una mujer como ella podía estar. Su sencillo y favorecedor recogido dejaba sueltas algunas hebras doradas que parecían bailar con cada movimiento de Leonor. Su vestido, de un lujo que nunca había visto en ella, era de seda azul con escote irregular rematado con encaje y con bordados en el corsé y el bajo de la falda en seda y plata. Cuando habían estado de pie había percibido sin género de duda lo bien que se adaptaba a su cuerpo y lo interesante que le había parecido. La hacía asemejarse a una mujer sofisticada y mundana, efecto que su cuello esbelto y desnudo, junto con unas orejas pequeñas adornadas con unos pendientes de diamantes, intensificaba.

Sin embargo, su franca expresión y sencilla y encantadora sonrisa restaban importancia a esos detalles y la dotaban de una belleza que iba más allá de la apariencia.

Jonathan se sentía cautivado.

Parte de su cometido era hacer creer que estaba enamorado de esa mujer, pero había momentos en que la farsa se volvía en su contra; sobre todo cuando le lanzaba comentarios cariñosos, ardientes miradas o guiños cómplices —siempre dentro del decoro y con la insalvable distancia que suponía estar rodeado por casi una docena de personas pendientes de cada una de sus palabras—. A su vez ella respondía con medias sonrisas, leves sonrojos y elocuentes miradas que empezaban a ponerle nervioso. Casi parecían una pareja prometida de verdad. Pero no lo eran y Jonathan no debía olvidarlo.

Supo que estaba haciéndolo bien cuando los Henderson arrugaban más su ceño a medida que pasaba el tiempo y su actitud se volvía cada vez más sospechosamente encantadora.

El que sí que se mostraba encantador era él. En eso no tenía ninguna dificultad; ni con *Georgette* a su lado. Si se lo proponía, gozaba del suficiente carisma para encandilar a mujeres, hombres, niños y gente mayor sin distinción de ningún tipo. Siempre había sido así. De alguna forma sabía que todos estaban impresionados con su elegancia, su educación, su impecable atuendo y sus inagotables temas de conversación. Bueno, quizá los Henderson se resistían a admitir que la «pobre y fea» Leonor había sido capaz de encandilar a un buen partido como él. Jonathan esperaba desde hacía un buen rato a que intentaran hacerse con el control de la conversación, que habían perdido en aras de un ambiente predispuesto a pasar una velada encantadora.

—Todavía no le hemos oído decir en qué ocupa la mayor parte de su tiempo.

«Ahí está la primera mordida.» Era una forma educada y nada disimulada de preguntarle si era alguien importante o solo un aprovechado.

—En esto y aquello. Jonathan no querrá aburrirte con los detalles.

Leonor respondió por él, intentando quizá no obligarlo a dar explicaciones. Por desgracia, su prima no estaba por la labor de mostrarse sutil.

—Oh, pero me encantan los detalles. ¿No es así, Adam, querido?

—En efecto. —Él mostró una odiosa sonrisa petulante que Jonathan aborreció—. Los detalles son la salsa de la vida.

Semejante estupidez no merecía respuesta. Por suerte o desgracia, *Georgette* no estaba de acuerdo con él.

—¡¡¡ATENCIÓN, DISPARATES!!!

La familia de Leonor primero pareció asombrada. Luego, unas risitas de mofa inundaron la sobremesa.

—Lo pregunto —esgrimió Beatrice entre dientes— porque no sé si usted sabrá que Leonor es la heredera de la fortuna de los Price.

Leonor se asombró. Sabía que confesar algo así no era algo que su prima hiciera por placer. No obstante, lo que más la sorprendía era que después de semejante afirmación, su madre no lo hubiera rebatido. ¿Acaso no la había desheredado?

—Sí, lo sé. —Y dicho aquello, calló. Jonathan se mostraba muy cómodo. La señora Henderson iba a llevarse una buena bofetada en pleno rostro, aunque no de forma literal, cuando le confirmara que no necesitaba perseguir a Leonor por su fortuna.

—¿Y bien? —azuzó Adam Henderson.

—Sé que me reprocha que no tenga un trabajo al que acudir cada día y en el que se explote a las clases trabajadoras de forma miserable. —Sus palabras falsamente compungidas aludían al efecto contrario—. Y puede que también se refiera al hecho de que soy un pésimo filántropo. Incluso es posible que sienta que los millones de libras que gano sin mover un dedo, debido a la buena e inteligente estrella de mi padre y, como él, sus antecesores, en todas las empresas repartidas por medio mundo en las que soy el único y exclusivo propietario, no tengan comparación con la herencia que Leonor pueda o no pueda recibir. Me conmueve también, he de confesarlo, la preocupación que siente por el posible inestable futuro de su prima, por lo que le aseguro que, aunque no me implico como debería en las complicadas y pesadas transacciones, cuento con la ayuda de inestimables empleados que se ocupan de que ni una sola libra se pierda por el camino. Debería conocer al señor Pickens. Es un genio en cuanto a mantener e incrementar mi patrimonio. —Hizo una pausa dramática asegurándose, por si había alguna duda, de contar con toda la atención de la mesa—. Leonor tiene mucha suerte de contar con usted.

«¡Se lo tienen merecido!»

Adam carraspeó y Beatrice se removió inquieta en la silla tras percatarse de que ese hombre encantador con aires risueños y modales impecables era más que una actitud.

Margaret, que había estado escuchando entusiasmada esa confesión en apariencia banal, se permitió ser generosa, aunque esa pareja le inspirara todo menos generosidad, y cambió de tema, relajando así el ambiente con una pregunta intrascendente a la anfitriona, que había estado a punto de dejarse llevar y echar a dos miembros de su familia de su casa.

La cena dio paso a una agradable charla que se trasladó a uno de los salones de la planta baja de la mansión.

Jonathan, por su parte, se decidió a aprovechar, en calidad de «prometido», cualquier excusa plausible para estar cerca de Leonor.

—Menudos sujetos —murmuró por lo bajo a Leonor en uno de los momentos en los que se les permitió quedarse a solas en un rincón a la vista de todos.

—No hay nada en ellos que me sorprenda —replicó—. No ha debido rebajarse a dar explicaciones.

—¿Volvemos con las formalidades? —la regañó. Para castigarla, o mejor dicho, premiarse por tan buena actuación, cogió su mano y besó el dorso de una forma muy diferente de como lo había hecho con su prima. Se recreó unos segundos en sentir la suavidad de su piel. Un suave soplido y una mirada significativa era lo máximo que se permitía. Si lograba estar a solas de verdad, eso quedaría en una mera y sosa caricia. Le satisfizo comprobar, ahora que estaban tan cerca, que Leonor no parecía tan serena como aparentaba. Bien—. En cuanto a las explicaciones, no ha sido lo que de verdad se merecían.

Leonor iba a replicar, pero lo que iba a decir murió en sus labios cuando la voz de su tía Amelia les llamó la atención.

—Más vale que esos dos tortolitos se acerquen a nosotros y abandonen la soledad. No quisiéramos que se quemaran.

—Pero sería un fuego que aceptaría con gusto —replicó Jonathan, que se giró con una sonrisa en el rostro en lugar de la mueca de frustración que sentía.

Leonor se apartó con premura, gesto que no pasó desapercibido a la ávida mirada de su prima.

—He ahí las palabras de un joven enamorado. —La duquesa no dejó pasar la oportunidad de espolearlos.

—Eso me hace preguntarme —intervino Beatrice—, si no le molesta a nadie, que pregunte cómo fue que terminó tan enamorado de Leonor.

—¡EL AMOR ESTÁ EN EL AIRE! —De nuevo, el guacamayo sorprendió a la mayoría.

La aludida se quedó de piedra, pero no por la exclamación lanzada por el animal, sino porque era incapaz de pensar en una explicación coherente y que no estuviera llena de agujeros. En cambio, Jonathan no parecía preocupado. De hecho, bien podía parecer que abrazaba la pregunta con ansioso entusiasmo.

—Me alegra que me haga esa pregunta.

«¿Ah, sí?», se dijo Leonor con cierta desesperación.

—Pues más me alegro yo de haberla hecho —respondió, ladina, al percibir el desasosiego de Leonor. Era casi imperceptible, pero estaba empeñada en encontrar un fallo en todo ese asunto. Presumía que ese hombre no la amaba tanto como decía.

—En realidad, las flechas de Cupido me atravesaron cuando las maravillosas manos de Leonor se pusieron en mi frente. —Tomó asiento e instó a Leonor a hacer lo mismo a su lado.

—Debe ser un poco más preciso.

—Fui requerido por mi muy querido amigo el duque de Dunham a reunirme con él en Stanbury Manor. Como no había nada que no pudiera dejar en manos capaces, corrí raudo y veloz a su llamada.

—Muy diligente por su parte. —Roberta Price esbozaba una sonrisa aprobadora.

—Gracias. Tan pronto llegué salí en busca de mi amigo cuando un sirviente me informó de que estaba en los jardines, pero cuando ya los alcanzaba tropecé con una piedrecita y caí tumbado al suelo cuan largo era. —Hizo una alto en su relato—. Quizá la duquesa viuda se acuerde del incidente.

—Como si lo estuviera viendo en este mismo instante, muchacho.

Solo Jonathan, y a buen seguro Leonor, se percató del divertido sarcasmo que destilaba su comentario.

—Sí, fue bochornoso, pero también doloroso. Es curioso cómo un acto tan insignificante puede acarrear tanto dolor. Por suerte, allí estaba Leonor, que corrió a ayudarme. Me dio la vuelta con delicadeza y posó mi cabeza en su regazo. Cuando sentí sus manos frescas en mi frente y rostro, supe que era lo que estaba buscando. Se la veía tan preocupada... Ningún hombre con sangre en las venas hubiera podido evitar enamorarse de ella en ese momento.

—¿De verdad? —preguntó Beatrice, un tanto recelosa.

—Tan cierto como que estoy aquí con usted relatándolo —la flagrante mentira no le importaba a Jonathan tanto como hacer desaparecer ese rictus de superioridad que la señora Henderson lucía—. Además, sé que no estoy equivocado cuando *Georgette* la adora tanto como yo. De hecho, es de las pocas personas, si no la única, con la que prefiere pasar el tiempo. Aparte de mí, por supuesto.

—Por supuesto.

—Después ayudaron a afianzar ese sentimiento las charlas tranquilas en compañía de la duquesa viuda. Su sentido del humor, el honor, la paciencia... No podría parar de enumerar sus virtudes. Leonor es toda una dama. Mi dama —matizó.

Le dirigió una mirada a la aludida cargada de intenciones que hizo que esta se ruborizara.

Todos lo vieron y lo interpretaron como el típico azoramiento romántico.

—Encantador —musitó Amelia.

—Ah, ¿se lo parece? —Jonathan volvió su atención al público atento—. Si supiera lo mucho que me costó hacerle aceptar que mis intenciones eran honestas y sinceras, no diría eso.

—¿De verdad? —Adam se mostraba muy interesado.

—Jonathan... —A Leonor se le escapó la protesta. Él se limitó a ignorarla.

—Por supuesto. Leonor no es de esas mujeres que se deja galantear y cede de buenas a primeras. Tuve que esmerarme mucho.

—¿Qué tuvo que hacer? —preguntó William, el hermano mediano de Kenneth.

—Oh, cosas sin importancia. —Si no desviaba la atención, Jonathan acabaría en el infierno a causa de tantas mentiras.

—Nada carece de importancia si con ello consigo tu afecto.

Ahora Leonor se sentía confundida. No sabía cómo interpretarle. De algún modo le parecía que ya no estaban hablando de ese cortejo imaginario.

—Vamos, cuéntenos. No nos deje en ascuas. —Kenneth tenía tanta curiosidad como el resto.

—Le escribí una poesía. ¿Verdad, *Georgette*?

Era una oportunidad que el guacamayo no dejó escapar.

—¡PALABRAS! ¡PALABRAS!

—Bueno, sí, también eran eso. No se me da muy bien eso de rimar versos, pero a Leonor pareció gustarle.

—¿Y qué decía? —La ya irritante Beatrice intervino, mordaz.

Leonor la miró sin saber muy bien qué decir. No era capaz de inventarse algo así en ese mismo instante.

—Bueno, yo... No creo que sea correcto recitarla en voz alta —se excusó.

—Solo unas palabras y nos daremos por satisfechos —insistió Adam.

La joven sintió que no tenía escapatoria y notó las manos húmedas. Por un momento deseó que los Henderson desaparecieran de su vista... Y se llevaran a Jonathan con ellos.

—Quizá lo más apropiado sería que el propio autor nos deleitara con algunas de ellas. ¿No lo crees así, querido? —le preguntó a Jonathan en venganza. Al fin y al cabo era él quien había creado esa absurda situación.

Jonathan sonrió y la miró algo arrobado. Por fin salía de ese comedimiento en el que se había envuelto durante la cena. La quería más enérgica y vital, aunque eso le obligara a inventarse *ipso facto* una poesía que nunca había escrito. Improvisar, sí, como si nunca lo hubiese hecho.

—Si me lo pides tú, no puedo negarme.

Carraspeó para prepararse mientras toda la familia de Leonor lo miraba, expectante.

Cuando comenzó a recitar, no apartó la vista de ella. Quizá todo fuera una patraña, pero quería que Leonor viera que sus palabras no estaban exentas de verdad.

Oh, Leonor,
tu presencia me inflama.
Desde que te vi,
hasta en sueños me acompañas.
Temperamento gentil
y maneras suaves,
llamaron mi atención
y me enamoraron.

Bellas mujeres por mi vida han pasado,
pero ninguna de ellas en mi corazón ha reposado.
Solo tú, con tu presencia constante,
has logrado anidar en este corazón solitario,
que no hace sino pedirte,
que le correspondas a diario.

Era mala y estaba mal rimada, nadie podía negarlo. Sin embargo, los presentes se mantuvieron en silencio. Estaban pendientes de la reacción de ambos, que parecían ajenos a todo.

—Es preciosa —musitó Leonor con una sonrisa tierna mientras acariciaba su mano, inconsciente. Y rectificó—. Sigue siendo preciosa.

Jonathan sonrió de repente, pletórico. No le había pasado por alto la caricia, que lo había hecho estremecer incluso con un público ávido enfrente. Ahora, no obstante, todo tenía sentido. Que ella le devolviera la sonrisa lo hizo sentirse afortunado y seguro. Sabía, sin lugar a dudas, que, si se esforzaba, Leonor sería suya.

Sabía que todo saldría bien.

5

A la cena familiar le siguieron tres días de intensa vorágine. Jonathan poseía una gran vitalidad y la arrastraba con su entusiasmo por todo Boston con la intención de conocer la ciudad más a fondo. Se dejaron ver por los lugares más de moda, asistieron a una exposición de pintura en el Boston Athenaeum, cenaron en un restaurante francés, admiraron la arquitectura de edificios tan emblemáticos como Custom House, City Hall, Faneuil Hall o King's Chapel y Leonor estuvo entreteniéndole con historias del período colonial.

La duquesa viuda los acompañó en contadas ocasiones. Parecía preferir quedarse en casa con Helen Price, que había estado guardando reposo por el pie, por eso siempre contaban con la insidiosa escolta del matrimonio formado por Adam Henderson y Beatrice.

Los rumores de su compromiso con un extravagante y elegante inglés que ostentaba un gran poder económico se propagaron como la pólvora. Al parecer, todos deseaban conocer a su prometido y al estrafalario animal que iba con él a todas partes. En el mismo ateneo se habían negado a dejar entrar al guacamayo para proteger toda su colección de libros, pero una generosa donación por parte de Jonathan derribó todas las reticencias. Y es que él parecía empecinado en hacer gala de su generosidad con la intención de demostrar que no se trataba de un candidato mediocre y que Leonor había tomado la mejor opción al escogerlo como su futuro esposo.

Aquella tarde, su madre les instó a tomar un paseo por el Public Garden, el parque que quedaba justo al otro lado de la calle. Les acompañaba Roberta, que des de su salida de la casa no parecía tener mucho que decir. Leonor, por su parte, no estaba nada emocionada con la salida, pues Adam y Beatrice le resultaban falsos y fastidiosos.

A decir verdad, hubiera preferido excusarse y ahorrárselo. Tener que darles conversación ya le suponía un esfuerzo.

Un suplicio, vaya.

Leonor era de buen trato, con un carácter plácido y moderado. En los últimos siete años su vida había transcurrido sin sobresaltos y, a pesar de tener una opinión sobre la gente que se iba encontrando en la vida, su intención no era juzgar a nadie. Por lo menos no sin una buena justificación.

En el caso de Adam y su prima, no era sencillo hacerlo; en parte debido a lo ocurrido en el pasado. Perdonar a dos personas que la habían traicionado bajo sus mismas narices y no parecían sentir remordimiento alguno era como mínimo irritante. Y no contentos con ello, se vanagloriaban de su matrimonio sin tener la mínima consideración.

Su madre había censurado a Beatrice un par de veces, pero ella parecía o no quería darse por aludida.

Si con todo ello no era suficiente, además debía soportar sus aires de grandeza, sus miradas malintencionadas, sus mordaces comentarios sobre la inexistente maternidad de Leonor y sus consejos sobre el matrimonio.

—Y bien, señor Wells. ¿Qué opina de Boston? —le preguntó Beatrice, sin dejar de observar a su niñera, que debía estar pendiente de los dos niños: Wallace Jr., de once años, y Vincent, de cinco.

—Es una ciudad bulliciosa, pero elegante —comentó, siendo parco en palabras.

Jonathan mantenía un secreto rencor por la pareja que cada vez le resultaba más difícil de disimular. Ambos le parecían un castigo divino; aunque en el fondo debería estar agradecido con ellos. Gracias a sus actos, Leonor era libre.

Ella pareció darse por satisfecha.

Leonor paseaba cogida del brazo de su prometido. A pesar de no haber sido bendecida con la belleza, se veía sublime con su vestido de paseo bordado en hilo de seda azul y escoltada por un apuesto caballero de la talla de Jonathan.

Si fuera real, podría calificarlo como perfecto.

—¿Ya han decidido dónde vivirán tras la boda? ¿Inglaterra o Estados Unidos?

La joven levantó el rostro y echó una rápida mirada a Jonathan. Ninguno de los dos se había puesto de acuerdo sobre lo que debían decir si surgía la pregunta.

—Tenemos tiempo para decidirlo —fue lo único que consiguió sonsacarle.

—Lo más adecuado sería que eligieran Boston, teniendo a la familia de Leonor tan cerca. ¿Pero quién puede resistirse a la compañía de sus amigos los duques de Dunham? —se preguntó a sí misma con una risita jovial—. Seguro que les extrañarían muchísimo. Pero si deciden quedarse en la ciudad necesitarán nuevos amigos con los que relacionarse. Tienen suerte de tenernos a Adam y a mí...

Jonathan sonrió para sus adentros, orgulloso del dominio que estaba ejerciendo sobre sí mismo. Mejor eso que mofarse frente a ella y ofenderla, se dijo. Pero si estaba teniendo consideración para con ella y su esposo era por Leonor y porque tenía la ocasión de causar una buena impresión a su familia. No deseaba empezar una guerra antes de tener a su suegra de su lado. De otro modo todo sería muy desagradable e incluso su compromiso podría peligrar.

Pensó otra vez en las palabras de Beatrice. ¿Suerte, decía? Aquella mujer había caído sobre ellos como si de una plaga bíblica se tratara.

—Estaremos encantados de abrirles las puertas a las mejores familias bostonianas —continuó ella como si de un alegato se tratara—. No deseo criticar a mi tía Helen; sin embargo, considero reprobable que a estas alturas no haya hecho público el compromiso. Ni siquiera han acudido a un baile.

—Nosotros se lo hemos pedido —dijo una Leonor calmada.

Jonathan admiró su buen hacer. Él hacía esfuerzos

por morderse la lengua y, en cambio, ella parecía la dulcificación en persona.

Beatrice la miró de arriba abajo.

—Pobrecita. —Su voz sonó llena de condescendencia—. No estás acostumbrada. Lo comprendo. Tanto tiempo lejos de la c... —La voz de Beatrice se cortó al echar otro vistazo a sus hijos. Y en esa breve pausa Jonathan deseó que ella no estuviera a punto de decir la palabra «civilización». Si era así no respondería precisamente con caballerosidad. Por fortuna, la de todos, Jonathan estaba equivocado—. Has estado tanto tiempo lejos de la ciudad que apenas recordarás a nadie. Pero no te preocupes; como he dicho, Adam y yo os presentaremos ante toda la buena sociedad.

—Muy amable, Beatrice. Aunque no deberías tomarte tantas molestias. ¿Cierto, Jonathan?

«Sí, por favor. Que no lo hagan», rezó él para sí.

—Detestaríamos ser una molestia —dijo en cambio, considerándose suertudo por haber sonado tan sincero.

Ella desestimó el comentario.

—Bobadas. Ayudaremos en todo lo necesario, como, por ejemplo, la preparación de la boda. Porque, querida prima, tus gustos son demasiado sencillos.

Leonor y Jonathan intercambiaron unas miradas.

—Nosotros somos los que decidiremos. Al fin y al cabo, será nuestra boda.

La prima de Leonor tenía la firme intención de replicar, pero su hijo mayor cayó al suelo tras una carrera. Beatrice, en vez de socorrer al niño, se fue directa hacia la niñera para mostrar su desagrado en cuanto a los cuidados.

Su esposo la seguía.

—¿Y si nos hacemos los perdidos? —sugirió él, tanto a Leonor como a su tía Roberta, quien mejor le caía en aquella familia. Tal vez por la falta de artificialidad con la que lo trataba o porque en cierta medida le recordaba bastante a su encantadora prometida.

La mujer alzó una ceja.

—¿Busca un modo de escapar?

—Siento que en cualquier momento caerá sobre mí la hoja de la guillotina.

—¡GUILLOTINA! —exclamó con dificultad *Georgette*—. ¡GUAKS!

Leonor contuvo una sonrisa tapándose la boca con una mano.

—Sería ir en contra de las normas del decoro —intervino la joven—, pero creo que haré una excepción. ¿Tía?

Jonathan suspiró con alivio y miró a Roberta.

—¿Está con nosotros?

Ella no dijo nada. Solo esbozó una sonrisa de consentimiento, con lo que los tres apresuraron su paso con cierto disimulo. No podían cruzar el puente sobre el lago si querían pasar desapercibidos, así que tomaron un camino más arbolado.

No se relajaron hasta que se vieron lo suficientemente lejos como para que el matrimonio Henderson no los encontrara con facilidad.

—No puedo creer que hayamos hecho eso. —Roberta parecía asombrada ante su propio comportamiento—. A Beatrice no va a agradarle el desplante.

Jonathan fue rotundo.

—Me da igual lo que agrade o no a esa mujer. ¿Por qué soportarlos tan a menudo?

Roberta siguió paseando al lado de su sobrina preguntándose lo mismo. Ni siquiera le tenía aprecio. Solo guardaba las formas por su hermana Helen y porque era incapaz de ser grosera. A ella jamás se le hubiera ocurrido hacer un gesto tan osado como el de Jonathan, aunque en el fondo le satisfacía.

—Mi hermana cree que son una carabina adecuada para una pareja de prometidos. —Aunque secretamente sospechaba que su intención era otra: restregarles el compromiso de Leonor.

Echó una mirada hacia su izquierda. Su sobrina y el señor Wells hacían buena pareja. Él quitaba seriedad a Leonor y la joven ofrecía una formalidad que era necesaria.

Sonrió para sus adentros. El prometido de Leonor era toda una caja de sorpresas. Poseía refinamiento y distinción. Había sido educado con toda la familia —incluso con los Henderson—, se movía como pez en el agua por aquel ambiente y sabía expresarse con elocuencia. A ella misma la había conquistado con unos cuantos halagos zalameros sin pizca de artificialidad. Pero, además, contaba con un espíritu jovial que dejaba relucir con bastante asiduidad.

—Yo discrepo. Solo los recomendaría como compañía de un verdugo —resopló Jonathan—. Sabes, querida —musitó con afecto, tomando la mano enguantada de Leonor y depositando un suave beso en ella—, ganaste con el cambio.

A Roberta le pareció un gesto muy romántico, pero Leonor tuvo que ahogar un jadeo. Seguía sorprendida porque tan leve contacto repercutiera de forma tan significativa en ella. Y no solo eso; cada vez iba a peor. Sus miradas cómplices hacían volar miles de mariposas en su estómago y sus cautos acercamientos conseguían que su corazón se estremeciera.

Jamás había sentido tal cosa por otro hombre. Se había dicho a sí misma que ella no estaba hecha para el amor y a la larga había aprendido a proteger su corazón. Sin embargo, ante él era imposible blandir su escudo. Tenía un halo seductor demasiado poderoso.

—Tal vez no fuera el prometido que Leonor mereciera —comentó su tía—. Pero que no se os olvide: está muy bien considerado entre nuestras amistades.

Leonor no pudo evitar resoplar. Aquel tema en particular la encendía, dejando a un lado su naturaleza serena.

—Ese hombre se hubiera casado conmigo para seguir metiéndose en la cama de Beatrice sin ningún tipo de escrúpulo. Ese fue el motivo principal por el que cancelé mi boda. ¿Y dices que ante la sociedad sería un esposo caballeroso?

—No quiero hacerte sentir mal. Estoy de tu parte. Yo también desprecio su doble juego, si bien ante los ojos de todos es perfecto.

Poco importaba lo que sucediera en la intimidad del hogar mientras el hombre fuera discreto en sus escarceos. Ellos podían hacer cuanto quisieran, una mujer no.

—Si esa palabra significa traidor, embustero o ruin, entonces aborrezco la perfección —declaró alzando su rostro hacia el cielo con solemnidad—. Prefiero a alguien más sincero y mundano. Como, por ejemplo, a Jonathan, que es muy distinto a Adam.

El aludido detuvo el paso y la hizo detenerse a ella también. Una sonrisa bailaba en sus labios.

—¿En qué me diferencio del señor Henderson? —preguntó él, con curiosidad.

Leonor contestó de inmediato.

—¿Está buscando halagos fáciles, señor Wells? —murmuró ella con un brillo de jovialidad en sus ojos. Su humor acababa de mejorar en un solo instante—. ¿Acaso es un arrogante que pretende que le regalen el oído?

Jonathan la contempló con el rostro cargado de satisfacción.

—Es de lo más razonable. Tengo la firme creencia de que un caballero necesita escuchar en boca de su prometida un sinfín de galanteos. Son normas no escritas, pero que están ahí.

Ella fingió indignarse.

—Nunca oí semejante majadería. Fui educada para recibir los halagos, no para tener que dispensarlos.

—Por supuesto, tú eres estadounidense, por muy bien que sepas imitar el acento. Si fueras inglesa lo comprenderías. ¿Cierto, *Georgette*?

—¡CIERTO! —repitió el guacamayo, aun sin saber lo que aquel par estaba hablando.

Con una mueca, Leonor contuvo su sonrisa. Jonathan la contagiaba de ese modo, con sencillez y sin proponérselo.

—Entonces estás poniéndome al corriente —dedujo ella.

—Por tu propio bien —contestó él—. Odiaría que quedaras en mal lugar solo por el hecho de no estar bien informada.

—Pero estamos en otro país. ¿No deberían ser distintas las normas?

Jonathan, plenamente consciente de que ella esperaba una réplica, le hizo un guiño, consiguiendo que las mariposas que revoloteaban en su estómago salieran volando.

—Por supuesto. Sin embargo, sigo rigiéndome por los horarios ingleses.

—Está bien —aceptó ella, bromeando y con una inclinación de cabeza—. Si no hay más remedio... —Se tomó unos segundos para pensar su respuesta. Decir en voz alta las mejores cualidades de Jonathan no debería suponerle un reto. Ella sabía muy bien lo que le gustaba de él. Sin embargo, no deseaba ser demasiado detallista y dejar al descubierto sus sentimientos—. Humm —murmuró—. En primer lugar, diría que tienes a un guacamayo como amigo, o como amiga —rectificó.

—Obvio —dijo él, sin perder de vista el camino.

—Pero coincidirás conmigo que no es el comportamiento que cabe esperar en un caballero de tu posición.

Jonathan se encogió de hombros, restándole importancia. Tenía suficiente seguridad en sí mismo, así como dinero e influencias, como para preocuparse por aquella minucia.

Él hacía siempre lo que quería.

—No hay ningún reglamento que me prohíba específicamente ir acompañado de un guacamayo.

—Vamos, no te hagas el inocente conmigo. Es de lo más inusual.

—Y eso me hace único —opinó él, dedicándole una

sonrisa cargada de encanto, a la que fue imposible resistirse.

Leonor le devolvió la sonrisa.

—Tienes toda la razón. —No se imaginaba a Adam con *Georgette* o con ningún pájaro de otro tipo, porque las apariencias lo eran todo para él. En cambio, Jonathan tenía una personalidad menos rígida o encorsetada. No juzgaba a los de una clase social inferior a la suya ni temía relacionarse con ellos. Todo lo contrario. Y tampoco hacía esfuerzos por congraciarse con los aristócratas. Que su mejor amigo fuera un duque parecía una mera anécdota—. Admiro el coraje que tienes y cómo te desenvuelves. Yo sería incapaz de trasgredir las normas establecidas.

Jonathan le lanzó una mirada severa.

—Permíteme disentir. Rompiste tu relación con Henderson a pocas semanas de la boda. Te marchaste de tu hogar porque no querías ser obligada a casarte con él. Tu buen juicio te previno. Y por si no fuera suficiente, conseguiste sobrevivir gracias a un empleo decente. Así que tú eres la más valiente de los dos. —Leonor hizo un gesto con los labios que demostró indecisión, y Jonathan, que estaba alerta, se dio cuenta—. ¿Tú no lo crees?

Leonor no lo había pensado de ese modo. Así de simple. Por supuesto, estaba orgullosa de haber podido seguir con su vida tras apartarse del sustento que representaba su madre. Antes de eso nunca hubiera podido creerse capaz de hacer tal cosa, pues obraba y se comportaba con la corrección propia de una dama, no alzaba la voz y acataba las decisiones que eran tomadas para ella. Sin embargo, desde que tomó el camino de la independencia aprendió a valerse por sí misma y a hacerse oír si era necesario.

Y eso la llevó a preguntarse: ¿en verdad había cambiado tanto? ¿Sería cierto que era tan valiente como decía Jonathan? Porque, de serlo, no habría permitido involucrarse en aquella farsa ni un solo minuto y habría encarado la dignidad de su soltería con orgullo.

—No lo sé. Escucho lo que dices y en cierta forma tiene sentido. Luego me doy cuenta de que nuestro compromiso...

Leonor se interrumpió de golpe al recordar que su tía paseaba con ellos. En los últimos minutos se había mantenido silenciosa y les había dejado llevar el peso de la conversación, pero no podía hablar de su falso compromiso estando ella presente.

Se dio cuenta de que había estado tan concentrada en Jonathan que no le había prestado la más mínima atención.

Al detenerse y volver el rostro hacia ella, comprobó que a su lado solo había un espacio vacío.

Frunció el ceño.

—¿Y mi tía Roberta?

Ambos miraron hacia atrás al mismo tiempo, encontrándosela a unos pasos de distancia por detrás.

Al percatarse ella de que la pareja se había detenido, les hizo unas discretas señas para que continuaran adelante.

—Creo que tu tía está tratándonos de decir que nos permitirá continuar con nuestro paseo mientras ella nos sigue desde una distancia prudencial y decente —recalcó.

—¿Lo crees prudente?

Jonathan le sonrió abiertamente y la tomó del brazo, instándola a continuar.

—Ella es la carabina. Y por lo que sé no nos quitará la vista de encima. —A decir verdad, estaba feliz porque Roberta fuera lo suficientemente inteligente y razonable para haberles proporcionado cierta intimidad; eso sí no se tenía en cuenta a *Georgette*. Por ello se propuso disfrutar de lo que quedaba del paseo. Con todo el revuelo que causó la noticia del compromiso y las visitas a la ciudad apenas había tenido tiempo de conversar con ella a solas. En Stanbury Manor habían tenido esos momentos y era algo que echaba muchísimo de menos—. Y bien, ¿en dónde estábamos?

—En nada importante —dijo simplemente.

Leonor recordaba a la perfección en qué punto se habían detenido: cuando las dudas sobre la mentira que estaban manteniendo se habían agudizado. Y eso le hizo recapacitar. Sostener el compromiso durante unos días o semanas tal vez resultara relativamente fácil, pero a la larga lo complicaría todo y sería más difícil confesar la verdad. Como única opción para no hacerlo le quedaba regresar a Inglaterra y seguir como dama de compañía de Margaret. Con el tiempo, escribiría una carta a su madre para decirle que Jonathan había decidido romper el compromiso.

No obstante, no era tan sencillo. Leonor era consciente de la partida de Kenneth y en la posición de desamparo en la que quedaría su madre.

—¿En qué estás pensado, Leonor? —le preguntó Jonathan tras unos segundos en silencio.

—¡LEONOR! ¡LEONOR! —exclamó el guacamayo.

—Alto, *Georgette*. Yo he preguntado primero.

Ella alzó la vista y les sonrió.

—Menuda pareja que hacéis los dos.

Su acompañante la contempló con aire inocente.

—No puedo opinar por *Georgette*, pero diría que somos tú y yo los que hacemos mejor pareja.

Ella alzó una ceja.

—¿Y por qué pareces tan convencido?

—Porque entre los dos la balanza está equilibrada. Tú tienes la suficiente paciencia para tratar con nuestra amiga *Georgette*, mientras que yo trato de contenerme con tu prima.

La comparación le pareció cuanto menos curiosa. A Beatrice no le alegraría saber que tenía puntos en común con un pájaro parlanchín de vistosas plumas amarillas y azules.

—¿Y eso es lo que pretendías: equilibrar la balanza?

—No, para nada. «Tú y yo» es un acontecimiento que ha sucedido sin más. —Y el compromiso era prueba de ello.

Leonor había llegado a su vida sin levantar ruido, sin despertar en él una atracción inmediata; al contrario que Isobel. Sin embargo, en poco tiempo se había ganado su respeto, cariño y admiración; unos sentimientos mucho más intensos y poderosos de lo que hubiera podido imaginar en un principio.

Con ella se había permitido el lujo de pensar más allá de lo que tenían, acariciando palabras tan serias como matrimonio, compromiso, familia y amor. Ahora solo debía encargarse de que ella también se diera cuenta.

6

Regresaron a casa en un ambiente armonioso. Jonathan tenía la intención de quedarse un poco más con aquellas mujeres, pero cuando vio a Beatrice tomando el té con Helen Price y Margaret, sus intenciones cambiaron.

El señor Henderson no se encontraba en la sala.

Para los recién llegados fue inevitable fijarse en Beatrice, pues su rostro había perdido todo rastro de color y los miraba con expresión huraña.

—¡Vaya, por fin regresan! ¿En dónde se habían metido?

Su voz sonó más aguda que de costumbre.

Jonathan frunció el ceño ante aquel reproche.

—Buenas tardes a todos —saludó, haciendo una pequeña reverencia e ignorando deliberadamente a la prima de Leonor.

«Es una suerte que la misma sangre no corra por sus venas», se dijo. Estar emparentado con aquella mujer aunque fuera de un modo indirecto —por nupcias— ya era suficientemente malo.

Jonathan acompañó a Leonor para que tomara asiento e hizo lo mismo con Roberta. Después se sentó junto a la señora Price, dedicándole una afable sonrisa.

Tras unos días de reposo, la lesión de la madre de Leonor ya no podía considerarse como tal, aunque ella insistía en permanecer con el pie en alto. Jonathan sospechaba que se debía a la presencia de la duquesa viuda, que estaba resultando ser una excelente acompañante. Amenizaba las horas relatando los aspectos más importantes de lo que significaba ser duquesa o les entretenía con atractivas anécdotas de bailes y escándalos.

El que más le había gustado hasta entonces había sido la emboscada tendida al duque de Dunham, nieto de Margaret, para que terminara enamorado de la actual duquesa.

—¿Cómo se encuentra? ¿Ha mejorado su pie?

—¿Desde la última vez que preguntó? Lo veo improbable, pues no han transcurrido ni dos horas. Aunque gracias por preocuparse. Otros ni siquiera han tenido la cortesía —murmuró lanzando una intensa mirada a la hijastra de su cuñada que apenas duró un segundo.

—Entonces, ¿dónde han estado? —volvió a preguntar Beatrice, empeñada en conocer la respuesta—. Hemos estado buscándoles por todos los rincones, hasta que mis pobres hijos han quedado exhaustos —exageró—. ¿Acaso no pudieron avisar?

Su tía perdió la paciencia.

—¡Por Dios, Beatrice! Deja que se expliquen.

Jonathan se dijo que la escena resultaría divertida si no fuera porque aquella mujer era de lo más molesta.

Estaba convencido de que si *Georgette* pudiera se taparía los oídos.

—Lo lamento. No nos dimos cuenta de que ustedes no nos seguían hasta que ya los habíamos perdido.

—¿Ninguno de los tres?

Su escepticismo fue patente.

—Al parecer, no. —Con habilidad, Jonathan centró toda su atención en la madre de Leonor mientras la miraba con arrobo. Era como si solo a ella debiera darle explicaciones. Antes del paseo había tenido el detalle de obsequiarla con unas hermosas flores y de regalarle unas palabras lisonjeras—. Señora, nos encontrábamos demasiado inmersos en la belleza del paisaje mientras Leonor hablaba de su niñez. Tanto, que nos distrajimos.

Ella no lo creyó ni por un segundo, pero no había mucho que pudiera hacerse. El señor Wells se mostraba compungido y le había pedido disculpas. Acusarles de mentir sería más un error que un acierto, así que se mantendría callada.

—Señor Wells, ¿desea un poco de té? —preguntó una señora Price de lo más servicial—. ¿Comer algunas viandas? Debe estar cansado del paseo.

Jonathan se lo agradeció ampliando su sonrisa.

—Me temo que no, señora. Tengo un asunto que atender.

—¿Ya se va? —Su voz decayó, pero no fue la única en mostrarse decepcionada. La duquesa viuda insistió en que se quedara un poco más.

—Estoy convencida de que Leonor apreciará tenerte un poco más con ella, ¿verdad, muchacha?

Margaret la pilló desprevenida.

—Yo... no quiero entretenerlo más. —Era comprensible que quisiera marcharse. Había cinco mujeres en el salón pendientes de él y ya había tenido que fingir el compromiso frente a su familia durante demasiado tiempo—. Estoy segura de que tendrá otras ocupaciones.

Su madre arqueó una ceja.

—¿En Boston? Creí entender que era la primera vez que visitaba la ciudad.

—Así es —aclaró él—. Pero durante estos días mi secretario ha estado echando una ojeada a un par de negocios que deseo discutir con él.

—¿Es que está pensando en invertir?

—Puede ser —anunció enigmáticamente, aumentando la intriga.

Jonathan pidió a Leonor que lo acompañara hasta la puerta, a lo cual nadie se opuso. Se suponía que ambos estaban prometidos y apenas iban a alejarse. Una vez en el vestíbulo, dejó que el guacamayo volara con libertad para poder despedirse de ella.

Era una lástima que Leonor fuera la que menos reticencias había puesto a su marcha. Por una vez habría preferido que ella dejara a un lado su expresión formal para expresar lo que estaba sintiendo.

Se preguntó si en verdad él le importaría tan poco como parecía o era una simple fachada. Porque a Jonathan le importaba mucho más de lo que había creído en Inglaterra. ¿Acaso no veía lo que se estaba esforzando solo y simplemente para complacerla?

Había malgastado años bebiendo los vientos por una mujer que ahora solo consideraba un sueño desvaneciéndose. Así que nada les impedía estar juntos si ella así lo deseaba. Sin embargo, él mismo se había reconocido que sus sentimientos no eran claros después de todo. ¿Cómo podía pedirle a Leonor que se alzara si cabía la posibilidad de decepcionarla?

Y odiaría lastimarla por encima de todas las cosas. Lo más prudente era tomarse un tiempo para clarificarlos y no tener ninguna duda.

—¿Se va a causa de mi prima o era cierto lo que ha dicho?

—¿Sobre el negocio? —Ella asintió con la cabeza—. Un poco de todo.

—Así que no se siente usted aventurero...

Suspiró. Le entristecía alejarse de ella, pero no iba a sacar mucho más provecho a la tarde quedándose.

—No siento el menor deseo de domar a una hiena.

Leonor meneó la cabeza, como si hubiera escuchado mal.

—A una... —Ni siquiera pudo terminar de decirlo.

Jonathan se acercó a ella peligrosamente y le habló al oído.

—Es así como veo a Beatrice. —Sus palabras le hicieron cosquillas y su piel se erizó. Sus barbillas y sus bocas apenas estaban separadas por unas pulgadas, pero fue suficiente para anhelar un beso suyo. Leonor esperó reteniendo el aliento—. Si solo fuera por ti, juro que me quedaría. Ahora bien, por hoy ya he tolerado suficiente a esa mujer.

Ella no se movió. Bajó las pestañas y trató de pensar en lo que Jonathan decía, mas resultó ser una tarea que requirió de toda su concentración.

Se obligó a hablar.

—Usted ya ha hecho bastante; no puedo pedirle más. Dejó sus asuntos en Inglaterra y se embarcó con una generosidad admirable.

Sus ojos verdes se posaron sobre la delicada curva de su cuello y la observó con expresión pensativa.

—¿Por qué me tuteas solo cuando hay gente a nuestro alrededor?

—Es lo que se supone que haría una prometida —contestó ella con sencillez.

Excediéndose en su papel de caballero andante, Jonathan alzó su mentón con el dedo índice y lo sostuvo durante un tiempo indefinido, bebiendo de su esencia, porque a cada día que pasaba la encontraba más hermosa. Y no es que estuviera perdiendo vista.

Como Leonor no opuso resistencia y Dios era testigo que él no pensaba renunciar a aquel delicioso capricho, se acercó un poquito más, si era posible.

—Desearía que me tuvieras confianza, Leonor. ¿Qué hay de malo en ello? Nos conocemos de hace meses y creí que habíamos estrechado lazos. Eres muy querida para mí. ¿Lo sabías?

Sus deliciosos labios se abrieron para responder, pero con el rabillo de ojo vio a *Georgette* acercándose, e instintivamente se apartó, rompiendo la magia del momento.

El animal, harto de ser ignorado, revoloteó sobre sus cabezas, buscando un lugar donde posarse.

En su fuero interno Leonor agradeció la interrupción. ¿Cuántas veces debía recordarse que Jonathan pertenecía a Isobel? Ella era la mujer que amaba y hacerse ilusiones en ese sentido resultaría una colosal catástrofe. Él no tenía la culpa de ser tan encantador y atractivo. Él no tenía la culpa de que las fuerzas de Leonor comenzaran a flaquear.

¿Y ella se había sentido sabia? ¡Ja! Estaba perdiendo la cordura. ¿Cómo si no explicaba el hecho de haber sentido la tentación de acariciarle los hombros sobre la chaqueta masculina y esperar a que él la abrazara?

No estaba siendo ella misma.

Tras la marcha de Jonathan, Leonor subió a su habitación. Antes había conseguido arrancarle la promesa de que nunca más volvería a ser tan formal con él.

Se tumbó sobre la cama y pensó en Stanbury Manor, en los campos verdes de Inglaterra, donde se respiraba paz y tranquilidad, donde su vida era tan monótona como satisfactoria. En cambio, Boston era más caótico y ella se encontraba en serios aprietos. Solo los tenía que enumerar.

En primer lugar estaba mintiendo a su madre sobre su compromiso, por lo que ignoraba si la perdonaría tras descubrir la verdad. Aunque no había similitudes entre su anterior prometido y el hombre que estaba representando el papel en la actualidad, era plenamente consciente de que aquello no terminaría en boda y que por lo tanto la pondría en la misma posición que entonces.

Y ya era sabido el resultado.

En segundo lugar, Kenneth estaba más que dispuesto a irse a un viaje que podría extenderse durante meses. Y eso complicaba más las cosas. A pesar de creerlo durante años, ya no estaba segura de que su madre hubiera cumplido sus amenazas y la hubiera desheredado. Su primo y el resto de la familia así lo suponían. Pero que no la hubiera borrado de su testamento no significaba que fuera capaz o que la dejaran controlar todo el patrimonio. Kenneth había sido elegido e instruido para ello, por lo que enterarse de su marcha supondría un duro golpe.

Y, en último lugar, pero no por ello resultaba más sencillo, cada día que pasaba estaba más prendada de Jonathan.

Abrumada por el peso de su conciencia, se dijo que si quería reparar la relación con su madre y evitar males mayores, lo mejor sería contárselo todo antes de que lo supiera por otros. Eso no le garantizaba su perdón, porque no le alegraría saber que seguía soltera. Sin embargo, esta vez Leonor se prometió que no iba a marcharse antes de que las aguas volvieran a su cauce.

Así que decidió ser sincera, por lo menos en cuanto a ella se refería.

Una hora después, se reunió con su madre en una estancia privada, fuera de las miradas curiosas. Leonor no le había explicado ni a Jonathan ni a la duquesa viuda lo que pretendía, porque deseaba que no se entrometieran en su decisión.

Se sentó frente a ella en un sosegado silencio, renuente a comenzar. Sí, ella había decidido confesar, si bien necesitaba un tiempo para hacerse a la idea.

Helen Price frunció los labios y con un ademán la instó a hablar.

Su hija aguardó.

—Estás poniéndome nerviosa, Leonor. ¿Qué pretendes? Me has dicho que había un tema urgente del que tratar. ¿Por qué no vas al grano?

Al contrario que su hija, la paciencia no se encontraba entre sus mejores virtudes.

Leonor no la hizo esperar más.

—Madre, sé que he sido una decepción para ti. No me comporté como tú esperabas; te desafié. Por eso comprendo que tu afecto hacia mí haya menguado.

Su madre la observó con cautela. Se sentía incómoda. No sabía muy bien lo que pretendía removiendo el pasado.

—Si buscas que te dé un abrazo por cómo te comportaste hace siete años no lo vas a conseguir. La familia Henderson y la nuestra, los Price, teníamos un acuerdo que nos beneficiaba a todos, y no solo en los negocios. Por si lo has olvidado, te refrescaré la memoria: habías dado tu palabra.

—Porque era lo que se esperaba de mí, que me conformara con un matrimonio aceptable.

Ella sabía cuál era su papel en aquel juego, como un peón en una partida de ajedrez; una pieza fácil de sacrificar por otra más valiosa. Leonor debía encarnar a la esposa perfecta, atender la casa, a los invitados, criar a los hijos y ser sumisa con su esposo. Toda la educación que recibió fue para ello. Sin embargo, Leonor había supuesto que Adam le sería fiel, o que por lo menos no la engañaría bajo sus propias narices.

A su madre no le hizo gracia escuchar aquello.

—¿Aceptable? ¿Aceptable? Adam Henderson era uno de los mejores partidos de la ciudad. ¿Sabes cuántas mujeres deseaban lo que tú rechazaste? ¡Decenas! —exclamó—. Te comportaste como una niña malcriada con una rabieta.

—Entonces, ¿debía permitir que siguieran viéndose?

—No. Pero te dije que yo lo solucionaría.

—Era demasiado tarde, madre. El daño ya había sido infligido.

—Y, por lo tanto, desapareciste mientras me quedaba a barrer tu estropicio. Yo fui quien tuvo que enfrentarse a los Henderson y tolerar todas las habladurías. ¿Fui demasiado dura? —Negó con la cabeza—. No. Soy tu madre y sabía lo que te convenía. Y un buen matrimonio te convenía —insistió. Hizo una breve pausa antes de proseguir—. Sin embargo, sí que me arrepiento de dejarte marchar. En mi defensa diré que esperaba que regresaras pronto.

Leonor se sorprendió al escuchar aquellas palabras en boca de su madre. ¿Estaba confesando que había cometido errores? Inaudito en una mujer de carácter fuerte y acostumbrada a mandar. Y más porque no se sentía cómoda hablando de sentimientos. Pero llegado a aquel punto se dio por satisfecha, porque sabía que nunca lograría convencerla de que renunciar a su compromiso había sido la mejor opción.

—Entonces, ¿por qué no has hecho nada por remediarlo? ¿Por qué no me buscaste? —De haberlo hecho, todo entre ellas hubiera sido distinto.

—Ojalá no me hubieran abandonado las fuerzas —se lamentó—. Escribí decenas de cartas y le pedí a tu primo que te buscara, mas en el último instante me arrepentía.

—¿Por qué? —la instó a responder—. ¿Por qué? —Leonor deseaba llegar al fondo de la cuestión. Su madre seguía guardándole rencor por haber rechazado a

Adam, pero eso no significaba que la quisiera fuera de su vida. ¿Era eso?

Su madre se levantó, como si de repente arrastrara una carga pesada, y se acercó a la ventana. Se atusó el cabello y apartó la cortina para contemplar la calle.

—Qué más da. El pasado, pasado está —dijo mientras le daba la espalda.

Su hija no estuvo de acuerdo. Ella deseaba resolverlo.

—Madre, insisto.

Se escuchó un leve suspiro, antes de la sonora exclamación que la siguió.

—¡Porque fuiste tú la que elegiste alejarte!

Leonor la contempló con sentimientos encontrados.

—¿Y preferiste perder a una hija que tu orgullo?

—Imaginé que cuando quisieras volver a casa lo harías, como así ha sido.

—Y durante todo este tiempo yo creí que si lo hacía no sería bienvenida. Que habías dejado de quererme.

Helen Price volteó el rostro.

—No digas absurdeces. Eres mi hija. —Tal vez no fuera una madre demasiado afectuosa, pero ella le había dado a luz y la había criado lo mejor que supo.

Leonor respiró lenta y profundamente para tratar de deshacer el nudo que notaba en la garganta.

—Dime, madre —dijo en voz baja—. ¿Y si no existiera Jonathan o la duquesa viuda? ¿Todavía me querrías?

Los ojos de la mujer adquirieron un brillo de alerta.

—¿Qué quieres decir?

Leonor también se puso de pie, pero a diferencia de

su madre comenzó a pasear por la estancia en un signo claro de inseguridad.

La joven reformuló su pregunta.

—Si tu hija solo fuera una sencilla y soltera dama de compañía sin más aspiraciones, ¿lo aprobarías o me rechazarías?

—Ya te he dicho que yo...

—No estoy prometida —dijo soltando el aire de golpe—. Jonathan y yo no planeamos casarnos. —Su madre se quedó callada, por lo que Leonor examinó su rostro durante unos segundos con el corazón en vilo, tratando de buscar algún signo de cambio que le indicara lo que estaba pensando. Cuanto más se prolongaba el silencio, más nerviosa se encontraba ella—. Supongo que te debo una explicación.

Para su total y completa sorpresa, su madre hizo un gesto negativo con la cabeza.

—No importa —comentó con una inusitada calma.

A Leonor le pareció que el suelo se movía bajo sus pies. Acababa de confesar que su compromiso era una pura invención ¿y ella reaccionaba como si no le importara?

Insistió de nuevo.

—¿Comprendes lo que estoy diciendo?

—Por supuesto —oyó decir—. Mis oídos están perfectamente sanos. No soy ninguna vieja que esté perdiendo facultades.

—Pero, madre...

—No deseo escucharlo —la atajó—. No deseo escuchar ninguna más de tus incoherentes explicaciones que vayan a desbaratar nuestras vidas. Por lo que a mí respecta estás comprometida formalmente. El señor Wells me pidió permiso para cortejarte, se le presentó y se le acogió en esta familia y, además, todo Boston está al tanto. No pretendas que vuelva a pasar por lo mismo de hace siete años. No lo permitiré.

Leonor entornó los ojos. La contundencia de su madre fue inquietante.

—No pretenderás que sigamos fingiendo —murmuró asombrada.

—¿De verdad deseas arruinar nuestra relación?

Su tono fue acusatorio.

—¡Ciertamente, no!

—Entonces, haremos ver que esta conversación nunca ha tenido lugar. Por lo menos, la última parte. Y ahora, por favor, déjame sola.

Leonor permaneció unos segundos en el corredor contemplando la puerta cerrada por la que acababa de salir. La reunión no había terminado como ella había planeado y en ese momento su compromiso seguía siendo firme.

Envuelta en un remolino de confusión se preguntó qué había ocurrido.

La única explicación lógica era que su madre, como siempre, se negaba a ver la realidad y se tomaba las decisiones de su hija como un fracaso. Ella deseaba tanto que se casara que se ofuscaba.

Suerte que esta vez no había estallado una batalla entre ellas. Todo había sido bastante civilizado, tal vez porque Leonor no había presentado resistencia.

¿Y ahora qué iba a hacer? ¿Seguir fingiendo que era una prometida enamorada? ¿Hasta cuándo?

Mucho se temía que iba a tener que buscar las respuestas.

Cuando se quedó a solas, Helen Price volvió a sentarse en el mismo lugar que había ocupado unos minutos antes. Su hija acababa de marcharse y ella meditó sobre sus últimas palabras.

En verdad no era lo que había esperado oír de sus labios. Tanta sinceridad de su parte resultaba un tanto enojosa. Santo Cielo, dos prometidos y los dos habían sido despachados sin pensar en las consecuencias, como si fuera una joven lozana con toda la vida por delante y como si la edad no pesara en ella.

En sentido positivo, se dijo que por lo menos esta vez no parecía tan decidida a alejarse del señor Wells y salir corriendo. Ni siquiera la había afrentado. Cuando le dijo que era su última palabra ella había accedido sin protestar. Eso significaba que la intuición de su invitada era correcta. O eso esperaba, aunque de momento no podía relajarse ni quitarle los ojos de encima si deseaba ver cumplido su sueño. Porque si todo salía según lo planeado por fin podría organizar una boda por todo lo alto y asegurar un buen partido para su hija de un solo golpe.

Pensó que para conseguir su objetivo todavía había muchas cosas por hacer y empujones por dar.

Tal vez Margaret tuviera unos motivos altruistas, unos que incluían amor y felicidad. Helen era más práctica y tenía los suyos.

Aun así, seguía siendo una buena asociación.

7

—Buenos días, Leonor. ¿Cómo has amanecido hoy?

La joven levantó el rostro de las páginas del libro que estaba leyendo y lo cerró, depositándolo sobre la mesilla más cercana. Jonathan acababa de aparecer en el solárium acristalado que Leonor había escogido para la lectura.

Le encantaba sentir el calor de los rayos del sol mientras se sumergía en una historia.

—Jonathan, no te esperábamos.

No pudo evitar reír. Su sinceridad poseía un dulce encanto, porque estaba seguro de que no lo decía con mala intención. Solo la había pillado por sorpresa.

Tenía la impresión de que Leonor había cambiado un poco desde que dejó Inglaterra. Como dama de compañía, su comportamiento había sido intachable, siempre sabía dónde estaba su lugar, rozando la perfección en ese sentido. Pero, a pesar de conservar su esencia, ahora parecía más joven y dejaba ver más de sí, como si se hubiera desprendido de la madurez que requería su empleo. Por lo menos una parte.

Eso no significaba que a Jonathan le desagradara el cambio. Todo lo contrario. Cuanto más aprendía de ella, más ilusionado se encontraba.

—Vaya, ¿así es como recibes a tus visitas? Dada la posición social a la que perteneces creí que te habrían proporcionado una intachable educación.

Ella sabía que se trataba de una broma. Aun así, no pudo evitar ruborizarse levemente a causa de la vergüenza.

—No todo el mundo estaría de acuerdo.

—¿Qué quieres decir?

—Verás, hay un pequeño y selecto grupo de familias llamados los Brahmin, que son considerados la aristocracia de Nueva Inglaterra. A pesar de ser adinerados mantienen un modo de vida muy conservador, poco dado a la ostentación y menos pública. Son personas distinguidas, cultas y mecenas de las artes. El escándalo es intolerable. Así que mi educación debe parecerles un tanto mediocre.

—¿Y tu familia no se encuentra entre esa élite?

Ella sonrió.

—¿Acaso no los conoces? Ellos adoran la pompa, la diversión y los chismes tanto como el poder. Y su círculo de amistades es del mismo modo. —La mayoría eran ricos empresarios bastante influyentes en la ciudad. Por supuesto, la decencia era importante para ellos, y sus hijos asistían a las mejores escuelas, pero a diferencia de los Brahmin, se permitían ciertas licencias. Los bailes y las reuniones sociales resultaban vitales—. ¿Por qué crees que has encajado tan bien entre ellos?

El comentario pareció herirle.

—Creí que te agradaba mi forma de ser.

—Y me gusta —aseguró ella. No era un hombre ambicioso, si bien compartía otras características que lo asemejaban—. Pero sé realista, Jonathan. Eres todo un caballero y vistes con finura y elegancia. Y, a pesar de todo ello, tienes un toque de excentricidad. Ir con *Georgette* a todas partes es una muestra de ello, por lo que no tendrías cabida en familias como los Bradlee, los Coffin o los Tarbox. Ni siquiera yo, que soy mucho más comedida.

A Jonathan tanta seriedad le producía aburrimiento.

—Bien, dejemos de hablar de los demás y concentrémonos en nosotros.

Leonor evaluó la situación.

—Mi madre, mi tía y la duquesa viuda han ido a la iglesia —se apresuró a explicarle. Además, se estaba preguntando por el paradero de *Georgette*, pues Jonathan había llegado sin el guacamayo, lo cual era muy extraño.

Jonathan cerró la puerta a sus espaldas.

—No es apropiado —protestó ella.

—En Stanbury Manor no parecías tan reticente. Recuerdo haber mantenido decenas de conversaciones en privado.

—Es distinto. En Inglaterra yo hacía el papel de dama de compañía. A nadie le importa lo que haga una dama de compañía mientras aparentemente sea discreta. No obstante, ahora nos encontramos en casa de mi madre.

—Y eres una rica heredera —matizó él.

—Ni siquiera sé qué soy —señaló ella. Y era cierto. Durante siete años se había refugiado en sus empleos como acompañante para huir de su pasado y ahora se estaba quedando en Boston, pero nadie había puesto una fecha de partida. ¿Qué sucedería después? ¿Acaso renunciaría a trabajar para Margaret y permanecería en la ciudad o se marcharía antes de que otro escándalo salpicara su vida?

Leonor le había contado toda la verdad a su madre, por lo que ya no había secretos entre ambas. Aparentemente habían hecho las paces, si bien parte de su comportamiento la confundía. ¿Por qué mantener aquella farsa de compromiso? ¿Qué se esperaba, pues, de ella?

—No me importa lo que pueda decirse por pasar unos momentos a solas. Al fin y al cabo estamos prometidos.

—No en realidad. Y a mí sí me importa.

Jonathan se rascó la barbilla.

—¿Y qué es de la vida sin un poco de emoción?

Como era natural en él, se tomó la situación con humor. Era Leonor quien debía pensar en las consecuencias.

—¿Quieres limonada? —le preguntó de repente, al comprender que Jonathan se había empeñado en quedarse y que ella no podría hacer nada por evitarlo. Y era peligroso. La tarde anterior había caído en una tentación que le había llevado a soñar con él durante toda la noche—. Sí —se dijo ella misma, rompiendo su acostumbrada serenidad. Se veía un tanto alterada—. Haré que traigan una jarra.

Jonathan la interceptó antes de que se le escapara y la tomó de la cintura, reteniéndola sin llegar a forzarla.

—Estoy bien, Leonor. No necesito limonada.

—¿Té, café?

—Solo te necesito a ti. —La joven lanzó un jadeo a causa de la sorpresa—. Mejor dicho, quiero hablar contigo —matizó Jonathan para no perturbarla más.

—¿De qué?

—De ningún tema en particular y de todos. Por eso he pensado que nos vendría bien pasar un tiempo a solas.

—¿Y cómo sabías que todos los demás han salido? —Había sido durante la cena de la noche anterior que las tres mujeres se habían puesto de acuerdo. Al parecer, su madre se encontraba dispuesta a dar su primer paseo tras su percance. Jonathan esbozó una sonrisa maliciosa, levantando inmediatamente la sospecha en ella. Frunció los labios—. ¿Qué has hecho?

—¿Yo? —preguntó con un aire inocente que no consiguió engañarla.

—Te encantan las intrigas. Admítelo.

Su risa flotó en el ambiente y Leonor se quedó mirándolo, embobada. Sus ojos sonreían, también, y su rostro, ya de por sí atractivo, había adquirido unos bellos matices que enriquecían cada ángulo de su piel.

En aquel instante no fue consciente de lo indecoroso de la situación, pues él seguía reteniéndola. Leonor se encontraba dominada por sus propias emociones, tanto que le resultó imposible atender a las lecciones que había aprendido sobre decencia y protocolo.

—Ay, mi dulce Leonor —le escuchó decir—. Admiro tu agudeza tanto como tu firmeza y tu fuerza de voluntad. Eres como una brillante flor en medio del prado que se resiste a sucumbir al cambio de estación. Y yo soy el peregrino que se detiene en el camino y sabe descubrir su belleza de entre todas las demás flores.

—Yo diría más bien que parezco un espinoso cactus —declaró ella, pues no se sentía representada en la comparación de Jonathan.

Él se mostró en desacuerdo.

—¿Espinosa, tú? Para nada. —Con la mano izquierda acomodada en su cintura, Jonathan subió lentamente la derecha por la base de su espalda, acariciando cada pulgada de piel por encima de la ropa—. ¿Ves? Ni siquiera pichas un poquito.

Ella le apartó la mano de forma abrupta.

—No creas que voy a olvidar lo que estábamos hablando. Confiesa.

—¿Y si no quiero? —la retó con una sonrisa endemoniada.

Sus miradas se encontraron y Leonor retuvo la respiración. Tenía la sensación de que iba a besarla en cualquier momento, porque él ladeó la cabeza para acercarse más y entrecerró los párpados hasta concentrarse en sus labios.

Entonces, su voz interior le dijo que no era justo. Jonathan no tenía ningún derecho a comportarse como lo estaba haciendo, mostrando interés y desconcertándola, cuando estaba enamorado de otra mujer. Con anterioridad había permitido sus galanteos como parte de su actuación. Se suponía que eran una pareja de prometidos y era lo que debía hacerse, pero ahora no había nadie a su alrededor.

Quiso reprochárselo; sin embargo, era muy probable que al hacerlo dejara patentes sus sentimientos. Y eso era algo que no podía permitirse.

«Piensa, piensa», se dijo.

—Si no lo haces tú se lo preguntaré a la duquesa.

Jonathan curvó sus labios, aunque seguía estando peligrosamente cerca.

—¿Y qué te hace pensar que mi visita tiene que ver con ella?

Leonor no lo sabía, solo estaba tanteando. Jonathan había llegado a la casa sin ninguna cita previa y al parecer estaba al tanto de que ella se encontraba sola. Así que solo había dos opciones: o que las hubiera visto marchar o que supiera de antemano que no las encontraría.

—¿Por qué no has traído a *Georgette*?

—La dejé descansado.

—¿Ella te lo pidió?

Era un comportamiento sospechoso, pues Jonathan rara vez se separaba del guacamayo.

—Vaya, la echas más de menos que a mí. ¿Debería ponerme celoso?

—No digas estupideces —replicó Leonor—. Solo trato de descubrir por qué te muestras tan impaciente por conversar conmigo cuando nos hemos visto cada día.

—¿Tan difícil es de creer? ¿No te consideras lo suficiente encantadora como para despertar el interés en un hombre?

Su corazón latió desbocadamente, aunque terminó por desestimar el comentario.

—No creo que Isobel lo aprobara —soltó por fin. Leonor deseaba ser clara para no dar pie a malos entendidos o hacerse ilusiones—. Ella encontraría reprobable que fingieras un compromiso solo por proteger a una... —vaciló—, a una... amiga.

¿Amiga? ¿Es eso lo que piensas que somos?

—¿Tú no? —balbuceó.

Jonathan negó con la cabeza con decisión.

Entre nosotros hay mucho más. Solo que te niegas a confesarlo.

Leonor enmudeció. Por supuesto que no quería decirlo en voz alta, porque le daba la sensación de estar entregándole su corazón; un corazón que nunca sería correspondido. Él amaba a Isobel y se había marchado a Londres con ella después de su aparición en la boda de los duques. ¿Para qué seguir ahondando en aquello? Conocía cuáles eran los sentimientos de Jonathan.

—Pero Isobel...

Él suspiró con pesadez.

—Supongo que es un momento tan bueno como cualquiera para hablar de ella. ¿Nos sentamos?

Jonathan pensó que una copa de oporto no le vendría mal en un momento como aquel, aunque era demasiado temprano para beber. No le resultaba nada placentero tener que dar explicaciones sobre su pasado o revivir cada uno de los recuerdos que lo ataban a Isobel. Pero lo estimó oportuno.

Leonor se merecía conocer la verdad

—Supongo que una buena historia debe comenzar

a explicarse desde el principio —murmuró rascándose la nuca—. Hace muchos años que conozco a Isobel. Tantos, que parece toda una vida. Yo no era más que un jovencito despreocupado cuando mi padre me informó de su intención de contraer nupcias de nuevo. Como su único hijo, me alegré por él, pues yo ya había terminado mis estudios y nos veíamos poco. Merecía envejecer junto una mujer que lo cuidara y le hiciera compañía. Sin embargo, imaginé que su nueva prometida sería alguna viuda de cierta edad y madurez, no una joven que prácticamente tenía mis mismos años.

Lo cierto fue que desde la primera vez que puso los ojos en Isobel se sintió atraído por ella. Era bellísima, con una figura perfecta y unos ojos resplandecientes. Y del mismo modo que la admiró, le dio vergüenza confesar que envidiaba la suerte de su padre.

—Por aquella época —continuó él—, yo era bastante inmaduro y no pude comprender cómo semejante criatura estaba dispuesta a casarse con un viejo que duplicaba de largo su edad. Mi padre era un hombre muy rico, pero no poseía ningún título.

—¿Nunca le confesaste tus sentimientos? —preguntó Leonor, que hasta entonces había permanecido en silencio.

Una parte de ella deseaba conocer la historia de Jonathan y en qué medida estaba unido a Isobel, pero por el otro, se sentía mal. Los celos habían comenzado a aguijonearla, pensando que él había entregado su corazón a un amor imposible.

No era un sentimiento noble y no se sentía orgullosa, no obstante, le resultaba imposible deshacerse de él.

—Mientras mi padre estaba vivo, no. De otro modo lo consideraría una traición. Además, Isobel era la esposa perfecta y desempeñaba su papel de un modo ejemplar. Nunca dio indicios de corresponderme, así que comprenderás mi frustración. También tenía que lidiar con los encontrados sentimientos que despertaba el saber que ella fue la mujer de mi padre en el sentido literal de la palabra.

Leonor supo a qué se refería. De hecho, ya resultaba difícil pensar que la persona que amabas se dejaba querer por otra. Si a eso le añadías que ese alguien era el padre de uno, dificultaba más las cosas.

—¿Y qué sucedió después?

—Llegué a Stanbury Manor para huir y olvidar mis penas tras una pelea que ambos habíamos protagonizado —dijo con pesar—. Mi padre había muerto hacía unos años y supongo que la pena nos unió. Ella se apoyaba en mí, tanto en los asuntos financieros como de otra índole, y terminé llegando a la conclusión de que por fin tendríamos nuestra oportunidad.

—Deduzco por el tono que estás usando que nada salió según lo planeado.

Jonathan esbozó una sonrisa cargada de pesar.

—Tienes razón. Ella me rechazó y dijo que nunca había sentido lo mismo. —Entonces, su semblante cambió—. Pero, por suerte, no todos los días son oscuros y los nubarrones se desvanecen. ¿Sabes por qué? —Leonor negó con la cabeza, expectante—. Porque conocí a cierta dama amada por todos cuantos la rodeaban, juiciosa, sincera y leal, que trataba de pasar desapercibida. Y no lo consiguió. En cuanto comenzó a rebatir mis palabras y a hechizar a *Georgette*, supe que nada volvería a ser lo mismo.

La joven parpadeó, luchando por controlar sus emociones.

—Eso no tiene sentido. Te marchaste con ella —dijo. Y a pesar de no haber sido su intención, su voz sonó cargada de reproches.

Jonathan se inclinó hacia delante y clavó sus ojos en ella.

—Sí, lo hice —admitió.

—Entonces, ¿qué ocurre? ¿Tienes por costumbre alternar una mujer por otra?

—No lo hice por lo que tú crees... o tal vez sí —reflexionó—. Isobel no podía permanecer en Stanbury Manor. No podía pedirle a mi mejor amigo que la alojase. Su visita ya estaba causando demasiado revuelo. Y pensé que sería mejor alejarnos y regresar a Londres.

—Por supuesto —murmuró Leonor con voz compungida. Sabía ser comprensiva con los demás y perdonar las faltas, pero por un instante deseó la felicidad también para ella.

A lo largo de los años se había acostumbrado a la idea de la soledad, por lo menos en cuanto a una pareja se refería. Ella no cumplía con ningún estándar de belleza y siendo dama de compañía no tenía mucho que ofrecer. Sin embargo, le sucedió en Inglaterra y ocurría también en Boston: sintió una leve esperanza de cambio, como si de una vez por todas el destino fuera a cambiar y la fortuna le sonriera, aunque las palabras de

Jonathan echaran por tierra cualquier cálculo que hubiera hecho.

Inesperadamente, él se sentó a su lado y tomó sus manos, provocando un pequeño caos en el interior de su cuerpo.

—Ella dijo que deseaba conquistarme.

—Lo sé. Yo estaba ahí.

Se dio cuenta de que, a pesar del tiempo transcurrido, el recuerdo seguía resultando tan amargo como antes.

—Leonor, podría disculparme por algunas de mis acciones, aunque no creo que sirviera de mucho. No negaré que ya en aquel entonces albergaba sentimientos hacia ti. Y antes de la intervención de Isobel me había propuesto descubrirlos. Sin embargo, todo cambió. Supongo que decidí que tanto ella como yo merecíamos una oportunidad.

—No tienes que darme más explicaciones. El corazón manda.

Jonathan sonrió de oreja a oreja.

—Eres realmente sabia, ¿cierto, querida? Pues déjame contarte que no tardé en darme cuenta del error «mayúsculo» —enfatizó— que había cometido y hui de Londres en cuanto me fue posible.

—Para recoger a *Georgette* —le recordó ella.

—Eso fue lo que le dije al señor Pickens durante todo el camino. Una excusa cuanto menos creíble, pero no la única. Así que Isobel no es un problema.

Leonor se quedó pensando en aquellas palabras, mientras en su cabeza bullían miles de preguntas.

Comenzó por la más sencilla de formular.

—¿Y ella lo sabe?

Él vaciló un instante antes de responder. Ojalá fuera tan fácil.

—De algún modo debe de saberlo.

—¿Cómo? ¿No se lo has dicho? —preguntó, ligeramente escandalizada—. Dime que me equivoco.

—No.

Contrariamente a la intención de Jonathan, Leonor no se sintió complacida, más bien defraudada, lo que la llevó a la exasperación. Su modo de actuar no era precisamente caballeroso.

—Santo Cielo, Jonathan. ¿Y no se merecía por lo menos una explicación? ¿Esa es la mujer que has amado? —No comprendía cómo, tras años sufriendo por un amor imposible, ni siquiera se hubiera tomado la molestia de revelarle sus auténticos sentimientos. ¿No merecía algún tipo de delicadeza por su parte? Porque no sería nada agradable que Isobel descubriera que Jonathan había cambiado de opinión—. ¿No se tratará de una revancha? —le preguntó con sospecha—. ¿Acaso sigues dolido porque ella te rechazara?

Él se indignó porque Leonor llegara a aquella conclusión.

—Por supuesto que no. No soy tan mezquino —aclaró—. Y para satisfacer tu curiosidad, te diré que ni siquiera lo había pensado del modo en el que tú lo expones. Para mí fue sucediendo poco a poco, hasta que me sentí ahogado por la presión que ella había puesto en mí y decidí poner distancia entre ambos. Después surgió el inesperado viaje y no tuve tiempo de informarle como era preciso. Pero Isobel es una mujer inteligente y no dudo de que esté al tanto de mis sentimientos.

O eso deseaba creer.

Durante aquellas semanas en Londres, su inicial buena disposición se había transformado en un inusual fastidio y sus gestos y su indiferencia eran un claro indicativo del desgaste de sus emociones. Ni le seguía sus juegos ni se dejó seducir.

—¿Y si no lo está?

Jonathan chasqueó la lengua.

—Me ocuparé de ello cuando regrese a Inglaterra. —Leonor quiso preguntar cuándo sería eso, pero no se atrevió a hacerlo. No para satisfacer su vanidad, sino porque no deseaba que él se marchara tan pronto, pero entonces Jonathan se fijó en su expresión insatisfecha—. Creí que te alegraría enterarte de cuáles son mis intenciones para contigo.

—Tu instinto te falla. ¡Qué poco conoces a las mujeres!

—Al parecer, tienes toda la razón. He venido por nosotros y en cambio tú pareces empeñada en hablar de Isobel.

Leonor trató de hacerlo entender.

—Lo uno va ligado con lo otro. No puedo olvidar que hasta hace poco la considerabas la mujer de tu vida, así que parece muy precipitado tu cambio de opinión.

Jonathan quiso despejar sus dudas y aclarar el asunto de una vez por todas. Él estaba comenzando a cerrar heridas y era necesario que ambos estuvieran en el mismo lugar del camino.

—¿Qué es tan difícil de entender? Tal vez malgasté años ofuscado por un amor que no tenía sentido. Ni siquiera entonces. Me aferré a mis sentimientos y languidecí aferrándome a mi propio dolor y a las injusticias de la vida. Y ese ni siquiera era yo, porque mi carácter es mucho menos dramático. —La vio alzar los ojos—. Lo que quiero decir es que todo el amor que creí sentir se fue diluyendo hasta transformarse en cariño y no supe darme cuenta hasta hace bien poco.

No era una exageración. Hasta la tarde anterior todavía temía no haberlo superado, que a pesar de sentirse hostigado por Isobel todavía quedaban resquicios del pasado incrustados dentro de él. Sin embargo, desde que tomó la decisión de seguir adelante con Leonor comprendió que era ella la que iluminaba su corazón y que era ella la única mujer con la que sentía la ilusión de encarar un futuro.

Se dijo, a tenor de sus palabras, que todavía era temprano para confesarle la intensidad de sus sentimientos.

—Contigo es distinto —continuó él—. Tanto, que me siento cómodo haciendo el papel de tu prometido.

—Era realmente sencillo dejarse llevar y creer que su compromiso no era fruto del deseo de defenderla. Adoraba la Leonor de Inglaterra y la seguía adorando, incluso más, en Boston. Estar junto a ella no era lo desgarrador que había sido hacerlo con Isobel en el pasado, pero lo cierto era que el amor no tenía por qué conllevar dolor—. Por eso y por mucho más desearía que me dieras la oportunidad de descubrir qué somos el uno para el otro, porque estoy seguro de que ambos nos llevaremos una grata sorpresa.

Leonor vaciló. Jonathan le había confesado que albergaba sentimientos hacia ella y eso llenaba su corazón de un modo que nunca hubiera creído posible. Sin embargo, no podía ilusionarse, dar rienda suelta a sus emociones y dejarse llevar. Era demasiado arriesgado. Porque no podía olvidar el papel que Isobel jugaba en la vida de Jonathan.

¿Y si no la había olvidado como aseguraba y él ni siquiera se daba cuenta? ¿Y si para cuando lo hiciera ella estaba demasiado implicada? Sería devastador comprobar que todo había sido una mera ilusión y que nunca sería posible que fueran una pareja. O tal vez Jonathan terminara aburriéndose de ella. Era una posibilidad bastante real, pues Leonor no era ninguna belleza y no tenía mucho que ofrecer.

—No lo sé —murmuró llena de dudas, tras unos segundos en silencio.

—Sé sincera conmigo —la animó él con voz suave—. Ábrete a mí. —Leonor se lo quedó mirando, mientras el dedo índice de Jonathan había comenzado a moverse sigilosamente por su piel. Aquella delicada caricia era suficiente para desestabilizarla y para que dejara de pensar con claridad—. ¿Por qué no desvelar cuáles son tus sentimientos?

Ella levantó las pestañas con delicadeza.

—No puedo estar segura de nada —musitó. Todo era demasiado confuso y precipitado.

—Yo te ayudaré —le escuchó decir, antes de que tomara la delantera.

Leonor, que no era para nada inmune a los encantos de Jonathan, llevaba un tiempo esperando aquel momento, aunque había tratado de acallar su voz interior. Cuando él comenzó a recorrer con la mirada todo su cuerpo sintió palpitar su corazón bajo el pecho.

La expectación se entremezcló con el deseo y eso que apenas la estaba rozando.

Cuando Jonathan la tomó de la cintura con delicadeza y la acercó hacia sí, ella levantó la vista con cierto azoro y vio que sus ojos brillaban con calidez, dándole la confianza que necesitaba.

—Voy a besarte —anunció él con ternura.

A continuación, todo ocurrió con rapidez. Sin darle tiempo a pensar, Jonathan se inclinó hacia ella y capturó sus labios, absorbiendo su esencia y haciendo presión sobre su boca. Mientras tanto, su mano se deslizaba por su espalda hasta detenerse en la base de la columna.

Se trataba de un beso que comenzó como un tanteo y terminó tornándose exigente. Jonathan pasó a comportarse como un hombre fogoso que daba rienda suelta a sus deseos, ignorando deliberadamente al caballero que llevaba dentro.

Con la respiración entrecortada y la mente un tanto nublada pensó que era el primer hombre que conseguía despertar en ella semejantes sentimientos y la hacía vencer cualquier miedo al escándalo. Ella, que siempre había acatado las normas del decoro, se encontraba en una posición inusual.

Superado el estupor inicial, Leonor se dejó llevar, como si fuera la etérea brisa sobrevolando la hierba de un fresco prado. Arqueó la espalda y se apoyó en sus hombros para gozar de la recién descubierta sensualidad que sus cuerpos emanaban. Pasó una mano por su suave cabello y acarició su mejilla y sus labios con delicadeza, reteniendo cada minúsculo detalle.

Era extraño cómo había sucedido todo. Jonathan había llegado a Stanbury Manor para tratar de olvidar a Isobel, mientras que ella había aprendido a proteger su corazón. Y mientras el amor florecía para sus amigos ellos mismos habían ido cayendo bajo su influjo.

En aquel instante, Jonathan dejó escapar un suspiro de satisfacción. Se apartó un poco de sus labios y le preguntó:

—¿Te gusta? —Su mirada era muy viva.

Leonor se pasó una mano por la garganta y dejó escapar el aliento, volviendo a enredar sus dedos en el cabello masculino.

—Sí —contestó con la voz afectada.

Era reacia a separarse y todavía sentía el efecto del roce de sus cuerpos.

—Prométeme una cosa —dijo Jonathan, apoderándose de sus labios. Pero esta vez lanzó una serie de besos breves a los que pareció no querer darles fin.

—¿Qué?

—Prométeme que pensarás en nosotros. Prométeme que me darás una oportunidad.

Ella asintió, despacio. Cerró los ojos y se apoyó sobre su pecho, consiguiendo que Jonathan volviera a suspirar.

Era una delicia encontrarse en sus brazos.

—Ya que hablamos de sinceridad, ¿podrías decirme cómo sabías que me encontraba sola?

Jonathan silbó por lo bajo.

—No se te escapa nada. —A pesar de lo que acababan de compartir, ella no había abandonado la conversación inicial. Así que se dio cuenta de que Leonor no zanjaría el tema hasta que respondiera con la verdad—. A última hora de la tarde de ayer mandé una nota privada a Margaret. —No tenía que mirar para saber que ella estaría arrugando el ceño—. Le pedía que se las ingeniara para vaciar la casa y conseguirnos un poco de privacidad.

Leonor se quedó boquiabierta.

—¿Estás diciendo que la visita a la iglesia ha sido idea tuya? ¿De qué eres capaz?

Jonathan esbozó la más encantadora de las sonrisas.

—¿Por ti, querida? De lo que sea.

8

Todo comenzó como un juego; un simple pasatiempo para huir del tedio al que estaban sometidos. Las calles se encontraban salpicadas de barro debido a la lluvia que cubrió Boston el día anterior y que se negaba a marchar. Así que Helen Price decidió organizar una merienda con la única intención de olvidar las inclemencias del tiempo que habían mermado sus posibilidades de ocio.

A pesar de la lluvia había asistido Amelia, su hermana mayor; Stephen, uno de los hijos de esta; por supuesto, Jonathan y *Georgette*; su secretario, que había sido amablemente invitado a la mansión; su sobrina Priscillia y la pareja formada por el matrimonio Henderson.

—Esta tarde deberíamos hacer algo distinto que nos haga olvidar que estamos encerrados —anunció la madre de Leonor, que, como en los últimos días, seguía ejerciendo de anfitriona. Su hogar había servido para congregar a la familia en diversas ocasiones y, aunque faltaban la mayoría de los hombres, pues se encontraban ocupados con sus negocios, eran un grupo suficientemente numeroso.

Incluir al señor Pickens fue una opción bien escogida. Helen pensó que tal vez no fuera de su misma clase social, pero trabajaba para su futuro yerno y se encontraba en una ciudad totalmente desconocida. El pobre hombre no había tenido la oportunidad de buscar distracción alguna, por lo que ella se la ofrecía. Y si de paso se decidía a acompañarlos, bien podría aprovechar para saber más de Jonathan y su vida.

Era como matar dos pájaros de un mismo tiro.

—¿Y qué es lo que propones? —preguntó su hermana Amelia, abierta al cambio.

—Todavía no lo sé. ¿Margaret?

Que pidiera opinión a la duquesa viuda no fue nada sorprendente. Margaret poseía un carácter dulce y benevolente, lo cual la alejaba mucho del carácter de la madre de Leonor. Sin embargo, aquel detalle no había impedido que ambas hubieran hecho muy buenas migas en el transcurso de los días y que decidieran tratarse con informalidad.

A la anciana se le iluminó la mirada.

—Podríamos organizar un juego o representar una obra de teatro.

Hacía mucho que no se le presentaba una oportunidad como aquella. Vivir en el campo tenía sus compensaciones, pero sus vecinos eran gentes sencillas y tranquilas, poco dados a aquel tipo de actividades. Y si bien contaba con la compañía de su nieto Jeremy, que solía ser un joven muy sociable y le gustaba tener invitados en Stanbury Manor, se mostraba arisco con todo lo que tenía que ver con la interpretación y las frivolidades.

—¿Una obra de teatro? —se interesó Beatrice—. ¿De qué tipo?

Desde su posición y tomándose un café, Jonathan se preguntó por qué tanto ella como su esposo seguían asistiendo a las mismas reuniones todos los días. ¿Acaso no tendrían más compromisos o más amigos a los que fastidiar?

Era curioso con qué facilidad conseguían echar por tierra su buen ánimo y el paso de los días no había mitigado sus sentimientos. Ya nada tenía que ver con Leonor o el modo en el que se habían comportado con ella. Simplemente no los soportaba. Se prometió a sí mismo que haría cambios al respecto, aunque para ello debiera hablar con su futura suegra.

—Alguna obra sencilla en la que podamos participar todos. Tal vez una fábula o una obra ligera con la que nos sintamos cómodos. —La duquesa viuda se dirigió entonces a la madre de Leonor—. Helen, ¿no tendrás por ahí vestidos viejos o algún disfraz que podamos usar?

Ella tuvo que pensarlo unos segundos. En algún lugar de la casa deberían estar guardados los trajes que habían ido acumulando a lo largo de los años y que por ser tan ostentosos nunca habían dado a caridad.

—Probablemente —admitió—. Pediré a las criadas que los busquen.

La idea de la duquesa viuda pareció refrescar los ánimos.

—Y si todos vamos a participar, ¿quién juzgará a la persona que lo haya hecho mejor? —preguntó Beatrice.

Su tía la reprendió con la mirada.

—Nadie —dijo de un modo contundente—. Beatrice, estamos haciendo esto por puro entretenimiento.

—Por supuesto —se afanó en contestar—. Pero sería una lástima que nadie nos viera. ¿Acaso tus criados, tía, van a ser nuestros espectadores? Sería un desperdicio de talento.

Helen la miró, ceñuda.

—¿Estás proponiendo que alguno de nosotros no deberíamos participar por el simple placer de verte actuar? —Con un gesto desestimó todas sus protestas—. No seas necia. Y ahora, por favor, pongámonos a ello.

Todos comenzaron a hablar al mismo tiempo tratando de aportar sus ideas respecto a lo que debía hacerse. Parecía que los unos no quisieran escuchar las propuestas de los otros. Y con ello, pronto llegaron las desavenencias por la obra a escoger, por los protagonismos e incluso por el vestuario.

—¡Me niego a hacer de huérfana! —se indignó Beatrice ante una de las sugerencias.

Haber estado unos minutos en silencio ya había sido suficiente castigo para ella.

—¡Ni yo de asno! —exclamó Stephen.

El caos fue extendiéndose.

El señor Pickens fue el único que pidió la palabra respetuosamente, pero nadie parecía prestarle atención, por lo que tuvo que ponerse de pie en medio del salón y temperar los ánimos.

—¡Un poco de orden, damas y caballeros! —En un

comienzo lo ignoraron del mismo modo que lo hacían entre ellos, por lo que tuvo que levantar el tono de voz para hacerse oír por todos—. ¡Un poco de orden, damas y caballeros! —les exigió—. Hay que saber respetarse.

Jonathan arqueó una ceja al verlo tomar el control de la situación. Pickens era un hombre eficiente, pero reservado, y rara vez le gustaba ser el centro de atención.

Se arrellanó cómodamente en la butaca que ocupaba y los miró a todos.

—Tiene toda la razón. Nos estamos exaltando sin ningún motivo.

Todos habían tomado la propuesta de la duquesa viuda con un exceso de entusiasmo.

Pickens retomó la palabra.

—Señora Price, le agradezco la invitación de esta tarde. Sin embargo, debo declinar embarcarme en esta empresa. Mi participación no es necesaria.

Jonathan no le dejó escaparse con tanta facilidad.

—Vamos, no tiene otro sitio al que acudir. Además, un poco de diversión no le hará daño.

Visiblemente incómodo, el secretario se estiró la chaqueta y después consultó su reloj de bolsillo, como si le esperaran en algún sitio.

—Insisto en negarme, señor Wells.

—No sea tan estirado. ¿Es que cree que va a hacerlo mal?

En aquel instante, Roberta intervino. Desde su posición había contemplado la escena: la incomodidad del señor Pickens, los sudores fríos o su intento de aparentar normalidad, cuando era evidente que la idea de actuar no le atraía en absoluto. Y, al final, se había apiadado de él.

—Señor Pickens —Roberta se levantó, lo tomó del brazo y lo fue alejando de los demás—, no se preocupe. Le daré un papel muy pequeño; insignificante, diría yo. Con unas pocas palabras será suficiente. O puede hacer de árbol si así lo desea.

Con el primer incendio sofocado y dándose cuenta de que no llegarían a un acuerdo, todos votaron por hacer grupos pequeños y que cada uno de ellos eligiera lo que más les complaciera. De inmediato, Jonathan se postuló como pareja de Leonor, la madre de esta se juntó con la duquesa viuda, la tía Amelia con la prima Priscillia y, por supuesto, Adam con Beatrice. Roberta tuvo que encargarse del señor Pickens y de su sobrino Stephen.

Al final, todos parecieron bastante aliviados con las reparticiones.

Eso dio la oportunidad para que Jonathan y Leonor pasaran más tiempo a solas, o lo más a solas que podían estar si se tenía en cuenta los numerosos familiares de ella que pululaban por la primera planta de la mansión.

Jonathan, de lo más animado, fue en busca de su querida Leonor, la tomó del codo y le dedicó un sinfín de sonrisas cargadas de complacencia que ella le devolvió con entusiasmo. Quizá no estuviera lista para expresar en voz alta sus sentimientos, pero él podía ser un hombre paciente. A la postre, la perseverancia iba a triunfar.

Fue entonces cuando una entusiasmada Beatrice comenzó a exponer en voz alta sus planes.

—Adam y yo vamos a representar a una divinidad griega que lucha por restablecer el poder frente a los hombres.

Jonathan la contempló fijamente mientras hacía esfuerzos por reservarse el comentario mordaz que tenía en la punta de la lengua y no decirlo en voz alta. Sin embargo, hizo partícipe a Leonor.

—El papel de Harpía le sentaría como un guante —susurró a su oído.

Ella movió la cabeza con incredulidad y se cubrió la boca con la mano, antes de que se le escapara la risa.

—Eres terrible —le regañó sin ningún tipo de rigor.

—Anda, niega que no has pensado lo mismo —la retó él.

—No lo he hecho... No me has dado tiempo.

Jonathan hubiera querido besarla allí mismo. Darle un beso largo y profundo que hiciera encender a ambos. Sin embargo, estaban rodeados por todos los flancos y era imposible hacerlo sin escandalizar a la familia.

—Alejémonos de aquí.

Hizo un gesto discreto para llamar a *Georgette*, que hasta entonces había permanecido tranquila en el alféizar de la ventana.

—¿Adónde?

—A algún lugar más privado en donde la voz de tu prima no se filtre en mis oídos. Aunque no sé si algún lugar en esta ciudad alcanzará.

Leonor soltó una risita musical que invadió todos sus sentidos, lo tomó de la mano, entrelazando sus dedos. Abandonaron el salón con total discreción mientras de fondo Beatrice seguía con su monólogo y Helen daba órdenes a dos doncellas para improvisar los decorados.

Lo condujo hasta la biblioteca en una atmósfera silenciosa. Al cerrar la puerta Jonathan dejó ir a *Georgette*, tomó a Leonor de la cintura con urgencia y cubrió los labios con los suyos, sin ningún signo de titubeo. Y Leonor respondió a la ofensiva con auténtica devoción mientras sus lenguas se enredaban, buscando su total rendición. Pero aquellos besos a escondidas resultaban demasiado traicioneros para su propia paz, porque deseaba más y más.

Al final terminó recobrando el juicio.

—Detente —le dijo ella.

Jonathan se resistió a creerla y siguió besándola.

—No lo dices de verdad.

Leonor trató de apartarse.

—No te he traído aquí por esto. —A regañadientes, Jonathan la soltó y Leonor se arregló el cabello para asegurarse de mantener el aspecto impoluto que siempre acostumbraba—. Necesitamos centrarnos en una obra y comenzar con los ensayos. Creo tener la solución.

Como si no hubiera sucedido nada fuera de lo común, comenzó a inspeccionar una de las estanterías, leyendo los títulos, mientras su dedo se deslizaba por los lomos de los libros.

Con las manos entrelazadas en la espalda, Jonathan pensó que Leonor tenía una bonita expresión en su rostro, tan enfrascada en su tarea como estaba. Se alegraba de que fuera su pareja en aquella particular distracción, porque cualquier otra opción hubiera resultado tan frustrante como decepcionante.

Para no desaprovechar la oportunidad que se les había brindado, barajó un par de posibilidades que podían interpretar frente a los demás. Una de ellas era un tanto cómica, pero no requería una especial cercanía entre ellos dos. La otra, en cambio, le permitiría abrazarla sin levantar reproches entre la madre o las tías de Leonor.

Sin embargo, ella parecía tener sus propias ideas.

Se acercó a la joven y se apoyó en la pared, sin apartar los ojos de ella.

—¿Buscas algún libro en particular?

—Un momento de silencio, por favor —murmuró Leonor, vuelta hacia él. De inmediato volvió a clavar la mirada en la estantería—. Creo recordar que... —dijo para sí—. No puede haber desaparecido porque yo... —Leonor se interrumpió y sacó uno de los libros que había estado tocando. Abrió la tapa y lo ojeó—. Ya sé lo que quiero hacer: «The lady of Shalott».

Jonathan arrugó la frente al reconocer la obra de Alfred Tennyson.

—Un poema —dijo, asombrado por la elección. Ella parecía satisfecha, pero no era lo que Jonathan tenía en mente—. Creí que haríamos una pequeña representación.

La obra, como una leyenda medieval en tiempos artúricos, se centraba en una dama encerrada en un castillo que vivía bajo la amenaza de una maldición. No recordaba cuántas estrofas tenía, pero sabía que era larga.

Resultaría imposible aprendérselo todo en un par de horas.

—Ya has demostrado tus grandes dotes como poeta —contestó Leonor haciendo referencia a la escena acaecida en la primera cena familiar—. No deseo desilusionar a los presentes.

Él sonrió.

—¿Estás adulándome para conseguir salirte con la tuya? —Ella le devolvió la sonrisa, confirmando sus sospechas. Tras unos instantes de silencio se situó detrás de ella, rozando inocentemente su cuerpo, y miró por encima de su hombro—. Déjame ver.

A pesar de su determinación inicial, le fue un tanto difícil concentrarse en lo que había escrito, pues el tenue perfume de Leonor lograba distraerlo. Además, cada vez era más consciente de su propio deseo.

Se aclaró la garganta.

—*A ambos lados del río* —comenzó a recitar él— *se despliegan anchos campos de cebada y centeno, que decoran la tierra y se reúnen con el cielo; y a través del campo se extiende el camino que va hacia las torres de Camelot.* —Jonathan se detuvo tras la primera estrofa—. ¿Cómo se supone que debemos hacerlo? —preguntó, contemplando su grácil nuca, tan atrayente como resultaba Camelot para la dama de Shalott.

Que ella se diera la vuelta y se humedeciera los labios no ayudó para nada.

—Ambos podemos hacer de la dama de Shalott. —Jonathan la miró interrogativamente y ella tuvo que aclararle lo que se le había ocurrido—. Tal vez no sea el papel que tenías previsto, pero he tenido en cuenta que tú recitas de maravilla. Podríamos poner un pequeño banco de madera y un espejo frente a él. Yo haré ver que estoy tejiendo y tú, Jonathan, comenzarás con los primeros versos.

—Preferiría hacer un papel de caballero andante que rescata a la dama.

—Es una lástima que en la obra no suceda así.

—Tal vez podríamos cambiar el final —sugirió—. Que sea Lancelot quien la libere de una vez por todas de la maldición.

—Así que deseas ser mi salvador —dijo ella, bromeando, mientras deslizaba la mano por la solapa de la chaqueta masculina.

Jonathan fue consciente, en cada fibra de su ser, del acercamiento. Su respiración se ralentizó y sus sentidos se vieron alertados. Si no hizo comentarios al respecto y fingió naturalidad fue para que ella no se dejara llevar por la rigidez que suponían las normas del decoro. Sin embargo, pensó que era una delicia que fuera ella quien tomara la iniciativa. Aquel gesto indicaba que Leonor se sentía lo suficientemente cómoda con él.

—¿De la maldición que supone tu prima? Por supuesto. Dime lo que necesito para deshacerme de ella.

Leonor no pudo evitar reír. Sus comentarios maliciosos eran de lo más acertados, pues había momentos en los que también creía que Beatrice suponía una maldición. Y Jonathan no podía resistirse a ella. Era la mujer que colmaba sus esperanzas.

—Un remedio. Necesitas un poderoso remedio para olvidarte de ella.

Jonathan se tensó al escuchar su respuesta. Dirigió la mirada a la mano de Leonor, que seguía deslizándose por su pecho.

—¿Y cuál será? —preguntó con la voz entrecortada.

—Un poco de esto y un poco de aquello.

Si Leonor fue tan ambigua fue porque de repente Jonathan comenzó a depositar un reguero de besos por su garganta, avanzando pulgada a pulgada e incendiando la piel a su paso.

Y así era imposible pensar con claridad.

A continuación, Jonathan mordisqueó sus labios con exquisitez, la besó levemente en la boca y volvió a centrarse en el cuello y la clavícula, donde la piel estaba expuesta a sus caricias.

Si se sorprendió al sentir cómo presionaba su cadera hacia él y la envolvía en un íntimo y embriagador abrazo no lo dejó traslucir. Su aroma era cálido y su boca exigente. Leonor se apretó contra su cuerpo y dejó que él la guiara por aquel dulce tormento de emociones.

Jamás le hubiera permitido tales libertades a cualquier otro, si bien él ya no era solo su amigo o su falso prometido. Porque Jonathan la deseaba y en cada oportunidad que se le concedía así lo demostraba. Además, conseguía que su corazón se acelerara solo con una mirada.

Sin embargo, lo más importante de todo era que ella también lo deseaba.

—Jonathan... —murmuró al cabo de unos minutos por encima de sus labios. Su mente se encontraba adormecida, aunque quedaba un resquicio de cordura. Cualquiera podría entrar en la biblioteca para buscar un libro, tal como habían hecho ellos y sorprenderlos en un abrazo más que comprometedor—. Te pido que dejes de tentarme. Debemos ensayar. —O por lo menos era lo que la voz de la razón le dictaba—. Nos hemos comprometido a hacerlo.

Él dejó escapar un gruñido de disconformidad. Era la segunda vez en unos minutos que Leonor trataba de detener su avance y cada vez estaba menos dispuesto a dejarla ir.

—La única persona con la que me he comprometido es contigo —señaló él con agudeza.

—No me refería a eso y lo sabes. Mi madre y la duquesa viuda esperarán una actuación que sea digna. Si tú me entretienes con tus besos y tus caricias nunca lograremos alcanzar sus expectativas.

—Tienes demasiada fe en mí.

Leonor quitó las manos masculinas de su cintura y llamó a *Georgette* con la firme intención de que su dueño no se le acercara nuevamente con segundas intenciones, aunque no era fácil resistirse a aquel despliegue de sensualidad.

Mientras acariciaba al animal distraídamente pensó que desde que Jonathan le confesara que Isobel no suponía un problema y que deseaba que ella le diera una oportunidad, la relación entre ambos se había vuelto más íntima. No solo en el aspecto físico. Sí, Jonathan trataba de besarla a la menor oportunidad, pero lo que en verdad importaba era que estaban sopesando la posibilidad de un futuro juntos y hablaban de ello con menos remilgos. Era como si Jonathan hubiera descartado la posibilidad de regresar a Inglaterra. Nunca se mencionaba la farsa en la que estaban metidos ni daba muestras de terminar con ello. Y mucho menos contaba con la posibilidad de rebelárselo a su madre; él seguía aferrado a un compromiso inexistente. Pero para todos, en ocasiones incluso para ellos mismos, era real.

Al parecer, su madre no era la única que evitaba hablar de ruptura.

En medio de aquel torrente de sentimientos y confusión sobre Jonathan y sobre lo que representaba para ella, el tiempo transcurría escuchando hablar de la boda, de invitados o vestidos. Además, Kenneth se había reunido un par de veces a solas con Jonathan para conversar sobre el futuro de la refinería, mientras la presionaba para que le allanara el camino con su madre.

Leonor no era muy optimista en cuanto a su respuesta. Si no la había escuchado y prefería ignorar una verdad de esa magnitud, que en un momento y otro terminaría saliendo a la superficie, nada pronosticaba que se tomara mejor la marcha y abandono de Kenneth.

Leonor no deseaba decepcionar a nadie y por eso se preguntaba hasta dónde serían capaces de llegar con el compromiso.

Cuando estuvo segura de que Jonathan mantendría las manos en el lugar que deberían estar, se levantó para recuperar el libro con el poema. Por suerte, él se mostró juicioso; le hizo caso y se concentró en la tarea.

Solo el brillo de sus ojos lo delató.

Leonor no era una mujer vanidosa. Sin embargo, más tarde, mientras representaban la obra, fue ganando confianza en sí misma, porque ambos se desenvolvían muy bien juntos. Se miraban con adoración y sentía vibrar cada parte de su cuerpo. Por un momento pareció que estuvieran recitando el diálogo con solo ellos dos presentes.

Y todos se dieron cuenta.

—Parecen tan enamorados... —suspiró su tía Roberta al verlos finalizar.

El señor Pickens alzó una ceja de un modo tan liviano que pasó desapercibido, pues estaba al corriente del engaño que ambos representaban. Sin embargo, también era consciente del modo en el que Jonathan trataba a su supuesta prometida.

Leonor, que había escuchado el comentario, trató de no darle importancia. Se dijo que su tía estaba viendo de más, tal vez conmovida por la historia de la dama de Shalott. Aunque no podía negar que de repente su corazón estuvo a punto de salírsele del pecho.

«Enamorados.» Esas eran palabras mayores.

¿O no?

9

—Creo que sería lo correcto.

Ya hacía cinco minutos que tanto Jonathan como Helen mantenían un tira y afloja en el estudio de la casa de los Price.

La matriarca había mandado a Leonor por la duquesa viuda sabiendo que tardaría un buen rato en bajar, ya que la mujer se echaba una larga siesta antes del paseo de la tarde. Necesitaba mantener una charla con Jonathan sobre la conveniencia de regalarle a su hija un anillo de compromiso.

—Quizá Leonor no esté de acuerdo —replicó el otro.

—¿Por qué no debería? Es inaudito que a esas alturas no tenga ninguno.

—Ya le he dicho que su hija tiene opiniones propias sobre lo que es o no es acertado. Dadas las circunstancias, usted debería saberlo bien.

La pulla no fue pasada por alto. La que debería ser su futura suegra, y lo sería si las cosas iban por buen camino, mostró un fruncimiento de ceño pronunciado mientras que sus labios formaron una fina línea que mostraba disgusto.

—No entiendo sus reticencias. No se trata de lo que debería ser, sino de lo que mi hija merece.

Y con eso lo convenció. O fingió que le convencía. De hecho, ya lo estaba antes de tener esa conversación.

Las cosas iban bien, no lo podía negar. Se sentía optimista debido a las respuestas de Leonor. Incluso había imaginado que de verdad era un compromiso real. Lo del anillo ya se le había pasado por la cabeza, pero todavía dudaba de si era un paso demasiado arriesgado. No quería presionarla. No demasiado.

Y que Helen Price se preocupara de esos detalles, ya no por las apariencias, sino porque su hija lo mereciera, era un motivo de satisfacción. Sospechaba que entre madre e hija podía producirse un entendimiento. Era muy posible que solo con sentarse a hablar las cosas se arreglaran entre ellas. No es que estuvieran mal, pero les faltaba un empujoncito.

—Leonor lo merece todo —no podía ser más sincero—, pero entre la boda de nuestros amigos y el viaje a Boston, no creí que fuera el momento.

—Bueno, pues le aseguro que ya es hora. Le recomendaré los mejores joyeros de la ciudad.

—Si no es molestia —ya había cedido.

Entre ellos se instaló un esperado silencio que, si bien no resultaba incómodo, indicaba que quedaban algunas cosas por decir.

Jonathan avanzó con tiento.

—Leonor me explicó qué pasó. —No permitió que

la mujer dijera nada—. No estoy juzgando su comportamiento ni el de su hija, pero me parece admirable, aunque usted puede que no lo vea así, que su hija haya resistido sin el peso de su apellido y aun así haya mantenido una dignidad fuera de lo común. El infortunio no la ha detenido y, desde que la conozco, solo he percibido en ella gestos de amabilidad, cortesía, una sensatez inusitada y un gran corazón. También podría detallarle su fortaleza de espíritu y la sencillez que la acompaña allá donde va, pero me temo que ya no me tomaría en serio porque ya no sería demasiado objetivo.

—Quizá no —se permitió ser indulgente—, pero en eso reside el amor: ser capaz de ver lo mejor del otro y tolerar los defectos.

—Oh, puedo asegurarle que su hija no es perfecta. —Sonrió con cierto pesar—. Es demasiado testaruda.

—Créame, de eso yo sé un poco.

Ambos se sonrieron, cada uno ligado por un recuerdo que incluía a la misma persona.

—No le haga daño —pareció como si suplicara—, o haré que lo lamente.

—Aunque me tomo su advertencia muy en serio y no es a causa de ella, le prometo que haré lo que esté en mi mano para que Leonor no sufra.

—Eso espero. Al igual que deseo que el amor y cariño que traslucen sus palabras sean tan verdaderos como quiero creer.

Pocas cosas se podían añadir a ese deseo, por lo que unas horas más tarde, y después de lograr escabullirse, Jonathan volvía al hogar de los Price con un anillo de oro con cinco rubíes ovales birmanos engarzados con diamantes de corte brillante guardado en el interior de una cajita que ocultaba en el bolsillo de su chaleco.

Había recorrido medio Boston y no tardaría en oscurecer, pero al final lo había hallado en Shreve, Crump & Low. Sabía también que era allí donde Adam Henderson había comprado el que había lucido Leonor durante su noviazgo. Y eso no le complacía. No obstante, podía imaginar que en realidad era otra tienda, tal y como Helen Price le había explicado. La joyería había sido marcada por el Gran fuego de Boston en el año 1872, destruyéndola. Ahora, reconstruida por completo, parecía gozar de un mayor prestigio porque se encargaba de servir a la alta sociedad bostoniana.

«Espero haber acertado.» Aunque en su fuero interno estaba seguro de que así sería. Nunca un regalo había sido tan meditado a conciencia.

Por supuesto, ahora esperaba el verdadero veredicto.

Con la complicidad de Helen se dirigió al jardín. Le había prometido que buscaría a Leonor y la enviaría junto a él. También le advirtió de que, si bien se mostraría permisiva dejándoles un ratito a solas, no iba a tolerar ningún tipo de falta de respeto en su casa.

Jonathan lo entendió a la perfección. Podía tomarla de la mano y darle un beso, pero sin pasar de ahí. Bueno, en lo del beso podía complacerla. No había nada que deseara más que volver a besarla —bueno, o quizá sí, pero se contendría—. Esta vez sería despacio, sin prisas. Si se mostraba inteligente, tal vez podría obtener algo más a cambio. Si Helen Price no lo averiguaba, no podía lastimarla. Él, por su parte, no abriría la boca. Ya se encargaría de que Leonor hiciera lo mismo.

Sacó la cajita, la abrió y contempló el brillo del anillo bajo la luz del ocaso que se filtraba por los árboles, la cerró de nuevo y la introdujo en el bolsillo. Era curioso cómo se sentía. Inseguro y ansioso. Como si entregarle esa joya a Leonor supusiera un antes y un después. Y quizá lo era.

Había estado evitando pensarlo con detenimiento durante las visitas a los joyeros, pero debía admitir que había estado presente desde que Helen Price había sacado el tema a relucir.

Desde que se marchara de Londres de vuelta a Stanbury Manor, una opresión se había instalado en la boca de su estómago, ocupando el vacío que había desde que se fue a Londres con Isobel. Habría gente, Margaret entre ellas, que podría pensar que esa tonta payasada de hacerse pasar por el prometido de Leonor no era otra cosa que un acto más de ese tedio que lo atormentaba desde que había abandonado la juventud. De esos sucesos en los que se involucraba para ocultar que su vida estaba vacía, carente de todo aliciente, en lugar de un intento desesperado por retener a Leonor y acercarse lo suficiente para hacerle entender que había algo entre ellos que no debía ser desestimado.

¿En qué momento se había vuelto tan imperativo tenerla cerca?

Era el destino. Tenía que serlo. De otro modo, ¿qué hacía que dos personas tan dispares y con objetivos y pasados tan alejados el uno del otro se atrajeran hasta el punto de no considerar otra opción que el estar juntos?

De hecho, en los últimos días se veía a sí mismo envejeciendo al lado de Leonor; rodeado de hijos y nietos. Si eso no era amor, muy bien podía afirmarse que estaba enloqueciendo.

—¿Dónde estás? ¿Por qué tardas tanto?

Como si la hubiera conjurado, Leonor apareció por un recodo de la casa. Jonathan había escogido el banco más oculto del jardín para así poder salvaguardar su intimidad. Leonor, al verlo, sonrió sin reservas, con esa desconfianza de los últimos tiempos desaparecida.

Se podía decir que nunca la había visto así de resplandeciente. Y sabía que era por él. Como sabía también que estaba así de ansioso por ella, solo por ella.

—Mi madre me ha dicho que me buscabas. —Se sentó junto a él en el banco, expectante—. Aunque también ha dicho que no nos dejará aquí fuera mucho tiempo.

—Es un encanto.

—¿Mi madre? —Parecía sorprendida.

—¿Acaso hablábamos de alguien más?

Leonor negó con la cabeza.

—Sí, es decir, no, hablábamos de ella. Pero es que me sorprende, eso es todo. —Y le complacía que pensara así. A pesar de los sentimientos encontrados que ella pudiera albergar por su madre, no deseaba que Jonathan pensara que era una mala persona.

—Pues no deberías sorprenderte. Tienes en ti mucho de ella.

Y besó su mano porque no podía quedarse quieto ni un minuto más.

Fueron sus ojos, o quizá su expresión, que le indicaron que el recibimiento era más frío de lo que esperaba, por lo que, como buen caballero que era, no dudó ni un instante en darle lo que Leonor pedía, o parte de ello, al menos.

No le dio tiempo a prepararse para el asalto. Su boca buscó la de ella con una avidez que sugería una larga abstinencia. Deseaba rememorar todos los besos que habían compartido y alargar la experiencia, volviéndola memorable.

Se dio cuenta de que Leonor estaba tan deseosa como él. Lo notaba. Se acercó todo lo que pudo y se aferró a los hombros masculinos como si la vida le fuera en ello. Y le gustó la sensación. Oh, sí, le gustó mucho.

Acarició su rostro mientras la besaba. También su cabello. La necesidad de soltarlo era demasiado fuerte, pero se controló. Profundizó el beso abriendo más la boca e introduciendo la lengua. Jugaba con ella. Le enseñaba con los rítmicos movimientos lo que quería hacer con su cuerpo.

El gemido que Leonor soltó fue recibido por cada palmo de su cuerpo. Como una pequeña sacudida, todo su ser se tensó en respuesta al sonido de placer femenino.

Si pudiera recostarla en el banco y subirle la falda del vestido podría... No, no podía. Estaban en un jardín, a pocos pasos de personas que aguardaban su vuelta y él debía hacer algo que ahora mismo no recordaba...

¡El anillo!

Aunque su deseo no se enfrió, sí se apaciguó lo suficiente como para ir reduciendo el ritmo hasta detenerlo por completo. Se quedaron los dos, frente contra frente, mirándose a los ojos y con las respiraciones aceleradas.

—No hay nadie más hermosa que tú. —El pensamiento se trasformó en palabras y no pudo detenerlas.

La sintió tensarse para luego obligarse a relajarse.

—Eres muy amable.

Se separó y enderezó la espalda al tiempo que se retocaba el peinado. Jonathan se sintió huérfano al desaparecer el contacto. Ya la echaba de menos.

—No, no lo soy.

Ella tuvo compostura suficiente como para levantar una ceja que señalaba cuánto ponía en duda su negativa.

—Es decir, sí, por regla general suelo serlo, pero yo me refería a lo que he dicho. No ha sido por amabilidad.

—Jonathan...

—No, espera. Hay cosas que tienes que oír. Y creerlas. No digo que seas una mujer con una apariencia sin parangón. No voy a insultar tu inteligencia fingiendo lo contrario, pero sabes bien, y si no, te recordaré que tenemos unos amigos que atestiguan ese hecho, que la belleza o la carencia de ella varía dependiendo del ojo de quien la mira. Cuando he dicho que eres hermosa, lo he dicho porque es así. Para mí, en este momento, no hay mujer que pueda igualar el brillo de tus ojos, la suavidad de tu piel o el olor con el que invades mis sentidos. —Alzó su barbilla para que lo viera bien. Quería también que escuchara cada palabra que tuviera que decirle—. Si fuera por mí te llevaría escaleras arriba, te desnudaría muy despacio y saborearía cada resquicio de ti. Y cuando hubiera conseguido no dejarte dudas sobre si eres o no eres hermosa para mí, me introduciría en ti y haría que tocáramos el cielo.

Leonor había ido abriendo los ojos a medida que Jonathan hablaba. Si era posible, cada palabra, en lugar de alarmarla por lo poco caballerosas e impúdicas, había despertado un calor desconocido hasta hacía bien poco y que se concentraba en su bajo vientre y se expandía por toda su piel. En ese momento deseaba que le hiciera cada una de las cosas que él nombraba. Y también las que callaba.

—No sé qué decir —admitió. Todavía no estaba dispuesta a revelar nada. De momento se conformaba.

—Pues no digas nada. Si lo crees, nada más importa.

Y durante un instante, el silencio los envolvió. Se miraron con tanta intensidad que Jonathan se vio obligado a distender el ambiente. En caso contrario, haría cada una de las cosas que había dicho que deseaba hacer y al diablo con las consecuencias.

—Creo, sin temor a equivocarme, que la presencia de *Georgette* sería bien recibida ahora —bromeó—. Un «guaks» por allí y una palabra malsonante por allá y volvería a ser el centro de atención, tal y como a ella le gusta.

Leonor sonrió. Había dejado al guacamayo en su habitación cuando Jonathan se había marchado a hacer unos recados poco antes de la hora del té.

—Es todo un personaje. Pero tú sueles tener un humor igual de retorcido que ella.

—¡Me ofendes! —fingió con la mano en el pecho—. De hecho, creo que he perdido parte de mi toque.

—¿Tu toque?

—Ya sabes, ese humor encantador que me abría las puertas de toda casa, ya fuera noble o no.

—No lo has perdido —le aseguró—. Solo pienso que comienzas a ver la vida de forma diferente; menos como un juego en el que todo te aburre y sí más como una caja de sorpresas que ofrece unas maravillosas perspectivas.

Jonathan lo meditó unos instantes. ¿De verdad era así? Tal vez. ¿Era posible incluso que estuviera cambiando?

—¿Así me ves tú? —preguntó, en cambio.

Leonor dudó.

—¿Puedo ser franca?

—Te lo exijo.

—Antes, no hace mucho, te mostrabas como el compañero de aventuras perfecto: siempre dispuesto a divertir a los demás con anécdotas y también a embarcarte en una nueva aventura. Eras tan jovial y simpático que, sumado a tu don de palabra, nunca podías desagradar a nadie.

—¿Y dices que ya no soy así?

—Oh, no; sigues siéndolo, pero ahora percibo más seriedad en ti, más madurez. Algo así como si estuvieras evolucionando.

—Humm. —Jonathan reflexionó sobre si el cambio era bueno o malo—. Te aseguro que no era mi intención evolucionar hasta la madurez —confesó, provocando una sonrisa en Leonor—, pero si es algo por lo que he de pasar, bienvenido sea. Lo que me hace preguntarme cómo te sientes tú respecto a este cambio que dices ver en mí.

—No creo que lo que yo piense sea importante —adujo, modesta.

—Por supuesto que lo es. Tu opinión importa más que ninguna.

Leonor se turbó. Jonathan la hacía sentir que eso era cierto y le provocaba sentimientos en los que no quería pensar.

—Ahora no nos oye nadie, Jonathan.

Él le lanzó una mirada extraña.

—Por eso mismo, Leonor. Hay muy pocas personas de las que valore su opinión. Tú eres una de ellas.

—Oh.

—¿Vas a decir algo más? —preguntó Jonathan al cabo de un momento—. Me interesa saber si te gusta este cambio.

Tardó unos segundos más en responder, insegura de si debía decirlo o callar. Al final, el momento de confidencias decidió por ella.

—Sí, me gusta.

Jonathan sonrió casi con pereza, feliz. Se acercó a ella y le susurró al oído...

—Bueno, es una suerte, porque tú también me gustas.

—Yo no he dicho... —se defendió sofocada. Ella hablaba del cambio, no de él, aunque gustar no era una palabra que definiera lo que Jonathan la hacía sentir.

—Tú quizá no, pero yo sí. De todas formas, espero que eso no sea verdad, porque me sentiría muy incómodo si me halagaras y después todo fuera mentira.

—¿Por qué incómodo?

—Porque eso me recuerda que tengo algo para ti.

—¿Para mí?

—Te estás repitiendo —se burló con cariño porque se sentía bien allí, con ella, charlando de cosas que valían la pena—. Te aseguro que *Georgette* tiene más vocabulario que tú.

—¡Yo tengo más vocabulario que ella!

—Es un alivio saberlo. Pero hablando de lo que quería darte, no sé si resulta conveniente. —Fingió estar pensando si dárselo o no—. Solo puedo entregártelo si te gusto. Lo suficiente —remarcó al final.

Leonor lo miró y pensó que parecía un niño grande. Pero estaba tan a gusto con él que seguiría su juego. No veía qué mal podía haber. Al fin y al cabo, había prometido dejarse llevar.

—Está bien. —Hizo una pausa bastante elocuente que lo hizo alzar las cejas, a la espera—. Me gustas. Mucho.

Jonathan quedó quieto por un segundo. Era increíble cómo esa señorita conseguía hacerle pasar del divertimento al anhelo en pocos segundos. Y con solo una palabra.

«Mucho.»

Esperaba que repitiera «lo suficiente», pero ella había ido mucho más allá de sus expectativas. Si tenía dudas con lo del anillo, ahora quedaban disipadas. Después, él le enseñaría adónde la llevaba ese «mucho».

Despacio, en parte para saborear el momento y en parte para detener el temblor de sus manos, que de repente se le habían descontrolado, sacó la cajita de su bolsillo a tientas. Toda su atención estaba concentrada en Leonor, que en ese instante seguía el movimiento de su mano.

Cuando la hubo sacado, la sostuvo delante de ella. Leonor no movía un solo músculo, lo que le indicaba que había deducido el contenido del misterioso regalo.

Por unos instantes apartó la mirada de la hipnótica cajita para posarla en los ojos de Jonathan. En ellos se leía una pregunta, que estaba seguro de que no necesitaba respuesta, pero Jonathan la complació y sin decir nada la abrió ante ella.

Ya se lo esperaba. Ambos los sabían, pero el gemido de estupefacción se le escapó de los labios, por lo que ocultó la boca con la mano. Sus ojos no mentían. Tampoco lo hacía el lenguaje corporal de Jonathan, que esperaba más tenso que una cuerda de violín.

Quizás él lo hubiera comprado instigado por Helen Price para dar confirmación de un compromiso que no era real, pero cuando lo abrió ante ella, Jonathan no pudo negar que no solo le ofrecía un anillo para salvar las apariencias, sino como una declaración de intenciones. Ese anillo era el símbolo del amor que sentía por ella y lo declaraba al mundo, accediera ella o no.

Jamás se había sentido tan vulnerable y jamás unos minutos le habían parecido tan largos.

Leonor, por su parte, tenía que hacer un esfuerzo por no derrumbarse y dejarse llevar por la emoción. La realidad le decía que todo era parte del juego, una travesura más, pero su postura, sus palabras anteriores y la evidente calidad del anillo de compromiso la hacían sentir que para Jonathan no era un juego. No eso.

—No tenías...

—Sí tenía —lo dijo tajante, seguro, sin mentiras ni dobleces. Se lo decía a ella y a nadie más. Quería que lo entendiese.

—Jonathan... —No sabía qué le suplicaba, pero lo estaba haciendo.

—Por favor, Leonor.

En otras circunstancias, la escena hubiera resultado más distendida, pero ni uno ni el otro se tomaban eso a broma. No había habido nada tan serio en sus vidas.

Leonor se sentía impotente. Deseaba decir sí, pero ¿y si se engañaba? ¿Por qué la elegía a ella habiendo tantas otras mujeres mucho más hermosas?

—Yo...

—¿No te gusta? ¿Es eso? —preguntó a la desesperada. Tenía la sensación de que su presentimiento sobre su respuesta iba a estar equivocada—. Puedo comprar otro más bonito; incluso puedes elegirlo tú, si ese es tu deseo. —Hablaba deprisa, inseguro—. Me recordó a ti, ¿sabes? Los rubíes representan tu exterior, lo más representativo de ti, lo primero que los otros ven, pero los diamantes, que son más pequeños y numerosos, los envuelven, restándoles protagonismo. Eso eres para mí: llamativa por fuera, pero con una esencia que es como un verdadero diamante: brillante, puro, casi indestructible.

Atrás había quedado el petimetre seguro de sí mismo. Ahora solo quedaba un hombre declarando su admiración y su más profundo amor por una mujer.

Y, después de eso, Leonor respiró hondo para dar una respuesta. Y estiró el brazo, extendiendo los dedos de la mano.

Jonathan la miró, incrédulo, incapaz de comprender que ella le aceptaba. Había pensado que diría que no, que le rechazaría. Y ahora todo su cuerpo temblaba de emoción, incapaz de detener la sensación de alivio mezclada con alegría. Quería sonreír, gritarlo a los cuatro vientos, abrazarla y bailar con ella...

—¡¿Jonathan?!

Leonor había seguido esperando con el brazo extendido mientras él soñaba estupefacto. Dio un respigo y sacó el anillo para deslizarlo con suavidad en el dedo de Leonor.

Ambos lo contemplaron. Quedaba perfecto. Él lo besó para confirmar que era el lugar en el que debía estar. A continuación, pasó a demostrarle lo «mucho» que ella le gustaba.

—Le sentaba bien. ¿No crees, *Georgette*?

Jonathan rememoraba la imagen del anillo de compromiso en el dedo de Leonor, ufano.

—¡RUBÍES, ESMERALDAS, DIAMANTES, TOPACIOS! —recitó el animal. Con toda certeza, parecía entender a qué se refería su dueño.

Este se limitó a esbozar una vaga sonrisa ante semejante diatriba.

—Solo son dos de ellas —le explicó—. Las cuatro sería una exageración demasiado ostentosa incluso para la mismísima reina Victoria. ¿Qué opina usted, señor Pickens?

—¿En cuanto a si le sienta bien el anillo a su prometida o si el conjunto de piedras preciosas sería excesivo para su Majestad la reina?

—Lo primero, señor Pickens, lo primero.

—¡BODAS Y NIÑOS, UN FATAL DESTINO!

El guacamayo iba por libre, sintiéndose en la obligación de dar su opinión. O, al menos, eso parecía.

—En ese caso sí, le sentaba bien —asintió ecuánime mientras no apartaba la vista de los documentos que revisaba con minucioso afán.

El señor Pickens había visto a Leonor dos días antes y Jonathan no había tenido reparos en enseñarle el anillo que ella lucía.

Jonathan suspiró satisfecho y abrió las puertas que daban al balcón del hotel. Le parecía que desde que Leonor había aceptado llevarlo, el aire era más fresco y puro, los colores más luminosos y las horas que pasaba sin verla, más largas.

Imaginaba que esa sonrisa boba y radiante a la que había hecho referencia la duquesa viuda cuando le habían mostrado el anillo no se había borrado de su rostro, pero poco le importaba.

De hecho, todos se habían mostrado felices y complacidos de ver el presente, como si el solo hecho de llevar un aro de oro en el dedo supusiera una confirmación más poderosa que su propia palabra.

Todavía sonreía cuando recordaba a los Henderson contemplar el anillo que Leonor lucía. El gesto de incomprensión de Adam lo decía todo, pero era el rictus amargo y envidioso en Beatrice lo que hacía que la satisfacción fuera más profunda. Si no hubiera visto con sus propios ojos que ese matrimonio se quería, hubiera llegado a pensar que el único fin que les movía era lastimar a Leonor.

Aunque lo mejor de todo, no obstante, era la reacción de ella. Se la veía resplandeciente, como suponía debía de parecerlo él. Y en ese lapso de tiempo le había permitido sus aproximaciones y sus besos con un abandono que menguaba ya su capacidad de resistencia. Unos días más así y era capaz de traerla al hotel y encerrarla en su habitación. Por supuesto, no podía hacerlo, pero era solo un hombre, maldita sea, y el amor y el deseo ya le pasaban factura. Incluso había imaginado si no sería conveniente dejarse de más tontería y poner una fecha para la boda. Cercana, muy cercana, eso sí.

Boda. La palabra debería estremecerle, pero era todo lo contrario. Su mente ya barajaba opciones de residencia y planes de futuro. De hecho, era algo así como una nueva aventura. Una aventura en la que Leonor estaría a su lado. A él nada lo ataba en Inglaterra, excepto por la salvedad de la duquesa viuda, que tarde o temprano regresaría a su hogar, y de Jeremy y Edith, pero para eso estaban los barcos. Por lo tanto, quedarse en Boston parecía una opción plausible.

—¿Qué le parece la ciudad, señor Pickens? —le preguntó.

Este ajustó sus gafas mientras se concedía un tiempo excesivo para responder a la pregunta.

—Muy interesante, señor Wells.

—¿Y qué opinaría si le dijera que planeo asentarme en esta ciudad?

—Le preguntaría si seguiría necesitando de mis servicios.

El señor Pickens, siempre tan formal.

—Sabe que siempre le necesitaré.

Y era verdad. Pero no se refería solo al trabajo que desempeñaba. En cierta forma, le tenía cariño.

El señor Pickens dibujó en su boca algo parecido a una sonrisa y asintió, conforme. De nuevo, volvió su atención a los papeles.

—¿Y tú, mi querida *Georgette*? ¿Qué te parece quedarte conmigo aquí y con Leonor?

—¡LEONOR! ¡LEONOR!

Y siguió picoteando una jugosa manzana.

Jonathan salió al exterior del balcón, bastante complacido por cómo se desarrollaban las cosas. Miró los edificios y las casas de Boston dispuesto a hacer de ellos su nuevo hogar. Parecía una locura, pero una de lo más apetecible. Quizá sí, después de todo, estuviera madurando.

Unas pocas horas después se encontraba sentado en un cómodo sillón del establecimiento de una exclusiva modista del centro, no muy lejos del hotel. La señora Price quería que diera su opinión sobre el vestido de novia que Leonor nunca utilizó y que esta guardaba en el hogar de los Price. Había dicho que siete años eran demasiados y que estaba pasado de moda, pero que tal vez la modista pudiera hacer algo.

Tan pronto vio a Leonor, supo que esa idea no la hacía feliz. Por la forma que tenía de oprimir los labios y su mutismo, todo indicaba que no quería hacerlo, pero no parecía que a su madre ni a la duquesa viuda les importara mucho. De lo que no estaba seguro era de si Leonor se sentía mal por tener que ponerse un vestido destinado en un principio a otro hombre o si era la idea de ir tan deprisa lo que la fastidiaba. Cierto que había un compromiso tácito entre ambos, pero ninguno de ellos había hablado claro de sus sentimientos. Quizá necesitaba aclarárselos, por si acaso.

No había nadie más aparte de ellos. Sospechaba que su futura suegra se había encargado de pedir privacidad a la dueña. Él esperaba tranquilo mientras las tres mujeres se hallaban en algún rincón detrás de una puerta finamente labrada.

—Creo que se requiere su presencia.

La modista había aparecido sin apenas hacer ruido.

Cuando traspasó el umbral, el ambiente elegante y austero de la, digamos, recepción, cambió por completo. Allí se respiraba un ambiente que no variaba: festivo y de nervios a partes iguales. También había sillas esparcidas aquí y allí y altos biombos que ocultaban tarimas en las que deducía que debía subirse la novia para los arreglos. No faltaban mesas con telas de diversos colores y tejidos, vestidos a medio confeccionar y otros colgados con toda pulcritud.

Las oyó de inmediato.

—Que decida él. —La inconfundible voz risueña de la duquesa sobresalía por encima de las otras dos.

Lo recibió un murmullo y unos rostros que distaban mucho de la felicidad, pero Jonathan paró en seco cuando contempló a Leonor subida encima de una de esas tarimas, enfundada en un vestido de boda de seda melocotón y un velo de encaje con flores adornando su cabellera. Estaba deliciosa.

—¿Y bien? —Helen Price no se andaba con tonterías.

—Permítanme, señoras, que disfrute del momento

de contemplar a mi prometida sin tener que dar explicaciones.

Las mujeres cruzaron una mirada de comprensión con la modista.

—El vestido está bien —soltó Leonor. El silencio con el que Jonathan la miraba la hacía sentir incómoda. ¿Le parecería ridícula?

—Está pasado de moda —intervino la madre—. Dígaselo usted.

—Y el blanco sería más apropiado para alguien de su posición —añadió la duquesa.

—Es el color que elegí. —Leonor también podía ser cabezota—. Y es el que me gusta.

Jonathan se mantuvo en silencio y dio varias vueltas alrededor de Leonor. Tocó el vuelo de la falda, el tejido, y lo inspeccionó en sentido crítico.

—El color es perfecto —sentenció.

Leonor esbozó una contenida sonrisa de triunfo y las otras mujeres suspiraron decepcionadas.

—Piensen que el blanco la haría palidecer demasiado con esa tez tan clara y su cabello rubio. Eso sí, el estilo del vestido ha de cambiarse.

La duquesa aplaudió esta vez. Helen Price miró a su hija como queriendo decir: «Te lo dije.»

—Puede hacerse —intervino la modista. Quizá no era un vestido completo, pero la mujer sabía que seguía siendo un buen negocio.

—La longitud de las mangas debe alargarse hasta un poco más abajo del codo. El cuello debe subirse y el escote bajarse —dictó—. En cuanto al vuelo del vestido, este no es el adecuado. Tendría que ser más recto de los lados y con un vuelo en el bajo. —Se rascó el mentón, cavilando—. Quizá con dobladillo de colmena. En cuanto a la parte posterior, abúltela y déjela en fajas plisadas. Un bolsillo en la parte derecha no estaría mal. ¿Cree que podría lograrlo?

Miró a la modista, que había tomado nota mental de todo, impresionada por ese hombre que tenía tan claro cómo debía ser un vestido de boda. Aunque de hecho, pensó, tal y como vestía, era lógico suponer que sabía de moda.

—Puedo hacerlo —aseguró.

—Bien. El velo es precioso y servirá. Y ahora, si me disculpan, me gustaría tener unos minutos a solas con mi prometida.

Por supuesto, después de solucionar lo que podía haberse convertido en una guerra sin cuartel, las dos mujeres accedieron. Les concedían unos minutos mientras ellas esperaban no muy lejos de allí.

—Estoy impresionada —declaró Leonor en cuanto se quedaron a solas.

—¿Por la habilidad con la que he dejado satisfechas a todas con lo del vestido o por la magistral pericia que he demostrado al conseguir un ratito a solas?

—Por las dos cosas —confesó—. Eres bueno.

—Lo sé. —Ahora bromeaba—. Vas a dejarlos con la boca abierta.

—¿De qué estás hablando?

—Del vestido. —Lo señaló—. Cuando te vean entrar en la iglesia, nadie tendrá dudas de por qué te he escogido.

Leonor reaccionó tal y como esperaba: tensándose.

—Jonathan...

—Ven aquí. —Él no la dejó hablar. Prefería que sus actos hablaran por él.

La ayudó a bajar de la tarima y la cogió por la cintura. Sin darle tiempo a pensar, la besó. Y todo dejó de existir.

Ella se aferró a sus hombros y abrió la boca, invitándole. A Jonathan nunca le habían tildado de grosero, por lo que aceptó la invitación encantado.

Durante unos segundos, solo se oían sus respiraciones, pero Jonathan quería más, así que aprovechó que el vestido no estaba terminado de abrochar por detrás y con habilidad hizo descender la parte superior del vestido dejando a la vista el corsé. Nunca nada le había parecido más erótico, y más cuando Leonor echó el cuello para atrás dándole acceso pleno a su piel blanca y al dulce nacimiento de sus pechos.

Puso su boca allí. Estaba caliente y gimió de placer. O quizá fue ella. Dios, debía parar, pero era tan deliciosa, tan dulce y entregada, que malditos fueran los días que tardaría en tenerla tal y como deseaba.

—Oh, Jonathan —susurró ella, desbordada.

—Sí, mi dulce Leonor. Sí, te comprendo.

Sus manos iban de un lugar al otro mientras intentaba moderarse. El vestido y el velo no facilitaban las cosas. Que ella empezara a acariciarle con el mismo anhelo no ayudaba a mitigar el hambre de mujer. Solo de una mujer.

Estaba duro, ansioso y tenía calor, mucho calor. Debían detenerse. Ya. Aunque quizá no haría daño si volvía a besarla. Más lento esta vez.

Leonor, por su parte, sentía que volaba a la par que notaba esa desesperante sensación de frustración que le decía que no iba a obtener total satisfacción.

Haciendo un enorme esfuerzo de voluntad, le dio un largo beso que la hizo querer ronronear y se separó despacio, pues temía que las piernas no la sostuvieran.

—Debemos ser sensatos —dijo, aunque lo que más deseaba era no serlo.

—Sí, deberíamos.

Jonathan soltó un largo suspiro mientras la acariciaba con la mirada y disfrutaba de una Leonor nada decente. Sus labios hinchados y sus mejillas rosadas no eran nada comparado con las arrugas de la falda y la parte superior del vestido casi en la cintura. Al menos, el maldito velo permanecía en su sitio, inmutable.

—Deja que te ayude.

En poco menos de cinco minutos ambos estuvieron lo más presentables posible. El bulto de la entrepierna había dejado de ser evidente y los dos habían recuperado el ritmo normal de las respiraciones.

Por supuesto, ninguna de las tres mujeres que entró poco después a petición de Jonathan tuvo ninguna duda sobre lo que podía haber pasado. El tiempo había sido escaso y no daba más que para un pequeño escándalo que ninguna de las tres, por la cuenta que les traía, iba a divulgar. Al fin y al cabo estaban prometidos y esta vez iba a haber boda, dijeran lo que dijeran.

Con la modista con las instrucciones precisas, se alejaron del establecimiento rumbo al hotel, donde Jonathan tenía previsto invitar a las mujeres a un pequeño refrigerio en el restaurante del mismo.

Anduvieron a paso lento en consideración a la edad de Margaret. Coger un carruaje quedaba descartado por la cercanía. Mientras la duquesa viuda y Helen Price se mantenían en la retaguardia, la pareja iba delante enfrascada en una charla ociosa.

Leonor había recuperado el buen humor y Jonathan se sentía feliz. De tanto en tanto le lanzaba miradas ardientes a su prometida y conseguía que ella se ruborizara.

Sentía que había superado dos pruebas ya, la del anillo y la del vestido de novia, y el futuro resultaba cada vez menos incierto. Iba a disfrutar de una vida junto a Leonor que sería su mejor aventura.

Llegaron al hotel entre risas. El *hall* estaba casi vacío y Jonathan iba a pedirles que se quedaran a acompañarle, pero se extrañó al notar la repentina y excesiva rigidez de Leonor a su lado y la miró con extrañeza.

¿Qué sería esta vez?

Solo cuando oyó la voz, supo que su ansiado final feliz no sería posible.

—Hola, Jonathan.

Este se dio la vuelta hacia Isobel, que lucía una sonrisa falsa pintada en el rostro.

—Isobel.

Oyó que Margaret lanzaba lo que le pareció una maldición.

Haciendo caso omiso del repentino silencio que entre esas personas se había impuesto, ella se adelantó y ofreció una mejilla para que él se la besara, pero Jonathan se apresuró a coger su mano y le dio un beso de cortesía en el dorso. No estaba dispuesto a jugar a eso.

—En recepción no han querido decirme en qué habitación te hospedabas. —Hizo un gracioso mohín que Jonathan ya no supo apreciar—. Por supuesto, les he dicho que era una descortesía dejar a una dama tirada aquí esperando tu llegada, y más siendo familia. Pero ese señor —le señaló y el aludido fingió no verlos— no ha atendido a razones.

—Es lógico, Isobel. Aquí se respeta la privacidad de los clientes.

—Bueno, ¿va a tener la decencia de decirme quién es esta mujer, señor Wells? —preguntó Helen. No le había gustado con qué familiaridad se comportaba esa señorita, aunque esperaba de todo corazón que fuera señora. Por la inamovilidad de su hija deducía que esa repentina aparición no auguraba nada bueno.

—Sí, por supuesto. Disculpen mi descortesía. —Aunque en su fuero interno le importara bien poco presentar o no a Isobel—. Isobel, ya conoces a la duquesa viuda.

—Su Gracia —respondió la otra con una reverencia.

—Recordarás también a Leonor de cuando estuviste en Stanbury Manor.

La verdad fuera dicha, no demasiado. Quizás ahora, si la miraba con detenimiento, sí lo hacía. Era la fea con la que el odioso pajarraco de Jonathan había preferido quedarse, para su más eterno alivio. Sin embargo, algo en su postura y por la forma en que iba del brazo agarrada a él antes de ser detectada, le decía que era alguien a tener en cuenta.

—No, de hecho no —prefirió decir—. Sabrá disculparme.

Jonathan apretó los dientes ante la descortesía. Estaba seguro de que mentía, pero no iba a decir nada. No ahora.

—En ese caso, permíteme presentarte a Leonor. Esta señora de aquí es su madre, Helen Price.

Hubo una desinteresada inclinación de cabeza por su parte.

Helen Price se indignó. No era más vieja y sabia que ella por nada, así que mantuvo la compostura y se limitó a apuntar:

—La madre de su prometida.

Si hubiera dicho que le ardía el pelo, Isobel no hubiera quedado más estupefacta. Alternó la mirada de uno a otro, confusa.

—¿Prometida? ¿Qué prometida?

Las dos mujeres con más edad señalaron a Leonor, que seguía en silencio y petrificada al lado de Jonathan.

Jonathan consideró que ya había tenido bastante. Si seguían así iban a dar un lamentable espectáculo en el *hall* del hotel. Y no apostaría a una sola persona.

Quiso preguntar qué hacía allí, pero la última vez que preguntó eso estaba en Stanbury Manor y también lo acompañaba Leonor. La respuesta no había resultado placentera y no quería agravar todavía más la situación.

—¿Dónde te hospedas?

—Aquí, por supuesto. —Ella le lanzó una mirada de obviedad.

La duquesa viuda, bastante harta de la presencia de esa joven que estaba a punto de echarlo todo a perder, y por segunda vez, además, se aferró al brazo de Helen y fingió estar más agotada de cómo se sentía en realidad.

—Creo que no me encuentro muy bien. —Tal y

como esperaba, todos reaccionaron como suponía. Se centraron en ella con actitudes preocupadas—. Quiero volver a casa, si es posible —añadió con voz deliberadamente débil.

En cierto sentido, todos los presentes se mostraron aliviados, ya que les ofrecía una razón para cortar una escena que ya se había vuelto muy incómoda.

Jonathan se apresuró a pedir un carruaje para la vuelta y Leonor estuvo pendiente de ella. Mientras tanto, Isobel permaneció apartada.

Cuando el transporte llegó, ayudó a subir a las señoras. Era evidente que no les complacía que Jonathan se quedara con Isobel, pero Jonathan no podía hacer otra cosa. Debía descubrir sus intenciones y echarla de allí lo más rápido posible.

Antes de cerrar la portezuela tomó la mano de Leonor para llamar su atención. Ya había notado cómo la frialdad y la distancia se habían impuesto de nuevo entre ellos. Sabía que un simple beso en la mano no sería bien recibido, por lo que la forzó a atenderlo.

—Mañana a primera hora iré a verte —anunció. Parecía una amenaza, pero quería dejar constancia de que no se marchaba como hizo en Stanbury Manor. Muy a su pesar, ya sabía que Leonor mantenía algunas inseguridades en su interior que la presencia de Isobel solo reforzaba.

Cerró la portezuela y el vehículo partió.

Con un suspiro de resignación y pesar, entró de nuevo en el hotel.

—¿Has reservado una habitación para ti? —espetó tan pronto como tuvo delante de nuevo a Isobel.

Desairó el intento que ella hizo de agarrarse a él, pero no le importó.

—Sí. Tengo tantas cosas que decirte...

—Yo también, no tengas dudas, yo también.

Isobel no era tonta y empezaba a temer que el viaje hubiera sido en balde. La hosca presencia de Jonathan y su poca predisposición así lo atestiguaban. No obstante, tenía un objetivo que cumplir y nadie, ni siquiera esa fea y supuesta prometida de la que no sabía nada, le impedirían realizarlo. Sentía cierta aprensión, pero estaba decidida.

Por ello, después de una cena en compañía de un Jonathan arisco y hasta cierto punto desagradable, sentía que debía presionarlo para llevar las cosas hacia donde ella necesitaba que estuvieran. Había intentado sonsacarle el porqué de su viaje, pero ella no quería dar explicaciones.

Se había levantado de la mesa con la excusa del largo viaje. No le gustó el alivio que vio en su rostro, pero se dijo que ya lograría hacerle cambiar de actitud. La amaba, estaba segura, por lo que con tesón lo conseguiría.

Había pasado antes por su habitación y ahora, delante de la puerta que ya sabía que era la de él, Isobel se preparaba para su gran actuación.

Tenía tiempo de entrar y prepararse para cuando él estuviera dispuesto a subir.

—¡Señor! ¡Señor!

Llamó a un empleado que paseaba con un carrito por allí y con las llaves maestras colgadas en él.

A continuación compuso su mejor sonrisa y su pose más atractiva.

—¿En qué puedo servirla? —preguntó acercándose.

—Mi marido se ha quedado fumando abajo y ahora mismo me doy cuenta de que no tengo la llave. Si fuera tan amable... —Señaló la cerradura de la habitación de Jonathan, poniendo cara compungida y debidamente esperanzada, al tiempo que acariciaba de forma casual su brazo.

El hombre se sonrojó de placer y ella supo que conseguiría entrar sin dificultades.

Una vez dentro suspiró aliviada. Estaba más tensa de lo que pensaba. Iluminó la estancia y empezó a desvestirse en la antesala de la habitación. Cuando él entrara en su cama y la encontrara dentro quizá se sorprendiera y resistiera un poco, pero ese amor y devoción que siempre le había acompañado haría desaparecer las posibles reticencias. Isobel se sabía capaz de conseguirlo.

Se quedó con la camisola y las medias; dobló el resto junto con el corsé. Se deshizo el peinado y peinó con los dedos su preciosa melena negra.

Cuando estuvo lista escondió las prendas y abrió una puerta esperando que fuera la habitación de Jonathan. No tardaría en subir y quería estar en posición.

Cuando prendió la luz, un repentino movimiento y un aleteo frenético la sobresaltaron.

—¡LADRONES! ¡BANDIDOS! ¡CUATREROS! ¡PILLASTRES! ¡ESTAFADORES!

Los repentinos gritos del guacamayo le dieron un susto de muerte. El animal sobrevolaba la habitación dando tumbos e Isobel se sentía aterrorizada.

—¡Apártate, maldito animal! —le gritó.

Georgette siguió despotricando.

—¡TIMADORES! ¡MALEANTES! ¡DELINCUENTES!

—¿Qué está pasando aquí?

La voz de Jonathan se filtró entre el vocerío y, en el acto, el animal salió volando de la habitación y se posó en el respaldo de una silla cercana.

—¡COMIDA!

Isobel permanecía estupefacta en el vano de la puerta, sin saber cómo reaccionar.

Jonathan estaba en las mismas condiciones.

—No quiero ni imaginarme —empezó cuando recuperó la voz— qué haces en mi habitación sin ropa decente que te cubra.

Por un instante, Isobel sintió vergüenza, pero la súbita determinación que la había llevado hasta Boston le hizo recuperar fuerzas.

Se acercó a él contoneando las caderas y con una sonrisa sensual. Le acarició el pecho.

—Nunca hagas decir a una mujer en voz alta lo que es más que evidente. —Esbozó un mohín que pretendió ser seductor.

—Y en este caso fuera de lugar.

—Vamos, Jonathan. Sé que me quieres, que me deseas. —Se pegó a él para que notara cada centímetro de su cuerpo apenas cubierto—. Yo siento lo mismo.

—Eres la mujer de mi padre. —Jonathan retiró su mano, que ya descendía a un sitio peligroso, y se apartó.

—Su viuda, querrás decir.

—Lo que sea. Esto está mal.

Isobel estaba a punto de perder la paciencia. ¿Ahora que lo necesitaba se mostraba mojigato?

—¿Qué mal puede haber en que dos personas que se aman se entreguen en aras de la pasión?

Jonathan la miró. Era sin duda una mujer bella y deseable, pero no quería nada con ella.

Si tenía alguna duda, con esa escena se había disipado. Isobel era su pasado y Leonor, su futuro. Sabía, por la falta de respuesta de su cuerpo y su corazón, que ya no sentía nada por Isobel. Incluso sin Leonor de por medio sabía que jamás hubiera habido algo entre ellos. Tenía esa certeza. Ella era su madrastra y el recuerdo de su padre jamás le dejaría avanzar en otra dirección que no fuera un cariño familiar. Odiaba haber tardado tanto en descubrirlo, pues eso les hubiera ahorrado esa bochornosa escena.

—Isobel, no voy a tomarte.

Incrédula, Isobel abrió la boca, pero volvió a cerrarla. No lo entendía.

—¡FULANAS MALCRIADAS! ¡GUAKS!

—¡Cállate de una vez, engendro del demonio! —Isobel ya había perdido la paciencia—. Te juro que no entiendo cómo puedes soportar a ese pajarraco. Nadie le quiere salvo tú.

Leonor, sí. Y el cariño es recíproco —rebatió.

—¿Leonor? ¿Tu prometida, quieres decir? —se burló—. Soy yo a la que quieres, que no se te olvide. Has estado enamorado de mí desde que nos conocimos.

—Al igual que tú nunca lo has estado de mí. Ni ahora, aunque digas lo contrario.

Estaba seguro de ello. Lo que movía a Isobel era una clase de desesperación que no nacía del amor.

—¡Eso no es cierto! —replicó con fervor la otra—. ¡Te amo!

—No mientas, Isobel. Por el cariño que nos tenemos y el vínculo que nos une, dime la verdad.

—¡Te la estoy diciendo! —El pánico comenzó a invadirla—. Tienes que hacerme tuya. Quiero ser tu mujer en todos los sentidos de la palabra.

Jonathan negaba con la cabeza. Se sentía inquieto por la vehemencia de su madrastra. Algo escondía.

Y entonces lo supo. O lo imaginó, y quiso comprobarlo.

—¿Quién es el padre?

El rostro de Isobel mudó del frenetismo al pánico en cuestión de segundos. Su tez rosada perdió el color y se tambaleó de la sorpresa.

Preocupado, Jonathan corrió a sostenerla, y al instante, la desesperación inundó a Isobel mientras un torrente de lágrimas amargas y saladas descendía furioso por su rostro.

La dejó soltar toda la angustia y la consoló lo mejor que pudo. Confirmado su presentimiento, Jonathan no tardó en deducir la historia que la mujer llevaba a cuestas.

La noche iba a resultar muy larga.

11

Los susurros y los pasos sigilosos de los sirvientes no fueron lo que la alertaron de la temprana hora. Tampoco las tímidas luces del amanecer que se filtraban por entre las cortinas apenas cerradas. De hecho, Leonor no había dormido.

Con una sensación agotadora apartó las sábanas y puso los pies en el suelo. Los pasos vacilantes la llevaron hasta la ventana y la abrió en su totalidad.

Boston ofrecía un hermoso espectáculo con la bruma sobre el río, pero Leonor se sintió incapaz de apreciarlo en su totalidad.

Se dirigió al aguamanil y vertió un poco de agua en él. Se refrescó y secó con esmero y se acercó al espejo de pie.

Las ojeras eran muy pronunciadas y la angustia deslucía todavía más su ya de por sí feo rostro.

Marcharse del hotel dejando a Jonathan con Isobel fue una de las cosas más difíciles que había tenido que hacer, sobre todo cuando en su fuero interno lo único que deseaba era tironear del pelo de la belleza morena y obligarla a marcharse de allí.

Lo único que le había impedido desmoronarse y suplicar que fuera con ella era la duda de si Jonathan la había hecho venir. Por lo tanto, solo le quedó la opción de mostrarse como una estatua de sal y salir de allí con la dignidad intacta.

Por suerte, ni su madre ni Margaret habían hecho comentarios durante el viaje de vuelta y, tan pronto como llegaron, se recluyó en su habitación sin cenar. Y sin dormir.

Había sido una noche larga. Muy larga. Sus pensamientos y miedos no le habían dado tregua alguna y su temperamento había oscilado entre la pura amargura, la desesperación y el llanto.

Ella lo sabía. Debió hacer caso de su instinto cuando Jonathan le confesó que no quería estar con Isobel, pero que no se lo había dicho.

Y ella había embarcado rumbo a Boston en pos de él.

Debía de estar muy segura de que sus afectos eran correspondidos para actuar así, porque ¿quién haría algo tan estúpido e imprudente?

Por primera vez en muchos años sentía celos y aborrecía el aspecto con el que Dios la había dotado.

¿Por qué no podía ser bonita como tantas otras? ¿Por qué no podía un hombre caer rendido a sus pies con solo mirarla? ¿Por qué Jonathan no podía amarla como ella lo hacía?

Tenía dudas sobre todo lo que había pasado entre ellos. No se podía negar que Jonathan era todo un caballero. Quizá sentía un afecto por ella que le había obligado a hacerla vivir un cuento de hadas que nunca llegaría a vivir con nadie.

Y había sucumbido como la más tonta de todas. Había imaginado su pedida de mano como la cosa más hermosa del mundo. Había creído que ambos sentían lo mismo y que en un futuro no muy lejano Jonathan llegaría a ser su marido. La escena en la modista también había hecho mella en su corazón y se había sentido convencida por las palabras que él pronunciara y los besos que le diera.

Era una tonta romántica nada realista. Había olvidado que la vida no era perfecta y que nunca te regalaba nada. Y a ella menos que a nadie.

Tenía miedo de la visita de Jonathan. Temía que le dijera lo que su corazón no deseaba oír. Quizá si rechazaba recibirlo... Pero no. Leonor era muchas cosas, pero no una cobarde. Si tenía que romperle el corazón, más valía que fuera cuanto antes.

—Pero no lo hará. Se resistirá —anunció a la habitación silenciosa.

Esa era otra opción. Y le dolía mucho más por lo que implicaba. La honorabilidad de Jonathan quizá no lo dejaría romper un compromiso que él había creado de la nada para ayudarla a sentirse mejor frente a parte de su familia y a la sociedad bostoniana. Lo habían llevado todo tan lejos que Jonathan sería capaz de seguir y casarse con ella para que Leonor no sufriera las burlas de un nuevo compromiso roto. Él era así. Sin embargo, esa actitud la lastimaba más que un «no te amo». Vivir con un hombre enamorado de otra mujer, por muy buenas que fueran sus intenciones, no la satisfacía.

Por ello, y tras meditarlo bien, se sentía dispuesta a confesar sus mentiras y engaños frente a su familia y liberar a Jonathan. De ese modo, él se vería libre para emprender la vida que quisiera junto a Isobel y Margaret podría volver a Inglaterra con ellos. Porque por mucho que quisiera a esa adorable anciana y la vida que llevaba en Stanbury Manor, ya ha decidido quedarse en Boston junto a su madre y el resto de su familia.

Incapaz de repente de permanecer en su habitación un minuto más tras tomar esa decisión, se vistió sola lo más aprisa posible y bajó a desayunar. Lo que no esperaba era ver a su madre levantada.

—Buenos días, madre. —La miró bien y detectó fatiga en sus rasgos—. Pareces cansada.

—¿Cómo no voy a estarlo? La aparición de esa mujer me tiene preocupada.

Leonor no se sentía con fuerzas para emprender una conversación sobre ello, pero si no lo hacía ahora, no sabía cuándo tendría las ganas necesarias para hacerlo.

Se sentó a su lado y con un gesto indicó a los sirvientes que salieran de la habitación. Pretendía que no hubiera más testigos de su humillante realidad.

—Voy a liberar a Jonathan del compromiso —dijo.

Eso hizo reaccionar a Helen Price, que la miró con disgusto.

—No digas sandeces, hija.

—No las digo, madre. Si supieras la historia de Jonathan e Isobel entenderías mi postura.

—No me importa el pasado de tu prometido...

—No es mi prometido —interrumpió, inmisericorde, Leonor.

—Deja de interrumpirme cuando hablo y limítate a escuchar —la amonestó—. Nadie niega que Jonathan tenga un pasado, pero es lo que ha decidido hacer con el presente y el futuro lo que cuenta de verdad.

—Pero la ha amado durante años —insistió, frustrada, al ver que su madre no entendía su punto de vista.

—Pues ahora ha dejado de amarla por ti.

—No es tan fácil como lo haces parecer —dijo.

Helen Price lo sabía, pero estaba convencida de que darle la razón a su hija era contraproducente. Ella también estaba preocupada. De hecho, el semblante pétreo de su hija el día anterior y su posterior conversación con la duquesa viuda no habían hecho más que aumentar su inquietud. Al fin y al cabo, no conocía tanto a Jonathan Wells como para asegurar con los ojos cerrados que escogería a su hija antes que a esa Isobel; una mujer que había resultado ser su madrastra. Sin embargo, Leonor no necesitaba oír eso.

—Y nada es tan complicado como nos gusta creer —replicó—. No te imaginas las cosas que podemos llegar a solucionar sin mentiras y ocultamientos de por medio.

—Por eso quiero confesar esta farsa de compromiso a toda la familia —razonó.

—¿Por qué ibas a querer hacer tamaño despropósito?

—Porque no se merecen más mentiras.

—Hay algunos miembros que sí las merecen. Es más, te recomiendo que jamás sepan nada de esto o te despedazarán.

—Madre, tú no sabrías de este compromiso fingido

si yo no te hubiera contado la verdad. ¿No crees que les debo a los demás la misma honestidad?

—No les debes nada. A nadie, en realidad —aclaró—. Y en cuanto a mí, debo confesarte que ya sabía la verdad antes de que decidieras confesarte.

Leonor se irguió y la miró con los ojos bien abiertos.

—¿Lo sabías? Pero ¿cómo...?

—La duquesa viuda —anunció a modo de respuesta.

—Oh.

—No se lo tengas en cuenta. Hizo lo correcto. Lo que cualquier madre haría. —Hizo una pausa, antes de continuar—. Te quiere mucho.

—Y yo a ella.

—No sabes cuánto me alegro de que la encontraras, aunque fuera para servirla como dama de compañía.

—Ha sido una época muy bonita —confesó.

Helen Price cabeceó, dispuesta a aceptar todos sus errores.

—Ya que estamos hablando de eso, me gustaría disculparme por la forma en la que te traté hace siete años.

Para su propia sorpresa, Leonor no se sorprendió. Quizá no era la mejor relación madre e hija, pero se querían. Constatarlo la emocionó.

—Está olvidado.

—Pero no quiero que lo olvides —replicó—. Mi deber como madre era darte mi apoyo, y más cuando eras tú la que llevabas la razón de tu parte. No estuvo bien que te obligara a obviar el vergonzoso comportamiento de Adam menospreciando tu dignidad. Tuviste mucho coraje al rechazar una situación que no merecías y marcharte. Lamento no haberlo sabido ver hasta ahora. Ojalá hubiera más mujeres como tú. Estoy muy orgullosa de...

La voz de Helen se rompió al final.

—Yo también te quiero, madre —aclaró Leonor a modo de respuesta.

Sentía los ojos a punto de desbordarse. Que su madre estuviera en las mismas condiciones la emocionaba. Por lo menos había conseguido sentirse una hija querida. Recuperar a su madre era un regalo.

Se levantó de la silla y se aproximó para abrazarla. Así, madre e hija se sintieron unidas como no lo habían estado en muchísimos años.

A media mañana. Tal como prometió, Jonathan se hallaba ante las puertas del hogar de las Price.

Sabía a ciencia cierta que para mantener esa charla con Leonor debía estar en pleno uso de sus facultades, pero lo cierto era que se había pasado parte de la noche hablando con Isobel.

Por desgracia, su historia no resultaba aislada. Lo que le sorprendía era que le sucediera a una mujer como ella, segura de sí misma y con un futuro económico garantizado.

Le había contado cómo se había encaprichado de un hombre y cómo habían mantenido sus encuentros en la clandestinidad. Él era un hombre importante, con título añadido, todo lo que Isobel había ansiado. Conforme había pasado el tiempo, los encuentros se habían visto aumentados. Lo que había empezado como citas puramente sexuales había dado paso a momentos íntimos en los que ambos hablaban de sí mismos. Isobel había acabado enamorada y, por ende, embarazada.

Le relató el pánico que había sentido cuando el padre de la futura criatura se había negado, no solo a formalizar la relación, sino a reconocer de forma oficial al bebé que llevaba en las entrañas. Al menos, dijo, no había dudado que fuera el padre.

Sintiendo todo el peso de sus actos y temiendo las consecuencias que lo mejor de la sociedad le dispensaría, Isobel había actuado a la desesperada.

Su llegada a Stanbury Manor se debía a un intento de seducción por su parte. La negativa de Jonathan, sus evasivas y su posterior desaparición, la habían llevado al borde de la desesperación.

Para encontrarle había amenazado y seducido a partes iguales. El tiempo se le acababa y no dudó en viajar hasta Boston en una acción desesperada.

Jonathan la comprendía, pero no aprobaba su proceder. Iba a ayudarla, pero eso no significaba sacrificar toda su vida por ella.

Poco antes la había dejado descansando en el hotel cuando se había quedado dormida en uno de los sofás. Agotada como estaba, no había tenido el valor de despertarla para que se marchara a su habitación, por lo que la sostuvo despacio entre sus brazos y la depositó en su propia cama. Había sido él quien había dormido en el sofá, no muy cómodo, por cierto.

En un arranque de generosidad había decidido llevarse a *Georgette*, aunque no las tenía todas consigo ante la vital conversación que se le avecinaba.

También había dejado una nota en recepción para

el señor Pickens y así evitar que entrara en la habitación y encontrara a Isobel allí.

Sin embargo, a pesar de las dificultades en las que había querido involucrarlo Isobel, lo más difícil estaba por venir.

—Buenos días, señor Wells. —Roberta fue la primera en dedicarle un saludo amistoso, ajena a todo—. Iba a la galería a hacer punto —explicó—, pero me temo que aunque le pidiera que me acompañara se negaría de forma muy educada alegando que está aquí para ver a mi sobrina.

—¡COMIDA! —graznó el guacamayo como si no hubiera llenado la panza antes de salir del hotel.

—*Georgette*, compórtate —le riñó Jonathan.

—No le amoneste por mí. De hecho, creo que tras la impresión inicial estoy acostumbrándome a este animal… y a su hambre voraz —sonrió, pero al recibir una escueta y ausente sonrisa por parte de Jonathan, sospechó que no era un buen día para las bromas—. Me ofrecería voluntaria para cuidar de ella mientras mantiene una charla con Leonor, pero no sé si *Georgette* me lo permitirá.

Como respuesta, y para sorpresa de las dos personas, *Georgette* alzó el vuelo y dejó el hombro de Jonathan para posarse en el de Roberta.

—¡AMOR, BESOS, BEBÉS! ¡GUAKS!

Parecía saber en qué menesteres iba a irse de cabeza mostrando su disconformidad.

—Que sepa que solo le gustan unas pocas mujeres —la informó.

—Me lo tomaré como un cumplido, pues. —Roberta no podía parar de sonreír. Le gustaba el peso del animal alado en su hombro.

—Hágalo. Ahora, si me hiciera el favor de avisar de mi visita a Leonor.

—Ya la he mandado llamar —le contestó Helen Price, que descendía por las escaleras. Había mandado ser avisada cuando Jonathan llegase—. Si nos disculpas un momento, Roberta, te acompañaré en un segundo.

Su hermana asintió con la cabeza y desapareció por un pasillo con *Georgette*.

—No quiere verme —dijo Jonathan a bocajarro. Creía constatar un hecho.

—No lo sé. Sin embargo, no tendrá más remedio que acudir. Puede utilizar el jardín que tan buenos resultados le ha dado con anterioridad... —hizo una breve pausa que utilizó para mirarlo a los ojos y medirlo— si sus intenciones son honestas.

—Lo son.

Acordaron que Leonor no tardaría en ser enviada, por lo que Jonathan salió al exterior y escogió el mismo banco apartado para mantener esa crucial conversación.

Mientras tanto, Leonor había sido avisada por su propia madre. Esta le había dado un margen de cinco minutos para que se preparara, pero no le había dado opción a decir que estaba indispuesta para la visita.

Con el corazón encogido y como si fuera a recibir su sentencia de muerte, Leonor intentó lucir su mejor aspecto que, dadas las circunstancias, de poco le serviría si se comparaba con Isobel. Se cambió el vestido por uno un poco más agradable a la vista, de tafetán con botones en la parte delantera, justo en la amplia franja vertical que iba de arriba abajo en un color rojo oscuro, igual que los puños. El resto eran líneas rojas, también verticales, alternadas con otras blancas.

No quiso mirarse en el espejo más de lo necesario; de otro modo sucumbiría al pánico y Jonathan presenciaría un espectáculo nada halagador. No, se mantendría serena y lo disculparía de esa pantomima. Luego, en la soledad, ya tendría tiempo de lamerse las heridas.

Por supuesto, la esperaba en el mismo lugar en el que le entregó el anillo. Se lo restregó contra la falda del vestido de forma inconsciente. Era sorprendente cómo se había habituado a él en tan solo unos días. Iba a tener que echar mano de toda su fuerza de voluntad para entregárselo.

—Leonor.

Jonathan se puso en pie tan pronto como la vio y supo que lo tenía muy difícil para que le creyera. La había llegado a conocer bastante bien y deducía eso tan solo con su postura derrotada y sus intentos por fingir que nada le afectaba, escritos en cada gesto, en cada paso.

Y si ahora convencerla de la veracidad de sus sentimientos suponía un esfuerzo titánico, cuando le contara las razones de la aparición de Isobel sería casi imposible, no tenía ninguna duda de ello. Leonor parecía predispuesta a pensar lo peor.

—Hola, Jonathan.

Se miraron ambos, rememorando los momentos despreocupados y felices de los últimos días y sabiendo también que era muy posible que solo se quedaran en eso, en recuerdos.

Sin hablar, Jonathan le indicó que se sentara a su

lado. Fue muy significativo que ella escogiera hacerlo en la parte más alejada. Ya empezaba la separación. No sabía ni por dónde empezar.

—¿Cómo estás? —le preguntó al fin.

—Bien. —Mentiras, todo mentiras—. ¿Y tú?

«Como si te importara», parecieron querer decir sus ojos verdes.

«Me importa», le replicaron los suyos.

—Mal —respondió al fin.

Al menos, uno de los dos era honesto.

—Lo siento. —Leonor quería cualquier cosa menos hacerlo sentir así.

—Empiezo a dudarlo.

—Eres injusto por decirme eso —espetó, airada.

Jonathan suspiró y se pasó la mano por el cabello, frustrado. No quería que las cosas fueran así. Si seguían por ese camino, la perdería para siempre.

—Tal vez —concedió—, pero una parte de mí no deja de creer que quieres hacerme sentir del mismo modo en que te sientes tú. Yo no tengo la culpa de que Isobel haya decidido seguirme. No la invité a hacerlo.

Como siempre, Jonathan había dado en el clavo. Leonor le creyó, pero no se permitía creer que todo fuera tan sencillo.

Hizo la pregunta clave.

—¿Por qué está aquí, entonces?

Supo que no sería bueno por la forma en que Jonathan se tensó.

—Está embarazada.

Y el mundo de Leonor se paralizó por completo.

¿Embarazada? Santo Dios.

Se mantuvo inmóvil, porque de lo contrario se desmoronaría allí mismo.

—Y no es mío —aclaró.

Pero fue demasiado tarde. Leonor ya había formado la imagen en su mente y él vio la respuesta a ello en todo su cuerpo.

—Yo no he dicho que lo fuera.

—No importa. Con que solo lo pensaras, con que concibieras la idea, ya me basta.

Leonor no podía mentir de ese modo. Sí, al instante había pensado que él era el padre. Dado que el día anterior no había percibido su estado era deducible que había sucedido en el mes que ambos habían pasado en Londres, después de marcharse de Stanbury Manor.

Se sintió culpable.

—Jonathan...

—No —lo dijo con calma, mientras se levantaba y ponía distancia entre ellos—, no intentes arreglarlo ahora. En este mismo instante veo lo que opinas de mí. Me crees tan falto de honor que, a pesar de dejarte claro que te quiero y deseo casarme contigo, antes de eso, cuando ya me importabas, deduces que me acosté con la viuda de mi padre, como si no respetara a las mujeres ni lo que siento. Quizá tus palabras también eran mentira cuando afirmabas que estaba madurando. Lo más seguro es que estés convencida de que sigo siendo un petimetre encantador sin nada sustancial en el cerebro y que juega con las personas porque todo le aburre y la vida es un juego para mí.

—No, yo...

—Y quizás ahora me dirás que mi deber es proteger

a Isobel de las habladurías. Que mi deber es casarme con ella a pesar de que ella se lo haya buscado. Que comprendes que estas cosas pasan y que podemos seguir siendo amigos.

Pocas veces Leonor había visto a alguien tan furioso, y mucho menos a Jonathan, un hombre que siempre mantenía al mundo a raya con su sentido del humor.

—No voy a decirte eso. —Jamás concebiría ver a Jonathan con Isobel o con otra mujer.

—Pero tampoco me dirás que sigues queriéndote casar conmigo.

El silencio lo inundó todo. Leonor quería decir que sí, pero las dudas la retenían. Con todo el dolor de su corazón, se sacó el anillo de compromiso y se lo entregó.

Ante ese acto tan definitivo, Jonathan se quedó mirando el anillo como si no pudiera entender qué hacía en su mano en lugar de en la de ella.

—Por supuesto —fue lo único que dijo, como si lo esperara. La decepción y la desesperanza estaban pintadas en su rostro. Amaba a esa mujer como nunca lo había hecho con ninguna, pero ella no sentía lo mismo. En caso contrario, tendría más confianza en ella, en él, en ambos—. Supongo que no tiene sentido decirte que la ayudaré —se refería a Isobel— a pesar de haber querido engañarme y seducirme para hacer pasar el niño por mío. No —negó al ver su cara—, no me casaré con ella. Como mucho aplastaré al infeliz que se ha negado a asumir la paternidad dejando sin familia a la criatura que está por nacer. Es posible que la ayude en todo lo demás también. Al fin y al cabo, estaremos unidos, no por lazos de sangre, pero sí por otros igual de importantes.

No iba a admitir ante ella cuánto se había enfadado por las intenciones de Isobel y sus poco realistas soluciones. Le hubiera resultado muy difícil explicar el adelanto de un parto tres meses antes de lo previsto.

Leonor, por su parte, sentía un nudo en la garganta. Sus explicaciones sonaban definitivas y lo alejaban de ella. Sabía que era culpa suya, pero se sentía incapaz de hacer nada por impedirlo.

—Lo único que deseo es que seas feliz —repuso.

—¿Por qué? —Jonathan sintió renacer la esperanza, por muy tenue que fuera.

—Porque te lo mereces.

—Me lo merezco —repitió, incrédulo, con la esperanza por los suelos—. Me lo merezco. —Supo que allí no había nada que hacer y decidió marcharse antes de hacer algo de lo que se arrepentiría—. Iba a dártelo todo —explicó a modo de despedida—. De hecho, te he estado dando lo mejor de mí mismo, pero veo que no es suficiente. Tal vez después de quedarte con mi corazón, también quieras apropiarte de *Georgette*. Que tengas un buen día y seas feliz.

Y salió de aquel jardín como alma que lleva el diablo.

Pasó por la galería en busca de *Georgette*, pero se detuvo ante la presencia de Helen Price, que murmuraba junto a la duquesa viuda y Roberta. Las tres habían estado alerta, vigilando.

El guacamayo, como si presintiera el estado de ánimo de su dueño, sobrevoló la estancia para posarse en su hombro en silencio.

—Jonathan. —La anfitriona rompió el silencio, dudando al ver su cara pétrea—. Señor Wells, ¿le veremos pronto?

Era una forma nada sutil de preguntar cómo habían ido las cosas.

—Nada me gustaría más, señora Price, pero dudo que Leonor esté muy dispuesta a ello.

—¿Qué ha pasado? —Margaret, en cambio, no tenía problemas a la hora de preguntar directamente.

—Leonor se empeña en buscar dificultades donde no las hay —repuso—. No consigue digerir la desconfianza que supone la presencia de Isobel en Boston, a pesar de que yo le diga que nada ni nadie cambiará mi amor por ella.

Las tres mujeres se miraron entre sí, pesarosas.

—Quizá con un poco de tiempo... —sugirió la madre.

Jonathan esbozó un asomo de sonrisa que no llegó a sus ojos.

—Siento que, por mucho que haga o diga, siempre encontrará una excusa para alejarme. Esta vez necesito sentir que le importo, que le duele perderme. Sentir que me ama estaría muy bien para empezar.

No pretendía decirlo en voz alta, pero las damas habían preguntado.

—Quizá si espera con nosotras...

—Dudo que vaya a ser una buena compañía en estos momentos, por lo que me perdonarán si me marcho. —Jonathan se dirigió a la duquesa viuda—. Para cualquier cosa, estaré en el hotel.

Las tres mujeres vieron cómo desaparecía por la

puerta, abatidas. Cada una de ellas había albergado la romántica idea de que Leonor, por fin, había encontrado un hombre digno.

Los reproches que pretendían hacerle murieron en sus bocas poco tiempo después, cuando la joven hizo su aparición.

Lucía en su rostro las innegables marcas de la desesperación. Los ojos rojos e hinchados indicaban un profundo sentimiento que se había visto reflejado en las lágrimas.

Su madre alargó el brazo indicándole que se acercara. El sufrimiento de su hija era demasiado doloroso.

Sin decir palabra, Leonor se arrodilló ante su regazo y soltó allí parte de su sufrimiento. Mientras tanto, Helen iba acariciando su pelo murmurando palabras de consuelo.

—Lo arreglaremos, hija —musitó—. Lo arreglaremos.

12

Había dejado pasar la mayor parte del día.

La cabeza había empezado a dolerle por el esfuerzo de pensar y mirar en su interior; en esas inseguridades que no sabía que existían y que habían destruido cualquier posibilidad de ser feliz.

Y por un momento se creyó fuerte...

¡Bobadas!

Nadie tenía la culpa más que ella.

Mientras dejaba que unas compresas frías bajaran la hinchazón de la cara, Leonor había estado pensado mucho. Las palabras de su madre, su tía y la duquesa viuda resonaban todavía en sus oídos.

«Ese hombre te ama.»

«Has de tener fe en él.»

«Debes ser valiente.»

Cada palabra era tan cierta como la anterior.

Las acciones acaecidas en su pasado la habían afectado en más profundidad de lo que sospechaba. Estaba empezando a comprender que marcharse como lo hizo no había sido el acto valiente que Jonathan pensaba que era. Al fin y al cabo, se trataba de un acto cobarde más. Una huida para no afrontar las consecuencias de sus acciones.

Con Jonathan había sucedido algo parecido.

Aunque siempre había sido consciente de su aspecto y había mirado al mundo con la cabeza alta, solo se trataba de apariencias. En su fuero interno sentía que no estaba a la altura en comparación con mujeres más bellas, boicoteando su propia felicidad una y otra vez al sentir que no la merecía. Y no quería eso.

Amaba a Jonathan. De eso no había ninguna duda. Daría toda su herencia con tal de estar a su lado el resto de su vida. Crecer con él y crear una familia. Y él la amaba.

Inaudito... y maravillosamente espléndido.

Su único objetivo era la necesidad desesperante de creer en ella misma y aceptar su capacidad de conseguir el amor de un hombre obviando su aspecto. Tenía muchas cualidades y Jonathan había sabido verlas. Quizás era fea, pero no era lo único que la definía. Y Jonathan la amaba por ello.

Debía ser capaz de enfrentarse a sus miedos y recuperar lo que había echado a perder, por lo que, poco después de la hora del té, se había arreglado para salir.

—¿Adónde vas? —le preguntaron las tres mujeres cuando pasó a informarlas que salía.

—A recuperar mi vida. A recuperar a Jonathan.

No percibió las tres sonrisas de satisfacción y alivio que se quedaban a sus espaldas.

Con esa nueva seguridad llegó al hotel. Antes de

encontrarse con Jonathan debía tener unas palabras con Isobel, por lo que se acercó al mostrador eliminando toda posibilidad de que se le negara la información que deseaba saber.

Poco después, y tras una profunda inspiración, llamó a la puerta de la habitación en la que Isobel se hospedaba.

No había nadie.

Por fortuna, la doncella de Isobel llegó al poco tiempo, mientras Leonor decidía si esperarla o no.

Las noticias que le dio la joven no fueron de su agrado. La doncella le había dicho que, aunque era su habitación, la viuda Wells no había puesto un pie en ella.

No hacía falta preguntar por su paradero. Leonor lo intuía.

Con el corazón golpeándole en el pecho, pero con la decisión pintada en su rostro, se dirigió hacia la habitación que Jonathan ocupaba. No dudaba de que la encontraría allí.

Por desgracia, no se equivocaba.

Fue la misma Isobel la que, instantes después de llamar, abrió la puerta.

Aunque ya intuía que la encontraría allí, la impresión fue grande, sobre todo por el indecoroso aspecto que la mujer ofrecía.

Bajo el elegante vestido no había corsé ni polisón. Además, su pelo, otrora impoluto y con un peinado impecable, se había convertido en un sencillo recogido detrás de la nuca.

—Jonathan no está —anunció Isobel tan pronto como la vio.

—No he venido a hablar con él —espetó Leonor, cogiendo fuerzas y entrando en la habitación sin ser invitada.

Tan pronto dio un paso al interior, *Georgette*, voló hacia ella con ímpetu.

—¡BUENAS NOTICIAS! ¡BUENAS NOTICIAS! —Era evidente que se alegraba de verla.

Leonor sonrió, pero la dejó de nuevo en su sitio.

No le gustó ver a la otra sentada en un sillón con toda tranquilidad, como si se supiera vencedora de la innegable batalla que estaba por llegar.

—Jonathan me ha contado lo de tu... estado —empezó.

Isobel hizo una mueca.

—Qué considerado.

—Jonathan me lo cuenta todo.

—¿Todo? —se burló la otra.

—Todo —afirmó segura. Ya no dudaría del amor de Jonathan. Ni Isobel ni nadie conseguirían hacer mella en su confianza.

—Me alegro por ti.

—También he venido a exigirte que te marches —le espetó.

Isobel no se esperaba esa demanda.

—¿Y quién eres tú para exigirme nada?

Si quería hacerla dudar de su propia valía, no iba a conseguirlo.

—Soy la prometida de Jonathan.

—Una de la que no sabía nada.

—Ser su madrastra no te da derecho a saber qué ocurre en su vida.

—Jonathan y yo tenemos una relación muy especial.

La insinuación era clara, pero Leonor no iba a creer en ella.

—Lo único que tenéis tú y Jonathan es que estuviste casada con su padre. Solo eres su madrastra. Cualquier tipo de admiración que él hubiera podido sentir por ti en el pasado se quedó allí, en el pasado.

Isobel se sonrojó ante semejante seguridad. No podía replicar sin mentir de forma despiadada.

—Jonathan va a ayudarme —dijo refiriéndose a su embarazo.

—Pero no de la forma que tú deseas. ¿Has pensado acaso en las habladurías?

—No me afectan las habladurías —replicó, desechando el comentario con la mano.

—¿Y las que puedan afectar al propio Jonathan o a su reputación? —La reputación de Isobel le traía sin cuidado—. ¿Tan egoísta eres que no piensas en cómo puedan afectarle a él tus acciones? Eso no es amor de ningún tipo. Solo es egoísmo.

—¿Quién te crees que eres para venir aquí y hablarme de ese modo?

Esa era la pregunta que había venido a dejar clara. Y que después le diría a Jonathan, palabra por palabra.

—Una mujer enamorada —replicó—. Una mujer que no va a dejar que se aprovechen de Jonathan más de lo necesario. Una mujer que haría lo que fuera por él.

—Quizá no seas lo más conveniente para él, a pesar de lo que creas o quieras creer.

Lo decía por su aspecto, pero Leonor no tenía dudas. Ya no.

—Jonathan me ama —aseguró. No hizo caso del alzamiento de cejas ante su vehemencia—. Me amaba incluso cuando creía amarte a ti. Me ama incluso siendo fea. Me ama por lo que soy y le ofrezco. Me ama a mí y no a ti.

Unas palmadas la sobresaltaron y se dio la vuelta al instante.

Jonathan, apoyado en el marco de la puerta de forma descuidada, aplaudía. Su sonrisa era amplia, dichosa. Irradiaba una satisfacción y una felicidad tan real que les caldearon el corazón de Leonor.

Ni siquiera se le había pasado por la mente que pudiera hallarse allí. Había creído a Isobel cuando le dijo que no estaba. Quizá la presencia de *Georgette* tendría que haberle dado una pista, pero su mente solo había estado centrada en Isobel.

Sus miradas se encontraron.

En un instante se dijeron tantas cosas sin necesidad de hablar que ambos sonrieron. Cosas importantes, las que de verdad valían la pena. Atrás quedaban las dudas y las inseguridades.

—Isobel —Jonathan se dirigió a su madrastra sin despegar la vista de Leonor—, ya es hora de que vuelvas a tu habitación.

—Pero...

—Ahora —ordenó.

Intimidada, miró alternativamente a uno y otro. Parecía que no tenía sentido alargar una situación que era a todas luces desfavorable para ella. Además, ninguno de los dos le prestaba mucha atención. Se le había erizado la piel solo de verlos así, mirándose, sin decirse nada, pero llenos de una luz que no había percibido hasta entonces. No lo entendía, pero parecía que Jonathan amaba a esa mujer. A ella nunca la había mirado así.

Salió en silencio. Ninguno de los dos la echó de menos.

—Me amas —fue lo primero que Jonathan dijo. No era una pregunta.

—Más de lo que creí posible —confirmó Leonor.

—¿Sin miedos?

—Sin miedos.

—¿Sin dudas?

—Ninguna en absoluto.

Todavía estaban lejos, pero el ambiente de la estancia estaba cargado de necesidad, de amor.

—Déjame explicarte, al menos, qué hacía aquí. —Él se esforzaba por aparentar normalidad cuando lo que de verdad deseaba era tenerla entre sus brazos y abrazarla y besarla de pura alegría.

—No hace falta.

Y era cierto. Conforme había ido enfrentándose a Isobel y ponía en voz alta sus verdaderos sentimientos, había ido ganando confianza. No estaba preocupada. Ya no.

Jonathan, por su parte, no podía sentirse más pletórico. Había pasado por un infierno al marcharse de casa de los Price. Su mente había estado meditando si debía insistir hasta que ella cediera o aceptar que nunca sería capaz de amarle con la fuerza y seguridad que necesitaba.

Cuando Isobel se había excedido al abrir la puerta de la habitación, Jonathan acababa de darse un baño.

Cuando escuchó las pullas entre ambas a través de la puerta cerrada, no dudó en abrir con cuidado y dejar un resquicio por el que espiar. Había pensado que todo estaba perdido. Sin embargo, su fuerza y la nueva seguridad en sí misma y en su amor lo habían hecho sentir muy orgulloso y feliz.

—Espera. —De repente se acordó de algo que debía devolverle.

Entró en la habitación y salió de nuevo con rapidez después de coger algo del bolsillo del chaleco que reposaba a los pies de la cama.

—Esto te pertenece. —Se acercó a Leonor, le cogió la mano y deslizó el anillo de rubíes y diamantes por su dedo—. Nunca debió salir de ahí.

Ambos se quedaron mirando lo perfecto que quedaba y todo lo que representaba. Ahora con una seguridad que no había habido la primera vez.

—No he podido contenerme. —Se refería a Isobel y a la conversación que habían mantenido.

—Lo sé —afirmó petulante y con una resplandeciente sonrisa.

—¡COTILLA!

Georgette chilló mientras alzaba una de sus alas y se rascaba con el pico. Parecía que los ignorara.

Ambos sonrieron.

—Has estado espiando —aseveró Leonor haciéndose la ofendida.

—Sí, pero ha valido la pena —aseguró con un beso cargado de intenciones—. Tu declaración de amor ante Isobel es lo más hermoso que he oído nunca.

—Presumido. —Le dio un golpecito en el brazo.

Jonathan se puso serio un instante.

—Tengo motivos. Realmente creí que ibas a dejar que me marchara.

—Lo siento. —Se refugió en sus brazos, avergonzada de su propia ceguera y estupidez.

—Yo también. Estaba realmente asustado —meditó unos instantes—. Casi me da miedo decirte esto, pero, en parte, agradezco que Isobel haya venido.

No hubo tensión en Leonor. Solo se limitó a mirarlo con curiosidad.

—¿Y bien?

—Me refiero a que ella ha sido el detonante para que miraras dentro de ti. Sin ella, estas inseguridades hubieran aparecido tarde o temprano, y no sé si lo hubiéramos podido resolver.

Leonor admitió que estaba en lo cierto. Había estado a punto de perderlo todo.

—Sin embargo —advirtió ella—, no pienses que voy a darle las gracias por nada después de lo que ha intentado hacer contigo. No es una compañía que me complazca y no esperes que seamos amigas.

—Mientras os tratéis con educación y cortesía podré soportarlo. Al fin y al cabo, es mi familia.

—No, es parte de tu familia. Yo seré ahora tu familia.

No podía haber dicho nada más acertado.

—Dímelo —pidió con la voz ronca. Necesitaba oírselo decir.

Leonor le complació.

—Te amo, Jonathan. —Era la primera vez que lo decía en voz alta. Que se lo decía a él.

—Yo también te amo, Leonor. No sabes cuánto deseo vivir contigo.

—Va a salir bien, ¿verdad?

—No lo dudes. Mientras nos amemos, nada podrá con nosotros.

—¿Me lo prometes?

—Prometido.

Y la besó de forma que no le quedaran dudas.

Epílogo

Después de una mañana lluviosa se decidieron a dar un paseo por los jardines de Stanbury Manor en dirección a la casa principal.

Leonor, del brazo de su apuesto marido y en compañía de *Georgette*, respiraba el aire fresco.

—No podría haber tenido mejor luna de miel —señaló, dichosa.

—Es algo que no has parado de repetir, cielo. No sé si quieres convencerme a mí o a ti misma.

—A ti, por supuesto —bromeó.

Había sido la decisión más lógica, pensaba ella. Cuando decidieron el viaje, en Leonor resurgió su lado más práctico, pero también el más sentimental. En referencia a lo primero, debían regresar a Inglaterra para que Jonathan pudiera dar por finalizados algunos asuntos inconclusos y un sinfín de detalles más. En cuanto al lado más sentimental, Leonor quería volver al sitio en donde había sido feliz conociendo a personas que la querían, Jonathan entre ellas.

Habían esperado a celebrar la boda. Ambos deseaban la presencia de los duques de Dunham en un día tan especial, pues habían querido casarse bajo la atenta mirada de todos sus seres más queridos.

Si con la duquesa viuda, las inclinaciones y miradas de asombro se habían prodigado en todo momento, ante la presencia de Jeremy y Edith, no parecían tener fin. Solo había oído un comentario malicioso sobre la falta de belleza de la duquesa de Dunham, y era en los ladinos labios de Beatrice. Por supuesto, Leonor se había despachado de lo lindo con ella por ese motivo. Después de la amenaza de retirarle la palabra y de asegurar que toda la familia haría otro tanto, Beatrice se había humillado y pedido perdón, aunque sabía que su arrepentimiento no era real.

Kenneth era de los pocos que no había asistido a tamaño evento, pero Leonor no se lo tuvo en cuenta. Cuando habían anunciado formalmente su compromiso, su primo había tardado poco menos que unas horas en cargar su equipaje para marcharse con la expedición; después, eso sí, de dar las pertinentes explicaciones a Helen Price y hacerles un regalo de bodas apropiado.

—Ya sabes que yo quería mostrarte el mundo, pero tú preferiste volver a Stanbury Manor —afirmó—. Puedo considerarme afortunado de que aceptases el presente que Jeremy nos dio.

—¿Cómo puedes pensar que rechazaría semejante regalo? —Se apretujó más y recibió un beso en la coronilla—. Era una excelente oportunidad para tenerte solo para mí.

Cuando habían informado de que su luna de miel

sería en Inglaterra, la duquesa viuda invitó a Helen a pasar con ella el tiempo que tanto Jonathan como Leonor pasaran en el hogar de los duques de Dunham. Dado que en el viaje de ida serían un grupo considerable y los recién casados no tendrían suficientes momentos de intimidad, Jeremy les ofreció una casita ubicada dentro de su propiedad. La vivienda era pequeña pero confortable y estaba algo alejada de la casa principal, por lo que nadie les molestaría si no lo deseaban.

—Sí, me lo has demostrado en numerosas ocasiones. Esta mañana, anoche —enumeró—, la tarde de ayer dos veces...

—¡Serás bruto!

—¿Por decir la verdad?

—¡Por decirla en voz alta!

—¡AMOR, SUDOR, GEMIDOS! —declaró *Georgette*, para sorpresa de ambos.

Jonathan maldijo por lo bajo y Leonor enrojeció.

—¿Lo ves?

—Si sigues por este camino tendré que dejarte fuera de la casa. —Jonathan amenazó al guacamayo, que permanecía posado con toda tranquilidad en su hombro derecho—. Sin comida.

Con esa advertencia agitó al animal, quien se alejó volando hasta un árbol.

—¡COMIDA! —gritó.

La pareja sonrió y aprovechó la ausencia para besarse.

—Nos esperan para el té —protestó Leonor sin muchas ganas de detenerse.

—Que esperen —murmuró él contra sus labios—.

Te juro que tengo ganas de volver a Boston y tener nuestra propia casa para hacer lo que queramos.

Siguiendo las indicaciones de Jonathan, el señor Pickens había encontrado, también, una casa para ellos. En esos instantes tenían que estar con el acondicionamiento bajo la atenta mirada del señor Pickens y la tía Roberta. Esta última, en ausencia de Helen, había aludido al enorme tiempo libre del que dispondría y se había ofrecido a supervisar todo lo referente a la decoración, una tarea que adoraba y se le daba bien. Entre tan dispar pareja se había establecido una dinámica peculiar que Leonor sospechaba que podría tratarse de un interés oculto por parte de ambos. Y nada le alegraría más.

En cuanto al negocio familiar, habían dejado a cargo al señor Pickens, que no cabía en sí de gozo por tamaña responsabilidad. A su vuelta, Jonathan tenía intención de involucrarse en él bajo los consejos de su suegra.

Por lo que respectaba a Isobel, las cosas se habían solucionado para bien. Una semana después de su llegada a Boston apareció el hombre con el que se había involucrado. Después de unas palabras subidas de tono y algún puñetazo por parte de Jonathan, había permitido que viera a Isobel. Ese arranque no preocupaba a Leonor. Un hombre había de defender el honor de las mujeres de la familia a como diera lugar. Por fortuna, el susodicho, un conde nada menos, venía arrepentido y dispuesto a rectificar su deplorable comportamiento. Regresaron con rapidez a Inglaterra para celebrar una rápida boda con licencia especial y ambos les habían hecho una rápida visita en cuanto pasaron por Londres, aliviados al ver que todo iba bien encaminado.

—Mi vida es perfecta. —Suspiró con una sonrisa de felicidad.

—No más que tú. —Jonathan la sostuvo entre sus brazos.

Ella le lanzó una mirada irónica.

—Es cierto —aseguró, dándole pequeños besos en la nariz—. Eres la perfecta señora Wells.

—Aunque sea fea. —No esperaba una respuesta. Era solo la constatación de un hecho evidente que ya no era tenido en cuenta.

—Aun así —confirmó—. O quizá debido a ello. —La besó de nuevo con devoción—. ¿Y tú? ¿Te ves capaz de soportar toda la vida a un tipo adorable como yo que te ama con locura y a un guacamayo con exceso de peso y una significativa locuacidad?

Leonor, que no podía ser más feliz ni quererlos más, asintió.

—Nada me haría más feliz.

Y *Georgette*, con toda su sabiduría, gritó:

—¡LAS FEAS TAMBIÉN LOS ENAMORAN!

Nota de las autoras

En esta novela nos hemos permitido una gran licencia literaria respecto a la adorable e impertinente *Georgette*, dotándola de una inteligencia y una agudeza superior a la que de verdad poseen los guacamayos.

En realidad, estos animales de pluma azul y amarilla, hablan. O mejor dicho, aprenden a recitar palabras. Su vocabulario puede llegar a ser extenso teniendo en cuenta que se trata de un pájaro, pero no tanto como hemos reflejado en la historia.